How to Survive a Scandal
by Samara Parish

氷の伯爵令嬢の結婚

サマラ・パリッシュ
旦紀子・訳

ラズベリーブックス

愛する人へ、あなたという岩盤があったから、わたしはそこに灯台を建てることができました。

そして母へ、わたしなら絶対できると、あなたはいつも信じてくれました。

謝辞

この本が世に出るまでに長くかかりました。夫エリオットに、その常に変わらぬ揺るぎないサポートと、優しい後押しのすべてを感謝したいです（そうよね、あなた、がんばって書かなきゃだめよね）。そして、言葉に表せないやり方でたくさん助けてくれた母にも深い感謝を送ります。それからジョー、ステュ、そしてパパに、心からの励ましをありがとう。

ロマンス・ルームのルームメイトたち、ミランダ・モーガン、ローレン・ハーバー、ミシェル・サマーズに大声で感謝を表明します。あなたがたがいなければ、この作品は書かれなかったでしょう。あなたがたがブレインストーミング仲間、批評のパートナー、そして会議ルームの同室者でいてくれるわたしは本当に幸運です。そして、この国でもっともすばらしい作家団体、メルボルン・ロマンス作家協会に感謝します。メンバーであるすばらしい女性の皆さんから多くを学ぶことができました。

また、偉大なるRWオーストラリア協会に、なかでもわたしが技術を学べるように貴重な時間を割いてくださったコンテスト審査員の方々に御礼申しあげます。ありがとうございました。とくに、あの恐るべき一連の第三審査において、皆さまのフィードバックはわたしにとってどんな採点よりも有益でした。

アメリアを、この世に出すために闘いたいヒロインだと判断してくれたエージェントのカリ・エリクソンを、この作品に賭けてくれたマドレーヌ・コラヴィータ、そして、この作品をそれなりのものに、心から誇れるものにするための助言をくれたアレックス・ローガン、皆さんに心からの感謝を。

そして、無名の作家によるこの作品を手に取り、試しに読んでくださった読者の皆さん、本当にありがとう。皆さんにお会いできて幸せです。これが長い友情の始まりであることを願っています。

氷の伯爵令嬢の結婚

主な登場人物

アメリア・クロフトン……………………クロフトン伯爵家令嬢。
ベネディクト・アスタリー………………会社経営者。ハリントン侯爵の孫。
カサンドラ・アスタリー…………………ベネディクトの異母妹。
エドワード…………………………………ワイルドフォード公爵。アメリアの婚約者。
クロフトン伯爵……………………………アメリアの父。
カースターク………………………………伯爵。
アガサ・カースターク……………………伯爵夫人。
ジョン・バーンズワース…………………ベネディクトの共同経営者。
オリヴァー・ジョンソン…………………ベネディクトの工場の職工長。
フィオーナ・マクタヴィッシュ…………ベネディクトの工場の従業員。

1

ベネディクト・アスタリーはロングマンのだれもいない農家の扉を蹴って開けた。木が割れるすさまじい音がしたが、肩にかついだ娘はうめき声ひとつ発せず、まるで昨シーズンの穀物袋のようだ。

レディ・アメリア・くそったれクロフトン。すでに死にかけていて、いますぐに温めてやれなければ、ほどなく死ぬ。

暖炉の前のでこぼこの床に彼女をおろした。石の床は冷たい。

くそっ。吐く息も見えず、脈拍も確認できず、生きている気配はまったくない。

嵐から脱出しようと必死で、危うく雪に覆われた馬車の脇を通りすぎるところだった。こんな天候で出かけるとは愚かだったとしか言いようがないが、この道を走っていた愚か者は自分ひとりではなかったらしい。

いったい全体なぜ伯爵令嬢がたったひとり、こんな遠い場所で馬車に乗っていたんだ？

彼女の首に二本の指を当てる。脈がない。もう少し強く押さえた。

と、とん……と、とん。かすかに感じる。遅くて不規則だ。しかし、脈はある。

よかった。

安堵に肩の力が抜ける。意識を失った彼女の青ざめた顔を見た瞬間から、縄のように胸のまわりをきつく締めつけていた緊張がようやくゆるんだ。

炉床に向き直り、震える指で火打ち道具を持ち、打ち始める。きしっ、きしっ。鋼が石にこすれる音が吹き荒れる風の音に掻き消される。

火がついたので、火を熾《おこ》す決まった手順に取りかかった。薪を一本ずつ注意深く積みあげるうち、早鐘を打っていた心臓の鼓動が少し落ち着いた。幸い、この家の主のオールドリッチ・ロングマンは、子どもたちを祖父母の元に連れていく前に薪を補充したらしい。自分としても、もう一度嵐のなかに出ていく気は毛頭ない。

彼の背後でレディ・アメリアがなにかつぶやいた。

「ぼくはここだ。そばにいる」先ほど彼の存在を認めることさえ拒否した女性のそばに戻る。彼のような男は、結局のところ彼女にとって一顧の価値もない存在だ。

彼の旅用の粗い織りの外套を彼女の上に掛けてあったが、それを脇に放って、人形のようにだらんとした体の重みに苦労しながら手袋とマントを脱がした。

なんてことだ、体が氷のように冷たい。

どのくらい長くあの故障した馬車に閉じこめられていたんだ？　まあでも、少なくとも、馬車を離れないだけの分別はあったわけだ。

ごつごつした手で彼女の柔らかい手を取り、口元に持っていったが、息を吹きかけたくらいでは少しも温まらない。

カフスをはずして袖をたぐりあげ、こちらの肌をできるだけ露出させてぬくもりが伝わるようにする。彼女の肌は蒼白を通り越してまったく血の気がない。それを見て、彼の鼓動がまたひとつ飛ばしに打った。

「しっかりしてくれ、頼む」

ベッド脇の戸棚を開け、毛布を何枚か見つけた。ブーツから引っぱりだしたナイフで端を小さく切って濡れそぼった金髪の先端をくるむと、残りで頭と肩を包みこんだ。

靴紐をほどいてショートブーツを脱がせ、ストッキングを見たところで手の動きを止める。びしょぬれで凍りつきそうに冷たい。それも脱がせる必要がある。だが、従僕の息子はレディに触れる立場にない。この別格なレディはとくにそうではないか？　彼が何をしようとしているか知ったら、この氷のお姫《プリンセス》さまは火かき棒で彼を串刺しにしようとするだろう。

そっぽを向いて、可能な限り彼女の慎みを尊重しながら、スカートの下に両手を入れて、手探りでガーターのリボンを探した。

「すまない」彼女に聞こえるわけもないが、そう言うだけで、多少なりとも、下劣なことをしているという感覚が減少する。

つま先から濃い色のウール地を脱がせる。肌が赤みがかって蠟のようになっているのは、軽い凍傷の徴候だが、まだひどくはなさそうだ。

「大きな声……出さないで」ろれつがまわっていないせいで、彼女の言葉を理解するのに少しかかった。

「気をつけるよ、プリンセス」

これまで数々の愚行を重ねてきたが、そのなかでも今夜の行動は最悪だった。馬車はかろうじて宿場にたどり着いた。それなのに、頑丈な屋根の下に入って温かな暖炉に当たれることを神に感謝する代わりに、ベネディクトは馬車と御者を残し、最後の数キロを馬で走って家に戻ろうとした。

一カ月留守にしていて、今夜戻ると妹に約束していた。それなのに、帰れずにここで立ち往生している。

温まるとまではいかないが、彼自身の体の感覚は徐々に戻ってきていた。自分の外套でレディ・アメリアを覆い、よろける足で部屋の端の壁伝いに置かれたベンチに歩み寄った。水を満たしたやかんが置いてあるが、なかの水は凍りかけている。

そこに茶葉を少量入れ、もう一方の手でカップをふたつ持って、暖炉のほうに戻った。炎が強まっていくのは、これまで見たなかで最高の光景だった。

鉄のかぎにやかんを掛けてから、目下最大の問題のほうに向き直る。

このまま床に寝かしておくわけにはいかない。

隅に古ぼけた大きな肘掛け椅子があった。それを暖炉の前に動かして、できるだけ近づけた。いま彼女に必要なのは一刻も早く温まることだが、この炉火では、部屋を包む冷気のとばりにわずかな亀裂さえ作れない。

いま彼にできることはただひとつ、しかし、それをやれば、彼女が目覚めた時に生皮を剝がされるだろう。彼は上着を取り、シャツを頭から脱ぐと、彼女を床から抱きあげた。

肘掛け椅子に坐り、裸になった胸に抱き寄せて、腕を両腕で覆う。彼の体熱はきわめて効果的なはずだ。

冷気が鞭のように肌を刺し、腕全体に鳥肌が立つ。

温かいものを思い浮かべろ。蒸気機関車のかまど。熱い風呂。シーツの下に入れた熱々のレンガ。シーツの下の温かな女性……。

彼は膝の上の娘を見おろした。レディ・アメリア・クロフトン。上流社会のダイヤモンド。最先端の人々のリーダー。窓についた氷片のように冷たい。そしてワイルドフォードの婚約者。くそっ、まさに面倒な事態だ。

大きく息を吸いこみ、規則正しいゆっくりした呼吸を心がけて、体の震えを止めようとした。

「それはわたしが望んだものじゃないわ」レディ・アメリアのまぶたがぴくぴくしたが、目が開くまではいかない。「ブルーと言ったはず」

彼は震える声で笑った。「なるほど。今夜のことも、ぼくが望んだものじゃない。それに、ぼくは灰色が好きだ」

彼女のまぶたがはためき、ぱっと開いた。深い翡翠色が炉火を受けてきらめく。

「それを馬の下に置きなさい」

彼はふんと鼻を鳴らした。この女性は、死にかけている時でさえ命令している。だがそれが、彼女が生き延びることを意味するならば、それもよしとしよう。彼女はまた目を閉じた。

黒い長いまつげが青白い肌に触れる。

「お礼は言わなくていい」

彼女のうめき声に小さな——赤ん坊のように無邪気な——ため息が加わった。へたしたら真に受けてしまいそうなため息だ。

「いったい全体なぜ、ひとりきりで旅していたんだ？」故障した馬車のまわりの雪はあまりに深く、車軸がきらめかなければ、だれかが危うい状況に陥っていることすら気づかなかった。

返事はなく、鼻がぴくっと動いただけだ。

長く感じた数分後、彼の脚にようやく熱が戻ってきた。とはいえ、一日労働したあとの骨の髄まで温まる熱ではない。表面的な熱が彼女を温めるのに充分なことを願うしかない。

「レモネード」

彼女が彼の太腿に片手を置いて身を起こし、ふらつきながら弱った両脚で暖炉に向かった。彼は喉から心臓が飛びだすかと思った。跳びあがって彼女のドレスをつかみ、炎のなかに転げ落ちる前にぐいと引き戻す。一ダースほどのボタンが音を立ててはじけ、床に散らばった。

「きみのせいでこちらが死んでしまいそうだ」彼女を導いて椅子に坐らせる。脚をだらんと伸ばした様子はまるで、初めての酒場から戻ってきた若者のようだ。また同じことにならないために、彼は椅子を引いて炎から遠ざけた。

「きみのレモネードを取ってくる」つぶやいて、沸騰しているやかんのところに戻った。火の脇にあった火ばしを使い、カップふたつにお茶を注ぐ。

彼女は彼の記憶の通りの傲慢な女性だった。とはいえ、少なくとも話はしてくれている――前に出会った時よりは改善したと言えるだろう。

最初の熱い数口が燃えるように腹まで伝いおりる。これまで飲んだなかで一番美味しいお茶だった。

「レモネードをお持ちしましたよ、プリンセス」

そう言いながら振り返った瞬間、危うくカップを落としそうになった。

アメリアのドレスの胴衣がウエストのあたりにおろされ、上半身はコルセットと、上質すぎてほとんど透けているシュミーズしか着ていない。彼の口のなかが炭塵に覆われたようにこわばった。

「暑いわ、すごく暑い」シュミーズの襟ぐりをぐいっと引っ張る。

なんてこった。彼は床に投げてあった外套を取り、彼女の肩を覆おうとしたが、彼女はそれからも逃れようともがく。

「これはきみ自身のためだ」もちろん、彼女は助けを拒否するだろう。金箔を張った皿に載って出てくる助けではないからだ。

片腕を彼女にまわし、彼のほうに引き寄せて抑えこむ。もう一方の手でふたりのあいだに外套を挟んで彼女の脇の下でくるみこんだ。

彼女と熱のあいだの布地は少なければ少ないほどいいが、この女性は辛辣な口調で文字通り彼の生皮を剝がすだろう。半裸で目覚めたら、大変なことになる。

彼女のもがく動きが多少弱まったので、抱いたままなんとか椅子に坐ることができた。肋骨が膨らんできて、彼の胸に当たる力も強まり、喉の血管の脈動も前より規則的になっている。

この女性は少しずつ力を取り戻してきている。肌がかすかに色味を帯び、頰にも赤みが差して、唇が青から白、そして淡いピンク色に変化した。

もはやテムズ川から引きあげられた死体のようには見えない。記憶通りの美しさが戻ってきた。

彼女が危機を乗り越えつつあることを確信し、彼は目を閉じた。

その瞬間、扉がばんと勢いよく開いた。

「首を掻っ切ってやる、さかりのついたブタ野郎め」

2

アメリアは激しい耳鳴りで目を覚ました。頭ががんがんし、すぐそばに気がおかしくなった女中がいて、シンバルを叩いているかのように騒がしい。遠くから怒鳴り声が聞こえ、なにかが壊れるようなどさっという音がして、しかも自分の歯がすごい勢いでかちかち鳴っている。先週、愚かにも出席してしまったアップルビーのデビュタントの発表会は、ほかに比較するものがないほど悲惨なできだった。今夜までは。この騒音がなんであれ、社交界の、音程がとれないデビュタント六人の歌声よりもひどい。

アメリアは息を吸いこみ、膝を胸に抱えた。とても寒い。

怒鳴り声が続いている。チェスター卿がマックルバリー卿の奥方と一緒のところを見つかったのだろうか？　それとも、ミス・ハミルトンとミス・クラークのあいだの緊張状態がついに爆発したのかもしれない。

調べなければ。一秒間くらいしか両目を開けていられなかった。そのあいだに、陶磁器が粉々に砕け散った。「殺してやる、この腐り果てたくそったれめが」

アメリアの父だ……だれかが、上等なブランデーを飲ませたに違いない。上等じゃないかもしれないけれど。

なんとか目を押し広げ、焦点を合わせようとする。いったい全体なにごと？

まったく知らない部屋だ。小さい舞踏室くらいの広さだが、寝室と居間と台所がひとつになっているようだ。簡素な壁は煤で黒ずみ、床は恐ろしいほどゆがんでいる。すぐそばでひっくり返っている椅子もひどく擦り切れている。

でも、目の前に広がっている光景はなに？ すべてのなかでそれがもっとも驚きあきれるものだった。

父が上半身裸の男性にまたがり、壊れた食卓の脚を振りあげて打とうとしている。そしてエドワードは――。ロンドンを出る前に考えていたことが頭に浮かぶ。

〝彼はなぜロンドンに来ていないの？

とっくに訪問しているべきなのに。

もっと婚約者らしくふるまってくれないと。〟アメリアのお腹がぐうと鳴った。お腹がすいたわ。キジのローストが食べたい……。

「まあまあ、落ち着いて」エドワードが公爵らしい口調で言った。片手でアメリアの父の手首をつかんで、殺人を犯すのを防ぎ、もう一方の腕を父の胸にまわして引き止めている。

そばの暖炉の炎が石の床に光の模様を映しだしている。なぜわたしは床に寝ているの？

答えを求める頃合いだ。「もう」舌が必要な形になってくれず、だみ声しか出ない。「もうじー、ふん」口のなかで舌を動かし、どんな動きをするのか思いだそうとした。「もうじゅー。ぶん」それだけの言葉を言うのに、大変な努力がいった。

三人の男性全員が動きを止めて彼女を見つめた。

ぎこちない動きでなんとか身を起こして坐ったが、腕に刺さったピンや針のせいで、不可能かと思うほど大変だった。坐ると、ごわごわした毛布が膝から落ちた。取ろうと手を伸ばし、指でまさぐる。だが、どうやってもつかむことができない。触れた感覚もない。アメリアは目を落とした。

胸があらわになり、ゆるんだコルセットと薄いシュミーズしか残っていない。小間使いが怒りにまかせてコルセットの紐を引っぱったように、胸がぎゅっと締めつけられた。

いったいどういうこと？

パニックのせいで動かなかった指が動いた。毛織物をつかんで顎まで引きあげる。

「な、な、なにが起こったの？」

父親の顔が紫色になった。口から唾が、小粒の弾丸のように飛び散る。父は裸の見知らぬ男を押しやると、今度は娘のほうに近づいた。

「おまえ……」彼女の顔の数センチ前に指を突きつける。「なんとふしだらな娘だ」

アメリアはたじろぎ、周囲を見まわした。すべての動きが遅く、緩慢になったように感じたが、それは胸の鼓動とは相反するもので、鼓動は逃げろと駆りたてるように最速で打っている。記憶をたどろうとしたが、情景をとらえかけても、するりと抜け落ちてしまう。

「彼女から離れろ」それは、その言葉を無視するものに不愉快な結果を約束する静かな警告だった。そしてそれは、エドワードから発せられたものではなかった。立ちあがった半裸の男のものだった。いまは賢明にも、ほかの人々とのあいだに荒く削っただけの食卓を挟んで立っている。

　その男性がアメリアの父親をにらみつける眼力は、実際に損害を与えそうなほどだった。クロフトン伯爵を、後ずさりでアメリアから数歩離れさせるほどの威力があった。

　アメリアはゆっくりと息を吐いた。

　見知らぬ人物は小屋の傷んだ壁にもたれている。額にかかった巻き毛は金髪。瞳はたそがれの空のような藍色。柔らかさや洗練した感じはなく、まるで堅い岩のようだ。粗野な――ロンドンのチープストリートの南側で見られるような感じの――印象が、血まみれの鼻と、とてつもない巨体で強調されている。

　筋肉隆々の胸が、組んだ腕の下でくっきり割れている。アメリアの目は、ウエストの組み重なった筋肉と、胸から続いてウエストバンドのなかに消えている胸毛に引き寄せられた。

　男性の服の下はこんなふうになっているのかと思う。

　凍えているのに、ふいに熱いものが体のなかを駆けめぐった。男性の裸の上半身からなんとか目をそらした時、彼に見つめられていることに気づいた。アメリアの関心がどこにあったかよくわかっているというように、彼の眉毛が持ちあがる。

　アメリアは困惑のあまり、顔がかっと熱くなるのを感じた。

「そ、それで？」平然と対処しようと試みる。発音が不明瞭でなければ、もう少し効果的に言えただろう。「あなたはどなた？」

　彼がうんざりした様子で、苛立ちのこもった深いため息をついた。「ベネディクト・アスタリーだ」

「それで、なぜわたしはここにいるの？　こんな……」自分を覆う毛布を手で示してみせる。

「あなたは馬車のなかで、凍死しかかっていた」彼の声はそっけなく、なんの同情も示していなかった。

そうだわ。とても寒かった。足元の熱したレンガも冷えてしまい、外の冷気が入りこんできた。あるものすべてを重ねたが、凍えるばかりで、目を覚ましていることがどんどん大変になった。

「それで、服を脱いでいるのは……？」

「いい質問だ」エドワードが見知らぬ男と同様に、警戒心もあらわな口調で言う。

見知らぬ男――ベネディクト――がまたため息をつき、両手で髪を掻きあげた。その動きに合わせて胸の筋肉が伸びる。「あなたが自分で脱いだ」

「そんなことしないわ！」なんてあつかましい男。「小間使いがわたしにこのドレスを着せるのに一時間はかかるのよ」

彼女の父親がまた娘を非難しにかかった。「そうか、この男が脱がせるのには半秒しかかからなかったか」父の癇癪については熟知しているが、他人の前で我を忘れるほど怒るのを見たのは、これが初めてだった。

この男と言われた見知らぬ男も、壁を押してまっすぐに立った。彼の怒りはまったく別な種類の怒りだった。父は油をそそいだ火のように爆発するが、彼のほうは自制が効いていて、破壊的な恐ろしさがある。

アメリアは彼の存在を、彼の巨体を、そして意外なほどなめらかな動きを驚くほど意識していた。

「彼女から離れろと言ったのだが」彼がアメリアと父のあいだに割って入った。「娘に怒鳴るくらいなら、どっちのばか者が、彼女を馬車にひとりで置き去りにしたのか聞かせてもらおうか」

「娘はロンドンにいるはずだった。わしは、いらぬ世話は焼かない主義だ」父親が言う。

また怒鳴り合いが始まり、男三人全員が一歩も譲らず、ほかのふたりをやりこめようとする。その騒音たるや我慢の限度を超えていた。

お願いだから、大げさに騒ぐのはやめて、熱いお風呂を入れて。

男たちの声を無視し、両腕で膝を抱えて、体の震えを抑えることに集中した。目を閉じ、ゆっくりと深呼吸をして、男たちの言葉を素通りさせる。九。八。七。体をずらして背後の暖炉に近寄る。六、五、四。

彼女の下の冷え切った床がふっとなくなった。まるでレースの布をつかんだかのように軽々と、あの見知らぬ男が両腕で抱きあげたからだ。

「火に近すぎる、プリンセス。おい、ワイルド、その椅子をここに持ってきてくれ」

いま彼はエドワードのことを呼んだの？　ワイルドフォード公爵をワイルドと？

エドワードは顎の筋肉を引きつらせたが、見知らぬ男が頼んだ通りにした。

「ばからしい議論だ」見知らぬ男性――なんという名前だったかしら？――が言い、アメリアを椅子におろした。「ぼくはこの人を傷つけるようなことはしていない。それはあんたたちもよくわかっているはずだ」

不注意なデビュタントが振りまわした重い手提げ袋がぶつかったように、その言葉に強い衝撃を受け、アメリアは思わず坐り直した。わたしを傷つけるようなこと？

エドワードが苛立った様子で見知らぬ男をにらんだ。「わかっている。しかし、きみがすべてを台なしにした」

「ぼくがすべてを台なしにだと？　レディがひとりで旅していた事実はどうなんだ？　付添役はどこにいた？　御者は？　この人の世話をしているはずだった人々はどこにいたんだ？」

エドワードがアメリアを凝視した。父も彼女を凝視した。見知らぬ男も彼女を凝視した。いい加減にして。うんざりだわ。

「それは重要ではない」その声は部屋の隅の暗がりから聞こえてきた。低い大きい声に、まるで炎に銅のろうそく消しをかぶせたように、室内がふっと静まりかえった。父たちの後ろの暗がりからひとりの老人が姿を現した。明らかに前世紀のものらしく、刺繍ときらびやかな飾りで過度に装飾された毛皮の外套を着こんでいる。アメリアは父たちと一緒にこの老人が来ていたことに気づいていなかった。そして、気づいていなくてよかったと思った。

老人の唇があざ笑うようにゆがんだ。「その娘はみずから身を落としたのだ。残された問題はただひとつ、それについてどうすべきかということだ」

アメリアはうなじが怖気立つのを感じた。いまの発言がよい方向に向かうとは思えない。最善策はこの会話の流れを短く断ち切ることだろう。「それについてなにかする必要があるとは思えないわ」できるだけきっぱりと言う。「どんなふうに見えていようと、みんなわかっているでしょう、これは――」

「あんたが付添役もなくひとりでこの家にいるように見える。一緒にいる男は裸で、あんたは……乱れている」老人が言う。

全身が凍えているのとは関係がない寒気が、うなじから震えとなってさらに広がった。

「一分待ってくれ。彼らに一分くらいは、説明する時間を与えるべきだろう」この滑稽な状況の予期せぬ展開にようやく追いついたらしく、アメリアの父が口を開いた。

「目撃したことだけで説明は充分だ。ワイルドフォード公爵の心地よい図書室で、危機に瀕した無垢な娘を救出する冒険話を読んでいるわけじゃない。わしらが発見したのは、欲望に任せていかがわしい行為をしたふしだら娘だ」老人がエドワードのほうに向き直った。エドワードは眉間のひとつの場所を指でこすっている。めったにやらず、やるのは彼の母がとくに腹立たしいことを言った時だけだ。あるいは、アメリアが結婚式の日時の件で問い詰めている時とか。

老人が言葉を継いだ。「きみには家名と爵位を守る責任がある。それはつまり、国の半分の男と関係を持たない公爵夫人を選ぶことも含まれる」

アメリアは胸が締めつけられるように苦しくなり、慌てて自分のまわりでほどけていく糸をつかもうとした。「なんて卑劣な臆病者なの」エドワードに向かって言う。「なぜあの人にこんなひどいことを言わせておけるの？　まったくの嘘だとわかっているくせに。わたしは意識を失っていたのよ」

エドワードが片手を両目に当ててこすった。「それはわかっている」彼がため息をつく。彼が言葉に詰まる様子など、これまで見たことがなかった。「この状況が混乱しているせいで、真実よりも悪く見えているのはわかっている。しかし、カースターク卿は正しい。家の評判を考える必要がある」

「カースターク卿は大ばかの田舎者だわ」エドワードがわたしにこんな仕打ちをするなんてあり得ない、ひどすぎる。これまで積み重ねてきた長い年月があるのに。「わたしたちは、わたしが五歳の時から婚約しているのよ」

「アメリア」

ついに来た。彼がこの口調を使う時は、アメリアがむちゃを言っていると決めつけている時だ。

「アメリア、結婚する前に一回は社交シーズンを経験すべきだ。無理を言うな」

「アメリア、ラッシュフォード公爵と同じ年に結婚することなどできないだろう、無理を言うな」

「アメリア、きみの馬車が立ち往生し、きみが死にそうになったのに、結婚することなどできないだろう、無理を言うな」

「〝アメリア〟って言うその言い方、やめてちょうだい。わたしは何年もあなたを待っていたのよ」そばまで行って彼を揺さぶって道理を説こう。そう思って立ちあがろうとしたが、両脚がへなへなと崩れ落ちた。

彼は外套のきれいにアイロンをかけた袖口を眺め、刺繍を施した縁を親指で撫でた。「きみも条件は知っていたはずだ。醜聞はいっさいなし。そう書かれた契約書に全員が署名している」不審げな口調は、自分でもこんなことを言っているのが信じられないかのようだ。

アメリアは両手を握りしめた。爪が手のひらに食いこむ。「この部屋にいる全員が口を閉じていれば、いまいましい醜聞など存在しないわ」

アメリアのいまいましいという言葉に衝撃を受けたらしくエドワードが目を見開いたが、ののしり言葉を使うことが許されるべき時があるとしたら、それはいまだろう。意外にも、かなりの爽快感がある。男たちが使いたがるのも無理もない。

アメリアは半裸の男性のほうを見やった。エドワードとまったく同じように、親指と人差し指で目をこすっている。

「いったいどういうこと？」アメリアは問いただした。

「昼までに、噂は国じゅうに広まるだろう」見知らぬ男が、時代物の衣装で着飾っているカースターク卿に辛辣な視線を向けるのを見て、アメリアは老人の粉だらけでしわしわの紙のような皮膚を爪で引っ掻きたいという激しい衝動にかられた。百歳は越えていそうな噂好きの老人に人生を破滅させられるということ？

エドワードがようやくアメリアを直視した。「すまない」彼が言う。「すまない、本当に」どんなことにせよ、彼が謝るのを聞いたのはこれが初めてだった。そのうら悲しい口調は、自分が引き起こす苦痛を彼がよくわかっていて、それを後悔しているように聞こえた。

喉に苦いものがこみあげ、アメリアは、吐きそうになるのを必死にこらえた。息が吸えず、耳鳴りがますますひどくなる。

「破滅してしまうわ」言葉を押しだす。「お願い」声が喉に詰まった。これまでの人生で懇願するなどあり得なかったが、いま、アメリアは懇願していた。

エドワードの顔がゆがんだ。彼女の言葉が真実とわかっていたが、その真実をもってしても、彼の心は変わらなかった。「きみが破談にしたと言おう。きみがぼくを袖にしたと。待つのにうんざりしたと。ぼくが議会に時間を取られすぎて、きみに求愛する時間がなかったと」

でも、それはわたしたちが言うはずの内容ではない。たとえこの話が外部に漏れたとしても。

エドワードは面倒で論争好きな議会には躊躇なく立ち向かう。そんな彼を屈服させるものがひとつあるとすれば醜聞だ。どんなにかすかな気配であってもそれは変わらない。そして、今夜のことは、かすかな気配どころではない。彼は身を引き、醜聞には近づかない。つまり、アメリアはみずから自分を守らなければならない。

わずかでも希望を見いだせないかと彼の表情をうかがったが、なにもなかった。「本当にこんなことをするつもり？」

「申しわけない」エドワードはささやくと、くるりと背を向け、両手で髪を掻きあげながら出ていった。

そして彼の退場とともに亀裂が大きく開いた。わたしはレディ・アメリア・クロフトン、伯爵令嬢、上流社会のダイヤモンド、王室の縁戚でもあり、未来のワイルドフォード公爵夫人。少なくとも、これまではそうだった。

カースターク卿がうすら笑いを浮かべてアメリアの父のほうを向いた。「ワイルドフォードがいま部下のひとりをカンタベリーに行かせれば、日曜日のクリスマス礼拝前に特別許可証を得ることができただろうがね」

恐怖による笑いがこみあげてきて喉に詰まった。この状況は恐怖と滑稽の境界線をぐるぐるまわっているようなものだ。

「おい」見知らぬ男が声を荒らげた。「いい加減にしろ」

「だめだ、おまえがいい加減にしろ」アメリアの父が言い返す。「だれかがわしの娘と結婚しなければならない。いまワイルドフォードに聞いたが、お前は独身だそうだな。公爵が無理でもおまえなら結婚できるわけだ。ほかにもう彼女を娶るものはだれもいない」

アメリアは見知らぬ男――ベネディクト――を見やり、彼がなにか言うのを待った。なにか言って。彼は両方の手のひらを見つめているだけだ。

役立たずの男たち。「お父さま、わたしは彼と結婚できない……今夜まで会ったこともない人よ」涙で目がちくちくした。

見知らぬ男があきれ顔で宙を仰ぎ、アメリアにあからさまな侮蔑の表情を向けた。アメリアはそんな表情を向けられるのにまったく慣れていない。「ぼくたちは以前に紹介されている、レディ・アメリア」

そうだったかしら？　彼の顔を観察する。日焼けした肌、顎の無精ひげ、強そうだが、変な向きに曲がった幅広の鼻は、明らかに酒場の喧嘩によるものだろう。会ったことがある気はまったくしない。「わたしたちが？」こんな丸太のような大男なら絶対に覚えているはず。

彼がうんざりした顔で首を振った。

アメリアの父親がうなずいた。「クリスマス礼拝のあとに済ませられるだろう」


その日、アメリアがエドワードの屋敷で目を覚ました時には、すでに午後も遅く、石炭のオレンジ色の輝きが迫りくる夜のとばりと闘っていた。服を着た時には、かすかな日の光も消え失せていた。

エドワードの家政婦の指示を受けた女中が盆を持ってやってきた。トーストは焦げて、卵は冷たく、アメリアが頼んだマッシュルームは存在すらなかった。

「たしかに夕方に朝食を頼んだことはわかっているけれど、まさか朝食の時に料理したものを持ってこなくてもいいのに」

この二十四時間は屈辱的なんてものではなかった。これまでいかなる状況にあっても、手におえないと感じたことはない。だがいま、目の前に置かれたこの冷たく固まった乱雑な皿は、まさに彼女の気分を示していた。

「はい、奥さま《マーム》」女中が口ごもった。

アメリアは自分の背が高いことに感謝しながら、顎を持ちあげた。「わたしの名前はレディ・アメリア・クロフトンよ」

女中の唯一の反応は口をぎゅっと結んだことだった。

「正しい言葉は、お嬢さま《ミラディ》です」

「はい、ミラディ」くいしばった歯のあいだからその言葉を押しだすと、弱虫娘は急ぎ足で部屋から出ていった。きっと階下で噂話が野放図に広まっているのだろう。

ゴムのような卵とぬるいお茶をなんとか飲みくだすと、これからの時間になにができるかを検討した。吐き気を催すほどたくさんお世辞を並べる必要はあるだろうが、この状況を正すことができない理由はない。自分は実際に傷つけられたわけではなく、傷つけられたように見えただけなのだから。

あわよくば、眠っていたあいだに父が事態を収拾してくれているかもしれない。そもそも父がアビンデイルに来た目的はそれだった。すなわち、エドワードに日時を決めるように説得すること。結局のところ、これまで十五年間にアメリアが父と交わした会話はすべて、アメリアとエドワードの近づきつつある結婚に関することばかりだった。

黄色は着るな。ワイルドフォード公爵夫人は明るすぎてはいけない。

砂糖をけちってはいけない。ワイルドフォード公爵夫人は貧乏人ではない。

笑ってはいけない。ワイルドフォード公爵夫人は酒場の女給ではない。

父親もアメリアと同じくらいこの結婚に力を注いできた。この状況もきっともう解決しているはずだ。

アメリアは書斎までの行き方を知っていた。最初のシーズンのあとに、少しのあいだここに滞在したからだ。社交シーズンは今年で三年目になる。アメリアは従僕が気乗りしない様子で申しでた案内を手を振って断り、階段をおりて玄関広間を通り抜け、エドワードがいつも仕事をしている場所に向かった。そして、決意を込めてひと息大きく吐くと、書斎の扉を押し開けた。

エドワードの書斎は彼自身にとても似ていた。豪華な内装の広い室内は、すべてが細心の注意を払って整えられている。カーテンは寸分の狂いもなくまっすぐに掛けられ、マホガニーの執務机の上の新聞さえも、机の縁とぴったり平行に置かれている。

例外は、窓辺の革張りの安楽椅子にだらしなく坐ったアメリアの父親だけだ。もうひとつの椅子にはだれも坐っていない。エドワードは不在だった。

「やれやれ、ついに来たか」父がほとんど残っていないグラスを娘に向かって持ちあげた。「話題のレディじゃないか。我が家を救済する鍵だったはずが、そのすべてを灰に放りこんだふしだら娘か」

「またお酒の戸棚を見つけたようね」

父はアメリアを凝視したが、その目はガラス玉のようだった。「おまえの仕事はひとつしかなかった」

さあ来た。数えたくもないほど何度も聞かされてきた小言だ。

「ワイルドフォード公爵と結婚することだ。完璧な公爵夫人になることだ。それによって……」

アメリアはうんざりして天井を仰いだ。「クロフトン家に栄誉と特権をもたらすこと。ええ、わかっているわ。そのために努力しています」

父が腹の底から長いゲップをした。「おまえが男ならば、こんなことにはならなかった」

自分ではどうにもならないことが人生最大の失敗とは、あまりに不公平だ。「わたしが男だったら、いまも馬を走らせて、自分を救うことができたでしょうに」

父が目を狭めた。父は娘に言い返されることが嫌いだ。「自分のことしか考えないやつだ、おまえの母親と同じ。わしが望んだのは息子だけだ」

「そして、母が産んだのは娘。その話は前に聞いているわ」何度も何度も。父が深酒をした時はいつも。

「おまえに望んだのは有利な結婚をすることだけだ。それがこんなことになって」

「つまりお父さまはこの状況を正すことができなかったわけね」

父がふんと鼻を鳴らした。「いいや、正したさ。おまえはクリスマス礼拝を終えた翌朝に結婚する」

アメリアは胸に手にひらを当てた。そこに重圧がかかっていたことを、消えたいまになって、ようやく気づいた。「まあ。それはよかった。醜聞の恐れで事態がすみやかに動くなら、何年も前に凍死しそうになればよかったわ。エドワードが結婚をわざと引き延ばすやり方は容認しがたいものでしたもの」

父親が笑った。その意地悪い嫌みな笑いは、賭博からほろ酔い気分で帰宅した時に、勝っていればする笑いだった。アメリアのうなじの毛が総毛立った。

「おまえはこの状況を誤解しているようだ。結婚はする。ミスター・ベネディクト・アスタリーだ、アビンデイル・アスタリーズの。どこの馬の骨とも知れない雑種だ」

膝が崩れそうになって、アメリアは椅子の背をつかんだ。「冗談でしょう?」

「いや」

背筋を伸ばし、怒りに震える両手を握りしめる。「こんなのばかげているわ。エドワードがわたしにそんなことをするなんて信じない」

「おまえは別な男の腕のなかにいるところを見つかった。服も……」片手を振ってアメリアの胸を示す。「それなのになぜ信じられない？」

「第一に、彼は新しい花嫁を見つけなければならなくなるわ。それは彼にとっても努力が必要なことでしょう」

アメリアとの婚約にはわずかな努力も払わなかったけれど。十五年間に受けとった手紙は一通だけ、それも彼の母が好きかもしれない作曲家の名前を訊ねるためだった。

「だが、彼はそうした。市場で腐った魚を捨てるようにおまえを拒絶した」父が自分のグラスにもう一杯酒を注いだ。

「まあ、ばかなこと言わないで。市場なんて足を踏み入れたこともないくせに」

アメリアは窓まで歩いていき、また戻った。もう一度行って戻る。父はなんの役にも立たない。この事態を元に戻せるかどうかは自分にかかっている。

背後では、父がわめき続けていた。「言っただろう。完璧な公爵夫人になれと。正しいことを言い、正しいことをやり――」

アメリアは父の言葉を振り払った。

ワイルドフォード公爵夫人は在宅のはずだ。味方になってくれるように、エドワードの母親を説得できるだろうか？　これまではいつも――多少辛辣ではあるが――支持してくれていたし、アメリアを若い仲間に育てるべく尽力してくれていた。

「――醜聞を起こさないようにしていれば、おまえだって――」父が袖で口を拭う。

「なぜ、わざわざ醜聞にしなければならないか、まったくわからないわ」アメリアはぴしりと言い返した。娘が集中しようとしていることがわからないのかしら。「あそこにいたのはお父さま、エドワード、わたし。あと、彼はなんという名前だったかしら？」

「ミスター・ベネディクト・アスタリー」

アスタリーは身震いした。ミスター。ああいやだ。「そうだわ。その人にはお金を払えば大丈夫でしょう。伯爵の娘との結婚は魅力的かもしれないけれど、彼は田舎者のでくのぼうだわ。千ポンドあげて、わたしが彼の予想よりもはるかに面倒な女だと教えてやって」実際、面倒になるだろう。それはたしかだ。

「おまえはカースターク卿を忘れている」

そうだった。品がなくせせら笑っていた、あのいまいましい領主。「お願い、なんでもいいから理由づけして、気前よく何でもあげて、わたしの第一子を彼の親族と結婚させると約束してもいいから、なんとか彼を追い払って。もう、なぜわたしがすべてをやらねばならないの？」

父がブランデーグラスを光に向けてかかげて呑気にくるくる回し、グラスの片側に寄るブランデーを観察した。「カースタークはレディ・マーウィックの義理の兄だ」

アメリアの心臓が氷の上で靴が滑ったようにひっくり返った。

「オクスリー公爵の従兄弟で」父が言う。「クロイソスほどの大金持ちだ。価値を置くものといえば権力と噂話だけだが、おまえはその両方を与えたわけだ」

そんな。どうしよう。

父がせせら笑った。「現実を直視しろ、アメリア。アビンデイルがおまえの新居だ。おまえの未来の夫がロンドンに家を所有してるとは思えないからな」

そんなことあり得ない。絶対にいや。アメリアはくるりときびすを返した。エドワードが書斎にいないならば、どこにいるの？

アメリアが近づいていくのを見るなり、女中たちは逃げていった。アメリアは、さすがに地団駄は踏まなかった――公爵夫人は足音など立てない――が両手をこぶしに握りしめ、だれにも邪魔させないためにわざと足早に歩いた。エドワードに道理をわからせることができるはず。

玄関広間に着くと、エドワードはちょうどそこにいた。分厚い外套を来て長靴を履いている様子から判断して、逃げだすところをつかまえたらしい。彼が足を止め、片手で太腿を叩いた。不安げだ。いい兆し。

アメリアは彼のもとに駆け寄り、彼の柔らかいリネン地のクラヴァットに顔を埋めた。

彼がためらいがちに彼女の髪を撫でた。これまでの求愛期間を通して、もっとも親密な行為だった。普段なら、身をこわばらせながら軽く抱擁するだけだ。何度かキスをしてもらおうと身を押しつけたが、頬に軽く唇を触れる気のないキスしかしてくれなかった。

「エドワード」弱々しくうめいた。「どうなっているの？　理解できないわ」浅くて速い息遣いをしながら、胸を彼の胸に押しつける。「どうしたら――」しゃくりあげる。「――いいの？　お願い、嘘だと言って」

彼を見あげると、涙が自然にひと粒頬を伝った。

「無理なんだ」彼が言う。魅力的な声が喉に詰まって少ししゃがれる。

「でも、噂話なんて、切り抜けられるでしょう？　あなたはワイルドフォード公爵でわたしはレディ・アメリア・クロフトンなのよ。わたしたちが差し止めれば、噂にもならない。少なくとも、記憶されるような噂にはならないわ。あなたはお父さまとは違うのだから」

エドワードが身を固くし、うつむいて襟に当てられたアメリアの両手を見つめてから、後ろにさがった。

「危険を冒すわけにはいかない。自分のことだけじゃないからね。妹の将来も考える必要がある。弟もだ。それに、母が――」

「やめて。どちらにしろ、あなたのお母さまは悪く考えるでしょう。意地悪く当たるなにかがほしいのだから」

エドワードが首を振ったが、それがアメリアの言葉に対してなのか、母親の公爵夫人のことを考えたからなのか、アメリアにはわからなかった。

「なぜあんなことをした？」彼が、まるで戦いに負けて、その理由を解明しようとするかのように訊ねた。「なぜロンドンを離れたんだ？」

全身が張りつめる。そうだった。自分がロンドンを離れたのは無鉄砲な行為だった。あまりの怒りに熱くなって、寒さに気づかなかった。でも、いまの状況はアメリアのせいではない。そうであるかのようにエドワードがほのめかすのはあんまりだ。

「なぜだ、アメリア？」

「ミス・ジョゼフィーン・メルクルが婚約を発表したのよ。コシントン卿と。あなたが知りたいだろうと思ったの」アメリアは唇を強く噛んだ。

彼が難しいなぞなぞを問われたかのように眉根を寄せた。「なぜぼくが知りたいんだ？」

これこそがふたりの問題の核心だった。彼は自分の義務以外のことは目に入らない。領地を管理し、貴族院で活動することにしか関心がない。

「いい加減にして、エドワード。困ることでしょう。どんなに恥ずかしかったか。あのぼやきやのメルクルまでわたしの前に結婚するなんて。しかも、彼女はまだ今年社交界にお目見えしたばかりなのに。わたしは待つことに飽き飽きしたの。一生のほとんどを待っているんですもの。とにかく実行してください。約束を守って。わたしと結婚して」そう言いながら、彼の胸を叩いた。彼はされるがままになっていた。

「すまない」彼はけっして視線を合わさず、ただアメリアの背後の壁に掛けられた絵画を見つめていた。「家族のことを考えなければならない。公爵であるということは、社会から、まったく違う基準を課されるということだ」

アメリアは深く息を吸いこみ、吐くのと一緒に怒声が爆発しないと確信できるまで、数字を逆に数えた。

「基準ですって？　わたしはクロフトン伯爵の娘です。うちの家系はノルマン朝まで遡れる。英国貴族名鑑《デブレット》に載っている貴族全員の名前だって言えるわ。舞踏会に出席してほしいとみんながら頼んでくる。最先端の若いレディたちのひとりなんかじゃない。わたしが最先端なの。無比の存在。ダイヤモンドよ。それなのに、基準について心配しているの？」

エドワードにも、少なくとも恥じているように見せるだけの分別はあった。「アスタリーのことはよく知っている。最近は親しくなかったが、名誉を重んじて行動する男だ」

アメリアは彼を殴ったが、彼の胴着の詰め物に手がぶつかってぽんと柔らかい音がしただけだった。「それよりもわたしの関心事は、あなたが名誉を重んじるかどうかよ。この腰抜けの臆病者」

エドワードの顔から血の気が引いた。それでも彼は話し続けた。「彼はいい男だ。多くの点でぼくよりもいい。きみを丁重に扱うだろう」

「彼はヤギのような礼儀作法とロバのような教養しかない田舎者よ。こんな人里離れた僻地にわたしを置き去りにして、ただの平民《ミスター》と結婚させ、ジャガイモと血入りの黒ソーセージを食べさせるわけ？　そもそも平民はお茶を飲むのかしら？」

戸口から咳払いが聞こえた。エドワードの顔が真っ赤に染まるのを見て、アメリアも自分の背後にだれがいるのかすぐにわかった。

しまった。恥ずかしさが波のように襲ってきた。

「ぼくたち平民もお茶は飲む。東インド会社のおかげで」

3

ベネディクトは頬が熱く火照るのを感じながら、ワイルドの書斎に入っていった。毒舌の性悪女《ハルピュイア》がすぐ後ろについてくる。ご立派なワイルドフォード公爵は用事があるかのような態《てい》で、玄関からすでに逃げてしまった。

ベネディクトはきょう一日、鋼板を叩いて過ごした。蒸気機関の設計図を作成する通常の仕事ではない。しかし、金槌をばんばん叩くことが必要だった。疲労困憊のあまりすべてを受け入れるように、自分のなかの闘志を弱らせておかねばならなかった。

ヤギのような礼儀作法とロバのような教養しかない田舎者。

その言葉が彼の肌を焼き焦がし、何十年にもわたる侮辱の数々の刺すような痛みを思いださせた。母の日記からも直接引用できる言葉の数々。母も彼女もうんざりだ。

貴族社会などどうでもいい。そこでの評判など自分は気にも掛けない。それなのに、そこに足を踏み入れて氷の王女と結婚することになるとは。もはやおもしろがるしかないだろう。

ふたりが入っていっても、彼女の父親は立とうともしなかった。彼の向かいにはひとつしか椅子がない。ベネディクトはそこに坐り、おもむろに脚を組んだ。顔に冷淡な笑みを、偏屈な若造だった時以来使っていなかった地獄に落ちろ的な笑みを貼りつける。

レディ・アメリアの鼻孔が膨らんだが、それが彼女の怒りを示した唯一の変化だった。

昨夜、彼女は生気がなく、青ざめて髪も服も乱れていた。しかし今夜は活力にあふれ、激怒していて、そして印象的だった。

人目を引くのは美しさだけではなかった。彼がはっとしたのは、エメラルド色の瞳にあふれる鋭い知性だった。そこに目を奪われ、釘づけになった。そしてまた、繊細だが決然とした顎。女性らしい柔らかい体の線では隠し切れない凛とした背筋とそらした肩。だからこそ、彼女は無視できない存在であり、その評判は広く知れ渡っている。頑固すぎて、それ以外のあり方を自分に認めない。

「アメリア、おまえがここにいる必要はない」彼女の父親が片手をふらふらと振って、娘に退室をうながした。

「わたしがいないところで、お父さまがすばらしい仕事をするから？」彼女が立ちあがり、アマゾンの女性戦士のように両腕を曲げて腰に当てる。

父親がグラスを持っているほうの手をぎゅっと握り締めたのが、娘の言葉が聞こえた唯一の証拠だった。視線はまっすぐ――酔っ払いができる範囲で――ベネディクトに向けたままだ。「ワイルドフォードが特別許可証を手配した。結婚式は予定通り日曜日に行われる」

ベネディクトは椅子にさらにだらしなくふんぞり返ることで、無関心を装おうとした。

「結婚する必要があるとは思っていない」

その言葉はクロフトン卿に向けられたものだったが、彼が見たかったのはレディ・アメリアの反応だ。

温かなほほえみも、満足げなうなずきも期待してはいない。「ミスター・アスタリー、それに関しては、わたしたちは同意見ね。わざわざいらしてくださりありがとう」

そう言うなり、彼女は父親のほうに向き直った。声が友好的なものから鋳鉄のように厳しい声に変化する。「さあ、この仕事はさっさと終えて、エドワードを連れ戻すことに集中しましょう」

ベネディクトは笑った。笑わずにはいられなかった。彼女はまだ、ワイルドフォードがこんな醜聞に立ち向かう可能性があると本気で思っているのか？　十年以上も婚約していたせいで、婚約者の恐怖を理解できないのだろう。「彼はきみとは結婚しない」あいだに置かれた小テーブルに手を伸ばし、自分用に一杯注いだ。この伯爵令嬢と結婚しないと決めている自分にとって、この状況はもはや楽しめるものだ。

「なんですって？」彼女の笑みから温かみは消えていた。この冷たい視線に見据えられて、どれほど多くの男が縮みあがっただろう？　彼女の期待に添えなかった男はたくさんいただろう。

ベネディクトはまっすぐに坐り直した。「彼は本気で愛している女性と結婚するためであっても、醜聞を回避する。ましてや、きみに対する義務のためにそんな危険を冒すはずがない。彼にとっては、家族の幸せのほうがはるかに大きな意味を持つ」

クロフトン卿が椅子からよろよろと立ちあがった。脅すような態度でベネディクトに近づき、こぶしを振りあげる。「いいか、よく聞け、この雑種めが。おまえは――」

ベネディクトが椅子から立つと、老人は足を止めた。すでにクロフトンと三十センチほどしか離れていなかったし、ここで理性的に振る舞う理由もない。「いまは凍死しかけているわけでもない。立つのもおぼつかないブランデー漬けの男の脅しに我慢したいとも思わない」

クロフトン卿の目が狭められた。ベネディクトは、彼がベネディクトを殴りつける利点と欠点を考えているのを見てとり、利点のほうが勝つことを期待した。なにかを殴れば、すかっとするはずだ。

だがその時、レディ・アメリアがふたりのあいだに割って入り、片手をきっぱりとベネディクトの胸に当てた。

これは予期しなかった。ベネディクトが怒っている時に割って入る者は、男でもほとんどいない。このほっそりした小娘は肝っ玉が据わっているらしい。胴衣の布地越しでも、彼女の手を感じることができた――冷血人間としては驚くほど熱かった。

彼女がベネディクトを見あげて目を合わせる。その時初めて、その氷のような外見にひび割れが見えた。確信がないことを示す徴候。無防備さの兆し。

「エドワードがわたしと結婚しないですって?」穏やかで率直な声が、ベネディクトの心に巻きついて、注意を喚起する。

見かけほど冷淡で感情に動かされないわけではないのかもしれない。壊れやすい心を隠す仮面なのかもしれない。自分もそうだった。だから理解できる。

ベネディクトは首を振った。「彼のことはよく知っている。いい男だ。わざときみを傷つけようとしているわけじゃない。しかし、彼は、父親が亡くなった時につらい経験をした。癒やされることのない傷が残った。家族に同じ苦悩を味わわせるわけにはいかない」

彼女は深く息を吸ってうなずくと、窓辺のほうに歩いていった。女性が泣くのを見るのは嫌いだ。

「それならば、おまえが娘と結婚しなければならん」彼女の父が言う。

傲慢でぶしつけ、まさに貴族のよくないところだ。まるでベネディクトの人生がベネディクトのものではないかのように言う。彼には選択肢がないかのように――そう思った瞬間、彼のなかで危険な炎が燃えあがった。「ぼくがしなければいけないというのは当たらない。ぼくはあなたの雇い人でもないし、世話になっているわけでもない。あなたの要求に従う義理はない」

クロフトン卿が虫か、ほかのうるさい下等生物を追い払うように片手を振った。「高潔な人間は責任を取るべきだ」

レディ・アメリアがくるりと振り返ってベネディクトと向き合った。もしも泣いていたとしても、その気配はなかった。緑色の瞳のきらめきは鋭く、そして悪意がこめられていた。なるほど、かよわいところがあると思ったのは気のせいだったらしい。

彼女がベネディクトを、女王にダンスを申しこんだ煙突掃除屋を見るような目つきで眺める。「わたしはクロフトン伯爵の娘です。あなたは継ぎの当たった外套を着た男じゃないの」

ベネディクトは両腕を前で交差させ、ごつごつした労働者の手で継ぎが当たった肘を撫でた。

「わたしと結婚することで、あなたは地位があがり、礼儀正しいお仲間に受け入れられるはず」彼女が言い続ける。その言葉は鍛冶屋の金槌くらい過酷な打撃だった。

「礼儀正しい仲間？　こんな人里離れた僻地で？」同じくらいきつい言い方で言い返す。

自分が前に言った言葉を投げ返されて、アメリアはごくりと唾を飲みこんだ。

「このへんに礼儀正しい仲間はほとんどいない、プリンセス。ワイルドフォードだけで、彼に対するぼくの立場が、彼の婚約者と結婚することでよくなるはずがない。ぼくにとって、きみは妻としてなんの利用価値もない」

彼女は額から、落ちてもいない髪を払った。「わたしは使用人が五十人いる家政を取り仕切ることができるわ。完璧なティーパーティも主催できる」

「お茶を入れることはできるかな？」

彼女が口ごもった。

「かまどに火をつけることは？　お湯を沸かすことは？　料理を作るのは？　ほころびを繕うことは？　炉床の掃除は？」

彼女は、彼の言葉ひとつひとつにたじろいだ。

「なにか習得している技術はあるのか？」

「水彩画家としては非常に優秀です」食いしばった歯から言葉を押しだす。

「そうか、それは役立つだろう」

自分は妻を必要としていない。たとえ結婚せざるを得なくなっても、彼が妹を、人の役に立つ親切な人間に育てる助力をしてくれる女性、彼の地所のひとりひとりを支援し、隣に立って一緒に手を汚すことを厭わない女性が望ましい。

「言わんとしていることはわかる」クロフトン卿が椅子に戻って倒れこむように坐り、もう一杯酒を注いだ。「あした娘と結婚するならば、一万ポンド与えよう」

喉が締めつけられるように感じた。首に掛けられた輪がじわじわときつく引かれているかのようだ。もしもこの女性と結婚すれば、自分はおのれの父親の長く続いた孤独に直面することになる。もしも結婚しなければ、彼女は破滅する。そんなこと気にするべきではない。だが、自分は気にしている。

「ワイルドフォードと同じ条件にしてもらいたい」

「なんですって？」彼のもうすぐ婚約者になる女性が金切り声をあげた。

彼女の父親が口のなかのブランデーを吐きだした。「この貪欲な――」

ベネディクトは彼の言葉を遮った。「三万ポンドより一ペニーでも少なければ、彼は承諾しなかったはずだ。あなたの署名がある書類が必要だな」

クロフトンは悪態をつき、よろよろと立ちあがってワイルドフォードの執務机まで行くと、引きだしから用紙を取りだし、殴り書きをし始めた。

アメリアが信じられないという表情で父親を凝視する。「なんなの？　それなら、わたしが一年以内に妊娠した時の割増金は？　子どもが男だった時の報酬は？　もしもわたしが一分で五ファーロングの距離を走ったら？」ベネディクトのほうを向く。「わたしの歯並びをご覧になりたい？」

ベネディクトはため息をついた。間違った選択をしたことは明白だ。「父上はワイルドフォードとも同じ交渉をしていた。ぼくが公爵ならば、きみは不満を述べるかな？」

「わたしの手当を考慮に入れないとか、あなたが地元の祭りでリンゴくわえ競争に熱中したあげくわたしの持参金をすってしまった場合に備えて、わたし用のお金を別にしておく交渉をしないならば、言うでしょうね」

ベネディクトは言い返さないように頬の裏側を噛んだ。

彼女の父が娘を見あげる。「嘘だろう、アメリア。こんな田舎で手当があっても、いったいなにができるというんだ？」

彼女は唇をぎゅっと結んだ。目をそむけ、また窓から外を眺める。彼女の目に涙が見えたか？　それとも幻想か？

彼女の父親がベネディクトの前に書き殴った紙を投げた。ゆっくりと目を通し、たたんで上着のポケットに滑りこませる。

「クロフトン、レディ・アメリア、日曜の朝にお会いしましょう」

外ではちらちらと雪が舞っているが、アメリアは熱気で窒息しそうだった。小さな教会の粗末な木製の信者席は混み合っており、人々の洗っていない体臭のせいで吐き気がした。外套の毛皮の襟を引き開け、白い絹の手袋を剝ぎとらないために自制心のすべてを必要とした。

アメリアの前の一列目にはエドワードと彼の母だけが坐っている――アメリアと父親も坐るべき場所に。父の首の血管が脈打っている様子から見て、この冷遇に苛立っているのは明らかだ。

アメリアは深く息を吸うと、前に立っている青白い太った男に注意を戻した。伝統的なクリスマスの説教だった。この地元の牧師は、黒板をチョークで引っ掻くようなきしみ声でひたすら話し続けている。

アメリアは歯を食いしばった。

すぐ前を見据え、エドワードの後頭部を観察する。前の晩はベッドに横になり、エドワードが考えを変えてくれるはずと、自分に言い聞かせた。アメリアが子どもの頃から、もう十年以上婚約している。それはつまらない噂話への恐怖よりもはるかに重きを置くべきことだ。

教会に入った瞬間に、前夜の希望は消滅した。入っていった時、エドワードは彼女のほうを見なかった。彼の母親が立ちあがることを拒み、アメリアと父親を通して並んで坐らせなかった時も、母親をたしなめなかった。彼の後ろの席にアメリアが滑りこんでも、たじろぎもしなかった。彼の首と肩の筋肉はがちがちにこわばり、礼拝が始まってからまったく動いていない。

アメリアを救うつもりはない。そうだとしたら、自分はどうするべき？

いまや彼女のいいなずけとなった男性をこっそり見やる。通路の向こう側の席に無表情で坐っている。彼の隣には子どもが坐っている。女の子でおそらく十歳くらい？　十二歳？

アメリアにはわからなかった。自分が子どもだった時も含め、子どもと交流したことは一度もない。

ふたりが親族であることは明らかだった。彼の折れた鼻を除けば、女の子が金髪の長い三つ編みをさげていても、うりふたつだった。日焼けした顔にそばかすが散っているその少女が、青い瞳をアメリアのほうに向けて眉をひそめた。

アメリアも見つめ返した。

少女が首を傾げる。唇は硬く結ばれている。

アメリアは片方の眉を持ちあげた。あつかましい娘。デビュタントのほとんどは、そこまで堂々とアメリアを見つめようとは夢にも思わない。

じっと見つめるうちにどうやら満足したらしく、少女は小さく頭をさげるとベネディクトのほうを向き、彼の耳になにかささやいた。彼は眉を持ちあげ、驚いたようにアメリアを見やった。

アメリアは急いで膝に注意を戻し、毛皮つき外套の淡いピンク色を引き立たせるために合わせた灰色の毛皮の襟巻きを両手でねじった。ピンクの外套もすてきだが、結婚の日に着る予定だった真珠をちりばめた芸術作品とはまったく違う。そう、そのドレスは家のトランクにしまってある。何年もかけて用意した残りの嫁入り衣装と一緒に。そのひとつひとつには丁寧に〝レディ・ワイルドフォード〟と刺繍してある。

説教が終わると、人々は座席で身じろぎし、聖職者がおりてきて、自分たちを送りだすのを待った。聖職者を急かすために立ちあがらないよう、アメリアは全力で自分を抑えた。動こうとする足を床に強く押しつけた。

牧師は耐えがたいほど長く動かず、それからようやく咳払いをした。

「解散する前に、皆さんご一緒に立ち、レディ・アメリア・エリザベス・クロフトンとベネディクト・アスタリーの結婚を祝しましょう」

教区民のかなりの人々が一斉に息を呑んだ。沸き起こった怒りのつぶやきは、アメリアのどくんどくんと打つ脈拍を掻き消すほどだった。

アメリアは通路の向こうのベネディクトを見やった。立ちあがり、身をかがめて隣の少女の耳になにかささやいている。少女は兄の手を軽く叩き――彼の人生が壊れたことを慰めるように――、そして彼が自分の前を擦り抜けて祭壇まで行けるように椅子にぴったりくっついた。

どうしてこんなことになってしまったの？

自分も移動しなければ。立ちあがらなければ。でも、それに応じることを体が全力で拒んだ――父親に肘鉄をくらわせられるまでは。こっそりと、でもとても強く。

アメリアは立ちあがり、通路に出ていった。集まった人々にこれ以上の噂話を提供するつもりはない。頭を高くあげ、内側にのしかかる重みとは裏腹に軽い足どりで祭壇に向かって歩いた。

所定の位置につくと、改めてベネディクトの巨大な体格を思い知らされた。アメリアは女性として小さいほうではないが、まっすぐに立っても彼の顎にも届かない。彼はクマのような男で、アメリアが慣れている紳士とはまったく違う。

アメリアは最後にもう一度エドワードに視線を投げた。彼の目がそらされる。

臆病者。

ほかの信徒たちの目はアメリアに釘づけになっている。疑念と軽蔑を浮かべた顔、顔、顔。みんなうんざりだわ。彼らの不服の理由がなんであれ、アメリア以上に強い反発を覚えている者はいないはずだ。

式文を読む牧師の耳障りな声がアメリアの混沌とした思考に切りこんできた。どうしよう、もう始まっている。

「……みだりに軽々しく為すべからず、慎みてうやうやしくこれを為すべし……」

アメリアの考えによれば、この結婚は非常に軽々しいものだが、彼女の考えが重要とされていないことは明白だ。唇の内側を嚙み、この二十四時間で掻き集めた夫に関するなけなしの情報を思い浮かべた。

ベネディクトは地主。

「……第二の目的は、淫行を免るため、すなわち……」

ワイルドフォード公爵とはよく知っている間柄。

「……幸いにも禍いにも、富にも貧しきにも……」

ロンドンで実業家として認められるくらいのお金は持っている。

「……この結婚についてもし支障ありと知る者あらば、今ここにて申し立つべし。しからざれば後日に至りてさらに何ごとをも言うべからず……」

涙で目がちくちくしたが、涙はそこまで。弱さを見せるのは女性として二流の証拠。わたしは泣いたりしない。

お金がない生活はしたことがない。でも宝石がある。大切な宝飾品を売ると考えただけで胸が張り裂けそうだが、そうすれば、ロンドンで小さな家を借りるか、大陸に渡って、噂がやむまで待っていられる。

アメリアは目を閉じて、唇をぎゅっと結んだ。手を握りしめると、絹の手袋に爪が食いこんだ。

その時、大きなふたつの手がアメリアの手を包みこんだ。間に布地が二層あっても温かく感じた。アメリアの指をもてあそんで、きつく閉じていたこぶしをゆるめ、さらにほどき、アメリアが気づいた時には、強く握っているのが自分の手ではなく、彼の手だった。彼を見あげる。彼の表情は思いがけなく優しかった。

「わたしは汝レディ・アメリア・エリザベス・クロフトンを妻とし、共に……」

どうしよう、もうこの部分に来ているの？

心臓がどきどきし始めた。耳鳴りがどんどん大きくなっていく。

ベネディクトがアメリアをじっと見つめた。

わたしの番？　なんと言えばいいの？

牧師が言葉を繰り返した。

アメリアは深く息を吸った。「わたしはベネディクト・アスタリーを夫とし、愛し、敬い、従い……」

息を詰まらせながら、そのわずかな言葉を言い終える。その瞬間、彼女を安全に守っていた壁の内側でなにかが砕け散った。

4

「結婚式の夜に酒場なの？　最近のあんたのやることっておもしろいわねえ」エドウィーナがベネディクトに向かって、おかわりのエールのピッチャーをいつもより強く滑らせてよこした。縁から中身が飛び散って、傷だらけの汚れた木の上にべとべとした層を追加した。酒場の女給の言葉には、今夜交わしたすべての会話と同じとげがあった。彼が一緒に働いている男たちでさえ緊張し、からかいや冗談も無理やり言っている感じだった。

「いいか、ベン。あいつらの血が青い（貴族の血統を示すたとえ）のにはわけがある。氷のように冷たいからだ」ひとりが言う。

職工長のオリヴァー・ジョンソンがベネディクトの脇を肘でぐいと突いた。「おれが聞いたところでは、見つかった時の様子は冷たくなかったらしいぞ。いわゆるしどけない格好だったとか」

周囲の男たちがどっと笑ったが、その声も酒場全体の男たちが話す騒音に掻き消された。どうやら、長年アビンデイルで起きたできごとのなかで、彼の結婚はもっともおもしろいことらしいが、自分は、彼らのからかいのどこがおもしろいのか全然わからない。

「あの晩になにか失ったわけじゃない、そうだろう？　だから、ここにいるんじゃないか、あっちじゃなく」鍛冶屋が指であけすけな手真似をしてみせる。

「ベンはワイルドフォードの婚約者を手に入れた。ということはおそらく、お返しに公爵もなにか手に入れたのかな？」

ワイルドフォードの名前を聞くだけで、いまいましい妻のことを言われた時よりもさらに血が煮えくりかえった。この大災害のすべては彼のせいだ。

ベネディクトはバーカウンターを押して身を起こした。「今夜はひとりでいたいから、悪いが失礼するよ」

男たちから離れて歩きだしたが、それでも含みのある最後のひと言はしっかり聞こえた。

「違う階級の女と結婚するから、そういうことになるんだよ」

その言葉の一撃に、ベネディクトは危うくよろめきそうになった。あのご令嬢と結婚すれば、家庭での生活がめちゃくちゃになることはわかっていたが、それは彼の地所内だけに限られ、酒場まで追ってくることはないと、あさはかにも期待していた。

常連客を避けて混み合った酒場をジグザグに進む。いつもよりもさらに人が多かったが、奥の隅にはまだ少し余裕があった。今夜の招待講演者を見ようと、だれもが舞台の近くに集まっていたからだ。筋肉隆々の男で、背は低いが、政治を語る熱意のせいで百八十センチくらいに見える。チャールズ・タッカーがアビンデイルの男たちに話すのは初めてだが、すでにその評判は知れ渡っていた。今夜ここで、この変化を求める活動家は好意的な聴衆を獲得していた。

ベネディクトも彼の話を聞くことを楽しみにしていたが、今夜はさすがに集中できなかった。結婚式のあいだ、妻の顔はほんのわずかな感情も示さなかった。みごとな磁器製の人形のように、美しく冷たくて生気がなかった。彼女の横に立ちながら、ベネディクトはふたりの違いを痛感せずにはいられなかった。彼女は繊細で育ちがいい。自分は、雄牛のような体格でも明らかなように平民出身だ。

馬車で家に戻る道中は長く、車内は張りつめ、新しい義理の姉と話そうというカサンドラのひたむきな努力と、レディ・アメリアのそっけない答えで終始した。ベネディクトはレディ・アメリアに対して二語も発しなかった。そして、アメリアを彼女の部屋に案内したあとは、妹を慰めようと試みてうまくいかず、そのあとは仕事に没頭できることを期待して、工場――アスタリー&バーンズワース――に逃れた。

その後、今度は酒に没頭するために酒場にやってきた。「どんどん運んでくれ」エールのお代わりを持ってきたエドウィーナに言う。

正直に言えば、家から彼を押しだした原動力は怒りではなく、恐怖だった。歴史が容赦なく繰り返されつつある。悪魔がギャーギャーわめいているのが聞こえてくるようだ。ベネディクトはまた大きくひと口エールを飲み、母のことを思うたびに必ず出現する吐き気を呑みこもうとした。母は貴族に生まれながら、愚かにも従僕と恋に落ちてその特権を手放した。

自分の決断を深く後悔するあまり、自分の子を見捨てることを選び、フランスの上流社会で地位を得ようとした女性。アビンデイルで息子と暮らすよりも、パリで孤独に死ぬほうを選択した。

それなのにいま、自分はその失敗をそのまま繰り返す人生を送ろうとしている。

突然盛りあがった拍手喝采が彼の注意を引いた。男たちが立ちあがる。工場の見習い機関員のジェレミーがテーブルの上にのぼって叫んだ。「貴族階級をぶっつぶせ！　この土地はおれたちのものだ！　フランス万歳！」

この発言はエールのカップをテーブルに打ちつける騒がしい音で迎えられ、若者は顔を輝かせた。彼と話をする必要があるだろう。彼の心情に反対する気はないが、英国にギロチンが必要とも思わないし、これだけ堂々と発言するのは危険だ。

アラステア・マクタヴィッシュが彼の向かいの席に滑りこんだ。老人の白髪交じりの髪は後ろで乱雑に束ねられ、生え際には埃と汗の輪ができている。

「あんたは立ちあがってねえな。タッカーの話が気に入らねえか？」強いスコットランドなまりで言う。

「ほかに気を取られていたんだ」

「好みの妻を手に入れたせいで、労働者の劣悪な環境はもう関心ねえんだろう」

ベネディクトはグラスを持った手をぎゅっと握り締めた。よりにもよって、今夜、この男に問い詰められるとはついていない。「うちの男たちの状況はつねに気にかけているよ、マクタヴィッシュ」

アラステアの顔の溝が深まった。十年前は、この男に渋面を向けられただけで、ベネディクトは背筋を伸ばし、肩をいからせてズボンの埃を払った。かつてと同じ影響力は、いまはない。

「あんたはそうすべきじゃなかった。頭に銃を突きつけられたわけじゃねえだろ」

この八時間、何度も何度も自分に投げかけたのと同じ言葉だ。

「選択肢はなかった。破滅させられたレディがどうなると思う？　おれに良心の呵責に苛まれて一生生きていけというのか？」

どちらをとっても彼の良心が晴れるわけではない。過去が未来を示すならば、自分の惨めな人生を彼女のせいにしただろう。彼女には、噂話の波を切り抜けるという、よりよい選択肢があった。その選択をすれば、彼女の地位にもう少し近い男性と幸せを見つけられたかもしれない。

「どつぼにはまったな、おい？　だれの世話にもならない立派な実業家から、だれにも受け入れがたい惨めなごますりに落っこったってわけだ。階段のてっぺんから転げ落ちた。結婚を取り消して、この茶番を終わらせない限りな」

ベネディクトの首が屈辱でかっと熱くなった。逃げたいという絶望的な衝動で内臓がよじれるように感じるたび、自分もまったく同じ思いをたどる。「婚姻無効は選択肢にない。ぼくは貴族ではないが、紳士だ。それにぼくの破滅的状況はあんたには関係ないだろう。もうあっちへ行ってくれ」

老人のいつもならば穏やかな、飲んだくれに特有の黄みがかったたるんだ顔がみるみる赤くなった。テーブルに持っていたカップをばんと叩きつける。「いや、あんたは救いようのねえ大ばかだ。だが、血は争えねえと言うからな。思っているよりも母親に似ているようだな」

その言葉ひとつひとつが、もう何日も燃え盛っている火をさらにあおった。熱と憤りと重圧は厚く積み重なり、簡単には取り除けない。周囲がぼやけ、いまベネディクトに見えるのは、もう少し理解してくれてもいい、理解できるはずの男のせせら笑いだけだった。

スコットランド人をボックス席から引きずりだして殴りつけるのは一瞬で済んだ——日々募った苛立ちが多少軽減する。片手で男を持ちあげ、もう一発殴ろうとした時、ベネディクトの工場の職工長が万力のような力で彼をつかんだ。ベネディクトほど大柄の男はめったにいないが、オリヴァーは、そんな彼をも小さく見せるほどの大男だった。

「落ち着いて、ボス」オリヴァーが言う。

アラステアが席にどしんと坐りこむ。傷だらけの手で一方の目を覆ったが、もう一方の目にはっきり軽蔑の表情を浮かべてベネディクトをにらんだ。「あんた、後悔するからな」

ベネディクトは周囲を見まわした。酒場全体がしんと静まりかえり、全員が彼らを凝視している。ジェレミーの両肩に腕をまわし、部屋の向こうから眺めていたチャールズ・タッカーの目が、なにか考えているようにきらめいている。

「家に帰れ、マクタヴィッシュ」ベネディクトは言ったが、血気が収まるにつれ、罪悪感が湧き起こった。マクタヴィッシュが問題ではない。かつてベネディクトが尊敬していたこの男はただ、ベネディクトの抱える怒りの矛先になっただけだ。

「ぼくが連れて帰るよ」工場の若者たちのひとりが言い、老人の腕を取った。「心配しないで、ボス」

酒場のがやがやした喧噪が再開すると、オリヴァーがベネディクトを乱暴にボックス席に押しこんだ。

「頭を冷やせよ。この世が終わるわけでもあるまいし。あんたが思っているほど事態は悪くないさ」

「なぜ悪くないんだ？　彼女はいまいましい伯爵のご令嬢だぞ」

オリヴァーが首を振った。「今夜はいろいろ聞いたが、全員が悪魔ってわけじゃないだろう」

ベネディクトは口を挟もうとしたが、オリヴァーは片手をあげてそれを止めた。「たしかに、正真正銘のくそ野郎がひとりもいないとは言わないが、それはどんな集団でも同じだ。それに、あんたには、ほかのだれよりも彼らを憎む理由があることはわかっている。だが、おれらのジョニー坊やを見てみろ。あいつらと同じ青い血が流れている」

「ジョンは例外だ」

「それにワイルドフォードもだ。あんたたちふたりが最近もめていたことは知っているが、彼が公爵として人々の面倒をしっかり見ていることはあんたも否定できないはずだ」

「ワイルドフォードこそ、ぼくをこの混乱に追いこんで張本人だ」

「その通り。それが彼の欠点だ。おれが言いたいのは、少し時間を取ったほうがいいということだ。どういう人か決めつける前に、奥方にチャンスを与えるべきだと」

ベネディクトはうなった。妻にチャンスを与えることはできるが、それでなんとかなるとはとても期待できない。まさにあの階級の典型の女性なのだから。

「もう一杯飲むんだ、坊や」職工長がピッチャーを渡して寄こした。「祝うべきこともあるじゃないいか」

「どんなことだ?」

「必要な契約をほぼ確実にしたという事実とかだ。あんたが設計した機関車を製造し始める。アスタリー&バーンズワースが発展する。これは成功と言っていい。自分の結婚を祝うのは拒否したとしても、こっちは祢える価値がある」彼がベネディクトのグラスにかちんとグラスを当てた。

オリヴァーは正しい。成功を喜ぶべきだ。彼らは二年かけて、より性能のよい新しい蒸気機関車を開発した。彼らと契約するため、近いうちに、複数の米国人が訪れて書類にサインすることになっている。

しかし、その事実をもってしても、喜びの火花は散らなかった。結婚という大惨事が影を投げかけていてはとても無理だ。

アメリアは体をよじり、背中で両腕を曲げて、自分をドレスに閉じこめているボタンを、とにかくひとつでもはずそうとしていた。うまくいかない。ベルを鳴らして助けを呼ぶのも無意味だった。引いたとたんに、紐がはずれて両手に落ちてきてからだ。つまり、彼女に残された選択肢は思い切って一階までおりていくか、ドレスのまま寝るか。

彼女の部屋と夫の部屋を隔てている扉のほうでどさっという音が聞こえ、アメリアはぎょっとした。きつすぎるコルセットの下で心臓がひとつ跳ばしで跳びはねた。喉が詰まって息ができず、真鍮のドアノブを凝視する。だが、ドアノブは動かなかった。

ああ、よかった。ふーっと大きく息を吐く。

もう一度部屋を見まわした。ハウスパーティには何度も参加してきたから、知らないベッドで眠るのは慣れている。でも、自分はクロフトン伯爵令嬢、必ず最上の部屋を用意される。でこぼこしたマットレスときしむ床と擦り切れた絨毯の部屋はあり得ない。

それから、ここがおそらく最上の部屋だと気づき、唇を噛んだ。

飾り気がなく、旧式で質素そのものだ。ベッド以外に置いてあるのは、前世紀の布地が張られた椅子が一脚と曇った鏡がついた化粧台がひとつだけ、そこに埃をかぶった文具が置かれているのを見ると、書き物机の代用も兼ねているらしい。

もうすぐ自分の荷物が届くという見通しだけが唯一の慰めで、そうなればここを出ていけるだろう。

扉がノックされた。一回、ためらうような合間があり、それから今度は二回。アメリアは耳のなかで高まった動悸を静めようと深く息を吸った。

自分はレディ・アメリア・クロフトンだった。こんなこと簡単にこなせるはず。

アメリアは立ちあがり、一日着ていて皺になったドレスをできるだけ撫でつけた。「どうぞ」

重い木の扉が開き、ミスター・アスタリー――ベネディクト――が入ってきた。頭をひょいとさげたのは、戸枠にぶつからないためだ。だが、そのあとまっすぐに立つと、彼の大きさにアメリアはまた圧倒された。祭壇で向き合って立った時から、背がとても高いことはわかっていたが、彼女の寝室のなかで見ると、まさに巨獣だった。

彼が両手を後ろで組んだ。床をしっかり踏みしめているにもかかわらず、ほかの場所にいたがっているような印象を受ける。「なにか必要なことがあるかどうか聞こうと思ったのだが」彼が言う。

わたしに必要なもの。時間を戻すこと。夢から目覚めること。だれかがこれは念入りに計画されたいたずらだと言ってくれること。「熱いお風呂に入っても堕落にはならないと思うけれど」

彼の銅色の頬に赤みが差し、赤面したのがわかった。「もちろんだ。考えるべきだった。申しわけない。すぐに手配する」彼は後ろを向き、またこちらを向いた。唇を一文字に結んでいる。

「風呂は……ああ……そこにある」ふたりの寝室を分ける扉のほうを指さした。「ぼくは下におりていられる」

バラの香りの熱いお湯に浸かりたいのはやまやまだが、夫の寝室に入り、彼の持ち物に囲まれることに、いまの時点で耐えられるとは思えない。

「気にしないで。朝まで待てますから」

「それでは、おやすみ」彼がぎこちなく軽く頭をさげた。その動きはまるで、彼女とどう接すればいいか確信が持てないように見えた。当然だろう。自分も彼に対してどうすればいいかまったく分からない。

「おやすみなさい」アメリアは言った。「ただ……」

その言葉の残りを聞くために彼が唐突に立ちどまり、片眉を持ちあげた。

「ドレスを脱ぐことができないの」

彼が目をしばたたいた。「ドレスを脱ぐことができない」

「侍女はロンドンだから」

「侍女はロンドン」

なんてこと、わたしは虚《うつ》け者と結婚したのだろうか？　オウムに等しい男性と一生を送る運命なの？「あなたは繰り返しだけで会話をするわけ？」

彼が金髪の巻き毛を片手で掻きあげた。「レディ・アメリア・クロフトンが侍女を連れずにアビンデイルに来てどうするつもりかを理解しようと努力しているところだ」

アメリアはかろうじて頭は高く保ったが、長袖のレースを撫でる指の動きは止められなかった。「リードは家族が急病だったんです。数日後に、わたしの荷物と一緒に来ます」

「なぜ付添役を雇わなかったんだ？」

なぜなら、真夜中に大急ぎでロンドンを出てきたから……。

アメリアは顎を持ちあげた。「付添役は必要ありません。自分のことは自分でできますから」

彼がふんと鼻を鳴らし、また堅い丸太のような腕を前で組んだ。「それで、とてもうまくいったというわけか」

彼の皮肉のせいで、あの晩からずっと抱いていた苛立ちが再燃した。「御者はいたわ」

「道の脇にきみひとりを残し、凍死させるところだったやつか？」

「ひどいこと言わないで。助けを呼びに行った人よ」行儀よく前で両手を合わせ、表に出そうな感情を抑えるべく努力する。

反論を呑みこんだように、彼の喉仏が上下した。彼は礼儀正しくしようとしている。自分も礼儀正しくできるはず。

「どちらにしろ、いまになって、なぜそれが重要なのかわからないわ。それよりも、いま困っていることを片づけたいの」

ぎこちない沈黙に包まれた。見ず知らずの夫に対し、いったいなにを言えばいいのか？

結婚式の夜に？

彼の表情がわずかに和らいだ。笑みではないし、喜んでもいないが、彼が大理石ではなく、柔らかい石鹸石でできているのを示すような表情だった。

「明かりのそばに来てくれ」彼が身振りで化粧台のほうを示した。「ドレスを脱ぐのを手伝おう」

アメリアの頬がかっと熱くなった。男性とこんな親密な会話を交わしたことはないが、もう結婚しているのだし、ドレスを着たままでは寝られない。

化粧台の前に、彼に背を向けて立つと、彼は手を伸ばして一番上のボタンをはずした。うなじに彼の指が触れた瞬間、背筋に震えが伝い、肌に鳥肌が立った。とても近い。彼がすぐそばにいるのを感じて思わずあえいだ。ボタンがひとつはずれ、そしてもうひとつはずれると、首筋に押し寄せた夜気の冷たさが内側の熱っぽさを際だたせた。

曇った鏡に映る彼を眺める。眉間を寄せて集中し、布地にくるまれたボタンを次々とはずしている。ろうそくの金色の光が彼の片方の横顔を照らし、もう一方を影で包んでいる。顎の線は荒削りで、彼の髪より濃い色のひげで覆われた肌が少し赤みを帯びている。もともと日焼けしている肌が燃えるように輝いている。この光のなかで、彼の瞳は真夜中のような紺色に見えた。彼のすべてが荒々しく、ロンドンの男性たちのような柔らかくて上品なところはひとつもない。

「いったいいくつボタンがあるんだ？」彼のぶっきらぼうな低い声がアメリアの全身に響き渡った。彼が鏡のなかのアメリアと目を合わせる。「このドレスはどのくらい気に入っているかな？　ただこうやれば……」両手でひねるような動きをやってみせる。

彼がアメリアの体からドレスを破り去る姿が脳裏に浮かび、アメリアは息を呑んだ。心臓が騒々しく不満を訴える。「破れたドレスを直すのに一週間以上かかるわ、わかるでしょう？」なんとか言葉を押しだした。

「もちろんだ、奥さま」彼がかすかにほほえむと、大理石を削ったような頰にえくぼが現れた。少なくとも、この事態をおもしろいと感じたらしい。

彼が苦労してもうひとつボタンをはずした。「女中なしでどうやってこれを着たんだ？」

「準備のために公爵夫人がご自分の侍女を貸してくれたの。あの状況なのにそうしてくれたのは親切だわ」

彼の顔に浮かんだ表情は違う思いを表していた。「レディ・ワイルドフォードが親切？特別な日だったのだから当然だろう」

アメリアはごくりと唾を飲みこんだ。「ありがとう。このあとは自分でできるわ」両腕を脇の下に入れてドレスが落ちないように押さえながら、彼のほうを向いた。

彼は動かず、アメリアは振り向いて初めて、ものすごく近くに立っていることに気づいた。襟元は開けられている。深くVの字に開いた喉元の下に堅い毛が渦巻いているのが見えて、アメリアの目はさらに下に引き寄せられた。無理やり視線を戻し、彼の目をのぞきこむ。熱を帯びた目で見つめられると、体の一番深いところで震えが湧きおこって、さざ波のように広がった。

「ほかになにかあるかな？」

聞こえるか聞こえないかほどのささやき声が体のなかを通過していく。

彼が親指でアメリアの額を軽く撫で、ほつれ毛を払った。その感触はアメリアがこれまで経験したものとまるで違った。手袋をしていない長くてごつごつした指の先で触れられた温かい感触。

男性が――エドワードでさえも――こんなに近くに立ったことは一度もない。唇からほんの十センチほどしか離れていないところに彼の唇があって、その隔たりを埋める許可を待っている。彼女の半分は身を乗りだしてキスをしたいと願っている。もう半分はひるんで後じさりしたがっている。

それを感じとったのか、彼は荒く息を吸いながら身を引いた。

「それだけならば、ぼくは失礼しよう」

アメリアは息を吸いこんだ。香辛料と草の素朴な匂いに誘発されて、認めたくないさまざまなことが表に出てきた。自分は疲労困憊で、途方に暮れていて、ひとりになる心の準備ができていない。「わたしたち、前に会ったことがあると言っていたかしら?」

彼の身がこわばり、部屋を包んでいたぬくもりが消滅した。

「二度だ、実際には。きみがワイルドフォードの地所を初めて訪れた時に。だが、きみのようなレディがぼくのような男を覚えていなくても当然だろう」

5

居間には不揃いな家具がごたまぜに置かれていた。本があちこちに積んである。テーブルには用紙や子ども用の計算盤が散らばり、お茶のカップがひとつ、縁に置かれて、いまにも落ちそうだ。長椅子は部屋の中央を向いてさえいない。外に面した窓の前に引きずって動かされていた。そして、その背もたれにストッキングを穿いた脚がぶらさがっていた。

アメリアは小さく咳払いをした。なにかが床に落ちた軽い音がして、脚が滑るように視界から消えた。一秒後、ミスター・アスタリーの妹カサンドラが長椅子の後ろから姿を現し、手に本を持ったままアメリアの前に立った。

少し危なっかしく膝を曲げ、小さくお辞儀をする。「おはようございます、レディ・アメリア。よくお休みになれましたか？」

背が高くひょろっとしていて、軽く日焼けした顔にそばかすが散っている。一枚の生地で仕立てた簡素なドレスを着ているが、その丈はふさわしい長さより五センチ以上短い。兄と違って、カサンドラは社交界に出たてのデビュタントと同じ称賛の目でアメリアを見あげている。

「よく眠れたわ、ありがとう」実際のところ眠りは足りず——へたれたマットレスのせいにしたかったが、真実は、うなじに感じたベネディクトの熱い息の記憶のせいだった。あるいは、眉をなぞった彼の手の記憶のせい。

いいえ、全然眠れなかった。

「朝食のお盆にお花を飾っておいたの。元気が出るかと思って」

「それは親切なこと。とてもきれいだわ」これには心を打たれた。エドワードが――おそらくは秘書が――毎週送ってきた温室の花々とは違ったが、その気遣いがとても嬉しい。

善良。優しい。そういう人と最後に会ったのはいつだろう？　ロンドンと優しさはよくある組み合わせではない。とは言うものの、自分はもうロンドンにいるわけではない。アビンデイルにいて、先に進む最善の方法は自分の状況をできるだけ深く理解すること。そしてカサンドラはその第一歩だ。

「あなたとわたしで一緒にお茶をいただくのはどうかしら？　お互いを知るために」アメリアは女中を呼ぼうと呼び鈴の紐に手を伸ばした。

「それは使えないわ」カサンドラが言い、アメリアをぐるりと避けて入り口まで行き、廊下に頭を突きだした。

「デイジー、すみませんが、お茶を持ってきてくださいな」大声で叫ぶと、アメリアのほうに戻ってきた。「すぐに来ると思うわ。ミセス・グリーンヒルが冬のあいだは一日中ストーブの上にやかんをかけてるから」カサンドラは中央のテーブルを片づけ、重ねた紙を床に置いた。椅子をふたつ引っぱって向き合うように配置する。

アメリアは椅子の縁に行儀よく坐り、両手を膝の上に置いた。カサンドラも同じように坐り、アメリアの両手を観察してその位置をまねした。

しばらく沈黙が続いたあと、アメリアは手振りでカサンドラが持っている本を示した。

「なにを読んでいるの？」

「ライオンベリー姫の小説の最終刊。読んだことある？」

「残念ながらないわ」

カサンドラが急に活気づき、顔を輝かせた。大きい手ぶりをつけて説明する。「おもしろいのよ。ライオンベリー姫は大きなお城に住んでいるんだけど、そこは魔法がかけられたお城で、生きていないはずの物が生きて動いて、いろいろな問題を引き起こすの」

「まあ。それはとても……大変」

「心配しないで。この家では生きていない物は動かないから」カサンドラがアメリアの手を軽く叩く。それは驚くほど心がなごむしぐさだった。

「よかったわ」

「あなたはなにを読んでいるの？」カサンドラが訊ねる。

「わたしは本は読まないわ」

カサンドラがぽっかり口を開けた。「読めないの？」

「もちろん読めるわ。英国貴族名鑑《デブレット》は初めから終わりまで何十回も読んだわ。でも読書はしない」

「なぜ？」驚きと好奇心が混じった顔で少女が訊ねる。

「小説は不真面目だからよ。それに、男性は文学少女を好きじゃないの。男性にとって、自分より知的な女性はなんの魅力もないものよ」

カサンドラが口をぎゅっと結び、困惑した表情を浮かべた。「でも、女の子も男の子と同じくらい頭がいいんだから、同じことを学ぶべきだってフィオーナがいつも言うわ」

「そのフィオーナは結婚している方？」

「ええと……いいえ」

「そうでしょうね。もしも結婚市場で成功したいのならば、商売で金持になったような男性の話は避ける必要があるわ。おもしろいかもしれないけれど、不適切だから」

カサンドラの目に涙があふれ、両手がスカートの布地を揉み始めた。

しまった。さすがのアメリアも、子どもを泣かせてしまったことにはたじろいだ。「あなたの年頃ならば、なにを読んでも大丈夫よ、問題ないわ」

カサンドラが希望に満ちた目でアメリアを見つめた。「子どもの時はあなたも本を読んだの？」

「ええ、もちろん。レディ・クインの『完璧に家政を行うための手引き』とか、ミス・ミーガン・ダンリーの『社会的品位』、シャルロット・ド・ラ・トゥールの『花言葉』などね」

アメリアの家庭教師は二週間ごとに新しい本を与え、読んで、すべてを暗記するように要求した。ページを繰るのが嫌で嫌で仕方がなかったが、そうした厳しい指導の恩恵がいまになってようやくわかった。

「でも、それは指導書でしょう?」カサンドラが鼻筋に皺を寄せる。

「とてもいい指導書ばかりよ。荷物が届いたら貸してあげるわ」どんな立場にいようが、所帯を厳しく効果的に管理しない言いわけにはならない。ここに長くいるつもりはないが、そのあいだにこの少女に教えられることはすべて教えよう。

せいぜい十五歳くらいの内気そうな痩せた女中が戸口に現れた。運んでいる磨かれていない盆の重さで、いまにも倒れそうに見える。アメリアとカサンドラの両方に視線を走らせてから、おずおずと部屋に入り、ふたりのあいだのテーブルに盆を置いた。

アメリアは盆を見るなり、女中に目を向けた。「悪いけれど、わたしたちはお茶一式をお願いしたのよ」

娘が困惑し、盆を見てからアメリアを眺め、また盆に目を戻した。「はい、奥さま。なのでお持ちしました」

「あなたが持ってきたのはティーポットとお茶碗でしょう。コーヒーポットはどこなの?」

「す、すみません、奥さま。紅茶を言いつけられたと思いました」

アメリアはため息をついた。使用人たちを訓練する必要があるのは明らかだ。「仕方ないわ。すぐに持ってきてちょうだい」

女中は膝を曲げてひょこっとお辞儀をすると、お茶の盆を持ちあげた。

「あなたはなにをしているの?」アメリアが訊ねると、女中は凍りついた。「お茶を持って帰って、コーヒーをお持ちします、奥さま」

アメリアはあきれて宙を仰いだ。この娘がお茶の用意さえできないならば、もう少し大きな集まりは、いったいどうやってさばいているのだろう？

「紅茶は置いていきなさい。そしてコーヒーポットも持ってきなさい」

「わたしはコーヒーは飲まないけれど」カサンドラが言う。

「わたしも飲まないわ」アメリアは茶碗ふたつにお茶を注いだ。「ひどい味ですもの。なぜコーヒーなんか飲むのか、全然わからない」

コーヒーを好んで飲むまたいとこがいるにはいるが、前世紀のかつらに執着している老人だから、味覚の尺度には到底ならない。

「あなたもほしくないなら、なぜコーヒーを頼んだの？」カサンドラが紅茶に砂糖を入れ、子どもらしく元気よく掻きまぜながら訊ねた。アメリアは上品に一、二回だけ紅茶にスプーンを浸した。

「なぜなら、お茶をお出しする時は、コーヒーのほうが好きな方にはコーヒーを注ぐ必要があるからよ」紅茶をすする。至福の味わい。目を閉じれば、ロンドンにいて、この数日間のことは悪い夢だったと信じられそうだ。

カサンドラが音を立ててお茶を飲む。その音にアメリアは背筋がぞっとした。「それは無駄使いだと思うけれど。ベンはいいと思わないわ」

「貴族のやり方よ。少額のお金を出し惜しみするのは、中流階級のやること」

女中がコーヒーポットを載せた盆を持って入ってきて、ふたりが紅茶を飲んでいるのを見ると、顔を曇らせた。

アメリアは女中に向かって小さくうなずき、感謝の意を示した。

「ありがとう――？」

娘が顔を真っ赤にした。「デイジーです、奥さま。昨夜もお目にかかりました」

「ええ、わかっているわ。ありがとう、デイジー」

女中が出ていくと、アメリアは義理の妹になった少女のほうを向いた。いま必要なのは情報だ。情報があればそれをもとに計画を立てられる。

「晴れたらひとまわりできないかと思っていたの。あなたがアビンデイルを案内してくれるかしら？」

カサンドラがうなずいた。「ミセス・ドゥーガンのパン屋さんにお連れするわ。美味しいリンゴのタルトを作るのよ」

アメリアは逆向きに五つ数えた。子どもってみんな、こんなにいらいらするもの？「アビンデイルの周囲の地所のことを言っていたのよ。隣人の邸宅をまわるということ」

「あっ、そうなの」ふいに関心が失ったように肩をすくめた。「ワイルドフォード邸があるわ。でも、あなたはもう訪ねているとミセス・グリーンヒルが言っていたわ」

アメリアはごくりと唾を飲みこんだ。「ワイルドフォード卿以外の方のお屋敷は？」

少女は指で頰を叩きながら考えた。「レディ・カースタークのお屋敷は大きいけれど、ご本人は隣の伯爵領にいるわ」

アメリアの思いは瞬時に高齢のカースターク卿に向かった。アメリアを非難してこの人生に追いやった張本人だ。彼とのつき合いを深めたいとは思わない。とはいえ、現実主義者のアメリアは、ほかに多くの選択肢がないこともわかっていた。

「いつか、そのお宅の図書室を見に連れていってくれるとベンが約束したの。ここの書斎よりもずっとたくさん、何千冊もの本があるんですって。埃だらけらしいけれど」

「お兄さまは、よく訪ねているということ？」ということは、両家の関係は最初に感じたほど冷ややかなものではないのかもしれない。レディ・カースタークに紹介してもらえば、ここも、最初に思ったほど孤独でないかもしれない。

「いいえ。一度行っただけみたい――わたしくらいの年の時に、兄のお母さまに連れていってもらっただけ」

兄のお母さま。兄と妹の年齢差はそれで説明がつく。「あなたがたふたりはとても似ているから、お母さまが違うと思わなかったわ」

カサンドラが顔を赤らめた。「兄のお母さまは美しい方だったの。屋根裏部屋に肖像画があるわ」小さい声でささやく。

「それはすてき。わたしをそこに連れていってくれる？」埃だらけの屋根裏部屋には、ほんのわずかな関心もない。でも、自分の夫の生まれ育ちに好奇心をそそられ、もっと知りたいと思ったのだ。

「ベネディクトのお母さまはレディ・カースタークと親しかったのかしら？」

カサンドラは首を振った。「知らないわ。たぶんそうだと思うけれど。兄は話したがらないから」

「レディ・カースタークのことを？」

「お母さまのことをよ。カースターク家のことはいつも悪口を言っているわ。カースターク卿は悪魔だと思っているみたい」

それについてはアメリアも同感だ。むしろ、悪魔のほうがましだろう。しかし、ほかになにかあることは明らかだ。「でも、なぜそう思っているのかしら？」

「わからないわ」

貴重な情報を得たいアメリアにとって、カサンドラは苛立つほど不十分な情報源だった。

「上流の方の客さまがお兄さまを訪ねてくることはある？」

「ないと思うわ」

「訪問することは？」

「なぜそんなに質問ばかりするの？」

アメリアは笑ってみせた。「ばかなこと言わないで。これはただの会話よ」

カサンドラが疑わしそうにアメリアを眺めた。「もしも会話ならば、わたしも質問してはいけないかしら？」

「いいわよ。なにが知りたいの？」

「あなたは兄を愛しているの？」

アメリアはお茶にむせそうになった。「お兄さまのことはほとんど知らないのよ」顔をしかめる。

「立派な方だろうと思っているけれど」

「でも、それならなぜ兄と結婚したの？」

なぜなら、自分が愚かで、エドワードが臆病者で、カースタークが大ばか者だったから。

「今度はわたしが質問する番だと思うわ」少女が手厳しい質問をしてきたのだから、こちらもそうさせてもらう。「あなたのご両親はどうなさったの？」

カサンドラが視線を落とし、カップの取っ手をいじくり始めた。「亡くなったわ。二年前に馬車の事故で」

二年前ならば最近だ。アメリアも、母親のことをほかのだれかに話せるようになるまで、そのくらいかかった。「わたしもあなたくらいの年で母を亡くしたわ。つらいことよね。気の毒に思うわ」

本気でそう思った。女の子が、導いてくれる女性なしで成長するのは大変なことだ。家庭教師ができることには限りがある。

「ベンはとてもよく面倒を見てくれるの」

「そうでしょうね。あなたはその点、とても幸せだわ」アメリアはその幸運に恵まれなかった。母が亡くなって数日も経たないうちに、父はアメリアが厄介者であることを明確にし、適切な立ち居振る舞いについて厳しい指導を施す以外、ほとんど関心を払わなかった。

「ベネディクトのお母さまはどうなさったの？」

カサンドラは首を横に振った。「兄はそれについて話したがらないの」

子どもから情報を得るのは、田舎のオーケストラにセレナード十三番のまともな演奏を望むようなものだ。「ほらほら、隠さないで。話す約束したでしょう？」

「ベンは本当に言わないから――」居間の扉が勢いよく開く音が聞こえ、カサンドラがはっと言葉を切って顔をあげた。お菓子をくすねるところを見つかった子どものような表情を浮かべている。

残念。せっかくおもしろくなったところなのに。

振り向いて夫と顔を合わせた。顔の表情から始まり、まくりあげたシャツの袖と開けた襟元からのぞく筋肉まで、彼のすべてが鉄と石のようだ。戸枠にもたれた無頓着そうな姿勢に騙されてはいけない。彼のあらゆるところが張りつめている。

「ごきげんよう」これでいい。礼儀正しく挨拶できた。この男性にかかると、自分の最悪の部分が引きだされる気がする。そうならないように努力しなければ。昨夜の彼は平民にしてはとても紳士的だった。これから数日は、互いに腹を立てずに過ごせるかもしれない。

「昼食前の尋問かな、レディ・アメリア？」その口調には優しさのかけらもなかった。昨夜のふたりのやりとりがなんであったにせよ、あの休戦がすでに解除されたのは明らかだ。

坐った位置からだと彼を見あげねばならず、おのずと力関係で不利になる。今週はすでに多くの力を失った。これ以上劣勢な立場にはなりたくない。

「とんでもない。鎖もかび臭いパンもないでしょう？」

「そうだとしても、あれは尋問だ」

アメリアはあきれて空を仰いだ。自分の夫は事態を大げさに捉える傾向があるらしい。

「尋問に紅茶とレモンケーキが出るとは知らなかったわ。そのように騒ぐのは明らかに大げさだと思います」

ベネディクトが目を剝くのを見て、アメリアはささやかな満足感を味わった。彼を怒らせるべきではない。わかっていても言わずにいられなかったのは、昨夜の半分は寝返りを打っていたからだ。彼がキスしそうだった時に唇に感じた彼の息、それを思い出すたびに肌がぞくぞくして、しかも、その肌が薄い綿シーツに触れるたびに、またその記憶が蘇ってきて、ほとんどひと晩じゅう起きていた。

睡眠不足は機嫌を回復するのになんの役にも立たない。

彼が戸口から移動して、カサンドラの隣に腰をおろした。妹の前で感じよく振る舞うために違いない。華奢な花柄の椅子にどっしり坐った姿は、その重みで椅子がいまにも壊れそうなことを考えると、滑稽なほどくつろいで見える。

「新居での最初の日を楽しんでいるといいのだが」

「家の見学から始まれば、もっとよかったでしょうけれど」

彼が皮肉の応酬をしたいなら、こちらも準備はできている。こんなへんぴな場所の知らない家に取り残され、睡眠にも見放され、不本意な結婚をして、着られるドレスは数着しかない。それなのに、彼は厚かましくも、アメリアの会話ごときに腹を立てるなんて。

彼の忍耐心も途切れたようだった。「もちろん申し出るつもりだったが、残念ながら、きみが朝食におりてこなかったのでそれがかなわず、残念だった」その口調の丁重さも見せかけだ。

「いつどこで朝食なのか、わかりませんでしたから」アメリアは時間をかけてお茶をすすった。好きなだけ感じ悪くすればいい。わたしはもっとひどいことにも耐えてきた。

彼がほほえんだ。「ああ、もちろんそうだった。申しわけない。では、あしたは一緒に食べられるかな？　朝食は七時だ」

七時？　あり得ない。アメリアはお茶のカップをふたりのあいだのテーブルに戻し、身を乗りだした。「結婚した女性たちは、ベッドで朝食をとるものよ」それも、朝の七時ではない。信じられない。

「ああ、なるほど」そのわずか二語の言葉を用いて、彼が不快きわまりない勝利宣言をしたのに気づき、アメリアは彼を絞め殺したくなった。

「やめてください。十二歳の時から、朝食をベッドでとれる日が来るのを楽しみに待っていたのよ。それさえも取りあげると言うんですか？」

「わたしは十二歳よ！」

おとなふたりが同時に振り返ると、カサンドラはアメリアにおずおずした笑みを向けていた。

アメリアは苛立ちを呑みこみ、大きくなりかけた声をぐっと抑えた。この家にいる唯一の協力者を遠ざけることだけは避けたい。「十二歳は一番よい年齢よ。できるだけその年齢を楽しめるといいわね」

「もしよかったら、いまこの家をご案内しましょうか？」カサンドラが言う。

「それは嬉しいわ」アメリアはそう答えて立ちあがった。

「そうだな、行こうか」ベネディクトも立ち、アメリアに腕を差しだした。

アメリアはその腕を取りたくなかった。彼が先導するという不均衡な力関係に違和感を覚えているからかもしれない。わっと泣きださないという確信がなかったからかもしれない。

「行きましょう、行きましょう」よそよそしい雰囲気にはまったく気づかず、カサンドラがアメリアのもう一方に手を取る。

ベネディクトが仕方がないというようにため息をつきながら、腕を大きく広げた。「ここが居間だ」

「それは推測できたけれど」アメリアはできるだけ冷ややかに返事をした。カサンドラがくすくす笑う。女性たちのあいだにそこはかとなく漂う仲間意識に気づき、ベネディクトが疑わしげにふたりを見やった。

玄関広間に出ると、彼はその隣の部屋を示した。「そちらが食堂だ。今夜はきみも食事を一緒に取ってほしい。その向こうは台所だ」振り返り、後ろに並んだ部屋を示した。「奥の部屋は図書室だ」

それから、無作法にするのは性に合わないとでもいうようにつけ加えた。「もちろん、図書室の本は自由に読んでくれ」

それに対して辛辣な皮肉で返すこともちろんできたが、アメリアは頭をさげた。「ありがとう」

「アメリアは図書室は必要ないのよ」カサンドラが言う。「レディは本を読まないって知ってた？」

彼が目を一度しばたたいた。そしてもう一度。困惑した表情だ。

「読むわ」アメリアは内心苛立ちながら言った。教養がないと思われては困る。「小説は読まないということ。常識的に許されないことだから」

「なるほど……まあ、驚きもしないが」

アメリアは、なにかの試験に失敗したような感覚を抱き、また苛立ちを感じた。自分は一連の社会的基準を守らないことはもとより、失敗することにも慣れていない。基準を設定するのはわたしのはず。彼は自分をだれだと思っているの？　アメリアが答える前に、彼はこの会話を勝手に終わらせ、次に進んだ。

「二階の左側にきみの寝室とぼくの寝室、それに子ども部屋に遊戯室がある。田舎家にようこそ」

アメリアは自分たちがいる階段広間の右側に並ぶ扉を差し示した。「それで、この家の東と西の翼は？」

カサンドラが首を振った。「翼はないわ」

「悪いけれど」アメリアは腕を組んだ。「たしかに、きのうここに着いた時は眠くてたまらなかったし、多少願望も入っていたかもしれないけれど、建物の三分の二を幻覚で見たなんてあり得ないわ」

「ふたつの翼は閉鎖されている」彼が両脚を大きく開いて立ちはだかった様子は、まるでそうすれば、目の前に見えている事実をアメリアから隠せると思っているかのようだった。背が高い木の扉三つはどれも装飾がなく簡素だが――この家のすべてがそうだが――、おそらく機能している。つまり、どの扉もどこかに続いているということ。

アメリアは彼を迂回し、真鍮の取っ手のひとつを押した。びくともしない。「ここを見てみたいわ」

「そこは閉じている」

アメリアはむっとした。ばかげているわ。「戸口をレンガでふさいでいない限り、閉じた扉は開けられるわ。いい加減にして、ミスター・アスタリー。たくさんの死体を隠しているかと思われるわよ。それとも、生きている人たちとか？　前妻を全員閉じこめているのかしら？」

「ばかげたことを言わないでくれ」

「ばかげているのは、五十も部屋があるのに、十室だけで暮らすことよ」アメリアは妹のほうを向いた。「カサンドラ？」

少女は肩をすくめた。「わたしは入ったことないわ。大きい家は寂しいから、もっと小さい家に引っ越すべきだと父はいつも言っていたわ」

アメリアの経験から言って、客やオーケストラの出入りがなければ、どんな屋敷でも寂しい。寂しくても設備の整った家のほうがまだましだが。「では、なぜ引っ越さなかったの？」

「わたしの母が庭を好きだったから」

その口調に深い悲しみは感じられなかったが、それにもかかわらず、ベネディクトは守るように腕を妹にまわした。「もう充分だ。この家がきみの高い期待に沿わなくて申しわけない、レディ・アメリア。しかし、きみはそこで生きていかねばならないわけだ」

6

「あの方、夕食におりてこないかもしれないわね」カサンドラが水が入ったグラスをもてあそんだ。「お兄さまがきょう、あの方に対してあまり感じよくなかったから」

ベネディクトはうなった。たしかにきょう、自分は妻に対してあまり感じよくなかった。前夜のふたりきりのひとときを足がかりに、彼女をくつろがせる気満々で居間に入っていったのに、彼の母親について話すことになり、きつい言い方をした。

彼の母、結局、彼は一度も喜ばせることができなかった女性は、望まない人生にとらわれた。彼の妻も、まさに同じ状況にいる。

「夕食の準備ができていると知らないのかもしれないわ。もっと早いと思っていたのかも。今夜はかなり遅い始まりですもの」

「七時は街の人々にとっては普通だ。彼女も食事の用意ができているとわかっている」そもそも夕食の時間を変更したこと自体、とんでもなく愚かだった。アメリアは田舎の女性となったのだから、田舎の時間に慣れる必要がある。「朝食におりてこなかった。夕食にも来ないつもりだろう」

くそっ。謝らなければならないだろう。それは明らかだ。彼を愛していない女性と結婚するよりもさらに悪いことはただひとつ、彼を嫌悪する女性との結婚だ。

「あの方がわたしたちと一緒に食べたくないとしたら、それは怒鳴ったお兄さまのせいよ」兄を責めるカサンドラの声は震えていた。午後じゅう自己憐憫にふけって過ごすことは、彼にとって簡単なことだった。しかし、妹の人生も同じようにひっくり返ってしまったことについては配慮すべきだった。しかも妹はこの厄災を人ごととして捉えられるような図太い神経を持ち合わせていない。

彼のなかの後悔の糸は午後のあいだにさらに縒りがかかり、さらに太くなっていた。「悪かったよ、おちびちゃん。あしたはもっと感じよく振る舞う。約束する」午後はずっと工場にいて、なかでも一番の重労働ばかりやっていたのは、少しでも動きを止めると襲いかかってくる思いから気をそらすためだった。

ボタンをひとつずつはずしていった時に、肌が少しずつあらわになった様子。

彼女が振り返った時の燃えあがるような熱っぽさ。あまりに近くて彼女の息まで感じられた。

身をかがめてキスをしたいという、うずくような欲求。

ベネディクトは眉間をこすったが、その思いを頭から押しやることはできなかった。「もう数分待ってみよう」

「でも、お兄さま、いま言ったじゃない、来ないって――」アメリアが戸口に現れたのを見て、カサンドラがぷっつり言葉を切る。

ベネディクトは彼女の姿を見たとたん、胸が苦しくなった。着ている夜会服は少し皺になっているものの、彼女の胸をしっかり締めつけている。体型は隠しているが、細くくびれたウエストも、シュミーズの下の体の線も、彼はすでに見ていた。ドレスの布地の下に隠れているものを知っているというのは、非常に刺激的だ。

彼女が入ってくると、ベネディクトは立ちあがり、カサンドラもそれにならった。

「お邪魔したかしら?」その口調は辛辣で、態度も冷たく、よそよそしかった。一瞬でも彼女に魅了された彼の気持ちをまさに愚弄するその態度に対し、同様の辛辣な言葉で返さなかったのは、妹の顔に浮かんだ希望と歓迎の表情ゆえだ。

「ちっとも」自分を抑えて返事をする。

アメリアは戸口から動かず、加わるかどうか決めかねているようだ。「夕食のドラが聞こえなかったわ」

カサンドラが頭を傾げた。「夕食のドラってなに?」

アメリアはためらい、ほんの一瞬だが顔に当惑の表情が浮かべた。「夕食のために服を着る時間だとみんなに知らせるためのものよ」

「なぜ服を着ていないの?」

「ロンドンでは、夕食のためによい服に着替えるからだ」ベネディクトはこの会話を短く切りあげようと、口を挟んだ。自分のことはどう思われようとかまわないが、カサンドラは、アメリアに教養がないと思われたらつらいだろう。

「ふーん。だから、あなたも着替えたの、ベン?」カサンドラが訊ねる。「シャツをまた焦がして穴を開けたのかと思ったわ」

悪魔よ、この最近義理の姉妹になったふたりから我を守りたまえ。

たしかに着替えた。洋服だんすのシャツを全部調べた。その九割は即座に候補からはずされたのち、ようやくなんとかふさわしいシャツを見つけたのだった。〝よい〟服装など、工場に入ったとたんに煤で覆われる身では金の無駄使いでしかない。関心があるわけでもない。

彼は食卓の横を歩いて反対側に行き、アメリアの椅子を引いた。彼女が坐る時、前夜に彼女がつけていたのと同じジャスミンの香水がかすかに漂い、その香りのせいで股間がうずくという歓迎しないことが起こった。

「ありがとう」彼にもたらした効果はまったく気づかずに彼女がつぶやく。「今夜はグリーンヒルが給仕をしないのね」

「この家では、通常、自分で皿に盛る」

彼女は喉の奥で、咳と喉を鳴らすのあいだくらいの音を漏らしたが、表情はまったく変えずにスプーンを取り、料理を自分の皿に取った。

「よい午後が過ごせたかな？」訊ねながら、ベネディクトも料理を自分の皿によそった。

「ええ、ありがとう。手紙を書いたわ」グレービーソースがかかった肉をフォークで小さくすくう。「あら」手の指を唇に押しあて、部屋のなかに視線を走らせる。

しまった。ソースのまずさについて注意するなど考えもしなかった。上品なレディ・アメリアが食べたものを吐きだしたりするだろうか？　それとも、がんばって呑みこむだろうか？

彼女は彼を見据えたまま嚙んだ。一度、二度。そして呑みこむと、彼に向かって優雅にほほえみかけ、ワイングラスに手を伸ばした。

「これは冗談かしら？」時間をかけてワインを飲んだあとに訊ねる。

「ソースは食べないほうがいいわ」カサンドラが言う。

ためらいながら、アメリアはジャガイモを小さく一口食べた。「明るい側面を見れば、このようなお味をいただいておけば、これ以上ひどいものはないと思えるということかしら」

彼女は鼻筋に皺を寄せた。「コックが留守だったわけね」

「デイジー・グリーンヒルがいまはコックも兼ねている。デイジーの母親のミセス・グリーンヒルは最近目の具合が悪いんだ」

「デイジーがコックで女中？　では、たぶん、壺を間違えたのね。塩の缶に銀器の磨き粉を入れたとか」

「だいぶ上手になったのよ」カサンドラが言う。「最近はトーストも片側しか焦げていないし」

「それで、大切なデイジーを替えることを考えたのかしら？」

ベネディクトは口元をこわばらせた。いまの言葉はまさに、ベネディクトが彼女のような人々を嫌っている理由のすべてをはっきり提示している。「ぼくたちの社会の人々は、きみの社会のように使い捨てではないからね」

アメリアがあきれた顔をした。「彼女の首を切れと言っているわけではないわ。でも、もらっている給金に見合う仕事を期待するのは、理不尽とは言えないでしょう」

彼は牛肉にフォークを突きさした。「デイジーは優秀な女中だ」

「わたしの寝室の敷物の下の埃は、そうは言っていないけれど」小声だが、彼に聞かせるつもりの言葉であることは明らかだった。

ベネディクトは歯を食いしばった。そうだ、デイジーは台所で苦労していて、細かい部分への配慮もできているとは言いがたい。しかし、とてもいい子だし、両親も、ベネディクトの両親が結婚した時からここで働いていた。

実を言えば、コックを雇うことはすでに考えていた。しかし、いまそれを表明して、妻を満足させるつもりはない。

「このお皿に載っているもので、安全な食べ物はなにかあるのかしら？」

「それは言いすぎだろう」ベネディクトは言い返した。今夜は、この家に多少なりとも平和とくつろぎを取り戻すために、白旗を掲げる覚悟で夕食の席についた。しかし、いまいましいことに、妻が挑発してくる。

彼女はナプキンをたたんで食卓の横に置いた。「ミスター・アスタリー、人里離れたこのへんぴな場所で生活することになって、不自由なことはたくさんあると思っていたけれど、食べることまでそうとはまさか思わなかったわ」

もうたくさんだ。「そうか、それでは、あすはデイジーの料理を食べる必要がないとわかれば、嬉しいかな？」

「そうね、ほっとしたわ」

カサンドラが困惑した顔で彼を見たが、あえてそれは無視した。「あしたは、きみが料理をする番だ」

アメリアのこわばった笑みがすっと消えた。「なんですって？」

「この家では基本的な家事は順番にやっている。料理、買い物、共通の場所の掃除などだ。きみ個人の部屋はきみの責任だ、もちろん」

「冗談でしょう？」そう言った妻の顔には、ふたりの結婚が最初に提案された時と同じように驚愕の表情が浮かんでいた。

「冗談ではない」アメリアが恐怖にかられてベネディクトだけを見つめているのはありがたかった。妹も同じくらい仰天した顔をしていたからだ。「デイジーに言って、あすの朝、きみに新しい当番表を届けさせよう」

「わたしが埃のなかで走りまわると思っているならば、あなたは頭がおかしいわ」

ベネディクトは念のため彼女の手を見やり、ナイフのほうに動こうとしていないことを確認した。両手は体の前で握り締められ、強すぎて手の甲が真っ白になっている。よい徴候だ。

「きみはひとりで旅をするという愚かなことをして、その過程で自分だけでなくぼくの人生までひっくり返した。そして結婚してこの世界に入ってきた。つまりは、それに伴うすべてを受け入れるのが早ければ早いほどいいと思うが」

「そんな……わたしは……」彼女の口が、まるで魚があっぷあっぷするように開いたり閉じたりした。

彼女がなにも言えなくなるのを見ても、期待していたような満足感は得られなかった。そこでベネディクトは声を和らげた。わずかだが。「田舎の生活よりも悪いこともある」

「そう？　あえて言うなら、都市の貧民窟を少しよくしたか、あるいは」――アメリアが身を震わせて言う。――「オーストラリアか」

すばらしい。彼女はいま、彼の家を泥棒や殺人者たちの巣窟と比較したわけだ。声を和らげた自分がばかだった。そのせいでつけいる隙を与えてしまった。

彼女が椅子を後ろに押した。「カサンドラ、嬉しかったわ……あなたと……一緒に食事ができて。あしたまた会えるのを楽しみにしているわね。おやすみなさい、ミスター・アスタリー」

スカートをしゅっと翻すと、アメリアは勢いよく部屋から出ていった。後ろ姿を見送りながら、カサンドラがゆっくり首を振った。

「彼女のためだ」ベネディクトはむっつりと言った。「おまえが秘密を守ってくれると信じているよ」

「こんなのうまくいくはずないのに」

7

腰巻きを締めてかかる。ベネディクトの家庭教師のひとりによれば、アフリカ由来の言葉らしい。部族の男たちは戦いの前に、身につけている布の裾を股間のまわりできつく締める。走っている時に飛びださないためだ。

いまベネディクトには、自分の股間を布地で包む以上のことが必要だった。そのまわりに鉄の鎧を着けるべきだろう。

深く息を吸いこむと、ベネディクトはふたりの部屋のあいだの扉を開けた。彼女は動かなかった。眠っている姿を見た瞬間、彼は動けなくなった。金髪が枕にかかって不規則に波打っている。彼女は枕のひとつを抱き締めていた。眠っている姿は小さくて、あどけなく見える。ベネディクトは、自分がやろうと決めたことに迷いを抱きそうになった。しかし、これは最善を願ってのことだ。この寝室に母が引きこもり、よりよい人生を夢見て自分を台なしにする姿を見てきた。妻に同じ運命を味わわせるつもりはない。

そう思い、彼は目の前の課題に意識を戻した。彼女には新しい生活を生きてほしい。それが新しくなくなるまで。この家族に積極的に参加し、去ることを望まなくなってほしい。それをきょう開始してほしい。

ベネディクトは咳払いをした。

なにも起こらない。

音を立てて扉を壁に打ちつけた。

なにも起こらない。

くそっ。この女性は一ダースの汽笛が一斉に鳴っても眠っていそうだ。ベネディクトは持ってきた服の束を化粧台にどさっと置くと、大股でカーテンまで行った。「朝だ、起きろ、アスタリー夫人」

そう言いながら、勢いよくカーテンを引いた。ちょうど太陽が昇り始めたところだ。黄色い波が一気にあふれだして林を抜け、雪の上に広がって、光の帯と紫色の影を作りだす。ベネディクトの一番好きな時間だ。その見解も、そのうち、夫婦で共有できるかもしれない。

「うーん」アメリアが寝返りを打って壁に向かい、頭を枕で覆った。

「八時だ」気に障るように、わざと歌うような声で言う。

「そんな時間になぜ目が覚めたの？」

なぜ目が覚めただと？　自分はひと晩じゅう寝返りを打っていたにもかかわらず、三時間前から起きている。「きみは田舎にいるんだ、アスタリー夫人。そろそろ田舎時間に慣れる頃だろう」

上掛けに潜りこんでいるせいで、彼女の返事はくぐもってほとんど聞こえないほどだった。

「三つ数えるあいだに部屋から出ていって」

ベネディクトは声をあげて笑った。壁にもたれて無頓着さを装い、募る不安にかられながらも話し続ける。「きみの枕についた唾液の跡をぼくが見ていないかどうかを心配するべきじゃないかな？」

アメリアが繭から姿を現し、彼をにらみつけた。「あなたは紳士じゃないわ」

怒らせようと、あえて彼女にほほえみかける。彼女が怒っているほうがありがたい。これから計画を実施する自分が下劣だという感覚が多少なりとも弱まる。「ぼくの品格の欠如については、すでに立証済みだろう。きょうは忙しい。起きる時間だ」

彼女がまたばたんと横になって毛布を頭からかぶった。

これは彼女のためだ。すばやい三歩でベッドの足元まで行くと、柔らかいキルトを両手でつかんで引っぱった。

彼女の寝間着は、顎は隠していたかもしれないが、足元は裾が膝までずりあがり，長くてしなやかなふくらはぎが見えている。

それに気を取られ、彼女が投げつけた枕については、顔に激突するまで気づかなかった。

「なんて無作法な人なの！」

そう言われて当然だが、それでもベネディクトは押し進んだ。「きみが起きて着替えるまで、出ていくつもりはない。だから、きみもそれに慣れたほうがいい」化粧台に置いてあった服をつかむ。「きみのだ」そう言いながら、彼女に放った。

アメリアは飛んできた服を払い落とし、それから、顔をしかめて持ちあげた。「これはなに？」

「自分のドレスを着て働きたくないだろうと思ったのでね。三着しか持っていないだろう」

彼女は両手を膝の上で握り締め、身を乗りだすと、どうしようもない若造か、よっほど頭がおかしいやつに向かっておとながするような目つきで彼を見据えた。「わたしは働きません」当然のことのように言う。

「きょうは働く。これが当番表だ」

「当番表？」

「仕事当番の一週間分だ。われわれ全員がやるべきことだ」起きてから、かかりっきりで作った予定表を彼女に突きつけた。彼女が顔をしかめてそれを受けとる。

「洗濯をする、手すりを磨く、食料品の買い出し、夕食を作る。忘れたかしら、ミスター・アスタリー、わたしがこの家に来てから、もう二日経っているのよ。手すりが磨かれていた記憶はないわ。このあなたの当番表が日常的に行われていると言い張るのはやめることね」

くそっ。ベネディクトは説得を続けるべく言葉を探した。「きみのような身分の女性によって管理されている家には、磨かれた手すりがふさわしいはずだが？」

アメリアはベッドからおりると、ミセス・グリーンヒルがどこかから掘りだしたに違いないベネディクトの古い部屋着を着た。自分の服を彼女が着ているのを見るのは、どうにも居心地悪いものだ。

アメリアが形のよいきゃしゃな鼻をつんと上に向け、両手を腰に当てる。「もちろん、ふさわしいわ。あの玄関広間で客を迎えるのは恥ずかしいことですもの」

彼はオオカミのような笑みを浮かべた。「この予定表にもうひとり加わったわけだから、きみの高尚な期待をかなえることができるだろう」

ベネディクトは蒸気圧力について、たいていの人々より経験がある。もしもアメリアが機関だったら、明らかに爆発寸前だった。「手すりを磨くためでないとしたら、なんのために小間使いと家政婦を雇っているの？」

彼は肩をすくめた。「ミセス・グリーンヒルは掃除はしない。年を取り過ぎている」

「年を取り過ぎているから、掃除ができないというの？」

「そうだ。彼女はもうすぐ六十歳だ」真面目な顔を保つのは難しかった。アメリアの激怒する表情を目の当たりにして、彼女を見つけたあのいまいましい雪の夜以来初めて、一瞬でも喜びを感じたからだ。ささいなことだ、おそらくは。しかし、レディ・アメリアは彼のなかの最悪の部分を引きだそうとしている。「こんなのばかげているわ。わたしは結婚した夫人として、家政を管理する立場。仕事は委任するもので、自分ではやりません。一家の女主人というのはそういうものです」

けさ早く、まだベッドに横になっているあいだに、ベネディクトは妻のことを考え、こういう反応は予想していた。

一歩妻に近づいた。「一家の女主人ならば、ほかにも多くのことをしなればならないはずだが」彼女の腕に手の甲を触れると、体じゅうを欲望が駆けめぐるのを感じて、ベネディクトは内心たじろいだ。彼女の震え――いま彼が感じている最悪の感情がなんであれ、それを感じているのは自分だけではないという証拠――に、彼の一物がずきんとうずく。それをなんとか抑え、かろうじて次の言葉を言い終えた。「妻の伝統的な役割を担うつもりがあるならば、そう言ってくれ。そうでないなら、これが当番表だ」

まったくのはったりだったが、彼女はそれを知らない。目を大きく見開いているのは激怒のせいだろう。彼に対する怒り？　それとも、自分が感じた震えについてか？　手を離すと、彼女はすぐに後ろにさがった。

「卑劣な人」

彼はウインクし、それがもっともらしく見えたことを願いながら、彼女の机に置いておいた荷物を取って手渡した。「図書室でこの本を見つけた」これは完全なる嘘だった。前もって町に行き、『ベイカー夫人が指南する当世風料理と掃除法』という本を購入しておいたのだ。「役に立つようにがんばってくれ、奥さま」

くるりと向きを変え、ふたりの寝室を隔てる扉に向かって歩いていく彼の耳のすぐそばを、本が風を切って飛んでいき、壁に激突した。

「お手伝いしましょうか？」台所の中央に置かれた長い作業台の端に坐り、脚をぶらぶらさせながら、カサンドラが染みだらけの帽子を差しだした。

アメリアは首を振った。ベネディクトに渡された、まったく似合わない目の粗い布地の仕事服だけでも充分悪い。汚れた帽子に巻き毛を押しこむつもりはない。

「手伝いはいらないわ。どうもありがとう」ベネディクトに役に立たないと断言され、まさにはらわたが煮えくりかえる思いだった。「ごくつぶし。無意味な存在。わしが整えた結婚をする以外になんの価値もない」父親からこうした侮辱の言葉を幾度となく投げられた。その言葉が、よりにもよってこの場所でも響きわたるなんて耐えがたい。

だから、彼に示してみせる。彼が間違っていると証明する。彼が食べたこともないような最高のパイを作れば、彼もレディ・アメリア・クロフトン――いまはアスタリー――が無用とはかけ離れた存在と理解するだろう。

アメリアは壁に掛かった数々の鍋を凝視し、〝中から大〟が実際にどれを意味するのだろうといぶかった。

「前にパイを作ったことはあるの？」カサンドラが訊ねる。

「いいえ、でも、作り方があるわ。その指示通りにすればできるでしょう」

「それはレシピっていうのよ」

「レシピに書いてある通りにやるわ」両手を使って鋳鉄の鍋を持ちあげてフックからはずす。それが台に落ちてぶつかった音はすさまじかった。見かけよりもずっと重たかったのだ。

アメリアはその鍋を持ちあげてストーブの上に載せた。さあ、このあとは？

「ストーブに薪を足す必要があるわ」カサンドラが言う。

たしかに。自分がなにをすればいいかわからないだけでもひどいのに、無能さを目撃されるとは。もちろん、上流社会では料理の腕前がないからといって批判を受けるわけではない。

でも、自分は、愚か者に見られない選択肢があるなら、そちらを選ぶ性格だ。

「もちろんよ。どれを使うかお鍋を先に確認しただけ」レシピには、ストーブに薪を足す方法は書いてない。アメリアは腰に両手を当てて、室内を見まわした。

カサンドラはため息をつくと、作業台から飛びおり、壁の前に置かれた金属製の箱から薪を何本か取った。ストーブの扉を開け、なかに投げこむ。ストーブの下で炎の勢いが増した。

カサンドラがアメリアのほうを向いて言う。「わたしぐらいの年の時にジャムを作った？」

「いいえ」

「クッキーは？」

「いいえ」

「スクランブルエッグは？」

アメリアはため息をついた。「台所に立つのはこれが初めてと言わざるを得ないわ」

カサンドラがまたひょいと作業台に坐った。「子どもの時はなにをしていたの？」

「いまと同じこと——手紙を書いたり、ピアノを弾いたり、刺繍をしたり」台所に食べ物は見当たらない。鍋や平鍋や包丁やタオルがあるだけだ。

台所にないとしたら、食料はいったいどこにしまってあるの？

「なにを探しているの？」

アメリアはカサンドラにレシピを渡した。

「食料貯蔵室」カサンドラが言い、部屋の奥のふたつの扉を指さした。「わたしが乾物のほうの貯蔵室を見るわ。あなたは生もののほうの貯蔵室を見てみて」ふたりは料理に必要な材料をすべて集めて、真ん中の作業台に積みあげた。そのなかから、アメリアはバターを取った。

レシピには、四分の一ポンドのバターと書いてある。四分の一ポンドなんて、どうやって量ればいいの？　アメリアは肩をすくめ、塊全部を片手鍋に入れた。

カサンドラが質問を浴びせ続ける。

「木登りをしたことは？」

「もちろんないわ」

「魚釣りに行ったことは？」

アメリアは目の前の肉の塊を眺めた。匂いだけで気持ちが悪くなりそうだ。「カサンドラ、わたしは淑女《レディ》なのよ。レディは木登りも魚釣りもしないわ」もちろん料理も。

「でも、あなたもずっとレディだったわけじゃないでしょう？　以前は子どもだったはず」

「質問はやめにして、次になにをしたらいいか教えて」

子ども時代のことを考えるのは耐えられない。歩き始め、しゃべり始めた瞬間に、公爵夫人になる訓練に突入した。それでも自分が経験しなかった子ども時代を悔やんだことがなかったのは、それに見合うものを得られるはずだったからだ。でもいまの自分は子ども時代もなく、公爵夫人の称号もない。それは苦い苦い薬だった。

「この包丁を使うのよ」カサンドラがいい、長刃の包丁を手渡した。

アメリアは両手でおそるおそる大きな包丁を持ち、子羊の肉を切ろうとした。肉が動いてしまって、うまくいかない。諦めて、左手で肉をつかむと、そのねばねばする冷たい手触りに危うく吐きそうになった。

指を離し、身を震わせる。彼に必ずこのつけは払ってもらう。

役に立つようにがんばってくれ。

なんとあつかましい。いいわ、彼を驚かせてやる。このいまいましいパイを作って、いまいましい手すりを磨いて、洗濯をして、自分の荷物が届いたら、宝石をいくつか売り払い、姿を消す。せっかくのコレクションをひとつでも失うのはつらいが、重労働を強いられるよりはましだろう。

アメリアが鼻を突く煙に気づいたのと同時に、カサンドラが息を呑み、台から飛びおりてストーブに走り寄った。その一秒後、平鍋のなかのバターに火がついた。

アメリアはカサンドラをつかみ、炎から遠ざけた。平鍋からあがった黒い煙が入って目がちくちくした。幸い、火は大きくならずに鍋の下だけでとどまった。

「あなたのお兄さんを殺してやるわ」アメリアは食いしばった歯の隙間から言葉を押しだし、やかんの取っ手をつかんだ。

「だめ！」

しかし、その警告は遅すぎた。カサンドラの悲鳴にアメリアは振り向いたが、その時にはすでに、やかんをひっくり返していた。ものすごい音が鳴り響くと同時に火が燃えあがり、平鍋から炎が飛び散った。

火が服を焦がし、肩に激痛が走る。垂れた金髪の巻き毛にも火がついた。なにも考えず、なんの心の準備もないまま、アメリアは頭についた小さな炎をつかんだ。炎が手のひらを焦がす。

「きゃああああ!」

これまで感じたこともない恐怖に、アメリアは息ができなかった。その痛みは激しく圧倒的で、まさに想像を絶するものだった。手のひら全体と指三本にみるみる水ぶくれが広がる。アメリアの口から哀れっぽい声が小さく漏れた。なぜ? なぜすべてがうまくいかないの? こんな田舎の僻地に閉じこめられただけでは不充分だというの? こんな拷問が必要なの?

アメリアは火傷の箇所をふうふう吹いて、痛みを癒やそうとしたが、空気の流れは痛みを増大させただけだった。「わたし……ああ……」火傷の激しい痛みに圧倒されて、思いがまとまらない。

「こっちに来て」カサンドラがアメリアのもう一方の手首をつかんで流し場まで引っぱっていき、そこにあった冷水のバケツにアメリアの手を浸した。「そこに坐って、水が温かくなるまでそのまま浸けておいてね。もうひとつのバケツも汲んでくるから」

十二歳の少女が流し場の扉のそばにあった空のバケツをつかみ、走って出ていった。

ふいに空っぽになった部屋と慣れていない場所、そして、きょうとこの数日に受けた衝撃がついにアメリアを打ち砕いた。涙があふれてむせび泣きに変わる。必死に息を吸いこんでも呼吸ができない。

自分は道を見失った。もはやなんの目的も見いだせない。

自分の人生にはひとつの役割しかなかったのに、自分の価値は、結婚することで得る権力と影響力だけとわかっていたのに、それに失敗した。

いつカサンドラが戻ってきたかもわからなかった。気がつくと、少女はアメリアの肩甲骨のあいだを大きく優しくさすっていた。

「大丈夫よ」カサンドラが言う。「町に行って、パン屋でパイを買ってくればいいわ」

「わたし……わたしはただ、彼に自分が正しいと思わせたくなかったの。役に立たない人間になりたくなかった」涙を拭おうとして、そんな状態の自分を見られたことに屈辱を覚えた。公爵夫人はどんな時でも冷静でいなければならない。

「兄に言う必要はないわ。わたしだって、いつも全部報告しているわけじゃないもの」

アメリアは目の前の少女を見つめた。カサンドラの顔は同情と優しさと思いやりに満ちていた。これほど率直な温かい表情を、これまで向けられたことがあっただろうか？

「大丈夫よ」カサンドラが繰り返した。

アメリアはうなずいた。涙を拭い、鼻をかもうとハンカチを探したが、どこにも見つからない。

「エプロンを使ったらいいわ。だれにもわからないから」

アメリアは笑った。ほんの少しだけ。そして、エプロンの端を使って顔を拭いた。この家のだれかの前で恥をかくとしたら、このアスタリーの妹がいい。

その時、食器洗い場の扉が開き、アメリアがもっとも見たくない人物が戸口に現れた。

「いったい全体、なにが起きたんだ？」

8

そこは大変なことになっていた。

ベネディクトは燃えている台所に入った。だれもいない。ストーブはごうごうと燃え、床には子羊の脚が転がり、作業台の上のぼろ布からも煙があがっている。燃えた油と、なにか鼻をつくつんとした匂いが室内に充満している。彼は蓋をつかんでオーブンの上に置き、鍋の火を消した。次にまな板をつかみ、煙が出ている布を叩いた。

女性たちを探した。心臓が早鐘を打っている。

そして見つけたものに思わず立ちつくした。

アメリアの顔は煤だらけで、涙の流れた跡で汚れていた。髪は髷が取れて、先が焦げている。片手を流し場に置かれた水のバケツにつけている。

その光景にベネディクトの胃がもんどりを打った。「なにがあった?」訊ねながら四歩で部屋を横切り、片手で彼女の腕をつかんだ。

真っ赤な火傷の跡が、そうでなければ完璧な肌をひどい様相に変えていた。

「事故があったの」すべてが大混乱状態なのに、アメリアがなぜこんなに落ち着きはらい、自制していられるのか、彼にはわからなかった。彼女の声は少しも震えずにむしろ横柄で、毅然としていた。

しかし、これは事故ではない。正確に言えば。

妻にあのとんでもない当番表を渡した段階で、ベネディクトは妻が台所でなにをすべきかまったく知らないとわかっていた。大失敗を期待していただけだ。完膚なきまで失敗してほしかった。だが、その過程で怪我をするとは予期していなかった。

もっとよく考えるべきだった。「申しわけない」

「申しわけない？　わたしという人間だけでなく、わたしの行動まであなたの責任下にあるとは知らなかったわ、ミスター・アスタリー。わたしになんらかの自主性を与えてくれる時は知らせてほしいわ、たとえそれが、わたしの過ちに関することでも」

ベネディクトは妻の手を離し、後ろにさがった。「謝罪する」

彼女が片方の眉を持ちあげた。もしも涙の跡が見えなかったら、そして背後で妹が警告するように首を振っていなかったら、目の前の女性が示している非常に優れた見せかけに気づかなかったかもしれない。

それは、彼がはからずも彼女からすべてを奪いとったあと、彼女に唯一残されたものだった。

「カサンドラ、デイジーに軟膏をもらってきてくれ」彼は言った。「今夜はぼくが料理する」

ベネディクトはサイドボードのそばに立って、焦げたトーストにジャムを厚く塗り、その上に同じくらい厚くマーマレードを重ねた。

ミセス・グリーンヒルの目が悪化して料理ができなくなって以来、楽しい朝食は科学の実験となった。焦げたトーストの味を隠すに充分なジャム。ジャムの糖分を隠すに充分な苦いマーマレード。

そのトーストを口に押しこむまで、彼はサイドテーブルから振り返らなかった。すばやく食べて、深く考えないのがこつだ。

部屋の中央に戻ろうと振り向き、戸口にレディ・アメリアの姿を見た瞬間、ベネディクトは思わず咳こんだ。彼女はこれまで朝食に一度もおりてこなかった。しかも、ふくらはぎをかすめるくらいの丈のほっそりしたドレスも、初めて見たものだった。前日に滑稽なほどたくさんのトランクが到着した。その時は、ひとりの人間がこんなに多くの物を持つのはありえない無駄だと思った。いまは、彼の心臓の鼓動をこれほど早める品物が、どれほどたくさんあるのだろうかといぶかっている。

「おはようございます、ミスター・アスタリー。この家では、食卓で食事をするのをやめたのかしら？　床に坐って野蛮人のように食べるために、食卓は薪にしましょうか？」

やれやれ、これが彼の妻だ。必ずなんらかの見解を述べる。

「レディ・アメリア。もう起きたのか？　まだ七時だが。具合が悪いのか？」彼は食卓の上《かみ》手《て》のお茶とチョコレートが置かれた席に坐った。ふと白いリネン地に小さな黒い染みがついていることに気づいた。妻が室内にいるだけで、あらゆる欠点を強調される気持ちになるのはまったくいまいましい。

「元気ですわ、ありがとう」彼女が言い、部屋を横切ってサイドボードに歩み寄った。目の前の選択肢を見て鼻の上に皺を寄せ、過度なほど長く考慮した結果、皿にオレンジを載せた。「このアビンデイルから動けないことは明らかですから、元気を出して毎日を過ごすことにしました」

「本当に？」彼は驚きを隠せなかった。これまでの彼女は、彼が毎朝、部屋のカーテンを開け放っているにもかかわらず、頑なに十時過ぎまで自室を出ようとしなかった。朝はいつも、当番表に書かれた任務を彼女がそっけなく拒絶し、彼女の雑用を免除することを彼が断固拒むという意志の戦いが繰り広げられてきた。きのう、ふたりは互いに譲歩した。彼女は傷んだ絨毯の修復を選んだ。そしてきょう、彼は着替え室に行き、自分のシャツの破れがすべて、花の刺繍できれいに補修されているのを発見した。

「きょうはやるべきことがたくさんあるわ、あなたのばかげた当番表に従えば。寝具類をすべて洗濯し、蜘蛛の巣を払い、銀器を磨くとなれば、早く始める必要があるでしょう」妻は彼の左側に坐り、食器一式をきちんと並べると、ナプキンを広げた。その動作を見ただけで彼の脈拍は不規則になる。彼女が彼に与える身体的影響は、時の経過によって減少するどころか、むしろ強まっている。

彼は椅子のなかで身じろぎした。「本当にそれを全部やるつもりか？」会話に集中すべく質問をする。

彼女が、冗談でしょう？　という表情を彼に向けた。「もちろんやらないわ。きょうは借地人を訪問するつもりです」

「ふたりいるが、両方とも？」

「ええ」ナイフを取り、次にどうすればいいかわからないかのように戸惑った面持ちでオレンジを眺める。偉そうな振る舞いを芸術的に行使する女性であるがゆえに、彼女には、生きていくために必須の基本的技能が欠けている。

「ぼくにくれ」彼は受けとったオレンジを剝き始めた。「なぜ突然借地人を訪ねようと思いついたんだ？」

「それが田舎の地主であるわたしたちのすることでしょう？　わたしたちよりも幸運でない人々を訪ねるのが？」彼女の言葉は、田舎の地主への痛烈な皮肉に満ちていた。

「そして、寛大なるレディ・アメリアは一室しかない田舎家で、五人の子どもたちが壁をよじのぼって遊んでいる真ん中に坐り、ボンドストリートの散策はおろか、ロンドンに足を踏み入れたこともない女性とおしゃべりするわけか？」

最後のひと皮を剝くのに少し力を入って刃が親指に当たり、その傷に汁がしみて痛んだ。

彼女がオレンジを受け取った。「これまでずっとロンドンで暮らしてきたけれど、ワイルドフォード公爵夫人になっていれば、エドワードの数多い借地人全員を訪問するのがわたしの責務となったでしょう。あなたとわたしの借地人がふたりであっても、その人たちを訪問するのはわたしの義務ですから」

彼女は力を入れてオレンジを切った。「あなたがわたしの立場をどう考えているか知りませんが、多くの人は自分の責任を真剣に考えているものよ」

「多くの人が？」彼の経験によれば、彼女の階級の人々は、彼らに依存する人々の面倒を見るよりも、自分たちのクラブとブランデーとカードに関心を持っている。ベネディクトが自分のものでない地所においても、屋根を葺き直したり柵を作る支援をせざるを得ないのがいい例だ。

「もちろんよ。地位が高ければ高いほど、面倒を見るべき人々の数も多くなるわ。安定と安全、そして収入を――たいていは司法も――与える必要がある。重責ですが、わたしは得意だと思います」

「得意だと思う。実際にしたことはないということか？」

彼女の唇がぐっと結ばれた。「前にも言ったように、わたしはずっとロンドンで暮らしていましたから」

「きみの父上は？」

ナイフを握る手がわからないほどかすかにこわばった。「父の不在の時にしっかり管理してくれる管理人がいました」

「本気でそう信じているのか？」

彼女が怒りのまなざしで彼をにらんだ。この件をもっと追求したかったが、彼女の父親がろくでなしということはどちらもわかっているし、この点について議論しても人生は楽にならない。

「それで、訪問する時はなにを持参するのかな？　デイジーに食べ物のかごを用意させるのか？」

「そして、この食事をほかの人たちに押しつける？」そう言いながら、オレンジをひと切れフォークで差した。「まずは村を訪ねようと思っています。あそこのパン屋は美味しいと聞いたわ。食用に適した食べ物をかごに詰めてくれるでしょう」

「それはいい考えだ」彼は少し考えた。「それに、実を言えば、きみの訪問を彼らは喜ぶはずだ。計画してくれてありがとう」彼女にほほえみかけ、笑みが返ってきたことを心から嬉しく思った。休戦を結べたのだろうか？「きのう届いたたくさんのトランクのなかに、きみの侍女は見当たらなかったが。母親の具合はまだ悪いのか？」

アメリアの顔がほんの一瞬わずかにゆがんだ。すぐに無表情に戻ったが、答える口調はいつもより少し早口だった。「母親は完治したけれど、リードはここに来ません。わたしの境遇が変わったことで、わたしの侍女という地位は彼女にふさわしくないということです」

おっと。これはかなり傷つく侮辱と言える。「それは申しわけない」

「大したことじゃないわ」

実際は大したことのようだが、彼女がそれについて話したくないことは明らかだ。仕方なく、彼はそばにあった一日遅れの新聞のほうに目を向けた。ページをめくるとインクで指が汚れた。かさかさと鳴る音にアメリアは目をあげ、オレンジに目を落とし、またすぐに新聞を見やった。

「読みたいかな？」

彼女がほほえんだ。「社交欄のページだけ、終わってから読ませてくだされば」

「いや、そのページは読んでくれてかまわない。ぼくは朝一番には読まないからね」

その何ページかを渡した時、手の甲が彼女の指先に触れた。彼女が近すぎる時に必ず感じる火花が全身を突き抜ける。ふいにズボンの穿き心地が悪くなり、彼は椅子のなかで坐り直した。

妻に対して感じるこの渇望はきわめて不都合だ。ほかの女性たちはその都度、美辞麗句やちょっとした贈り物で楽しませ、その魅力を堪能したのち、友好的に袂《たもと》を分かってきた。この渇望を行使できるはずの唯一の女性が、彼がそうする勇気が出ない唯一の女性とはなんと滑稽なことか。拒絶されるだろうし、その後の共同生活はさらに気まずくなるだろう。

目の前の記事に集中しようとしたが、紙面の縁から彼女を盗み見ずにはいられなかった。髪はうなじできっちり髷にまとめられている。耳のところで短い巻き毛が揺れている。ゴシップ欄を熱心にめくる彼女の顔には期待の表情が浮かんでいた。

彼は無理やり視線をそらし、目の前の活字を見つめた。

そして心のなかで悪態をついた。くそっ。

そこにあった。彼の結婚がついに新聞に掲載された。ビジネス欄の小さい記事で、ベネディクトが上流階級の女性と結婚したことを受けて、工場の将来的な展望を検証していた。アスタリー＆バーンズワースの共同創立者アスタリーは方針を転換したのか？　彼の新しい関係により、同社は有利な契約を結べるようになるのか？

最悪だ。

この結婚がビジネス欄に取りあげられたとすれば、社交欄にも当然載っているだろう。彼は目をあげ、妻の顔から血の気がすっと引くのをちょうど目撃した。

「アメリア」

彼女の手が震えている。お茶がカップの縁からこぼれ、食卓に置いたカップがかすかにかたかたと音を立てた。

「なんと書いてある？」自分には想像しかできない。紙面を取ろうと手を伸ばしたが、彼女が届かないように持っている手を移動させた。

彼女のわずかに持ちあげた眉と、わからないほどかすかに傾げた首の動きを除いて、記事の内容を示唆する徴候はなかった。この女性は服を着たヤギの群れについて書かれていても、天気予報と同じくらい冷静に読むのかもしれない。

だが、秘密がばれたことは明らかだった。レディ・アメリア・クロフトンは彼を一顧の価値もない人間と思っていたはずだが、彼の素性はロンドンではかなり知られている。彼女も彼の縁故関係を発見したに違いない。

妻は記事を読み終わると、なにも言わずに新聞をたたみ、彼に手渡した。「そうね、いろいろ情報を得ることができたわ」おかわりのお茶を注ぐと、静かにすすった。

彼は紙面を開いた。くそっ。

成りあがり者が新たな高みにのしあがった。

伯爵令嬢は誘拐されたのか？

傷ものにされたのか？　結婚を強制されたのか？


見出しの下には、巨人ほどの大きさのベネディクトがレディ・アメリアを肩にかついだスケッチが添えられている。

耳の奥がどきんどきんと脈打った。体が震える。彼は片手に持った新聞を握りつぶした。誘拐？　結婚を強制？　自分はたったひとり田舎道を急いでいた伯爵令嬢によって、婚約者に対して正しいことをするのを拒否した公爵によって、そして悪意に満ちた噂話を広げる伯爵によって、望んでもいない結婚をするはめに陥った。それなのに、その自分が悪人か？

ベネディクトは新聞を食卓に叩きつけた。

「くそっ」レディの前で悪態をつくべきではない。「ちくしょう！」

食卓を押して椅子をさげ、両手で髪を掻きあげた。どうするべきだろうか？　立ちあがり、長い食卓沿いに大股で歩いた。壁まで行くときびすを返し、また戻った。この記事ですべてが台なしになる可能性もある。悪影響の結果が次々と思い浮かぶ。先手を打つ必要がある。

アメリアがティーカップの縁越しに、無表情で彼を眺めている。

「きみは表情を変えることはあるのか？」彼は訊ねた。

彼女が片方の眉を持ちあげる。「わたしは英国人です。感情を大げさに表すことはしません」

「ぼくも英国人だが」

「そう、でも、どこかにフランス人の血が入っているに違いないわ」そう言うなり、食事を中断する価値があることなどなにも起こらなかったかのように、皿の上の切ったオレンジに視線を戻した。しゃくに触る女だ。

「これは不公平で不当な記事だ。ぼくがしたのはただひとつ、きみのいまいましい人生を救ったことだけだ」

彼女はフォークでオレンジを突き差した。「もちろん不公平だわ。人生はつねにそう。いまそれについて議論すべき？　それともあなたが癇癪を起こすのをただ見ていればいいかしら？　食器をどかしましょうか？　さもないと、壁に叩きつけて、憂さ晴らしをしそうだから」

彼の意識を現実の惨事に向けさせようという、最後のからかいの言葉はあえて無視する。社交欄はすべての人々が読むものだ。すべての女性たちが、という意味だが、当然ながら、その夫たちも妻から噂を聞くことになる。ロンドンの貴族を気にしているわけではないが、自分の評判は守らなければならない。貴族社会のばかげた評価ではなく、正直で高潔で公正な取引をする実業家という評判のことだ。誘拐という噂によって、その評判がずたずたになる可能性もある。

被害を最小限に抑える行動が必要だ。いますぐに。

彼はアメリアを見やった。すました様子で席に坐り、お茶を飲みながら、彼が行ったり来たりするのを眺めている。

彼女の助けを得ない限り、この状況を変えられないことは嫌でも認めざるを得ない。

彼は妻の向かいの椅子に坐り、白いリネンに両腕を置いて、表情を抑えるように心がけた。

「きみはなにを考えている？」彼女に訊ねる。

「わたしがなにを考えているかですって？　わたしが実際は工場の労働者と結婚したのでないことを、あなたがいつ言うつもりだったかということ」感じのよい口調だったが、その目に浮かんだ表情は、ふたりの寝室のあいだの扉の鍵を強化すると断言していた。

彼女が言葉を継ぐ。「それから、なぜわたしたちが、庭もなく、使用人もほとんどいない状況で、かび臭くて古びた家具しかない荒れ果てた家の半分で暮らしているのかも不思議に思っているわ」

さあ始まった。これこそ彼女の抱える問題の核心であり、英国でもっとも自己本位な女性だというさらなる証拠だ。

「それで怒っているのか？　きみにかしずく使用人が充分にいないからか？　自分の髪を梳かし、自分のベッドを整えるのが面倒だからか？」

彼女は食卓の縁を、まるで彼の首に手をまわしているかのように強く握り締めた。「あなたはハ、ハ、ハ、ハリントン侯爵の孫でしょう！　しかも、ロンドンの半分を合わせたよりもお金持ち。

それなのに、こんな生活をしているなんて！」彼女は手を振って彼の焦げたトーストと自分の果物を示した。「良心に照らして受け入れがたいわ」

「良心？　受け入れがたい？　誘拐の告発のように？　エリート意識しかない無益な貴族たちをただ楽しませるために、男の評判を粉々に破壊するように？」

「なんの評判？　ああ、仕事のことね！　心配する必要ないでしょう。一週間もすれば消えるばかげた噂話で、あなたの評判がこれ以上落ちることなどあり得ないわ」

彼は悪態をついた。彼のなかの苛立ちすべてをこめてののしった。思いつく悪魔の権化すべてに対してののしった。彼女の美しい顔に浮かぶ優越に満ちた表情を揺るがすためにののしった。

彼が新しい蒸気機関車を建造する契約ができるかどうかに、村全体の人々の生活がかかっている。その契約が、この噂話のせいで頓挫するかもしれない。しかしそれも、かいがいしくかしずかれたいという妻の希望に比べれば重要でないらしい。

金に不自由せずに育つ環境を妹に与えないという彼の決断に確証が必要だとすれば、まさにこれがそうだろう。

アメリアがスカートを撫でつけた。「本当のところ、ハリントン卿が連絡してこないことに驚いているわ。いつも完璧なほど礼節を重んじる方だから」

祖父の名前を聞いたとたん、頭のなかでどくどくと血管が脈打った。

「ここの家族はあの男となんの関係もない。それに関して議論の余地はない。きみがあの男と関わることを禁じる」

妻が笑みを浮かべた。「なんであれ、わたしに禁じることができると思っているなら、あなたはわたしをわかっていないわ」

「本気で言っている。あの男は最低最悪の人間、無慈悲で残酷なろくでなしだ。この家は、あの男に関することをいっさい受け入れない。存在も金も名前もだ」

「愚かしいことだわ。実業家を名乗りながら、家庭環境がもたらす優位性とつながりに背を向けるなんて。かび臭い古びたオフィスよりも、舞踏会場のカードルームのほうがずっと多く契約が決まることを知らないの？」

「これに関しては議論の余地がないと言ったはずだ」妻とのあいだに距離を置く必要に迫られ、ベネディクトは部屋を飛びだした。彼女はすべての点で、まさに彼が憎んでいる上流階級そのものだ。彼女と結婚したことで、すべてがぶち壊される。


アメリアはベネディクトが出ていくのを待って、床から彼がくしゃくしゃにした紙面を拾った。

内心激怒していた。そもそもの最初から、彼はアメリアを愚か者のように扱ってきた。ずっとばかにして笑い飛ばしてきたのだ。残りの持ち物と一緒に自分の宝石が届かなかったことで、きのうの午後ずっと涙にくれていたのに、実際はその分全部合わせた十倍の宝石でも購入できる男と結婚していたと知ったことへの激怒だった。

きのうの夜は、一晩じゅうベッドに横になって、低収入の土地しか持たない地主階級としての人生を受け入れようとしていたからだ。

でも、もう関係ない。少なくともいまは明るい道が見えてきた。換金する宝石がなくて、逃げだす資金にしたり手伝ってくれる侍女を雇ったりできなくても、ぼろを着て床をこするシンデレラでないとわかった。自分には守ってくれる妖精がいる。この結婚を――そして夫を――、彼女が望むものに変えればいい。レディ・アメリアと侯爵の孫にふさわしいものに。

「デイジー！　カサンドラ！　町に行きましょう」

9

ひどい一日だったのを象徴するように、家に戻るために工場を出た頃、雪が氷のように冷たい雨に変わった。外套のフードのおかげで顔は濡れなかったが、その雨は外套の裏地の羊皮越しに感じられるほど冷たかった。皮に水が跳ねて黒く染みになっている。

帰宅して湯気の立つ風呂に入り、栄養のある食事をとってから、彼女を坐らせて、できるだけ感じよく、この家族にとって質素な暮らしがなぜ最善の選択肢なのかを説明する。いまでも充分な特権——頭の上の屋根、食卓の料理と、愛する家族——を有しており、上流階級にへつらう必要はなく、すべてにおいて過剰さも無駄遣いも無用だ。時間はかかるだろうが、彼女もわかってくれるはずだ。贅沢でなくても、幸せに暮らせることを。

表玄関の前に敷かれたマットで足を交互に踏んで汚れを落とそうとしていると、玄関扉が開いた。トム・グリーンヒルが、態度から、のりをつけてアイロンをかけたらしきシャツの前立てまで、すべてがこわばった様子で、背筋を伸ばして立っていた。

「トム、大丈夫か？」

「ごきげんよう、ミスター・アスタリー」彼が腰をかがめた。ぎくしゃくと音がしなかったのが驚きだった。

「いったい全体どうした、なにかまずいことがあったか？」ベネディクトは訊ねながらなかに入った。三十年間、トムは一度たりとも彼をミスター・アスタリーと呼んだことはない。トムは彼の後ろに立って手を伸ばし、ベネディクトの外套の下襟を持って脱がそうとした。

ベネディクトは数歩離れた。「やめてくれ、おい。なにをしているんだ？」

「旦那さまの外套をもらおうと」彼の顔もその動きと同じくらいぎくしゃくしていた。

「旦那さま？」

なるほど、これは妻のせいだ。自分が出かけているあいだに、どんなばかな考えを思いついたんだ？

「自分の外套くらい自分でかけられる」くそっ、この弱々しい白髪の男は外套の重さでくずおれてしまうに違いない。

「もちろんです、旦那さま」

彼が扉の脇の棚に外套をかけている時、毎朝新聞を配達する地元の若者がやってきて、立ち止まらずに奇妙なお辞儀をしながら、玄関広間を横切った。

いったい全体なにごとだ？　その若者についていくと、若者は食堂を抜けてキッチンに入っていった。そこは混沌の極みだった。目を疑うような混沌だった。

村人の半分がそこにいて、鍋を磨いたり、食材を切ったり、床を掃いたりしていた。全員の長としてパン屋のミセス・ダガンが、まるで軍隊の司令官のように木のさじを指揮棒にして、大声で次々と指示を出している。

ベネディクトを見たとたん、ミセス・ダガンはさらに張り切り、自分の娘を軽く叩いてどかしながら言った。「ここに来てはだめですよ、ミスター・アスタリー。あなたの場所じゃないし、邪魔ですよ」

彼が膝丈のズボンを穿いていた頃から、ミセス・ダガンにはベニーと呼ばれていたから、彼女の新たな丁重さは嬉しくない。「ミセス・ダガン、ぼくのキッチンでなにをしているんだ？」

「いまはわたしのキッチンですよ。さあ、出ていってください」そう言ってからややためらった。「お願いしますよ、旦那さま」

彼はキッチンを出ると、叩きつけるように扉を閉めた。「アメリア！」大声で怒鳴る。「アメリア！」

階段をのぼろうとした時、東の翼に通じる扉が開いているのに気づいた。母が出ていってから初めてのことだ。母の使っていた居間にふたりの子どもが坐り、ろうそく立てを磨いていた。目を丸くして彼を見あげる。

「レディ・アメリアを見たかな？」

子どもたちは首を振った。「こちらでは見てないです、閣下」ひとりが答える。

「ぼくは閣下じゃない」自分は間違いなく、妻の思いつきを満足させるひとりにはならない。

階段をひとつ飛ばしでのぼっていった。「アメリア！」

正気の沙汰じゃない。いったいなんの権利があって、人々を彼の家に連れこんだ？　ノックもしなかった。ただまっすぐに彼女の部屋に入っていった。

彼が入っていくと、三つの頭がくるりと彼のほうを向いた。心配そうに見開いた目がふた組、三組目は冷たい笑みを浮かべている。

「カサンドラ、デイジー」声をかける。もちろんアメリアは、人間の盾で彼女のまわりを固めているわけだ。

デイジーが手を止めた。両手でアメリアの髪を持ち、歯のあいだにヘアピンをくわえている。「くわっか」

「ぼくは閣下じゃない」

「デイジーがわたしの髪もやってくれるのよ」カサンドラが嬉しそうにほほえんだ。

「おまえは三つ編みをするだけだ。それが大変なのか？」

妹がたじろぐのを見て、ベネディクトはそのような状況に彼を追いこんだ妻を呪った。

「アメリアが、わたしも髪を結いあげる年頃だと思うって」カサンドラがためらいながら言う。「若いレディのように。それに、天気がよくなったらすぐに、買い物にも行くと言っていたわ。もう少し美しい生地の服を着る年ですって」

これだ。これこそカサンドラを育ててくるあいだずっと、避けようと努力してきたことだ。彼には妹を、自分が育ったように育てる正当な理由があり、上流社会の厚かましい小娘にそれを変えさせはしない。

ベネディクトは深く息を吸いこんだ。「そう言われたのか？　レディ・アメリアには、ずいぶん多くの考えがあるようだ」

アメリアは黙って坐り、そのやりとりを聞いている――彼の妹に援護射撃をさせて嬉しいはずだ。

「アメリアがお兄さまに似合うスタイル画も見つけたのよ」カサンドラが立ちあがり、アメリアの化粧台から何冊かの雑誌を取ってきた。何ページかにリボンを挟んである。そして兄を見あげてにっこりした。「わたしはこれが一番好き」

ひどいものだった。青いズボン、紫色のシャツ、緑色の胴着。ペーズリー柄のクラヴァットは、非常に複雑な結び目になっているから、どんな男も自分では結べないだろう。

スタイル画全部を火のなかに投げこみたかったが、妹が嬉しそうに彼を見つめている。カサンドラにここまで期待を持たせたアメリアの首をねじり取ってやりたかった。「考えてくれてありがとう。だが、ぼくはいまの服で満足している。アメリア。話がある」

彼女はため息をつき、巻き毛を梳かしていたデイジーに手振りで作業をやめさせた。「楽しみを邪魔するわけね」

「デイジー、カサンドラを下に連れていって、遊んでいてくれ」彼の声が緊張しているのがわかったらしく、女中は彼の妹の手をつかみ、あっという間に部屋を出ていった。

「閣下ではないと言いながら、あなたは明らかに閣下のように振る舞っているわ」アメリアの辛口の皮肉が彼を苛立たせた。皮膚の内側から首筋を這いのぼるような感覚に、ベネディクトは思わず歯を食いしばった。

「ぼくの家がなぜ人々でいっぱいになっているんだ？」

「わ、わたしたちの家をいっぱいにしているのは、家をよい状態に戻し、住人にふさわしいやり方で管理するために雇われた人々よ」

彼は歯ぎしりした。「三十年間、この家は住人にふさわしく管理されてきた」

「本当に？」いったいどうやってこの女性は、一語か二語の言葉に軽蔑と愚弄と不信と挑戦のすべてをこめられるのか、彼にはわからなかった。

彼女がさらに言う。「この家が侯爵の孫と伯爵の娘にふさわしいということ？　わたしの知性を侮辱しないで」

彼女は唐突に話をやめて鏡のほうに向き直り、ほつれた髪をいじり始めた。

彼女のそっけない拒絶は、ふたりが初めて出会い、彼女が彼の存在すら知らなかった時とよく似ていた。彼女のなかで苛立ちと心の痛み、怒り、そして困惑が高慢な自尊心と闘っている。

「ジョージ国王の娘だったとしても関係ない。きみはただの面倒な役立たずだ。それにあの侯爵を家族だなんて認めない」

その言葉がようやく彼女から感情を引きだした。象牙のブラシを化粧台に叩きつけ、くるりと身をまわして彼と向き合った。「あなたはそうでないかもしれないけれど、あなたの妹はどうなるの？　お願いだから、ベネディクト、彼女はすばらしい結婚をするチャンスがある。もともと美しいし、あなたが自尊心は抑えて受け入れることができれば、よい縁故関係もある。しかもあなたの資産とわたしの指導によって、社交界のダイヤモンドになれるわ」

彼女が描いてみせたこの絵こそ、ベネディクトが恐れている最悪の悪夢だ。

「社交界のダイヤモンドとなったことで、きみはどんないいことがあったのかな、プリンセス？」

このあてこすりは効き目があった。唇をぎゅっと結び、彼からできるだけ離れようとするかのように坐り直したのと、一瞬目をそらして色褪せたカーテンと擦り切れた絨毯を見やり、ほとんどわからないくらい身を震わせた様子からその効き目ははっきり見てとれた。

こんなことを言わせる妻をベネディクトはうらんだ。

「人間の悪い面しかない汚水溜めのようなところに妹を入れる気はさらさらない。それから、子どもの時から一緒に育ってきた男たちに、食事を運ばせたり靴を磨かせたり、まるでぼくが彼らよりも上であるかのようにお辞儀をさせたりするつもりもない、いまいましい貴族と結婚したからといって」最後の言葉はおのずと吐き捨てるような言い方になった。

「あなたは偽善者だわ」偽善者という言葉をわざと切ってゆっくり発音しながら、妻は立ちあがり、両手を腰に当てた。「あなたは労働者階級に安全と収入をもたらす重要性について話している。まさにそれをわたしは提供しようとしているの」

「きみの気まぐれに屈し、他人に奉仕する人生をか？　悪いが、ぼくにはその利点がまったくわからない」

彼女は指で一本ずつ折りながら数えあげた。「まず、よい給金をもらえるわ。それから、大邸宅で働く技術を身につけ、正当な評価とよい推薦状を書いてもらえる。彼らの前に仕事の道が開かれるでしょう。その利点がわからないとすれば、それはあなたが偏見にとらわれているからだわ」

妻が彼を、偏見があると責めている？　自尊心剝きだしで、だれのことも鼻であしらう彼女が？　たった三人の名前を覚えるのに一週間もかかった彼女が？

「何十人も人を雇うお金があるのに」彼女がさらに言う。「そうしないのは利己的だわ。残酷とさえ言えるでしょう。でも、いいわよ、どうぞ、あそこに出ていって、自分がどうしようもない頑固者だから、これ以上仕事は与えられないと、あの人たちに言ってくださいな」

彼は両手で髪を掻きあげた。出し抜かれるのは嫌いだ。もちろんこの部屋を出ていって、人々を首にするつもりはない。

「これはきみが決断することではない。先にぼくに相談すべきだった」

「あなたは同意したかしら？」

「もちろんしない」

彼女が肩をすくめた。「では、あなたに相談するのはなんの意味もないわ。許可されないとわかっていることの許可を得るなどあり得ないでしょう」

彼は部屋のなかを歩きまわった。一周するたびに部屋が小さくなっていき、壁が大きく迫ってきた。「アメリア、きみが招いた事態なんだから、きみがなんとかするべきだ」

妻が憐れみのまなざしを向けた。「なんとかしたわ。あなたも落ち着いたら、わたしに感謝するはずよ」

彼女の優しい口調——まるで戦いに勝って、敗者を慰めているような口調——に彼は苛立った。たしかにこれは戦いで、自分は戦っていることさえ知らないうちに負けていたからだ。

彼女のほうも見ずに彼は部屋から飛びだし、村から来ている若い娘に危うくぶつかりそうになった。娘が跳びのいた。そして、彼の激怒の表情を見て、目を見開いた。

ついに自分は、若い女性を恐がらせる怪物になってしまったか。

「すまない」ぶっきらぼうな口調にならないよう心がける。

「大丈夫です、閣下」娘が足を曲げてお辞儀をした。

「ぼくは閣下じゃない」

「はい、閣下」

彼はため息をつき、寝室の扉に向かって歩きだした。

「あなたにお礼を言いたくて」娘が背後から彼を呼び止めた。

彼は振り返った。「なんのお礼を？」

「この仕事です。母は病気で、これまでやっていたシーツを洗う仕事ができなくなったんです。わたしがここで仕事ができると聞いて、すごく喜んでいました。しかも、レディ・アメリアが、ここで仕事をして、夜は母のところに帰っていいって言ったんです。親切な方です」

親切？　彼女は悪魔の化身だ。それが見えているのは彼だけか？

「おやすみ――」しまった、この娘の名前を思いだせない。

「サラです、閣下――いえ、旦那さま」

「おやすみ、サラ。きみが期待したような仕事であることを願っている」もちろん、そうでないと思っていたが、彼にできることはなにもない。妻にはめられた。またもや。

10

「本気であなたのお兄さまを作るつもりなら、もっとたくさん雪がいるわね」アメリアは目の前のまだ半分しかできていない雪だるまの巨人を眺めた。

「あなたに必要なのは頭の部分だわ」カサンドラの前に立つ女性の雪だるまはもうほとんどできあがっている。

「そうね」クマほども大きな身体の夫は同じくらい大きな自尊心の持ち主だ。この雪だるまもそれを反映させる必要がある。

カサンドラがあきれ顔で目をくるりとまわしてみせ、小枝をもっと集めに林まで駆けていった。

アメリアはかがんで雪の玉を作り始めた。スカートの裾はすでにびしょぬれになっている。最初は彫像の形について助言する役割だったが、ブーツのなかまで冷気が染みこんで凍える寒さだったうえに、カサンドラはこのちぐはぐな家族全員の雪だるまを作ると決めていた。というわけで、全体の進捗状況を促進させるために、アメリアは雪で遊ぶための基本的な五分間講習を受けたのち、人生初の雪だるま作りを開始したのだった。

「おやおや、こんな光景を見るとは思っていなかった」背後から聞こえてきた夫の低い声にアメリアは跳びあがった。「レディ・アメリア・アスタリーが雪遊びをしているとは」

アメリアはいぶかりながら彼を見あげた。昨夜の言い争いのあとで、彼はどんな気分なのかしら？　これまでのところ、彼は家事の勤務表のことを除けば、アメリアが知るだれよりも辛抱強かったが、きのうは彼の同意なく使用人を雇い、その忍耐心を追い詰めた。夜よく眠れて、論理的に考えられるようになっていることを願うしかない。

彼が少年のような恥ずかしげな表情を浮かべ、両手をからかうように持ちあげた。これなら、言い争いなしできょう一日過ごせるかもしれない。

唇をゆがめて少し曲げた表情は柔らかく、そいだような顔の輪郭と対照的だ。一日分伸びた顎の無精ひげに夕日が当たっている。長く伸びた影が、硬く引き締まった体つきを如実に示している。いろいろ責めるべき点はあるが、夫が魅力的な男性であることは間違いない。

残酷なまでに魅力的。

言い争いをやめて、彼の体に両手を這わせたらどんなだろうか？　その疑問のせいで、毎晩長いあいだ寝返りを打っている。その疑問のせいで、ベッドカバーの下が耐えられないほど暑くなる。その疑問のせいで、ふたりを分けている扉のほうに、そうしたくないにもかかわらず、何度も何度も視線が向かう。

結婚生活が一日一日過ぎていくにつれ、こうした疑問はさらに強まった。でも、彼はけっしてキスをしようとしなかった。結婚式の夜に身を離して以来。時々身をこわばらせ、喉を上下させ、脇におろした両手をぐっと握って、その手をいまにも伸ばしそうなそぶりを見せることはあった。

でも、彼はそうしなかった。そして、自分もしなかった。そして、気まずい雰囲気は継続した。

だから、いまだに、それがどんな感じが知らない……。

アメリアは顔を赤らめた。熱い感覚が背筋を伝いのぼった。背後の雪だるまが溶けてしまうのではないかと思うほどだった。

「雪だるまの家族を作っているところ」頭のなかを駆けめぐった思いが彼に気づかれていないことを祈りながらアメリアは言った。

彼が雪だるまを眺めた。「これはぼくなのかな？」

「この頭を載せるのをあなたが手伝ってくれればそうなるわ」

彼が目の前の巨大な雪の塊を見つめ、片方の眉を持ちあげる。

アメリアはまた顔を赤らめた。これを作った意図がそこまで見え透いている？

「この雪だるまの装飾をどうするのか聞いてもいいだろうか？」彼が雪だるまの体の上に頭を載せながら訊ねる。

アメリアは自分の外套の袖をまくるのに使っていたクラヴァットを引っぱってはずした。

「あなたの洋服だんすを襲撃したの」

「それで、これしか取ってこなかったのか？」

「気に入ったのがこれしかなかったから」アメリアは皮肉っぽく言った。

「傷ついたぞ」彼が胸にこぶしを当てる。

からかう彼を無視して、アメリアは目の前の巨人雪だるまと向き合った。その首にクラヴァットを巻くことはできる。でも、結び目を作ってきれいに締めるのは別問題だ。最新流行の結び目については専門家と言えるほど熟知しているが、実際にどう作るかはまったくわからなかった。

「こうだ」彼の温かい息が耳に当たった。彼がアメリア越しに手を伸ばしてクラヴァットの端を持ったからだ。後ろからまわされた両腕を体に感じたとたん、鳥肌が立ち、息をするのも難しくなった。彼の存在を強く意識している。こんな感覚はこれまでだれにも感じたことがない。しびれるような感覚に、アメリアは戸惑いと腹立たしさを覚えた。

彼がやっていることに意識を集中しようとしても、背中に押し当てられた彼の胸にすべての感覚が圧倒されている。彼は驚くべき速さでハンティングノットを結んだが、終えてから、両手をおろすあいだにしばらく間があった。そしておろした時、その両手をアメリアの腰に当てた。

「できた」彼の声は、アメリアが感じているのと同じくらい張りつめていた。

彼の両腕のなかでくるりと体をまわした。彼と向き合ったが、後ろにはさがらなかった。その距離だと、彼がごくりと唾を飲みこんだ時に喉仏が上下に動くのがよく見えた。その目も彼女が感じているのと同じように熱っぽくきらめいている。

「あなたは驚くべき才能の持ち主なのね」意味の通る台詞を考えるだけで必死だったのを、彼に悟られませんように。

「オクスフォードに行っていたからね」

「本当に？　知らなかったわ」この新しい情報が、アメリアの意識の遠い部分で非常に好ましいものとして記録されたことは間違いないが、より根源的な意識は、それを語る時の彼の唇の柔らかい曲線しか意識していなかった。

「合わないとわかっていた。一年しかいなかった」彼も同じように気を取られた様子で、視線をアメリアの唇から離さない。

「合わないのになぜ行ったの？　あなたらしくないように思えるけれど」

「母を喜ばせようとした」彼は詳しく語らず、顎をこわばらせて視線をそらした。

この巨大な筋骨隆々の男性の思いがけなく傷つきやすい面を目撃し、アメリアのなかで、めったに感じることがない優しさが湧き起こった。衝動的に片手をあげ、親指で彼の頰骨をそっと撫でたのだ。「あなたはほんとに頑固で苛立たしいけれど、ベネディクト・アスタリー、とてもいい人だわ。お母さまはきっととても誇らしく思ったでしょう」

「いまは母のことは考えたくない」腰に置かれた彼の両手に力がこめられるのを感じると、体の内側がぞくっとした。

「では、なにを考えたいの？」

彼は答えなかった。重苦しい沈黙が続くにつれ、アメリアの感覚ひとつひとつが高まった。彼の土のような、いぶしたような香りにくらくらする。彼の息がアメリアの耳を満たし、すべてが彼に引き寄せられる。

キスをして。わたしにキスして。

彼はアメリアの頭の後ろを両手で支えて前かがみになった。唇が近づいてくる。

キスして。

アメリアの体が彼のほうに傾く。彼の唇が唇に触れた瞬間、アメリアのかじかんだつま先から雪がかかった髪まで一気に震えが走った。彼の唇は見かけ通り柔らかかった。そして温かかった。彼にもたれ、体の欲求に屈してさらに身を近づける。

彼がうめき声を漏らし、片腕をアメリアにまわして指を髪に挿し入れた。強く引き寄せられるとアメリアの体は瞬時に反応した。胸がきゅっと締めつけられ、つま先が丸まり、両手が彼の襟をつかむ。

それはすべてであり、無でもあった。その快感は、理にかなわないけれど、完璧に理にかなうものだった。浮かぶような感覚と地面を這う感覚を一度に味わう感じだった。理屈では説明できない経験だった。

彼が舌でアメリアの唇の曲線をなぞり、開くようにうながした。おずおずと反応する。

これこそ女性が陥落する理由だ。女性がなぜ自分の評判や将来を危うくするような危険を冒すのかアメリアはこれまで全然わからなかった。

でも、これなのだと、いまは理解できる。

「ベン！」カサンドラが呼びかけた。「手伝いに来てくれたの？」

カサンドラの言葉は、まさにふたりにぶちまけられたバケツの氷水だった。アメリアはすばやく後ろにさがり、ドレスを撫でつけて、何筋かの髪をあるべき位置に押しこんだ。

彼の外套に自分がつけた皺を平らにしたくて指がむずむずした。

ベネディクトは咳払いをすると、振り返り、小枝の葉っぱを落としながら彼のほうに歩いてきた妹と向き合った。「そうだよ、おちびちゃん、手伝うために出てきたんだ」返事をしながら、彼は一瞬アメリアのほうに熱を帯びたまなざしを向け、いたずらっぽくほほえみかけた。

まあ。いまのはどういう意味？

キスの続きを想像するだけで胸がどきどきする。そのどれもがアメリアにとってはまったく未知の領域だ。

ベネディクトも、アメリアと同じくらい集中するのに苦労しているらしい。妹のことを見ていたが、実際に見たのは、丸々五秒間見つめたあとだった。それがわかったのは、五秒後に彼の顔に驚きがよぎり、すぐに諦めの表情が浮かんだからだ。

カサンドラはたしかにこの一時間ほど外で遊んでいたが、午前中はずっと、若いレディになる第一歩を踏みだすことに費やした。「髪がきれいに結えているな、カサンドラ」頭の上に渦高く載って少し傾いた巻き毛の塊を眺め、ベネディクトがぼそっと言った。「デイジーがすばらしい仕事をしたようだ」

デイジーがやったのは、貴婦人の世話専門の侍女でないにしてはよくできたという程度の仕事だったが、カサンドラは顔を輝かせた。「すてきでしょう？」そう言いながら、髷にそっと手を触れる。

とても喜んで、外に行く時もボンネットをかぶらないと言い張ったが、髪に積もる雪はすぐに水に変わり、そのせいで巻き毛がだいぶたるんでいる。

アメリアはベネディクトが深呼吸するのを見守った。実際の意見はともかく、それを言わずにこらえたのは称賛に値する。まさに進歩と言える。

「アメリアの話では、わたしが十六歳になるまでは彼女の侍女に一緒に世話してもらって、そのあとは、わたし専用の侍女がつくんですって。ロンドンに行く時は別だけど。忙しすぎるから、ひとりでは間に合わないのよ」カサンドラは兄の肩がこわばったのも、唇がぐっと結ばれたのも気づいていないようだった。

「ロンドン？　街に行く計画があるのか？」彼がアメリアのほうを向いた。

「いまというわけではないわ」アメリアは答えながら、先ほどのキスが彼の苛立ちを和らげてくれることを祈った。「噂が収まるまで待ったほうがいいと思っているわ。でも、今年の後半に社交シーズンが終了した頃には、ぜひ行きましょう。皆さんに会ったりするのはカサンドラにとってもいいことよ」

彼が限界に近づいているのが伝わってきた。最初は使用人、そしてカサンドラの髪型。同じ日にロンドン旅行の計画を突きつけるのは少しばかりやり過ぎだったかもしれない。

ベネディクトはまた深く息を吸いこんだ。「専用の侍女がいてもいい、カサンドラ。髪を結うとか、ドレスの世話などのためには。しかし、自分の部屋は自分で掃除し、自分のベッドは自分で整頓する。いつものように」

カサンドラは兄が気を変えないうちに同意しなければというように、急いでうなずいた。

「もちろんよ」

「それに、勉強が遅れた時も、デイジーに手伝わせてはいけない」

カサンドラが顔をしかめ、レディの作法とはかけ離れた表情を浮かべた。やるべき仕事が多すぎるからかとアメリアは思った。

「なぜ勉強が遅れるの？　勉強は大好きなのに」

この十二歳の女の子は不思議な子だ。アメリア自身は、勉強をやらなくて済むために、ずいぶん極端なことをした。

ベネディクトがアメリアのほうを向き、彼女の唇に視線を落とした。「ロンドンへ行くだけなら、とくに害はないだろう。しかし、なにをして、なにを見るかは、別な時に話し合う必要がある」

「使用人たちがこのまま留まっていいかどうか訊ねたら、調子に乗りすぎかしら？」

ベネディクトが首の後ろをさすった。「地元の人々を何人か雇うというきみの決断に関しては賛成者が圧倒的に多かった。自分としては落ち着かない思いだが、その利点は理解できる。それに、朝食は……美味しかった」

けさの朝食は前日の焦げたトーストとソーセージとは似ても似つかぬものだった。サイドボード一面に焼きたてのペストリーやグレーズドハム、バターたっぷりのクロワッサン、そしてポーチドエッグが並んだ。手伝いの人員を雇うのはいいことだとベネディクトを説得する方法があるとすれば、ミセス・ダガンの料理に違いない。

「喜んでくれてよかったわ。さあ、そろそろ熱いお茶をいただきに家に入る時間でしょう」

彼のキスの熱が消えたとたん、体の芯まで冷えこんできた。

「そうか？　ぼくは、ほかのことをする時間だと思っているのだが」ベネディクトが下に手を伸ばして雪をつかむと玉に丸めた。「この雪だるまはもう少し雪が必要で……」彼がくるりと振り返り、アメリアに雪玉を投げつけた。

雪玉はアメリアの胸に命中した。細かい氷の結晶が顔に当たり、襟の上にわずかに出た肌を濡らす。アメリアは目をぱちくりさせた。「いったい全体なにをしているの？」

「雪合戦をしたことがないのか、プリンセス？」

「もちろんないわ」互いに雪を投げ合うなんて、いったいどんな野蛮人？

ベネディクトとカサンドラは笑みを交わすと、同時にひざまずき、雪を集め始めた。

「絶対に投げないで」アメリアは数歩さがった。

ふたりのにやにや笑いがさらに深まる。

「ベネディクト・アスタリー――」

カサンドラの雪玉がアメリアの肩に当たった。そのあとすぐにベネディクトの雪玉も飛んできた。あのキスには困惑した。でもこれは理解さえできない。そして明らかにこれが終わりではない――兄と妹が雪玉をせっせと作っているのを見て、アメリアはきびすを返して逃げだした。

家とアメリアのあいだにベネディクトが立ちはだかっていたので、林のほうに走ったが、そちらはカサンドラが遮った。

「冗談じゃありません」アメリアは立ちどまって両腕を腰に当て、できるだけ偉そうな口調で言った。

カサンドラは動かない。

「ミス・アスタリー」アメリアは穏やかな口調で言った。「レディは決して――」頭の後ろに雪玉が命中し、冷たく濡れた雪が首を伝った。

いくらなんでも、これは行き過ぎだ。「いい加減にして」アメリアは振り向いた。かがんで手に雪を取り、ベネディクトに投げつけたが、玉は目の前であえなく崩壊した。「もう！」もう一度手にいっぱいすくいあげ、叩いて硬い玉にしてから投げる。

それが胸に直撃しても、彼はたじろぎもせずほほえんだだけだ。その時、彼女の肩越しに雪玉が飛んで、彼の顎に激突した。彼の笑みが消える。

カサンドラが喜びの声をあげるのを聞き、アメリアはにんまりせずにはいられなかった。二対一ならば、この試合もずっとおもしろい。

ベネディクトが向かってくるあいだに、アメリアはまた急いで両手で雪をつかみ、玉を作った。近づいてくる彼から逃げて、後ろにまわりこみ、一発投げて背中に当てる。

「やった！　わたしの勝ち」彼がバランスを崩すのを見て、アメリアは言った。

すぐに態勢を立て直した彼が、首を振り、また接近を開始する。

それとも、もしかしたら違うのかも……。

「もう逃げ場所はないぞ、プリンセス」彼が六十センチくらいまで近づいて言った。どちらも片手に雪玉を持ってにらみ合う。

彼が怒ったふりをしている顔がおかしくて、アメリアは思わず笑いだした。こんなに楽しかったのはいつ以来……実際は、過去にこういう楽しみを経験したことはない。すべてが肩苦しく決められた楽しみとはまったく違う。

ふたりのあいだの隔たりを彼が狭めるのを待って、アメリアは雪玉を投げた。彼の顔の上で雪が飛び散り、まつげと顎ひげにくっつく。

喜んだ瞬間、彼が雪玉をアメリアの頭のてっぺんに落とした。

「わっ」その冷たさは不快そのものだった。「あなたっていう人は……」

彼が勝ち誇ったようにほほえみ、アメリアのウエストをつかんで両腕ですくいあげた。

「おいで、おちびちゃん。氷のプリンセスをなかにお連れする時間だ」

11

彼の寝室はジャスミンとナシの香りがした。結婚式から十日経つあいだに、彼女の香りが気になるようになり、その香りで興奮するのも日常になった。彼女のウエストをつかんだ両手が感じた曲線を思いだすたび、彼の股間はいつもうずいた。

彼女にキスしたのは、これまでで一番怖じ気づくことだった。最初のうち、彼女が彼にもたれかかってくるまでは、すぐに遠ざかり、彼女の立場の女性に、彼のような男がキスをしようと厚かましくも考えたことを叱られるだろうと確信していた。

だが、いまはその時よりも怯えている。なぜなら、あのキスがひとつの疑問に答えを出すと同時に多くの疑問を生じさせたからだ。あのキスのせいで、彼の生活方式から彼女を締めだす代わりに、その中心に彼女を据えることになった。しかも彼はそれ以上が必要で――驚くことだが――これまでもずっと必要だったとわかった。

たとえ彼女に一生キスをしたとしても、彼のこの渇望が充分満たされることはないだろう。

ふたりの部屋のあいだの扉が彼を愚弄する。彼にできるのは、いますぐそこを通り抜けて彼女を両腕に抱きあげないことだけだ。

そう決意していても、すぐに気が散ってしまう。だが、気を散らしている場合ではない。

彼女が風呂に入っていることを考えないように一階にいたが、そのあいだに知らせを受け取った。

アメリカ人たちが契約を取り消そうとしている。

ベッドの端に腰をおろし、ブーツをぐいと引っぱって脱いで、脇に放りだした。くそっ、どさっ。最悪だ、どさっ。

グラント&ハーカム社との契約は、結んだも同然のところまで来ていた。すでにその分の追加の鋼を発注し、人も雇ってある。村全体がそのことを知っていた。村人は村の繁栄を望み、新しい蒸気機関車の生産に期待をかけている。何年もかけて築いてきた仕事が、レディ・アメリア・クロフトンと結婚したせいで台なしになったなどと、どうすればみんなに説明できる?

彼は服を脱いで下着一枚になった。熱い風呂に入るのは気持ちがいいだろう。それで頭をすっきりさせれば、この惨事の解決策に集中できるかもしれない。

妻が彼にお湯を残してくれているように、あるいは少なくとも新しい従僕のひとりが沸かした湯をもう少し運びあげてくれているように願った。

そんなことを考えながら、ベネディクトは彼の着替え室に通じる扉を開け、はっと立ち尽くした。風呂に入っている裸の妻の姿を見て、足がセメントで固められたように動かなくなった。体のなかで動かすことができたのは顎だけで、その顎ががくんと落ちた。

「出ていって!」いつもの落ち着いた口調が悲鳴に変わる。石鹸の塊が頭上を越えて飛んでいった。彼女は急いで首までお湯に浸かり、片腕で胸を覆って、もう一方の手で陰部を隠した。

しかし、水に透けている裸体だけで充分心を奪われた。

「ベネディクト、出ていきなさい」

その横柄な口調にベネディクトは我に返った。それは相変わらずとげがあって、退却する必要があると彼に思わせる口調だった。

「まだ入っていたのか？」ベネディクトは腕組みをした。こうすれば、彼のほうが優勢だとアメリアが思うかもしれない。

彼女は目を見開いた。視線が彼の上腕から離れない。彼女のまなざしの重みに、彼の肌がみるみる熱を帯びた。

「わたしは長風呂が好きなのよ」気もそぞろな様子で言う。

「きみの長風呂はもう終えてもらおう、プリンセス。ぼくの番だ」彼女の体のほうに視線がおりていかないように、目を合わせたまま言う。

「では、わたしがお風呂からあがるあいだ、出ていてください」

ベネディクトは出ていけなかった。フランスの舞踏曲《コティヨン》が踊れないのと同じだ。彼の原始的な部分は彼女がここに、彼のこの私室にいることを望み、必要としている。ベネディクトが椅子からタオルを一枚取って放り投げたのを、彼女が本能的につかむと、胸から手を離したせいで、豊かで官能的な乳房が一瞬見えた。

「必要ならば、それで覆えばいい」彼は言い、自分のひげ剃り道具を置いてある洗面台のほうに歩いていった。彼には鏡に映る彼女の姿を見ることができたが、彼女のほうは、くつろいで、顔にかかった巻き毛を吹いてどかしている様子から、それに気づいていないことは明らかだ。

彼女の魅力的な細部のすべてを観察しながら、なにをするつもりなのか楽しみに待った。彼女がタオルをかけて風呂全体を覆う。くそっ。全体を覆えないような、もっと小さいタオルを渡すべきだった。

彼女も彼を観察しているのがわかった。薄い下着で覆われた彼のふくらはぎから太腿、そして尻から裸になった背中まで視線を走らせるのがはっきり見えた。さまよう視線がまるで指の爪のように肌をなぞるのを感じ、彼の一物が頭をもたげて大きく脈打った。彼女のほうに背を向けていて幸いだった。

目の前のひげ剃り道具を見おろすことで、鏡のなかの彼女と目が合うことを避ける。この臆病者。彼女が逃げだすのではないかと恐れている。彼の大きさを、長時間の労働で作られた肉体を、彼女が嫌悪の目で見るのを恐れている。

彼を無関係と見なし、嫌悪の目でさえ見ないことを恐れている。

「上はなにも着ていないのね」彼女の声が喉にからまった。

彼は石鹼を取り、両手で勢いよくこすることで、この部屋に入った瞬間から彼をとらえている大きな力を焼き尽くそうと試みた。「ぼくはきみの夫だ。この格好のぼくを見ることに、きみは慣れる必要がある」

彼女に強要しないようにしてきた。体のすべてが彼女を求めて燃えている時に、この自制は人生でもっとも困難なことだ。しかし、彼女は一夜を楽しむ行きずりの女性ではない。ふたりの前には一生続く人生があり、愛し合うことはないとしても、夫婦として好意的な交わりを持ちたいと願っている。

彼女は答えず、彼はそのことに勇気づけられた。ここにいてよいとは言っていないが、出ていけとも言っていない。

「これ以上脱がないと約束する」

「いいわ」彼女が蛇口をひねると、湯気が立った湯がさらに風呂に流れこんだ。それを見ながら、ベネディクトはこの温水設備を設計した仕事のパートナーに心から感謝した。従僕たちだけでは、アメリアの風呂に対する欲求を満たせなかっただろう。

湯気のせいで、彼女の顔のまわりの巻き毛が濡れてこめかみに張りついている。うなじに赤みがあがってきたのが彼のせいか、それとも湯気のせいか、彼にはわからなかった。

「入ってきた時、苛立っていたでしょう」彼女が言う。

「気づいたのか？」ひげ剃り用の石鹼の泡を頰と顎に広げながら答える。

「男性が元気がない時はすぐにわかるわ。男性の気分って、自尊心の揺らぎを示しているのよ」

「ひどい評価だな」彼はかみそりの刃をぱちりと開け、洗面台の水に浸した。

「なぜ怒っていたの？　お風呂の順番を取られた以外に？」

工場が直面している難問は、議論したくない話題だった。その難題の原因となる人物との議論ではなおさらだ。「仕事だ、それ以上のことではない」

彼女が背筋をすっと伸ばした。自信に満ちたこの姿は何度も見ている。だが、今回はその動きのせいで胸の上部が水面に顔を出した。彼は唾を飲みこんだ。ごくりと。

「わたしは仕事の話もできるわ」彼女が言う。「頭が空っぽではありませんから」

「それはわかっている。話すことがとくにないだけだ」

それは嘘だった。そして彼女が嘘と見抜いていることははっきり伝わってきた。唇をまっすぐに結び、話さないことを非難すべきかどうか決めかねるというように頭を傾げたからだ。会話の流れを変えたい一心で彼は言った。「教えてくれ。なぜこれまで雪合戦をしたことがなかったんだ？」

「一緒に雪合戦をする人がいなかったからよ」あっさりと言い、無頓着に肩をすくめたが、その無頓着さが彼の心を動揺させた。

「ほかの子どもたちと遊んだことがない？」そんなに寂しい子ども時代など想像もできない。自分はワイルドと一緒にいつも走りまわっていた。

彼が背を向けていることで、実際には保たれていないプライバシーが保たれていると思っているらしく、彼女は風呂の横の台から石鹸を取り、腕をこすり始めた。

「未来のワイルドフォード公爵夫人に遊びは必要ない」彼女がまねした声音は父親のものだろうとベネディクトは思った。

「冗談だろう？」彼の手が顎に向かう途中で止まった。

「明るい色の服も着ない。それに」彼女がはっと息を呑むまねをした。「小説も読まない」

「もう未来のワイルドフォード公爵夫人でなくてよかったな」口から出た瞬間にしまったと思ったが、言ってしまったことは戻せない。しかし、予期していたきつい反論はなく、彼女はひとりほほえんだ。

「ライオンベリー姫と踊るティーカップのほうが刺繍よりはるかに面白いし、実際にすばらしい本だわ。エドワードには言わないでほしいけれど」

彼女が鏡を見あげたのに気づいて急いで目をそむけたが、間に合うほどすばやくはなかった。彼女が悲鳴をあげて彼を厚かましいと責める瞬間のために心の準備をする。だが、彼女がそうせずに彼とじっと目を合わせたので、つい訊ねずにはいられなかった。「ワイルドフォードを愛していたのか？」

答えを聞くのが恐かった。だが、知らねばならないことだ。きょう、結婚してから初めて、ふたりの結婚が考えていたほどの厄災でないかもしれないという考えが浮かんだ。きょうは、冗談で怒る姿や、大胆に勝ちを狙う姿を見た。陶磁器のような完璧な仮面ではなく、目尻の皺や頬に浮かぶえくぼも見た。

彼の日常のある午後が彼女のうわべの仮面を崩せるとすれば、本気で彼の人生を共にしてほしいと求めたらどんな効果があるだろう？

だが、それは危険な考えだ。彼の子ども時代がなにかを証明しているとすれば、それは彼女の階級の女性はこの生活にも、彼自身にも決して満足しないということだ。

それにもしも、前の婚約者を愛しているとしたら？　どうすれば、その事実を抱えて一緒に生きていけるのか、彼にはわからない。

彼女がふんと鼻を鳴らした。「彼のことはそれなりに好きだったと思うわ。尊敬できる人だった――お酒を飲んでいなくて、賭け事もしていなくて、ほかの女性と戯れていない時は」そう言ってから、鼻の上に皺を寄せた。「でも、少し臆病者であることがわかったわ」

ベネディクトは安堵感に押し流されそうになった。いくらか自信を得て、ひげ剃りを続ける。「では、彼を愛していなかったのか？」

その質問に対して戻ってきたのは不思議そうな表情だった。「でも、愛情のために結婚するわけではないでしょう？」

この言葉で彼の気持ちが沈む理由はなにもなかったが、それでもそうなった。「ではなんのためだ、愛情でないなら？」

彼女が風呂の縁に指を走らせ、水滴で模様を描いた。「安全。地位。権力。愚か者だけが愛情のために結婚して不利益をこうむることになる」喉が締めつけられるような声で最後の言葉を発すると、手で拭って水滴のらくがきを消した。いい加減な意見ではなかった。彼女は自分が言っていることを本気で信じている。

彼は彼女のほうを向き、洗面台にもたれた。「若い女性はだれもが愛を望んでいるのかと思っていた」

彼女が悲しげにほほえんだ。「前に恋に落ちたと思った時、相手は従僕だったわ。八歳だったの。わたしが書いた恋文を、乳母が枕の下から見つけて、父に渡したのよ」

「おそらく喜ばなかっただろうな」

「父はわたしをセントジャイルズの貧民街に連れていったわ」

ベネディクトは悪態をついた。「幼い少女を連れていく場所じゃない」セントジャイルズはロンドンのなかでもとくに貧しく、若者が三ペンスで売春婦を買い、建物の脇の壁に押しつけて行為に及ぶ地域だ。慎み深い場所とはとても言えず、むしろ蓋が開いた汚水溜めのようなところだ。

彼女が咳払いをした。「ええ、それこそ父がしようとしたこと。愛のために結婚した娘がどうなるかをはっきり示したのよ。食べ物を買うために、街路で自分自身を売る人々。わたしは絶対にそのひとりにならないと誓ったわ。女性にとって、人生の安全を保証するのはお金と地位だけ」

ベネディクトは唾を飲みこみ、振り返ってまた洗面台のほうを向いた。彼女の言葉が彼の脳裏にある情景を描いた。ロンドンの貧民街ではなく、パリの貧しいアパートのひと部屋。布の切れ端が巻かれた母の姿。顔は雪のように白く目は真っ赤だ。屋根の下に住むために体を売った女性。彼女もまた愛のために結婚し、その後、高級娼婦の人生を送った。脳裏に映ったのは、梅毒に命を奪われる直前、ベネディクトがようやく彼女の枕元を訪れた時の情景だ。

アメリアの手が彼の手に重ねられた時、ベネディクトはどのくらいの時が過ぎたのかもわからなかった。アメリアは風呂から出て、彼のローブで体を巻いていた。

「どこへ行っていたの？」彼女が訊ねる。

「楽しい場所じゃない」

「新聞記事が正しいとすれば、わたしたちのどちらも、セントジャイルズに行き着くことを心配する必要はないでしょう。あなたはお金を持っていて、わたしは地位がある――しかもわたしはその両方を利用することがかなり得意だから」

彼女の言葉がフランスの記憶から彼を、現在のこの場所に引き戻した。彼の着替え室に。目の前に立つ女性のもとに。「かなり得意というのは、状況をうまく利用するきみの真の能力を正しく評価していないような気がする」

彼女がほほえんだ。「まあ、いまの言葉は、これまであなたがわたしに言ったなかで一番いいことだわ」

「きみがそれを褒め言葉と考えることのほうが、率直に言って恐ろしい」

彼女が笑った。そのなにげない心からの笑い声が彼の心をつかんで締めつけた。構造的に不安定な雪だるまを作っているのを見た時と同じ感覚だった。

彼女が浴槽の脇のベンチに、横に彼が坐るのに充分な空間を残して腰をおろした。あたかも彼への招待のように。

「あなたの仕事についてもっと話して」

彼の仕事。ふたりの不幸な結婚のせいで、危機の瀬戸際に立っている仕事。失敗すれば、彼の村すべてが崩壊する恐れがある仕事。それについて、彼が絶対に話したくない仕事。

だが、この女性は彼の妻であり、彼についてもっと知る権利がある。

「仕事について議論するのは品位を落とすことじゃないのか?」

皮肉っぽい笑みが返ってきた。「よく知れば知るほど、ボンドストリートへ出かける計画が立てやすいでしょう?」

彼はふんと鼻を鳴らしたが、その軽薄な発言の裏に隠れた純粋な関心は無視できなかった。

「蒸気機関を作っている。鉄道用のものだ」彼女がたじろぐか、よくて礼儀正しくうなずくのを待った。

だが、彼女はそうせず、前に身を乗りだした。「石炭輸送のために? ポルスバリー卿が、彼の地所から運ぶ列車を持っているのよ」

「運ぶのは石炭、郵便、人間もだ」

彼女はその時初めてたじろぎ、危うく浴槽に滑り落ちそうになった。「人間を輸送? 危険ではないの?」

「少しずつ安全になってきている。そのためにぼくたちは多くのことをやっている。より安全な機関を作るために。事故が多すぎるからだ」そして貴族たちの懐を肥やすために、あまりに多くの労働者が死んでいるから。

「検査をするんでしょうね?」その声は本気で心配していた。

「もちろん検査はする」

「あなたよ。あなたが検査をするの？　それが気になるわ」早口で詰問するような口調だった。尊大な態度だったが、彼は心を打たれた。

「ぼくのことが心配？」

彼女がまた鼻を鳴らした。「あなたが吹き飛ばされたら、お金がどこへ行くのか心配なだけよ。鼻持ちならない親戚と交渉しなくていいと言って」

「きみの心配は気に留めておこう。安心していい。限嗣相続が設定されている者はいない。すべてきみとカサンドラに行く。会計士に手伝ってもらうことを推奨するが、お金についてはきみが自由にできる。もしもあればだが」

「もしもあれば？　どういう意味？」

妻は単なる批判的な質問をしたのか、それとも、せっかく富があるとわかったのに、実は危うい金をつかませられると思って動揺したのだろうか？　しかし、その言い方は率直だった。真面目で実際的な質問だ。しかも、ベネディクトは愚痴をこぼす相手を必要としていた。

「機関車をアメリカの会社に売る計画があった。この村全体が潤う話だった。実現のために投資もしたが、その計画がだめになりそうだ」

「なぜか聞いてもいいかしら？」

彼女の目を見て答えるには大変な努力が必要だった。「彼らは敵と仕事をすることで、すでに投資を受けている英国人投資家たちを怒らせたくないんだ」

「あなたが敵ということ？」

「ぼくが彼らのものを盗んで……」

「あなたがなにを盗んで……」彼女がはっとして言葉を切った。「わたしのこと？」また背筋をすっと伸ばし、眉間に皺を寄せた。「第一に、わたしは人間であって、物じゃないんだから、盗むことはできないわ。わたしはだれのものでもありません。それを忘れないで。第二に、そんなことで手を引くなんて、向こうが意気地なしということよ」

彼はうなった。「英国人と取引しているアメリカ人は、最近になってようやく礼儀をわきまえて取引を許された段階だ。危険は冒さない」

「では、もう少し勇気のあるパートナーを探す必要があるわね」

彼は片手で髪を掻きあげた。「それは簡単ではない。この規模の鉄道計画を引き受けられる会社は少数だ。はした金の話をしているわけではないからね」

「まあ、驚いた」彼女の辛辣な言い方に、ふと、アメリアと結婚した時の気まずい場面が思い浮かぶ。

「では、どうする必要があるの？」彼女が会話を続ける。

「なんのことだ？」

「契約がだめになりそうと言ったわ。だめになった、ではなく。それを解決するために、なにをする必要があるかということ」

ベネディクトはため息をついた。解決は簡単ではない。妻を父親の家に戻し、噂話を排除し、もう一度ワイルドと婚約させる方法はない。

「ぼくと仕事をしても、ほかの投資家たちの信頼を損なうことはないと納得させる必要がある」

「そうね」彼女はうなずき、まるでこのまま素足でアメリカ人のところまで歩いていき、舌鋒鋭く説得しようとでもいうように、着ている彼のローブの紐をさらにきつく結び直した。

「それなら、あなたにとっては幸いなことに、わたしは説得するのが上手なの」

「なんだって？」

「その人たちをここに招待して。そして、あなたの工場を案内して。わたしは晩餐会を開催するわ。どちらにしろ、レディ・カースタークをお招きするつもりだったの。あなたが悪人でないだけでなく、わたしたちの結婚がいい縁組だったことを、招待した全員に納得してもらいましょう」

「カースターク家はアビンデイルでは好感を持たれていないが」

彼女がつと手を伸ばして親指で彼の顎を拭い、彼が洗い残した石鹸の泡を取り去った。そうしないではいられないのだと、彼は理解した。なんでもきれいにする。適切な状態に戻す。この問題に関してもすぐに解決策を探したのも驚くべきではないのだろう。

「まあ、どうしてかしら。カースターク卿って、とっても感じよい人なのに」冷ややかな口調で言う。「でも、もしもいまの状況があなたの言う通りならば、あなたが契約を取りつけられる望みはカースターク家しかないのだから、わたしたちも村の人たちも我慢しなければばならないわ」

「きみは無情な人だな」

「実際的なのよ。そもそも、投資と縁組はよく似ているわ。どちらも相手がお金をもたらしてくれると知りたいし、これから一緒にやっていこうという相手が、軽率な行動ですべてをだめにする人物ではないという確証を得て安心したいのよ」

「なぜそんなことがわかって……」

「いるかといえば、舞踏会では、あなたも驚くほど多くの取引が行われていて、男性は、目の前にいる女性がただの美人に過ぎないと思うと、驚くほど平気でなんでも話してしまうからよ」

「きみがただの美人じゃないことは明らかだな」本気でそう思っていた。ベネディクトがこれまで会ったなかで、彼の妻がもっとも美しい女性であることは間違いないが、同時にもっとも強く、もっとも勇敢で、もっとも知的な女性でもある。そして彼がいまやりたいのは、両腕でその女性を抱きあげ、愛し合うことだった。

濡れた巻き毛を妻の耳にかけ、片手でその顔を包んだ。

彼女の目が見開き、彼と同じく、突然変化した室内の官能的な空気にとらわれたように、ふっと警戒を解いた。

彼は身を乗りだし、彼女の唇に羽のように軽いキスをした。それから、肩を優しく押して石鹸泡でいっぱいの湯のなかに彼女を押しこんだ。

アメリアは慌てて水面に顔を出し、目に貼りついた髪を拭って払った。

「いったいなにを――」言葉が止まったのは、彼が浴槽に入ってきて彼女の太腿のあいだにひざまずいたからだ。急いで片方の端に身を寄せる。自分で制御できないこの状況に心臓が激しく高鳴っている。

「でもあなたは下着を着たままなのに」縮みあがって弱気になっていることがわかってしまう、まさにばかげた発言だった。

彼のこんな笑みはこれまで見たことがなかった。語られていない多くを約束する笑み。

「脱いでほしいか？」

「いいえ！」胸と首にかっと血がのぼる。

彼はアメリアの両側の縁に手を突いて前かがみになった。部屋の両端にふたりが立っていた時から、あらわになった腕と胸には魅了されていた。それがいま、その腕と胸に囲まれて、アメリアは息をすることもできなかった。

ここまで近いと、彼の体が、思っていたよりもずっと多くの曲線や谷間に覆われているとわかる。筋肉ひとつひとつが彼自身の重みで張りつめ、細い血管が肌一面に地図を描いて、指でその道をたどれとアメリアを促している。

彼の近さがふたりのまわりの空気を変化させたように感じ、アメリアは大きく息を吸いこんだ。体内に入った酸素が小さい火花を散らし、体の奥に火をつける。

「きみにキスをしたい」彼が言い、動きを止めて答えを待った。

アメリアは言葉を発することができず、ただうなずいた。

戸外のキスとは全然違った。あの時はそっと優しく始まったのに、今回は最初から生々しくて荒っぽかった。彼が片腕を彼女にまわして熱い体を引き寄せる。唇が唇を覆い、舌が口のなかに入りこんだ。

アメリアはうめいた。次になにが起こるかわからないけれど、自分もなにかしたくて、なにか働きかけたくて、舌で彼の舌をまさぐった。おそるおそる探検するように。

彼はアメリアのウエストにまわした指の力を強め、前かがみに覆いかぶさった。硬いものがアメリアに押しつけられると、それに反応してアメリアの両脚のあいだが熱くうずいた。

その欲望はこれまで経験したことがない、思考や論理を越えたものだった。頭が理解していないことを体はよくわかっていて、体が主導権を握ったかのようだ。

片手をあげて彼の首にまわし、もう一方の手で彼の脇腹の筋肉を探る。指が触れるところすべての産毛が逆立っていく。自分が彼にこんな影響を与えている事実にアメリアは心を奪われた。

彼が唇を離して、顎に関心を移し、吸ったりかじったりする。彼の熱い息を感じると、全身に震えが伝った。

彼はアメリアのウエストから手を離し、湯のなかで指を動かして彼のローブの紐をほどいた。ゆっくりと、そして優しく前を開き、剝きだしになった肋骨を手のひらで撫でる。思わず胸をそらすと、両脚のあいだの熱いうずきがさらに強まった。彼が手を移動させてアメリアの乳房を包みこみ、そっと揉んで炎を掻きたてる。

アメリアの指が彼の体の両脇を強く撫でおろした。

「きみがほしい」彼が言う。「きみのすべてがほしい。ぼくが言っている意味がわかるか？」

アメリアは唾を飲みこんだ。「ええ」そっとささやく。

彼は身を離し、膝をついて上半身を起こすと、風呂の縁を両手でつかんだ。アメリアは最初、本能的に彼を引き戻そうとした。でも、息をするうちに頭に垂れこめていた霧が晴れてきた。

「きみにも望んでもらう必要がある」彼が言う。

自分はこれを望んでいる？　すでに一秒一秒を楽しんでいる。でも、すべてが多過ぎる。速すぎる。アメリアはまた頭をはっきりさせようと深く息を吸いこんだ。

彼はアメリアがノーと言うのを待たなかった。ためらっただけで充分だった。

彼が風呂から出て、アメリアに手を差しだした。

アメリアはローブでしっかり体をくるんだが、布地が張りついて体の線があらわになっているのを意識せずにはいられなかった。彼がタオルを渡した。

「散歩に行ってくる」彼が言った。

「いま？　外は暗いし凍えてしまうわ」

彼がほほえんだ。「だから行くんだ。夕食の時に会おう、プリンセス」

ようやく声が出るようになった時、彼は戸口を出ていきかけていた。「待って」

彼はためらってから振り向いた。振り向いた時の彼の表情は不安げだった。

「わたし……その……」いまあったことをアメリアが楽しんでいなかったとか、自分から進んで参加しなかったと思ってほしくなかった。でも、それを思い切って言うこともできなかった。「ありがとう。とても啓発的だったわ」

彼の顔が安心したように和らいだ。「あしたは一緒に散歩に行こう」彼が言った。「きみと分かち合いたいものがある」

12

ベネディクトは馬をおり、深呼吸をした。アメリアをアスタリー＆バーンズワースに連れてくるのは、恐れることではないはずだ。ふたりでなかに入り、みんなに紹介して、全体をざっと案内すれば、妻はこの場所について言いたいことを言うだろうし、したいように鼻の上に皺を寄せるだろう。別段、彼女の承認を得なくても、工場は存続できる。

妻のウエストに手をまわしておりるのを手伝う。彼女のジャスミンとナシの香りを嗅ぐと、すり減った神経が不思議なほど落ち着いた。そのせいで、ウエストをつかんだ手が必要よりもほんの少し長く留まっていたことは否めない。

「では、ここがあなたの……働いている場所なのね」アメリアが目の前にそびえる巨大な石の建物を眺めた。その表情にあからさまな嫌悪感はなく、顔に浮かんでいるのはむしろ疑問、あるいは確信のなさだろうか。

屋内から彼の愛する機関が放つ鋭く甲高い音が聞こえ、石壁越しなのに耳をつんざいた。アメリアが両手で耳をふさいだ。確信のない表情が警戒に変わる。

「いまのは、いったい全体なんの音？」騒音のなかでも聞こえるように彼女が声をあげる。

妻のそばでかがみ、腰のあたりに片手を添えたのは、自分がすぐ後ろにいることをわからせるためだったが、ただ触れていたかったこともある。「すぐわかる」

曲げた腕に手を置かせて彼女を引き寄せ、彼女がすんなり身を寄せるのを感じて喜びを覚えた。ふいにあふれた保護本能に突き動かされる。

戸口まで来るとベネディクトは立ちどまり、妻が気を変えて、そうしたければ引き返せる時間を取った。

だが、くそっ、嬉しいことに彼女はそうしなかった。工場をだれかに見せる機会など、これまで一度もなかった。もちろんカサンドラはここで育ったようなものだし、投資家になりそうな人々も案内したが、それは自慢というより商売だ。自分が生涯を建造に費やしているこの場所について、人がなにを思うかを気にしたのは初めてだった。

彼女の顔をひと目見ただけで、ベネディクトの心臓は高なった。彼女の顔には、不安な時に浮かべる平然を装ったうわべの表情はなかった。その代わり、なかに入ったとたん、好奇心に駆られた様子で周囲を見まわした。彼女の関心は壁と天井に渡された足場から、均等に置いてある作業台のまわりに集まる労働者たちに向かった。

彼女がどう見ているのか推測しようとした。混み合って、忙しそうで、当然ながら汚れている。どこもかしこも炭塵の層で覆われている。最大限の光と通風を得るために大きな窓がある部屋を設計したが、それでもなお、空中には大量の粉塵が舞っている。それが汗と混じり、労働者たちの顔に黒い川が伝う。呼吸するたびに粉塵を吸いこまないよう、だれもが鼻と口を濡らした布で覆っている。

「とても……忙しそう」

男たちがふたりに気づいたとたん、その忙しさが収まった。彼の仲間たちが、そのほとんどは作業台にかがんでいたが、いっせいに立ちあがり、確信が持てない顔でふたりを見つめたからだ。ベネディクトの装いも状況をさらに悪くしていた。工場に正装で来たことは一度もない。ブーツがこのようにぴかぴかに磨かれていたこともない。それに、石炭と働いている時に白いシャツを着る愚か者はいない。しかしきょうの彼は愚か者になるつもりだった。妻を外出に誘ったのだから、服装などすべて、できる限り適切にやるつもりだった。

「ぼくたちのことは気にしないでくれ。邪魔はしない」呼びかける。

男たちは仕事に戻ったが、オリヴァーは例外で、腕を保護するための分厚い革の手袋を取ると、彼らのほうに歩いてきた。アメリアが少し後ろにさがった。この巨人と対峙すれば、たいていの人はそうなる。

「奥さま」オリヴァーが挨拶した。アメリアの手をつかみ、ポンプを上下させるように力強い握手をする。

アメリアは緊張しても、礼儀正しい笑顔は変わらない。

「ここの職工長のミスター・ジョンソンだ」ベネディクトはオリヴァーの手をつかみ、表向きは握手をしながら、実際はアメリアの手を解放した。

彼女は指をほぐし、手袋の真っ白なサテン地を確認すると、両手を後ろでしっかり組んだ。

「お会いできて嬉しいわ、ミスター・ジョンソン」

オリヴァーが酔いがまわった酔っ払いのようなまぬけ面でにやりとした。「なんときれいなお人だろう。ルンペルシュティルツキン（ドイツ民話の藁をつむいで金に変えるこびと）がつむぐ金糸の髪の持ち主だ」

アメリアに訊ねるような視線を向けられ、ベネディクトは笑いをこらえるのに必死だった。職工長は男のなかの男で、つねに率直な物言いしかしない。この大げさな挨拶は予想外だった。女性を前にしたとたんに、こんな話し方になるとすれば、未婚であるのも不思議ではない。

「あなたは真の詩人なのね。なんて嬉しいこと」

職工長の頬が煤の下でピンク色に染まった。

「みんなに彼女を紹介しようと思う」ベネディクトはアメリアに手を添えて少し離しながら言った。

彼女を連れて部屋の端を歩きながら、各持ち場で働いている男たちに紹介し、それぞれに自分の役割を説明させた。驚愕したことに、彼女はここでも本領を発揮した。上流社会でなぜあれほど人気の的だったのかがようやくわかった。よく耳を傾け、熱心に質問し、そうやって関心を向けられたことで、男たちも緊張を解いた。彼女自身もくつろいだ様子で、まるでここが舞踏会場で、紹介された人々とおしゃべりしているかのように振る舞った。実際は居心地悪かったとしても、だれひとり気づかなかっただろう。

全部まわると、ふたりは建物の一方の壁を占める巨大な扉を通り抜けた。そこには彼の自慢の宝物が胴体を少し揺らしながら、蒸気を吐きだしていた。

ジェレミーが機関に炭を入れていた。彼の両手は煤で黒くざらざらだった。汗を拭った額と頬に黒い線がついている。

機関の近くで起こる熱い振動の力にベネディクトは慣れきっているが、アメリアはぎょっとして、熱い空気をさえぎるように両手をあげた。

ベネディクトはかがんで顔を近づけ、轟音に耳を澄ませた。「これが十トンテッシーだ」

「テッシー？　名前をつけているの？」

あの時は名前をつけるのがいい考えに思えたのだ。「いまは、機関の圧力を増すことに重点を置いている。大きさを縮小するのはすでに成功しているのだが」

「それで、これが契約する製品なのね？　安全なの？」アメリアが叫ぶ。

「通常は」

彼女がくるりと振り返った。目を見開いている。「通常は？」

「開発工程でいくつか問題があったが、今回はもう何日も動いている。よさそうに見えるな、ジェレミー？」

見習い機関員は答えなかった。アメリアを威嚇するようににらみつけながら、石炭をシャベルですくって投げこんでいる。ありがたいことに、彼女はその侮辱に気づいたとしても、いっさい顔に出さなかった。あとでジェレミーとは、失礼な態度について話をする必要があるだろう。家で過ごしていない時間のすべてを費やしているこの物体を妻に紹介していない時に。

「ぼくはたいてい二階で働いている」

彼は妻を連れて室内に戻り、部屋の壁に沿って一周している中二階にのぼった。壁沿いに並べた棚には本や紙、試作品の小型模型、そして彼と仲間たちが何年もかけて集めた骨董品が置かれ、角は大きな事務所になっている。

イートンとオクスフォード時代からの友人であるジョンが席に坐り、木炭でスケッチしていた。明らかに難問に取り組んでいることが、全方向に逆立っている髪を見ればわかる。この友の仕事の進捗状況は髪の状態でわかると、ベネディクトは常々言っていた。

ふたりが入っていくとジョンは立ちあがり、手を脇におろしてぶるぶる振った。人々と――とくにアメリアのような人々と――話をするのは、彼にとって心地よいものではない。

ベネディクトは安心させる笑みを浮かべて紹介した。「レディ・アメリア、こちらはミスター・ジョン・バーンズワースだ。彼の母、レディ・ハローのことを知っていると思うが」

アメリアは手を差しだした。「ミスター・バーンズワース、お目にかかれて嬉しいわ」

「こ……こ……こちらこそ」ぎこちない見かけと話し方とは相反する流れるようなしなやかな身のこなしで、彼はアメリアの手を取り頭をさげた。

ベネディクトは紳士らしく見せられるジョンの能力を、不安な時に吃音が出てしまう点はあるとしても、うらやましく思っている。ベネディクトは、上等な服で正装しようが、いまいましいダンスのレッスンを受けようが、不格好な従僕の息子にしか見えない。

アメリアが机に歩み寄り、スケッチを眺めた。「これはなんの仕事ですか？」まるで天気について訊ねているかのように、彼女も優雅に訊ねる。

「さまざまな外被材の断熱性です。レディが関心をお持ちになるようなものではありません」

アメリアの礼儀正しい笑みが端のほうでかすかにこわばった。「とにかく聞かせてくださいな。わたしも、頭が空っぽなわけではありませんから」

ジョンが顔を赤くした。「そ、そ、そんな意味では……つまり……ぼくはす、す、少しも――」

「落ち着け、ジョン」ベネディクトはどうか優しく頼むという目つきでアメリアを見やった。

「ああ、もちろん、ぼ、ぼくは、い、行かなければ」彼は書類をつかんで握り絞めると、急いで部屋を出ていった。

アメリアは驚いた顔で出ていく彼の後ろ姿を見送った。「まあ、びっくりした。わたしが嚙みつくと思ったのかしら？」

「きみは有名だからね」

アメリアがほほえんだ。「ふたつ頭があって、人々をむさぼり食うと？　やだわ、わたしは子どもを寝かせる時の恐いおとぎ話の主人公なの？」

ベネディクトは一歩近寄り、彼女の体を引き寄せた。彼女の息遣いと温かなほほえみ、そして見あげた時に目尻に寄るかすかな皺を見ると、いますぐ肩に担ぎあげて家に連れ帰らずにいるだけで精一杯だった。「きみはぼくが寝る時のおとぎ話の主人公だ」

彼女の口が開いた。「ベネディクト、わたし――」彼の胸の、ちょうど心臓がどきどき打っているあたりに手を当てる。

「なんだ？」

「思ったけど――それはあなたがこれまで言ったなかでもっともひどい褒め言葉だわ」

ベネディクトはにやりと笑い、彼女の額にキスをした。「効き目はなかったか」

「ここは公の場所よ、ミスター・ベネディクト。お行儀よくしてください」そう言ってすぐに彼の腕のなかから抜けだしたのを見て、この女性が堅苦しい境遇にいたことを改めて思いだした。「でも、正直に言えば、ミスター・バーンズワースがここにいるのを見て驚いたわ。あなたはこんなに貴族を嫌っているのに。彼はハロー子爵の次男でしょう？」

「そうだ。しかし、彼はぼくよりさらに上流社会との関係を断っている」ベネディクトは小さなストーブのある部屋の隅まで行き、やかんのなかの湯が沸いているかどうか確認した。目をあげると、アメリアはまだジョンが出ていった戸口を見つめていた。

「残念だわ。すばらしい踊り手のように見えるのに。あなたは彼とどこで出会ったの？」ようやく彼のほうを向き、アメリアが訊ねた。

ベネディクトは両手をポケットに突っこんだ。個人的な友人について話すのは落ち着かない。「イートン校で会い、そのあとオクスフォードでも一緒だった。ぼくがやめた時に、彼もぼくと一緒にやめることを選択し、ふたりでアスタリー＆バーンズワースを設立した」

ジョンが大学をやめたのは、ベネディクトの巨体の後ろに守られていない状態で同級の貴族たちと対決すると考えただけで耐えられなかったからだ。いじめの対象になるのはベネディクトにとってもつらいことだったが、ジョンはもっとひどい思いをした。吃音のせいで、さんざんあざけられ、まぬけとか能なしとか、ばかといった侮蔑の言葉を浴びせられていた。父親にも勘当同然の扱いを受けた。その結果、類い稀な知性の持ち主であるにもかかわらず、彼は退学寸前の状態だったから、みずからやめることは難しい決断ではなかった。

アメリアが頭を傾げた。さらにたくさんの質問を始めようとしているらしい。気をそらすために、彼は振り返り、手を振って室内を示してみせた。「どう思う?」

アメリアは腰に両手を当てて、三六〇度くるりと身をまわし、本や道具や書類をひとつひとつ眺めた。そして最後に彼と向き合った。「正直に? ここはめちゃくちゃだわ」その言葉がアメリアの口から出るやいなや、ベネディクトの顔がさっと暗くなった。ここは褒め言葉を言うべき場面だったし、アメリアがもっとよい人間ならば、ここに――彼に――とても感銘を受けたと言い、それでおしまいにしただろう。

でも、自分はよい人間ではないし、思ったことははっきり言いたい。

「まさに混沌という言葉がぴったりだわ。ここでどうやってものを見つけるの?」アメリアは中央のテーブルに近づいた。そこにもミスター・バーンズワースがまた別なスケッチを置いている。そのいくつかは数字がずらりと並んだ紙の上に載っていた。ほかのスケッチはまったく違う筆跡――おそらくはベネディクトの筆跡――で書かれた書類の上に積んである。書類の上には飲みかけのお茶のカップが置かれ、ねじまわしはこちら、石炭の塊はあちらに放置された状態だ。

「たしかに、非常に整頓されているとは言えないが――」

アメリアは両眉を持ちあげ、言いわけなんてしないでという顔をした。「この書類の山は、あなたの蒸気機関に関係するものでしょう。おそらく――」数字が並んだ紙を取りあげる。

「圧力検査の結果だ」

「ええ、それ、それが瓶の真横にあって……」アメリアは匂いを嗅ぎ、すぐに書類を持った手をできるだけ遠くに延ばした。

ベネディクトは彼女の手から圧力検査表を奪い取ろうとしたが、彼女は代わりにひどい匂いの液体が入った瓶を押しつけた。

「これはフィオーナの最新の計画だ。非常に興味深いものなんだ」彼は瓶を大げさなほど慎重にテーブルに戻した。「気をつけて扱ってくれないと困る。引火性が非常に高い」

あまりの無秩序なやり方にアメリアは仰天した。「それでは、押し倒されない場所に置かれるべきでしょう。しかも、どれもラベルが貼っていないなんて!」

ベネディクトが腕組みをした。「なにがどこにあるか、われわれはすべてわかっている」

アメリアが答える前に、ふたりの話は中断した。赤毛の女性が入ってきたからだ。なんとズボンを穿いている。歩きながらも、記入しているノートから目をあげない。「ベン、わたしが作った最新の発火検査の分析がどこにあるか知らない? いま、硫黄の適切な比率を確定しようとしているところなの」

ベネディクトがあきれ顔で空を仰いだ。「フィ、きみのその発言は最悪なタイミングだ」

アメリアは勝ち誇った笑みを浮かべずにはいられなかった。彼らは明らかに、なにがどこにあるかわかっていない。アメリアは裏づけてくれた女性をハグしたかった。

でも、その女性はハグしてほしがっているようには見えない。というより、猜疑心に満ちた目をアメリアに向けている。

「レディ・アメリア、こちらはミス・フィオーナ・マクタヴィッシュだ。フィ、ぼくの妻だ。ぼくらの文書保管方法について、必要充分であることを説明していた」

フィオーナがふんと鼻を鳴らした。「わたしたちの文書保管方法はブタ小屋か、それよりもっとひどいわ。でも、だれもそれを改める時間がないだけ」

基本的な管理能力を持たない者の典型的な言いわけだ。アメリアは舌打ちを抑えることができなかった。「あった場所に戻すのに、毎日の最後の数分間しかかからないわ」

ベネディクトが目が飛び出るほど驚いた顔をした。「自分のベッドを整えることに愕然とした女性の言葉か？」

アメリアはその言葉を鼻であしらった。「わたしが片づけると言ったわけじゃないわ。でも、計画を実現させるのは得意なの」

「ふん」フィオーナがノートを脇に置き、初めて実際にアメリアを眺めた。まるでガラスのなかの標本を見るかのように。それがアメリアの感じたことだった。フィオーナが男性の服装をして、髪も髷にせずに後ろでただ結び、明らかにこの工場で男性に混ざって働いていることを考えれば、むしろ控えめな反応だった。

検閲が終わったらしい。「お会いできて予期せぬ喜びです、奥さま」フィオーナがようやく挨拶したが、その言葉をそのまま受け取れるような口調ではなかった。

ふーむ。

「夫がこの工場の所有者なのに、なぜ予期せぬことなのかわからないけれど、わたしもお会いできて嬉しいわ」

フィオーナが肩をすくめた。「ここは、あなたのような女性が来る場所ではないからです」

たしかに最近のアメリアは自分がいるべき場所について確信を持てていないが、自分がどこにいるべきか決めるのは自分だけとわかっている。「わたしは、自分のいるべき場所について指図されるのにうんざりしているの。あなたのような、自分の道をみずから切り開いている女性なら、この感傷を理解してくれると思うけれど」

ベネディクトが仲裁に入ろうとしたが、アメリアは首を振った。夫の救出を必要とする妻というのは、理想的な第一印象とは言えない。工場にいようが、そこに序列があろうが、アメリアが優位に立っていることをこの女性は理解する必要がある。

フィオーナはアメリアを長いあいだ見つめ、それからぞんざいにうなずいた。「創造的な方法でベンのシャツをつくろってくれてありがとう。あの花の刺繍を見るのはいい気晴らしになりました」

いまの言葉が、アメリアの存在を認める彼女なりの表現ならば、アメリアのほうも受け入れるべきだろう。「どういたしまして。努力が評価されたと知って嬉しいわ」

「アメリアにさらにいろいろな考えを吹きこむ前に、お茶を飲まないか？」ベネディクトが言った。「フィオーナ、一緒にどうかな」

フィオーナは自分の肩越しに戸口を見やった。「報告書を見つけなければならないんだけど」

「頼むよ、参加してくれ」彼は丸椅子を引いてフィオーナに坐るよう身振りでうながし、アメリアには自分でやらせた。椅子を乱暴に引きながら、アメリアは彼をちらりとにらまずにはいられなかった。

「きみたちふたりは親友になるだろうと思う」その緊張した口調は、まるでその事実を自分でも納得しようとしているかのようだった。

女性ふたりは、自分たちに共通する唯一のもの、すなわちベネディクトを見つめ、同時にあきれた顔をした。

「どちらにもいいことだと思う。フィ、きみは働きすぎだ。そしてアメリアは――」

「わたしがなに？」

「なんでもない」彼はストーブに近寄り、火にかけてあったやかんを取った。

その小さな行動がアメリアの心臓をどきっとさせた。ストーブのまわりに大量の紙が散らばった状態で、みんなが燃える材質にこれほど無関心では、これまで、この場所全体が炎に包まれなかったほうが奇跡だ。

「そのいろいろ置いてある作業台を本棚のほうに移動させれば、部屋がもっと広く感じられるようになるし、書類があなたの……なんの問題もない……保管場所からストーブの上に落ちる危険もずっと減るでしょう」フィオーナのほうを向いた。「この場所がどうして燃えて灰にならないのがわからないわ。あなたがた科学者たちの考えることは、普通の人が考えることをはるかに超越しているのでしょうね」

「まだなにも燃えていませんけど」フィオーナが言いわけがましく言う。「すべて管理してますから」

ベネディクトがアメリアの前に縁が欠けたカップを置いた。受け皿も砂糖もスプーンもなし。アメリアは心のなかで、次のロンドンへ行った時の買い物リストにティーセット一式を加えた。

フィオーナは基本的な設備がないことを気にしていないらしく、お茶を取って両手でカップを包むと、立ちのぼる湯気を吸いこんだ。爪は短く切ってあり、手の甲に細くて長い傷跡がある。その周囲のそばかすと同じようなそばかすが、鼻と頬のあたりにも散っている。風変わりだが、かなりの美人だ。男ものの折り返しがあるシャツに飾りのない上着を着ているのは奇妙だが、髪を結いあげて明るい青色のドレスを着た美しい姿も想像することができる。

みずから進んで風変わりな格好をしているのか、それとも選択肢がそれしかない人生を生きてきたのだろうか？　もしも後者ならば、アメリアが助けてあげられるかもしれない。

「あなたがなにをしているかもっと話してくださいな」アメリアは頼んだ。「ベネディクトは、あなたの研究が彼の機関とは関係ないと言っていたけれど」アメリアはカップを取り、欠けている縁が見えないように持った。

ベネディクトが隣に坐る。肩がアメリアの肩に触れ、その摩擦が発した火花のような感覚がアメリアの腕をくるくる伝いおりた。

フィオーナはずいぶんためらってから口を開いた。「わたしは点火を簡単にするものを開発しています。最新の試作品はかなりうまくいきました。まだいくつか小さな修正が必要ですが、量産するための財政的支援を得られないかと模索中です」

「なぜ量産のために外部の支援を？」アメリアの知る限り、ベネディクトは余分な金を持っているはずだ。

「ロンドンの支援者ならば、彼が――フィオーナは頭を少し傾げてベネディクトを示した――築くことを拒んだ顧客のつながりを持っているからです。富裕層を狙った製品なので、そうしたつながりが役立つはずなんです」

それは理にかなう。上流階級の人々が、販売してくれそうな業者に影響を及ぼす方法はいくつも思い浮かぶ。自分が販売業者に影響を及ぼす方法もある――結婚前の影響力を取り戻しさえすれば。

ベネディクトは事業計画におけるアメリアの影響力をまったく考えていなかったのだろうか？

「彼がロンドンで強いつながりを築いていないというあなたの仮定は見過ごすことにするわ。わたしが手伝えることはあるかしら？」

フィオーナはひと口で紅茶を飲み干した。「ピアソン社に、一カ月以内に返事を寄こすように働きかけてくれますか？　開発を早く進めることができるように設計を渡せと言われているんですが、まだお金を払ってもらっていないんです」

「ピアソン社？　昨年ダラーコーヒー商会の株式を売却したのと同じ会社？」アメリアは訊ねた。

フィオーナが驚いた顔でアメリアを見やった。「それです」

「なんとまあ、あそこには、現金を見るまではなにも渡してはだめよ。イーストン卿はつねに資金繰りに困っているの。わたしも昨シーズンに、結婚相手にふさわしい独身男性のリストから彼を除外したわ。彼がだれでも、アメリカ人でもいいから、とにかく富豪の相続人を花嫁に必要としていることがわかったから」アメリアは身を震わせた。

「なぜそのことを前に言わなかったんだ？」まるでイーストン卿が朝食時の会話の話題だったかのようにベネディクトが訊ねる。

「それはあなたが、社交界の好ましくない行状に興味をお示しにならないからよ。あなたはきっとこう言うわ。アメリアは、ぼくがそんなことに関心を持っているふりをすると思うのか？」

フィオーナが急いでノートを取り、ペンとインクをつかんだ。「もっと話して」彼女が言う。「ご存じのことを全部教えてください」

女性ふたりが固く握手するあいだ、ベネディクトは扉を押さえていた。アメリアがフィオーナに、友人として訪問してくれるように提案し、彼の仕事仲間がそれに同意するのを見て、天地がひっくり返ったかと思った。アメリアは彼の人生のすべてを一変させつつある。

「あの人は、科学者？　発明家？　なんにしろ、いまの彼女にどういう経緯でなったのかしら？」階段をおりながらアメリアが訊ねた。

「それは彼女に聞いたらいい。彼女が話す気になった時に」フィオーナの過去はベネディクトの過去と同じくらい困難で——そしてより可能性を秘めていた。自立した富を築こうと決意しているのも不思議ではない。

「そうね、おもしろそうだわ。わたしは女性としては最高の教育を受けているのに、あの乱雑な書類の山のただひとつも理解できなかったわ。あの人はどうやって学んだのかしら？」

「実を言えば、彼女の始まりはここの床磨きだ。ジョンの科学論文のひとつをそっと読んでいるところをジョンが見つけて、才能を育てるべきだと判断した。きょうは楽しかったかな？」階段の下までおりると、アメリアが彼を見あげた。

「わかっているでしょう？　とても楽しかったわ、ありがとう」

「きみは非常に助けになった」

「本当に？」彼女が訊ねる。「それは嬉しいわ」彼がこれまで見たなかで、一番満足しているようだ。昨週、新しいピアノを買うかどうかで交わした議論に勝った時以上だった。

「言わずもがなだが、きみはいつでもここに来てくれていい」

アメリアは手袋をした指を手すりに走らせ、サテン地に煤の層がつくと、鼻の上に皺を寄せた。「来ようと思うわ。明らかに、掃除と管理を引き受けるだれかが必要ですものね」彼のほうを振り向いた。「あなたがよかったらだけど」

だれかがこの工場に来て、改善に取りかかると思うと嬉しくはなかった。しかし、妻には、彼の人生に関与してもらいたかったし、いまさらあとには引けない。ここで引き下がれば、思い描いたものと違ってしまう。

「もちろんだ。きみにやれることがたくさんあるとは約束できないが、昼間もきみに会えるのは嬉しい」

建物を出ながら、ベネディクトはすれ違う男たちにうなずいた。

「みんな、あなたのために働くことを楽しんでいるのね」男たちがうなずき返すのを見て、アメリアがつぶやいた。「それに、自分たちがやっていることに誇りを持っているわ」

「彼らは労働を尊いものと思い、自分たちのやっていることが変化を起こすと知っている」

「あなたは、あの人たちに有意義な人生を実感させているのね。自分のその役割を過小評価していると思うわ」アメリアは彼の腕に手を置いて笑みを浮かべた。それは心からの笑みだった。

しばらくして、ベネディクトは咳払いをした。「ありがとう」

そして家に戻るあいだずっと、彼は口元がゆるむのを止められなかった。

13

いままでとなにかが違った。アメリアとベネディクトは一時間の大半を費やし、リボンや生地や帽子、造花を品定めしていた。通常ならこれは論点にならない。以前の彼女は何日も終日買い物に費やすことで有名だった。でも、それは彼女の要求を満たす店が数多く並ぶロンドンでの話だ。アビンデイルには偏屈な店主が経営している洋装店兼雑貨店が一軒あるだけで、その店主は違う色のリボンを髪に当てたりして、ふたりが時間をかけて選んでるのをうさん臭そうに眺めている。

でも、ふたりはまだ言い争いをしてなかった。

ベネディクトが忍耐心を切らさなかったからだ。

買い物も含め、ふたりで過ごした一日がとても楽しかったのは、アメリアにとって嬉しい驚きだった。夫に言い寄られていると思うだけでも少しどきどきしたが、買い物という女性の楽しみにつき合っている彼の姿を思い浮かべることで、そのときめきは倍増した。十分もしないうちに、彼が両手をあげてうんざりした様子を見せるだろうと思っていた。でも、そうはせずに彼はうなずき、淡いブルーと薄緑がかったブルーとどちらがいいかの選択に関心があるふりをし、アメリアの肌の色にどの色が似合うか意見を述べることまでした。

なんてしゃくに触る人だろう。

笑みを浮かべて立っている彼は、アメリアの好みよりもはるかに感じよすぎて、ハンサムすぎた。黒っぽいウール地のズボンと荒い織りのシャツ、継ぎの当たった上着という普段の服装はどこにもなかった。傷だらけ泥だらけのいつものブーツに代わり、ぴかぴかに磨かれたなめし革のヘシアンブーツ。それに合うストッキングとクリーム色のズボン、上等なシャツ、そして清潔で形のよいモーニングコート。髪はブラシをかけて低い位置できれいに結んである。汚れた窓越しにそそぐ午後の陽光に照らされ、髪は光沢仕上げの金のように見える。

「全部を一本ずつ買おうか？」彼が言う。「その暗赤色以外だ。それはひどい色だ」

アメリアは顔にかかった小さな巻き毛をふっと吹いた。「そうしましょう」

ベネディクトがバスケットにリボンを重ね入れるあいだに、アメリアは本が並んだ棚に行き、三冊取って脇の下に抱えこんだ。すばやく移動し、立ちどまって題名を確認することもしなかった。これまでに四冊の小説を読んだ。そのうちの一冊でもこの三冊と同じ本だったら、よほどの不運ということだろう。

彼が近づいてきたので、脇に寄り、棚を眺めているふりをした。

「なにか買いたいものがあったかな？」彼の熱い息がうなじにかかった。とても近くに立っていたから、マント越しに彼の体の熱を感じることができた。アメリアは店主のほうを見やった。ありがたいことに、彼の注意はほかに向けられている。

本は見えないように気をつけて、アメリアは彼のほうを向いた。

彼が片方の眉を持ちあげる。

「これだけよ」アメリアは棚に並んだなかで一番近くにある物を取り、彼が持っていたかごに落とした。それはなんと、草刈鎌だった。どう思われたかしら？

「きみのベッドの下の読み物への追加はいらないのか？」

アメリアは赤面した。「そんなばかげた言いがかりはやめて」

ベネディクトがウインクし、アメリアが隠し持っていた本を取った。「大丈夫だ、プリンセス。きみの秘密は守る」

買い物のあとは昼食だった。アメリアは背後をベネディクトに守られて、〈牡牛と口笛亭〉の入り口の前に立った。「レディはこういう場所には入らないわ」実際、店があるとわかれば、その三メートル圏内には踏みこまない。

「このレディは入るさ。勇敢ならば」

からかうようなこの言葉が針のように心を突いた。これまで、アメリアを臆病者と言った者はいない。アメリアは背筋を伸ばしてうなずいた。「いいわ。行きましょう」

酒場兼食堂の小さな窓はほとんど光を通さず、まだ昼間なのに室内は暗かった。店の両端にある暖炉の火のほか、カウンターとテーブルごとに置かれた切り株のようなろうそくが黒い煤煙を漂わせている。

アメリアは戸口に立ち尽くした。白髪が混じったもじゃもじゃの頬ひげを生やし、長い髪がべたべたで、皺だらけで無数の染みがついた服を着た男たちが目に入ったからだ。

ベネディクトが彼女をそっと前に押した。アメリアは頭を高くあげ、一番奥の暖炉のそばの椅子まで歩いた。クッションに批判的な視線を向けて鼻を鳴らしたあと、椅子の縁に腰をかけた。どんな汚れの上に坐っているかは神のみぞ知る。

けしからぬほど胸元を開けた女給がふたりのところにやってきた。ベネディクトに対して甘ったるい笑みを振りまきながら、身を乗りだして彼の肩についてもいない埃を払い、胸が彼の膝に当たるまでかがむ。

目の前に突きつけられた娘の大きな尻に、アメリアはあきれ顔で目をくるりとまわした。

ベネディクトがその表情を見て、にやりとした。

「結婚したせいで忙しそうね」女給が言う。「あんたに全然会えないわ」娘が口をとがらせ、オールマックス（ロンドンの社交界の舞台となった集会場）のにわか成金のように下唇を突きだす。

「だから、いま会っているだろう。レディ・アメリア、エドウィーナ・メリマンを紹介しよう。エドウィーナ、こちらがぼくの妻、レディ・アメリアだ」

豊満な娘が振り返り、アメリアの毛皮で縁取りした靴から錦織の外套、喉元に飾った金色のリボンまで、舐めるように視線を走らせた。

その視線がアメリアの目に達した瞬間、娘はたじろいだ。上流社会で二番目に恐れるべき未婚女性だったゆえんだ。練習すれば、片方の眉をあげただけで、一ダースの言葉を並べるよりもはるかに痛烈な効果がある。どんな田舎娘でも、その表情がなにを意味するかはわかるはずだ。

ベネディクトが咳払いをした。「エールを二杯と、いつもの昼食を頼む、ウィニー」

小さく鼻を鳴らすと女給は離れたが、カウンターに戻る歩みは、いつものぶらぶら歩きよりはるかに速かった。

「エール？」彼はからかっているに違いない。彼が上流社会に入る気はないとしても、レディはオルジェー（アーモンドシロップを使った飲み物）を飲むものだというのは周知の事実。もう少し強いものが必要な時でもせいぜいマデイラ酒だ。ポルト酒は男性が不在で気づかれない時だけ。

ベネディクトのゆったりした笑みは挑戦を突きつけていた。「なにごとも最初がある。勇気を出して」そう言うと、彼はこの安っぽい酒場でもすっかりくつろいでいるかのように、椅子にゆったりもたれた。

アメリアは家具に触れる場所をできるだけ減らそうと、まっすぐに坐った姿勢を崩さなかった。「お酒を飲むのにどうして勇気が必要なのかわからないわ」

「では、なんの問題もないだろう？」

「ふん」酒場にはどんどん客が入ってくる。驚くほど多様な人々だ。なかには、泥だらけで、明らかに直前まで田畑で働いていたらしき者もいる。簡素で清潔な服装の人々は商売人だろう。部屋の隅では、数人の女性たちが服を繕いながらおしゃべりしている。

「ここはあなたが仕事をしていなくて、家にもいない時にいる場所なのね」

「そうだ」

エドウィーナが戻ってきて、黒く見える液体が入った大きなマグ二個をふたりの前に置いた。今回は誘惑するそぶりは見せなかった。むしろ娘はこれ以上できないくらいすばやく離れていった。

「魅力があることはわかるわ」腰を揺らしながら歩く娘の後ろ姿にアメリアはつぶやいた。

「やきもちを焼いている？」ベネディクトがにやりとする。

「焼くべきかしら？」

「まったく必要ない」彼の目が炎にようにきらめく。どこを見つめられても、そこの肌が燃えるように熱くなる。彼はなにも言わなかったが、昨夜浴室でアメリアにしたことを考えているのは明らかだった。アメリアは両手でマグをつかみ、気を散らしてくれるものがあることに感謝しながら大きくひと口飲んだ。

まあ、どうしよう。

アメリアは口のなかの液体を無理やり飲みこみ、マグを押しやった。目に涙が浮かぶ。

「ひどいものね」

ベネディクトが笑った。「そこまでひどくはないだろう」

「そこまでひどくはない？　ロンドンの歩道に膝をついて地面を舐めるような感じ」

ベネディクトがまた笑った。喉の奥の低いくすくす笑いの響きが、アメリアの胸に伝わってきた。彼が合図をして水を頼み、アメリアはありがたくその水をごくごく飲んだ。

店の一隅に設けられた舞台にバイオリン弾きがあがり、曲を弾き始めた。

「これはなんの曲？　聴いたことがあるような気がするわ」

「ハイドンだ。太陽四重奏曲」ベネディクトが答える。「母の好きだった曲のひとつだ」

「こんなふうに演奏するのは聴いたことがないわ。酒場の演奏家はみんな、こんなに才能があるの？」丸椅子に腰かけた小柄な男は、ハノーヴァースクエアで聴いた最高の演奏家たちと同じくらい演奏に集中している。そうしなければ床が逃げだしてしまうというようにしっかり床を踏みしめた足から、曲げたり揺らしたりする上半身まで、全身を使って弾いている。すばらしい演奏だ。

「酒場の演奏家がみんな才能があったら驚きかな？」

「そうね、少し」

ベネディクトが眉をひそめた。「泥と汗にまみれる人生を送っていれば、美をはるかに高く評価すると思わないか、つねに美しさに囲まれている人々よりも？」

「でも、たいていの美は、長時間の訓練のたまものでしょう。下層階級の人々には難しいことよ」

「それはだれのせいだ？」彼が訊ねる。

「わたしのせいではないわ。あなたがそれを言いたいのならば」

ベネディクトが答えようと口を開いたが、すぐに閉じた。アメリアの肩越しになにかを見て、全身をこわばらせる。

「ベネディクト、あんたかい。ここで会えるとは驚いた」スコットランドなまりの低い声には皮肉がこもっていた。アメリアはだれが話しているのか見ようと首を伸ばした。そのスコットランド人は、ベネディクトより三十センチ近く背が低かった。灰色の顎ひげに覆われていても、たるんだ顎や黄色い肌は隠せていない。卑劣そうな小さい目でアメリアの夫をじっとにらんでいる。

彼の後ろには太った小男と、昼間にアメリアと話すことを拒んだ痩身の若者が控えていた。彼のしかめ面はベネディクトの工場で会った時よりもさらに険しかった。なにが問題なの？

これもまたレディたちがこのような場所に入らないもうひとつの理由だ。アメリアは気持ちを落ち着かせようと呼吸した。男たちに不安を気づかれてはならない。

ベネディクトは立ちあがり、彼の椅子とアメリアの椅子のあいだを移動し、スコットランド人と握手をしながら、巧みにアメリアの視界をさえぎった。

「あんたと会えてよかった。この数週間来なかっただろう。おれたち平民とは酒を飲めないってか？」

見知らぬ男はベネディクトの脇をずかずかと抜けて、彼が立ったばかりの椅子に腰をおろした。脚をどっかり広げ、肘掛けに両肘を載せて指で叩きながら、大げさに振り返ってアメリアを凝視した。その目は嫌悪とあざけりに満ちていた。

「おれたちはまだ紹介されていないな、奥さんよ」聞き覚えがある口調だった。女性を頭が空っぽで退屈で浮ついていると思っている男の、相手を見くだした話し方だ。この種の男性は階級を越えてどこにでもいるらしい。

それを聞いてアメリアが嬉しくなった。口調が対応の仕方を教えてくれたからだ。この話し方でアメリアを怯えさせられると思っているならば、力不足も甚だしい。

アメリアは、生意気な女給に向けたのと同様の、徹底的に吟味する厳しいまなざしで彼をじっと見つめてから、悪臭でも漂ってきたかのように鼻の上に皺を寄せた。

男の叩いている指が止まった。

アメリアの背後で、ベネディクトが彼女の肩を軽く握った。「レディ・アメリア、ミスター・アラステア・マクタヴィッシュを紹介しよう。アラステア、こちらがレディ・アメリア・アスタリーだ」

後ろの若者が鼻を鳴らし、腕を組んだ。「レディときたもんだ。いけ好かねえな」

「またお会いできて嬉しいわ、ジェレミー」アメリアは言った。親切な応対がもっとも効果的な武器になることもある。

彼が唇を結んで目をそらし、屋根の垂木のあいだで忙しく巣を張るクモに突然興味が湧いたように天井を見つめた。

「すまない」ベネディクトが言う。「彼は普段もっと礼儀正しいのだが」

若者が耳を真っ赤にし、怒り狂った表情でベネディクトを見やった。

「詫びる必要はないだろう」三人目の男が言い、片手で若者の肩を叩いた。「ジェレミーは自分が好きな時に自分が話したい人と会話するという、神から与えられた権利を行使しているだけだからな。もちろん、あなたのお許しをいただければだが。チャールズ・タッカーです、なんなりと」

「チャールズ・タッカー？　仲間を率いて、劇場から出てきたダーンマス卿夫妻に、腐ったキャベツを投げつけた、あのチャールズ・タッカー？　逮捕されたのかと思っていたわ」

彼がほほえんだ。「ぼくはすばやいんですよ、奥さま」

アメリアが答える前に、ベネディクトが彼女の肘を取り、強く引いて椅子から立たせた。

「そういうことなら、ぼくたちは失礼しよう」

「愛の巣に戻るわけか？　会えてよかった、奥さん。あんたたちは幸せそうだ。結婚は、ベニーが言っていたような破滅的状況じゃないらしい」アラステア・マクタヴィッシュが言う。

彼女の肘をつかんでいたベネディクトの手にさらに力が入ったが、その言葉が彼女の心に与えた力ほどはきつくなかった。彼がこの結婚にわくわくしていたと思うほど愚かではないが、このような男たちに結婚に対する恐怖を話していたとは考えもしなかった。

「出よう」彼は怒っていた。口調からその怒りが伝わってきたが、その怒りがアメリアより激しいことはあり得ない。

ふたりが帰宅した時、カサンドラは階段の一番下の段に坐り、手すりにもたれていた。髪はアメリアの指示通りにばかばかしいほどくるくる巻きにし、膝に本を置いている。退屈そうな表情は、妻がしっかり持ったバスケットを見たとたんに興奮の表情に変わった。ぴょんと立ちあがると、跳びはねるような足どりで玄関広間を横切ってふたりのそばにやってきた。

「楽しかった？」アメリアに訊ねる。ベネディクトは、妹の関心が兄よりもアメリアに向かう事実を、少なくともいまの時点では仕方がないと諦めていた。

「楽しかったわ、おちびちゃん。これはあなたによ」アメリアがカサンドラの差しだした両腕にたくさんのリボンが入ったかごを置くと、外套を取ろうとやはり両腕を伸ばしていたトムのほうを振り返った。「わたしはこのまま二階にあがるわ。これは洗濯してください」てきぱきしているが抑えた口調の指示だった。「ドレスと靴もお願いします。着替えを手伝ってもらいたいから、デイジーに部屋に来るように頼んでください」

そして、ベネディクトのほうは見ずに立ち去った。

「お兄さま、いったいなにしたの？」カサンドラが小声で糾弾する。

「ぼくはなにもしていない」彼も小声で言い返した。正確に言えばきょうはなにもしていない。たしかに、自分の結婚が破滅的状況だとアラステアに言うべきではなかったかもしれないが、それは何週間も前のことだ。

ベネディクトは、アメリアのスカートがさらさらと音を立てて視界から消えた場所を見やった。きょうの彼女は温かくておもしろく、そしておしゃべりだった。だが、いまの彼女に温かみはひとつもない。

彼女を彼の世界に引きこむまでは順調に進んでいた。あてこすりを言いたい衝動を抑えられなかったあの狭量なスコットランド人がすべてを台なしにした。いつになったら、あの酒場に妻を連れていけるようになるかは神のみぞ知るだ。

「わたしも二階に行くわ」妹が辛辣に言い、飼い主に夢中の子犬のようにアメリアを追おうとした。

ベネディクトは妹の肩に手を置いて引き止めた。「しばらく行かなほうがいい、おちびちゃん」

「なぜ？　アメリアはわたしに怒っているわけじゃないわ。わたしのことは愛してくれているもの」

その言葉に引き起こされた恐怖と嫉妬の波が彼の全身を駆けめぐった。アメリアがここを出ていかざるを得なくなった時に、母の時と同じように、カサンドラが悲しみに打ちひしがれるだろうという恐怖。そして、彼よりも妹のほうがアメリアを幸せにできるという嫉妬。

カサンドラが彼の腕を慰めるようにそっと叩いた。「お兄さまが怒らせないようにすれば、アメリアも愛してくれるかもしれないわ」

ベネディクトの心が胸のなかでひっくり返った。自分は妻に愛してもらいたい。妻が彼の妹と分かち合っている温かさや戯れが自分もほしかった。

最初は氷のプリンセスの魅力を理解していなかった。しかしいまは、彼女の温かさの切れ端でも受け取った男がロンドンに何人いるのだろうと思う。彼女がほかの者たち——不器用な田舎者よりもはるかに彼女の好みのタイプである都会のめかし屋たち——に、あの知性を惜しげなく示していたと思うだけでむかむかしてくる。

自分は妻に求愛をしなければならない。彼女の過去の人生とは違うが、それでも豊かで満ち足りた人生を示すべきだ。ロンドンでの生活は忘れるように説得すること。そのためには、妹の存在が第一歩になるかもしれない。

「いいだろう、二階に行っていい。しかし、ノックしても返事がなければ、そのままにしてほかのことをやりなさい」

トーマスが近づいてきてた。「お手紙です、旦那さま」彼は銀の盆――ベネディクトがこれまで見たこともないもの――から三通の封筒を取ってベネディクトに手渡した。

一通目はアメリア宛てで、ヘムシャー卿という貴族からだった。デイジーに渡してもらうのがいいだろう。

二通目は妻が注文した新しいカーテンの請求書だった。母の翼だけでなく、家全体の分だ。ベネディクトは心のメモに、古いカーテンは必要としている村の人々に分けることと書き留めた。

三通目の封筒をやぶって開けた。目を通したとたん、安堵感と狼狽が入り交じった感情にとらわれた。アメリカ人たちが訪問するという。こちらの言い分を直接述べて、英国人とうまく仕事をしていけると納得させる絶好の機会になるだろう。しかし、そうするためには、現在彼に口を利いてくれない妻の助けが必要だ。

ちくしょう。

14

「そこで、まわって、まわって、相手の手を取り、膝を曲げてお辞儀をする」本がカサンドラの頭から絨毯の上に滑り落ちた。どさっという音にアメリアはたじろいだ。もう四十回もやっている。

カサンドラは頭をそらし、天井を見つめてうめいた。「絶対にできるようにならないわ」

アメリアはツッツッと舌打ちしてみせた。「もちろんできるようになるわ。朝に比べて歩き方がずいぶん上手になったもの。こんなに見込みがある生徒は初めてよ」

「本当に？」カサンドラの目が輝く。

アメリアの良心がちくりと痛んだ。でも、真実が必ずしも役立たない時もある。「もちろんよ。さあ、もう一度最初からやってちょうだい」

訓練は朝十時という早い時間から明るい朝食室で開始した。屋根裏部屋で発見されたティーセット一式がきれいに洗われ、磨かれて、この何十年で初めて使用されるために広げられている。

ぞっとしたことに、カサンドラはこの食器類の半分はなにかわからず、当然ながら、なにに使うかも知らなかった。完璧に一杯のお茶をいれる行程のすべてがわかった段階で、まだ実際にやるとなると不手際はあったものの、ダンスのレッスンに移行したのだった。

そして、それに、この一時間ほどを費やしている。彼女の歩き方の優雅さの度合いは、ハイドパークでお菓子売りの屋台に一ダースの子どもたちが走り寄るのと同じ程度だ。彼女が悪いというわけではない。美しい身のこなしには練習が必要だ。女性の多くは、子ども部屋にいる時から練習をし始める。教えられるおとながいる場合のことだが。

そう考え、アメリアはさらなる決意を固めた。大変な挑戦であればあるほど、成功した時の喜びが大きい。優秀でない家庭教師ならば、もっと前に諦めているだろう。

「ダンスは相手がいればずっと楽なのよ。もちろん、相手にもたれずに、自分でしっかり立っていることは大事だけれど。舞踏会場にいる男性の半分は年寄りか、まっすぐ立っていられないくらい酔っているから」

「でも、だれとダンスをすればいいの？　ベンは仕事だし」

それこそ難しい問題だ。カサンドラが使用人のだれかとダンスするのは不適切だろう。普通は姉妹か従兄弟か、ダンスの教師がいる。少なくとも――。

そうだわ。

「デイジーが助けてくれるわ。彼女はもう、実質的には侍女だから。目を見張るほどすばらしいわけではないけれど、少なくとも、このためにはぴったりの人材だわ」アメリアは戸口の脇の紐を引っぱった。

数秒のうちにデイジーが現れた。いつもの冴えない茶色のドレスと見慣れたグレーの実用的な仕事着姿ではなかった。ほんの数年しか時代遅れでないあっさりした緑の花柄のドレスを着用し、髪はあげて、多少曲がっているものの、練習中の新しい形に結っている。

「デイジー、あなた、とてもすてきよ」アメリアは言った。「緑色が似合うわ」

「あ、ありがとうございます、奥さま」デイジーが顔を赤らめ、膝を折ってお辞儀をした。

「いま、コティヨンを練習していて、カサンドラが一緒に踊る相手を必要としているの」部屋の真ん中を指差した。「どうか、あそこに立ってくださいな」

「でも、あたし……その……」デイジーが肩越しに戸口のほうを眺めた。

「なにか困ることでも？」朝から次第に積み重なってきた苛立ちが頂点となり、アメリアは思わず床をトントンと脚で叩いた。

「デイジーは午後お休みなんだと思うわ」カサンドラがささやいた。

デイジーがうなずく。

もうまったく。

「隅の埃を払えと頼んでいるわけじゃないわ。それも必要だけど。ダンスをするのよ。だれでもダンスは好きだわ。いいでしょう、デイジー？　それとも、コティヨンよりも楽しい計画があるの？」

デイジーはごくりと唾を飲み、うつむいてつま先を見つめた。「なにもありません、奥さま」

「ほらね」アメリアかカサンドラのほうを向いた。「手伝ってくれるわ。それに、女中がいつでも、専門家からダンスのレッスンを受けられるわけじゃないでしょう？」

カサンドラがあきれ顔で目をまわしてみせた。「その言い方は感じ悪いわ」

「どういう意味？　事実でしょう？　事実なんだから仕方ないわ」そのそっけない言葉は、よく考える前に舌先を離れて口から飛びだした。カサンドラの非難の言葉が鞭で打たれたように突き刺さった。それでも落ち着いた態度を保てたのは、何年にもわたる訓練のたまものだろう。

自分は感じよくしている。自分の言葉が勝手に誤解されるのは、とても悔しいものだ。

「ダンスを始めたらいかがでしょう、奥さま？」デイジーがカサンドラの隣に立った。「わたしはどうすればいいんでしょう？」

口論が全員の気持ちを苛立たせ、暗い雰囲気はその十五分後、ベネディクトが廊下から呼びかけた時も変わっていなかった。「カサンドラ！」

「ここよー」

アメリアはあきれて天井を見あげた。淑女らしい振る舞いをするためにどうすればいいかの議論に丸一日を費やしたのに、これだ。

ベネディクトが朝食室に入ってきて、片手を背中にやったまま、すばやく一礼した。アメリアは彼のほうに向かってうなずいたが、その動きはこわばり、気まずいものになった。彼はきのうの言い争いについて謝罪をしたが、ふたりの関係はいまだ張りつめていた。

「やっと見つけたのね」アメリアは言った。「それはよかった。あんなに大声で叫ばなければ、一日中さまようことになっていたかもしれないものね。なんて恐ろしいこと」

「レディ・アメリア、ぼくは仲直りしに来たのだが」彼が一本のクリスマスローズを差しだした。真っ白な花びらひとつひとつの先がほんのわずかピンク色に染まっている。アメリアが花を受けとると、心配そうな彼の顔が笑顔に変わった。

「ありがとう」アメリアはつぶやいた。

この悪党はずうずうしくウインクすると、妹のほうを向いた。「カサンドラ、頭に本を載せているのか」

カサンドラは、わたしだってばかじゃないわという目つきで兄をにらみながら、背筋をぴんと伸ばし、正確な動作でゆっくりと膝を折ってお辞儀をした。だが、身を起こす時にわずかにぐらつき、本が頭から滑り落ちた。

「やだもう」カサンドラが床に落ちる前に本を取った。

「もう少しよ」アメリアは言った。「ほぼできかけているわ」

「ロンドンに行く準備のために、デイジーが手伝ってくれているの」カサンドラが言う。

ベネディクトが首を傾げた。「きょうの午後は休みじゃないのか？　マーカスが裏口のそばでいらいらした様子で待っているのを見かけたが」

「そうです、旦那さま」

「では行きなさい。あの若者を待たせてはいけない」

デイジーがアメリアを見やった。顔じゅうに問いかけの言葉が書いてある。

アメリアは片手を振った。「いいわ。ベネディクトがあなたの代役をしてくれるでしょう」

デイジーが姿を消したその速さが、アメリアの不安の核心を衝いた。アメリアはそれを踏み消そうとした。「彼女は手伝いたかったのよ」声に出して抗議する必要があっただろうか？　おそらくなかっただろう。しかし、もうその言葉は出てしまっていた。

ベネディクトが首を振った。「彼女はおそらく、ほかに選択肢があることを理解していなかったと思う」彼が優しく言う。「きみは時々……思いやりに欠けることがある」

不安の核心がさらに増大する。

「感じ悪い？」カサンドラが口を挟む。

その言葉が不安の種をさらに芽生えさせた。

「かなり自己中心的と言うべきかな？」

今度は血の気が引くのがわかった。アメリアは立ちあがり、袖のカフスを引いてモスリン地の皺を伸ばした。「そう。わたしの性格について活発な評価をしてくれてありがとう。失礼させていただくわ」

ベネディクトが彼女をさえぎり、片手を伸ばしてアメリアのウエストに当てた。「すまなかった。行かないでくれ。ぶしつけな物言いで、きみの楽しみを邪魔してしまった。ぼくが来る前になにをしていたのか教えてくれないか？」

いいわ。礼儀正しく引きさがらせてくれないつもりなら、彼が好むと好まざるとにかかわらず、訓練の手伝いをしてもらいましょう。

「ダンスをしていたのよ」

「そうか」彼が一歩さがった。「そしてあなたはちょうどいい時に現れたということ」

両手をあげ、少しうろたえた顔で、彼が言った。「手伝えるかどうかわからないぞ」

「あなたのお母さまは、コティヨンの踊り方を教えてくださらなかったの、本当に？」

彼は首を横に振った。もう一歩さがったおかげで、抜けだすつもりの戸口にまた近づいた。

「遠い昔のことだからね」

アメリアは彼の手を取って部屋の真ん中に引いていった。彼の肌に触れたことで心臓の鼓動が速くなったのは気にしないように努めた。「思い出すと思うわ」

「母はぼくがダンスする姿を、燕尾服に押しこまれた雄牛が、二本脚で歩こうと必死になっているようだと言っていた」彼がだしぬけに言う。

アメリアは最初、皮肉で返そうと思ったが、肩を落とし、うなだれている彼の様子を見て考えを変えた。すでに話したことを後悔しているとわかったからだ。

アメリアの夫は強い人だ。成功していて、自分に自信を持っている。その彼を一瞬にして怯えた子どもに変えてしまうとは、母親はなんと残酷な重荷を負わせたのだろうか。

「そんなはずないと思うわ。でも、見せてくださいな。カサンドラ、手で拍子を取ってね」

アメリアが彼の手に手を滑りこませた瞬間、彼が鋭く息を吸った。ふたりのあいだのエネルギーを、彼も同じように感じていることを示すよい徴候だ。

アメリアは彼の手を安心させるようにぎゅっと握った。「一歩、二歩、まわって、まわる」アメリアは膝を折って一礼し、彼を見あげてまつげをはためかせた。「ミスター・アスタリー、自分で思っているよりもきっと上手に踊れるわ」

彼のほうに向き、片手を彼の肩におく。ふたりはわずかもよろめくことなく部屋をぐるりとまわった。何度か回転すると彼の肩から力が抜け、顔に貼りついていたしかめ面も消えた。

彼は咳払いをして訊ねた。「ひどすぎるというわけじゃないかな？」

アメリアは適切な礼儀作法で許されるより近くに寄ってささやいた。「あなたの動き方、好きだわ」

アメリアにまわした彼の手に力がこもる。

「お母さまがおっしゃったことはひどすぎるわ。頭のなかだけで留めておくべきだったのに」

「本当は、そういうことを考えるべきじゃなかったと言いたいのかな？」自信に満ちた口調に戻っている。アメリアが聞き慣れたゆったりした口調。それに元気づけられた。

「そうね、でも頭のなかで考えることは止められないもの。思うことすべてに説明責任があったら、だれもわたしと話をしなくなるわ」

彼は首を振った。「きみは多くの矛盾を抱えた不思議な女性だ」

「そして、思いやりに欠けるのよね、もちろん」アメリアは彼が先ほど言った言葉にいまだ憤慨していた。

「だが時に、ぼくが知るなかで一番優しい女性でもある」彼がささやく。「きみを望むのは無意味だとわかっている。だが、情けないかな、どうしても望んでしまう」

彼の言葉に目がくらむような感覚を覚え、それから抜けだそうと、この十分ほど気になっていた無難な質問をした。「デイジーを連れ出そうとしている人が待っていたというのは本当のこと？」

「そんなに驚くことか？」

「わたしはただ……思いもしなかったから」

「彼女には、きみに仕える以外の生活はないと思ってた？」

「ええ」しまった。「いいえ、そんなことはないけれど」デイジーに仕事以外の生活がないと積極的に考えていたわけではない。ただそれについてなにも考えていなかっただけだ。思い浮かんだこともなかった。

そのせいで、思いやりに欠けて、自己中心的になっていた。

彼が言った通りだ。

落胆が重くのしかかった――あまりにも大きすぎる失敗。そして自分は失敗が許せない。

ベネディクトがアメリアの顔をそっと彼のほうに向かせた。彼の表情は優しかった。自分はそんな優しい表情を向けられる資格はない。「プリンセス、きみはほかの人々の高い評価を得ることに、全人生を費やしてきた……が、その人々はここにいない。そろそろ、ここにいる人々に力を注ぐべき時期なんじゃないかな」

「どこから始めたらいいかわからないわ。ここのだれとも共通するものがないんですもの」

ベネディクトがくすくす笑い、アメリアの耳たぶを引っぱった。「これで始めたらどうかな。耳で聴く。そうすれば、自分で思っている以上に共通のものを見つけられるかもしれない」

「わたしはただ……」アメリアは深く息を吸い、デイジーがあまりにすばやく出ていった戸口を見やった。「もう遅いのではないかしら。彼女はわたしのことをどう思っていることか」

その晩、デイジーが髪からヘアピンを取ってくれているあいだ、アメリアは鏡に映った侍女をじっと見つめた。アメリアは普通謝罪をしない。だから、どこから始めていいかわからなかった。

でも、今夜のデイジーとの会話は明らかにぎくしゃくしていた。そして、わざとではないにしろ、デイジーの感情を傷つけたのは自分だ。

「デイジー」アメリアは口火を切った。「わたし……」口ごもる。

「はい、奥さま?」

「わたし……マーカスとお出かけした午後はどんなだったかと思って」

デイジーの両手が止まった。この会話の内容に関して、アメリアと同じくらい驚いたのは間違いない。

「短いあいだですから、奥さま」デイジーはヘアピンの最後の一本を置き、ブラシを取った。「彼は木曜日の午前しか休みが取れなくて、わたしは午後しか取れません。昼食で一時間会えるだけなんです」

「まあ、そうだったの」そんな大切な時間を割いてくれていたとは。アメリアのもつれた髪を梳かす決然とした手の動きが彼女の忠誠心を示していた。

どちらにしろ、いまが謝罪にふさわしい絶好の機会であることは間違いない。自分は結果的に、ふたりが一緒に過ごす三十分を奪ったのだから。

「デイジー、わたし、本当に……」そこで謝罪の言葉がつっかえた。がっちりと。「わたしが言いたいのは、本当に……」

ううっ。

「なんですか？」

「ほん……ほら、あなたが午後の休みを午前に換えたらどうかと思っているのよ。あなたがそうしたければだけど。命令ではないのよ。ただ、あなたがそうしたいかと思ったので。それにもう一日、午前の半休を取っていいわ。わたしの着替えが済んで、新しい女中のだれかが代わりを務めてくれれば」

デイジーが鏡のなかのアメリアと目を合わせた。アメリアは表情で、言葉では伝えられなかったことをなんとか伝えようとした。

「ありがとうございます、奥さま」

15

「起きなさい、プリンセス」ベネディクトはカーテン――新しいカーテン――を勢いよく開けた。古いカーテンを交換したことにはいまだ否定的だったが、大胆な黄色のベルベットのおかげで部屋が明るく見える事実は認めざるを得ない。

黄色は田舎で鬱々としているロンドンのレディが使う色ではない。ヒナギクを集めてお日さまを作ろうとか、そんな戯れごとを言う女性に似合う色だ。

だがそのほうがいい。きょうのアメリアには、そういう振る舞いが必要だろう。

「最悪な人ね」アメリアが頭の上に毛布を引っぱりあげた。

「朝食を持ってきた……」ベッドの脇に椅子を引き、部屋に入った時にサイドテーブルに置いた皿の覆いを取る。

朝食は熱々で美味しそうだ。

アメリアがキルトの隅をぱたぱたさせたのは、顔を出すためだけでなく、料理の匂いを嗅ぐためだろう。「それはああーこん？」分厚いベッドカバーのせいで声がくぐもる。

「なにを言っているかわからない」彼は言った。ベーコンをつまんで、もぐもぐ食べた。「だが、このベーコンはうまいぞ」

アメリアがベッドカバーを払いのけて身を起こし、シーツを胸の上まで引きあげた。「だめ」渋面は、盆の上に皿がふたつ載っているのを見て、戸惑ったような笑みに変わった。

「なにが？　男は妻と一緒に朝食を食べられないのか？」彼はまた腰をおろし、膝に足首を重ねて、腿の上に置いた皿のバランスを取った。

「あなたにとっては慣れたことのようね」食べたそうな顔で料理を眺めるが、手を出さない。ネグリジェが首は顎まで、袖は手首まであり、襟ぐりも袖もほとんど皺が寄ってないにもかかわらず、食べるためにシーツを手放したくはないらしい。

「シーツを取っても、きみは売り物の子羊肉のように包まれているじゃないか。食卓で朝食をとる時のほうがずっとよく見えているくらいだ」彼女の前でフォークを行ったり来たりさせると、とアメリアの鼻もそのあとに追った。

「いいわ」アメリアはシーツを放して、皿に手を伸ばした。寝間着は一分前まで修道女のようにきっちり整い、きわめて適切だったが、体を動かしたとたんにぴんと胸に張りつき、乳首の輪郭が浮きだした。

なにも見えないが、すべてが示唆されている。ベネディクトは太腿に置いていた皿を膝のほうに移動させた。

「これは、なにか特別な朝ということ？」彼の難儀にはまったく気づかず、アメリアが訊ねる。

「というより、先だっての謝罪だ」

アメリアはベーコンを切りながら、片方の眉を持ちあげた。「どうぞ聞かせて」

彼は大きく息を吸いこんだ。過剰な頼みだと、時期尚早だと思われないことを願うしかない。「きょう、村で冬の祭りがある」

「カサンドラがその話をしていたわ。リンゴくわえ競争に出るつもりみたい」彼女の耳の先が赤くなった。エドワードの書斎で父親が娘を売り渡したあの晩、ベネディクトに投げた侮辱の言葉を思いだしたのかもしれない。

ベネディクトはあの晩の記憶を押し戻した。「ああ……そうらしい」彼は言葉を切った。朝食を計画し、部屋への入り方も考えたが、知らせをどう告げるかはまだ決めていなかった。

アメリアは彼の沈黙を話の終わりと受けとり、顔をしかめた。「まるで監獄に監禁すると申しわたされるかのような言い方ね。わたしは人食い鬼じゃないし、お祭りにも行ったことがあるわ。しかも楽しんで……」言葉を切り、クロワッサンの端をかじる。

彼は思い切って飛びこむしかないと決意した。「同時に、町のバンディの対抗戦も行われる」

「バンディ？」アメリアは朝食に集中していて、彼の声が緊張していることに気づかなかったらしい。

「スポーツの試合だ、氷上で行われる」

「そうなの？」アメリアがもうひと口、クロワッサンをかじる。

「きみもそれに参加する必要がある」

アメリアが喉を詰まらせて咳きこんだ。キルトの上にパンのかけらが散らばる。

ベネディクトはお茶を注ぎ、彼女がそれを飲むのを待った。

「わたしはスポーツはしないわ」咳が止まるとすぐに彼女は言った。「初歩も知らないのに」

彼はアメリアの膝を軽く叩いた。「心配しなくていい。後方に配置してくれる。なにもしなくていいんだ」

「それなら、なぜ参加するの？　従僕や厩舎員のなかに、もっと上手にできる人がいるはずでしょう？」くっつきそうなほどひそめた眉が、こんなばかげた頼みはされたことがないという不信感をありありと示している。

「そういう習わしなんだ。地元の女性たち対地元の男性たち」

「そうだとしても、なぜわたしがやらなければならないの？」

これこそが難問で、彼としても、妻に参加を促すに足る理由を一ダースは考えた。だが、説得力がある理由はひとつも思い浮かばず、結果的に真実を言わざるを得ないはめに陥った。

「きみにとっていいことだと思う。そろそろ、アビンデイルで友人を作る頃合いだろう」

驚いたことに、戻ってきたのは、あきれかえった顔や皮肉っぽい返事ではなかった。彼の言葉への反応は沈黙だった。

「友人がどんなものかはわかっているだろう？」彼は言葉を継いだ。「話をしたり、笑い合ったり、訪問したりする人々だ」

その言葉によって、ようやく彼が予想していたあきれ顔が現れた。「友人がどんなものかはわかっているわ」アメリアが言う。「たくさんいるもの。どの人もとくに好きではないけれど」

彼は頭を振った。日々発せられるなにげない言葉が、彼女の人間関係に対する理解がいかにゆがんでいるかを顕著に示している。彼女の父親、そして彼女を形作った社会に答えを見いだせそうだ。

「冗談よ」彼女が言う。「もちろん、再会を心待ちにしている人は何人かいるわ。まあまあ我慢できる人が片手の指で足りるくらいかしら」

「きょう会う人々はきっと好きになれると思う」

「本当に？」その言葉から皮肉が滴っている。

「たぶん本当じゃないが、少なくとも、好きであるふりをしてもらう必要がある。そうするあいだ、レディ・アメリア・アスタリーとしての自分を多少抑える必要があるかもしれないが」

アメリアが膝に置いていた皿を脇にどかした。「それで、だれになるの、自分でないとしたら？」

崖っぷちを歩いている。バンディの試合に参加する頼みを引っこめるべきかもしれないが、すでに深みにはまりこんでいる。「ただのアメリア……あるいはもっと親しみやすいエイミー？　町の人々には、ぼくが知っているきみの温かくて人間的な面を見てもらいたい」

アメリアが眉をひそめた。「レディ・アメリアと対照的な……」

「そうだ、完璧で感情のない陶磁器の人形のようなレディ・アメリア。いや、陶磁器じゃないな。それでは壊れやすい。銅製のプリンセス？　鉄のレディ？」彼は肩をすくめた。

アメリアが不信感に満ちた目で彼を見つめる。「ベネディクト・アスタリー、まるで褒め言葉のように言うのね」

彼はにやりとした。「地元の人々が貴族は感じがいいと思えば、それでいいんだ。親切で友だちのようだと」

アメリアは彼に枕を投げつけた。「出ていって、ベネディクト」彼は出ていこうと立ちあがった。「ベーコンは置いていってちょうだい！」

地元の祭りは色彩にあふれ、活気があり、だれもが陽気に騒いで、楽しそうだった。幼少期以来、アメリアの人生から徹底的に取り除かれてきたすべてがそこにあった。子どもたちが駆けまわり、先端に色とりどりの旗を結びつけた互いの棒を奪おうと追いかけ、きゃっきゃっと笑い声をあげている。

二カ月前だったら、この光景を見ても、反感しか抱かなかっただろう。でもきょうは別な感情がアメリアの胸に芽生えていた。その、なにと特定できない感情のせいで、自分が迷子になったように感じている。

早いうちにベネディクトと離れなければならなかったせいもある。彼はアメリアの唇に軽くキスをすると、そわそわして元気のないアメリアをそのまま残し、振り返りもせずに立ち去った。

でも少なくとも、カサンドラは隣にいてくれている。

「今年はあの人たちを打ち負かすわ」カサンドラが言った。「そんな気がする」

カサンドラがアメリアの手を握り、氷原の横に設置されたテントの下に集う女性たちのほうに引っぱっていった。

アメリアが知っている女性はフィオーナだけで、彼女とは笑みを交わした。一週間前にアメリアが初めて工場を訪れた時以来、ふたりはいい仲間となり、ロンドンの上流階級に関するアメリアの知識を利用して、フィオーナがロンドンに進出できるように事業計画を練っていた。デビュタントたちがふさわしい夫候補を選べるように指導するのとは似ても似つかないが、アメリアにとっては、比べものにならないくらい大きい満足感が得られる仕事だった。

「ベネディクトに半ペニー払わなければ」フィオーナが言った。「彼があなたをここに連れてこられるとは思わなかった」

「わたしをここから連れだしてくれたら、あなたに半ペニーを二枚払うわ」

フィオーナが笑った。「そして、レディ・アメリア・アスタリーが氷上で勝負するのを見る楽しみを奪うわけ？　とんでもない」

アメリアは周囲を見まわした。ほかの女性たちの年齢はさまざまだ。女の子ふたりは明らかに十代だが、白髪を小さい髷にまとめた年輩の女性もいる。寄せ集めの仲間の唯一の共通点は、顔に浮かんだ決意の表情だった。

「レディ・アメリア」カサンドラがとても礼儀正しく言う。「こちらは女性のバンディチーム。皆さん《レディーズ》」——一秒ほどためらったのは、おそらく女性たちのだれひとりレディではないと気づいたからだろう——「こちらはレディ・アメリア・アスタリー」

ふたりの若い娘たちが膝を折ってお辞儀をした。ほかの女性たちは疑わしそうに顔を見合わせている。

アメリアは、好印象を与える必要がある相手だと父親が判断した時のみ使っていた、とっておきのほほえみで対抗した。その気になったら限りなく魅力的になれることを、ベネディクトに示さなければならない。「皆さんにお会いできて嬉しいわ」

「やり方は知っているんですか？」年輩の女性が訊ねる。

「スケートはできるけれど、いいえ、バンディの試合はこれまで見たことがないの。教えてもらうのが楽しみ」楽しみかどうか確信はなかったが、それを女性たちに知らせるくらいなら、暴走してきた二頭立て二輪馬車に轢かれたほうがましだ。

「すぐにできるようになるわ」フィオーナが言う。

「それとも、どこかの骨を折るか。これはあんたのような人がするゲームじゃないからね」

その言葉はアメリアと同年代のずんぐりした女性から出たものだった。衣服は薄くていくつも継ぎが当たっている。両手は荒れてひび割れ、顔にいかにも意地悪そうな表情を浮かべている。

別なふたりの娘がくすくす笑った。

「まあ、まるでわたしがまったく違う動物かなにかのように言うのね。大丈夫、手足は皆さんと同じように動くから」

フィオーナがアメリアに向かって小さく首を振り、この女性に理を説こうとしても無駄なことを知らせた。「試してみたら？　そのボールを――フィオーナは円の真ん中に置かれた、紐を結んで作ったこぶし大のボールを指差した――これであのネットに入れるのよ」アメリアに先端が曲がった木の棒を手渡した。

棒は扱いづらかった。左右に振っただけで危うく落としそうになった。チームのほかの女性たちの見くだすような目つきは無視しようとした。わたしを評価しようなんて、いったいなにさまなの？

「手でボールを拾ってはだめなのよ」カサンドラが教える。「それから、頭も使ってはだめ」

「できると思うわ」アメリアは言った。

「点を多く取ったチームが勝利者になるわ」

白髪の女性が首を振る。「女性チームはもう四年も勝っていないからね」

「なんですって？　四年間も男性たちは女性たちに勝たせてくれないということ？　それは紳士的とは言えないわ」

みんなの渋面を見れば、アメリアの意見が多数派でないことは明らかだった。カサンドラでさえも賛意を表明していない。

「あたしらは自分なりにやりたいんだよ、奥さん」白髪の女性が言う。「たまたま女に生まれたからって、だれもなにもくれやしないさ」

「金持ちでもね」別な女性がつぶやく。

この村の政治的な状況はベネディクトから説明されていたが、これまで真に理解をしていなかった。女性たちの目つきや嫌みな言葉から、この地方のこの地域では、貴族が徹底的に嫌われているのがわかった。

そのほとんどはカースターク家のひどい扱いのせいだとベネディクトは言ったが、それだけが原因ならば、アメリアに対してここまで敵意を示さないだろう。

フィオーナは話し続けて、その場をとりなそうとしていた。「覚えていてね。あなたをめがけて滑ってくる男たちは、あなたがどくことを期待しているの。跳ね飛ばされたくなくてね」

「でも、それは正しいわ。跳ね飛ばされたくないもの」

いったい全体、ベネディクトはどんな野蛮なゲームにわたしを引きこんだの？

「だから、あなたを標的にするわけ。あなたは自分の持ち場を離れてはいけないの。あの人たちは、前にプレーしたことがない人にそんな度胸があると思っていないから」

なるほど。

驚いたことに、そのあと、女性たちがまわりに集まって指示を受け始めたのは、一番若い女の子だった。

「彼女のお兄さんはブリーフェンズのメンバーなのよ。彼女もバンディの試合には、マギーよりも出ているわ」カサンドラがささやき、うなずいて、最年長らしい白髪の女性を示した。

そのあとの一時間はまさに地獄だった。ドレスのスカートが短くて足首が見えてしまう不適切さなどすぐに忘れ、この氷上で倒れて死なないため、肺に空気を吸いこむことだけに集中した。

前に滑り出てはさがり、また滑り出てはさがり、たまに棒で球を打ち、そのうちのいくつかは当たり、いくつかは当たらなかった。

初めのうちに、三人のがっしりした男たちが突撃してきたために、アメリアが滑って脇にどいたあと、チームのほかの女性たちは仕方ない時以外、アメリアのほうに球を寄こさなかった。

ゲームの残り時間を示すろうそくがほんの数センチ残っている時点で——アメリアは見やるたびにもっと早く燃えてほしいと願ったが——点数は四対四の同点だった。

アメリアが両手を腰に当てて前かがみになり、ずらりと並んだ女性チームのアタッカーたちの背後で、ちょうどネットとの中間地点に立っていた時、どうなったかわからなかったが、男たちが球を奪った。ベネディクトが氷上の真ん中にいる。アメリアのチーム仲間のひとりがアメリアの名前を叫んだ。

やだ、どうしよう。ほかにだれもいない。わたしひとりで、どうやって彼を止めろというの？

ベネディクトはアメリアとぎりぎりすれ違う角度でまっすぐに滑ってくる。

アメリアはどうしたらいいかわからないまま、右に滑り、それからに左に滑り、彼が球をくれるよう祈った。なんといっても、彼は夫なのだから。

彼のいたずらっぽい笑みは明らかによい前兆ではない。アメリアをからかっている。

アメリアは膝を曲げ、彼の通り道に突っこんだ。

硬いレンガの壁に衝突したようだった。

アメリアは勢いよく倒れた。

背中が氷面に激突し、頭が氷に叩きつけられる。上にベネディクトが倒れてきて、アメリアの肺からすべての空気が押しだされた。

息を吸おうとしたが、重みで動くこともできない。アメリアは彼を押した。

「なんてこった」ベネディクトが両肘を突き、アメリアの胸から重たい体をどかした。「なんで突っこんできたんだ？」

息をして。息ができない。アメリアは喉を引っ掻いた。

彼が転がって起きあがり、膝にアメリアを引っぱりあげた。「大丈夫だ、プリンセス」そうつぶやき、アメリアの額から髪を払う。「みぞおちを強打して一瞬息ができなくなっただけだ。すぐによくなる」

ようやく糸のように細く空気が入ってきた。もう一度。もう一度。視界の端の黒いもやもやが少し減った。

ベネディクトがアメリアの頭蓋骨に優しく手を走らせる。

アメリアははっとたじろいだ。

「ここに瘤がある。一日か二日は痛みそうだな」彼はアメリアをそっと氷の上に置き――スカートが濡れて冷気が染みこんできた――アメリアの顔を彼のほうに向かせた。彼女の目をのぞきこむ。真剣な面持ちは、まるで調べているかのようだ。

「きみの名前は?」

「アメリア」

「ここはどこだ?」

「人里離れた僻地」

彼の唇がぴくぴくした。「なぜ氷の上に坐っている?」

「なぜなら、あなたがわたしを張り倒したからよ、巨体にもほどがあるわ」アメリアは彼の胸を押した。いまいましいあの球をわたしによこすべきだったのに。

彼がくすくす笑った。「大丈夫そうだな。もしも吐き気がしたら、すぐに教えてくれ」

「吐き気なんてしないわ。これは適切な会話とは思えません」

彼がアメリアの顎をつかみ、目をそらせないようにした。「吐き気がしたら、すぐに言うんだぞ」

アメリアは唾を飲みこみ、うなずいた。

「さあ、そろそろ起きあがれるかな」彼は地面を押して立ちあがり、アメリアが立つのを手伝うと、片腕をウエストにまわして、スケート靴でしっかり立てるまで支えていた。

ふいに歓声が聞こえた。見あげると、カサンドラが氷を切って全速力でこちらに向かってくる。

「引き分けよ！　引き分け！」アメリアに抱きつこうと直進したが、ベネディクトが伸ばした腕に止められた。「アメリア、すごかったわ」カサンドラが叫ぶ。

チームの残りの女性たちも加わった。「すばらしかったよ」白髪の女性が言い、片手を差しだした。「才能があるとはまったく思ってなかったけど」

お祝いの会は午後じゅう続いた。間に合わせのテーブルに料理が並べられ、村人たちは丸太や荷車や樽やこの催しのために運んできた小さな椅子に腰かけた。

ベネディクトは彼のところにやってきて、話をしたり、忠告や支援を求めたりする人々の流れが絶え間なく続いていたにもかかわらず、アメリアの横から一度も離れなかった。

人々の話が作物に関する質問でも、屋根の修理に関することでも、あるいは勘定を支払わない客の対処法でも、ベネディクトはすべてに解決策を――たいていは彼の支援も込みで――提示していた。

日が暮れ始めた頃には、農夫のジョンを助けて土地の南側に柵を建てる相談をするかたわら、寡婦のバンクロフトの家計の話を聞き、息子のほうのピーター・ポドニーに、対戦相手の突きをかわすやり方を見せていた。

本人としては領主でも指導者でもないと主張しているが、アビンデイルの人々が彼をそういう存在と見なしているのは明らかで、彼はみんなの尊敬を得ていた。彼にはそれがふさわしい――取り巻きの称賛だけで悦にいっている上流階級のうぬぼれ屋たちよりもはるかにふさわしかった。

「楽しんでいるかな？」お菓子の屋台の前で立ち止まった時に彼が訊ねた。

「ええ、楽しんでるわ」彼からレモンの砂糖漬けをひと切れ受けとりながら答える。

「よかった。ここに砂糖が……」彼がアメリアの口の端を親指でそっと払うと、それだけで全身に震えが走り、アメリアは思わず一歩彼に近寄った。彼の手がずれてアメリアの頬を包みこむ。

渇望があふれだした。でもそれはただの渇望ではなかった。胃のあたりがざわめいたり、鳥肌が生じただけではなかった。心を包みこみ、そこに根をおろした。そして、彼女のなかのぽっかり空いた寂しい空間で花開いた。アメリアが礼節と完璧のもろい殻で守っていたその空間を、色彩とさまざまな欠点とほかの人々で満たした。

それはアメリアの人生でもっとも純粋な瞬間だった。

その日は一瞬一瞬、彼についてなにか新しい発見があった。アメリアが上流階級のなかでしか見られないと信じていたものばかりだった。尊敬。影響力。義務感。

手を伸ばして彼の手を取ると、彼は指をからめ、優しく握った。「きみがぼくの人生に入ってきてくれて嬉しいよ、プリンセス」

心を包んだ根がきゅんと締まった。礼儀作法もまわりの人々も関係ない。アメリアはつま先で立ち、彼にそっとキスをした。もっとたくさんキスしたかった。握った彼の手に力が入り、彼も同じだと知らせていた。

それでも彼は身を離したが、周囲の人々の興味津々の顔から判断すれば、そうしてくれてよかった。

地元の女性のひとりが近づき、彼に向かって膝を折って小さくお辞儀をした。ベネディクトの喉仏が動いた。彼は自分に対してあからさまに敬意を示されるのを好まない。「こんにちは、ミセス・ブルーフルール。元気ですか？」

女性はせいぜい四十歳くらいだが、彼の笑みにほほえみ返した時、目のまわりにかすかに皺が寄るのが見えた。そして笑顔と裏腹にひどく緊張しているようだった。左手がスカートをきつく握り締めている。

「元気です、ありがとうございます、ミスター・アスタリー。あの、もしできれば……」女性はふいにおじけづいたように口を閉じた。

ベネディクトはアメリアの手を放し、前かがみになって女性に意識を集中させた。「なにか役に立てることがありますか？」彼が訊ねる。「カサンドラの誕生日にタルトを届けてもらったから、あなたには借りがある」

「ええ、実は……助言をいただきたいんです。ベッシーのことで。それとロンドンのこと。ロンドンに行かれたことがある人をあなたしか知らないので」

ベネディクトは一瞬口をぎゅっと結び、それから、腕をまわし、アメリアの腰に手を置いた。「ぼくの妻とはもう話されたかな、ミセス・ブルーフルール。女性とロンドンの話ならば、レディ・アメリアはぼくよりもずっと適任だ」

アメリアは思わず首をまわして夫に異議を唱えそうになった。彼はどういうつもりなの？村人たちにこの種の助言をするのに、自分はもっともふさわしくない。

ミセス・ブルーフルールはためらった。予期していなかったに違いない。地元の人々はアメリアを疑念の目で見るか、恥ずかしそうに受け入れるかのどちらかで、短い挨拶以上の行動に出た人はひとりもいない。

「妻の意見を聞いたほうが、あなたははるかに有益な洞察を得られると思う」彼はかがんでアメリアの頬にキスをすると、耳元でそっとささやいた。「よく聞いてやれ。興味を持って」そして、それほどそっとでなく、アメリアを前に押しだした。

ほかの選択肢は残されていなかったから、アメリアは仕方なくその女性と腕を組み、歩き始めた。考えてみれば、新デビュタントたちと舞踏会場の壁沿いで何度もやったこととさほど違いはなかったから、そのつもりになった。「どんなことかしら、ミセス・ブルーフルール？」

女性は一瞬ためらい、下唇を嚙んだ。「長女のベッシーなんです、奥さま。ピッケンズのところに嫁がせたいと思ってたんですよ。あの若者はいつか父親の農場を引き継ぐし、賞を取るような牛を育てているし。いい縁組なんです」

「娘さんが同じ夢を見ていないことについて、あなたは相談したいのね？」

女性が頭を振った。「あの子はロンドンに行ってお針子になりたいと言うんです。ロンドンは若い娘が自活できる場所じゃないって何度も何度も言ったんですよ。でも、あの子は、あたしの言葉にはいっさい耳を貸さないんです」

即座に、ミセス・ブルーフルールに同意する言葉がアメリアの口先まで出かかった。ベッシーが同じような身分のままあ成功した男性とまあまあよい人生を送れるならば、それは思慮深い選択だろう。でも、アメリアは結論を先送りした。興味を持って、とベネディクトは言っていた。よく聞いてやれと。

「どんな感じなの？　そのピッケンズの息子さんは？」

ミセス・ブルーフルールが鼻を鳴らした。「十九歳の男の子はみんな同じです、奥さん。くだらないことやるか、女給の胸を眺めることしか興味ないんですよ。でも、どんな若者かより、どんな条件かのほうが大事です。実家同士も近いし」

ほんの一カ月前ならば、この母親の言葉すべてに同意しただろうと思い、アメリアは遠くの夫を見やった。結婚において夫がどんな男性かは、アメリアが以前に信じていたよりもはるかに重要だ。

「娘さんは、縫い子としての素質があると思います？」

「あたしには全然わかりませんよ。裂け目は五秒で直せますけどね、どこが裂けていたかもわからないくらい。でも、あの子が作る服はこのアビンデイルじゃ着ていくところがないですよ。飾りが多すぎるの。結婚式にはいいかもしれないけれど、ほかではねえ」

ベネディクトはきょう彼に持ちこまれた問題すべてに解決策を提示した。だからこそ、この人々は彼を尊敬する。きっと彼が正しいのだろう。ここの人々を知るように努力すれば、同じような評価を築けるかもしれない。

「あなたの言う通りよ、ミセス・ブルーフルール。ロンドンは娘が自活できる場所ではないわ。でも、ピッケンズ家の若者がまだ十九歳ならば、彼がおとなになって、結婚にふさわしい夫になれるまでまだ数年必要でしょう。ベッシーは一、二年ロンドンに行って、ひとりでやっていけるかどうか試してみられるわね」

女性は渋面を深め、持っていた手提げ袋をぎゅっと握り締めた。「恐ろしく危険じゃないんですか、奥さん？　まだ小娘です」

アメリアは安心させるようにミセス・ブルーフルールの肩に手を置いた。「わたしのところに娘さんを寄こしてくださいな。一番よくできた服とスケッチブックを持って。もしも素質があるのなら、ちゃんとした家庭に勤めるか、自営で仕事ができるように推薦状を書きましょう。そうすれば安全だし、わたしも目を配れるわ。娘さんの夢を後押ししてやりましょう」

「彼女は幸せそうだ」アメリアが戻るとベネディクトが言った。

「実際になんとか手伝ってあげられると思うわ」アメリアは笑みが浮かぶのを隠せなかった。彼がアメリアの目にかかった巻き毛をそっと払った。彼の親指が肌に触れただけで体に震えが走った。彼が注ぐ熱いまなざしに、そのまま溶けてしまうかと思った。

「それで、きみも幸せ？　ここで？　助けることができて？」

アメリアは彼に近づき、片手を彼の外套の折り襟にもぐりこませた。彼の近さにくらくらして、気が遠くなりそうだった。頬が熱く紅潮するのを感じて見あげると、彼の唇が視界をさえぎった。

「ええ」アメリアはささやいた。

16

「気分が悪いわ」カサンドラが芝居がかった動作で長椅子にくずおれた。

「甘いお菓子をあんなにたくさん食べるべきじゃなかったのよ」この場においては適切な言葉だが、アメリア自身もペパーミントキャンデーに夢中なことを考えれば、きわめて偽善的な発言と言えるだろう。

「寝るのが一番だ、おちびちゃん」ベネディクトが言う。「寝る時間はとっくに過ぎている」アメリアのほうにかがんだ。「きみもだ」

アメリアはあくびをした。「あなたの言う通りだと思うわ」ロンドンでは夜明けまで踊っていたが、ほんの数週間、田舎時間で過ごしただけなのに、もはやそんなことは絶対にできない。アメリアはカサンドラに片手を差しだした。「さあ、ベッドに行きましょう」

家のなかは無人だった。祭りを楽しめるように使用人には全員一日の休みをやっていて、まもなく真夜中になるが、だれひとり戻ってきていなかった。しんと静まったなか、三人が絨毯を踏む足音だけが響いた。

「おやすみなさい。よく寝てね、おちびちゃん」アメリアはカサンドラの額にキスをすると、廊下に出て、ベネディクトにもたれながら自室に向かった。

部屋の暖炉の火は消えていた。

最悪。

最初の週——手伝いの人々を雇う前——に、アメリアは暖炉の火を熾す技術を習得した。でも、とても難しいし、今夜はもう遅くてわざわざ火を焚くまでもない。とはいえ、寒すぎて焚かないわけにもいかない。

「いやになるわ」

「ぼくがやろう」ベネディクトが部屋を横切って暖炉に近寄り、灰をバケツに入れ始めた。

アメリアはくたくただった。ベッドの縁に坐り、ブーツの紐をほどいて脱ぐと、マットレスの端にきちんと置いた。

夫はとても役立つ男性だ。自分が知っているロンドンの伊達男たちのなかのひとりでも、火のつけ方を知っているとは思えない。

彼はとてもいい人でもある。しかもハンサムで、肩幅は広く、筋骨たくましくて、組んだだけで嬉しく感じられる腕の持ち主。

「なんだって?」彼が訊ねた。暖炉の前に膝を突いたまま、上半身だけねじってアメリアのほうを見る。

「え?」

「なにか言っていた」

アメリアは首を振った。「いいえ、全然。なにも考えて——言って——ないわ」首筋がかっと火照る。遅い時間と空想にふける癖のせいで、困ったことになりつつある。

火が燃え始めると彼は立ちあがり、首の後ろをさすった。「では、おやすみかな」そう言いながらも立ち去る動きを見せない。アメリアも立ち去ってほしくなかった。どちらも何日も避け続けている。この引き寄せる力を。

でも、彼は夫だ。

しかも、周囲にだれもいない。

だから、もう一度彼にキスしてはいけない理由はないはず。なんであろうと、その次に起こることも。

「ドレスが脱げないわ」アメリアは立ちあがり、彼のほうに二歩歩いた。血管がどきどきと脈打っている。

「ドレスが脱げない？」彼の目がきらめいたが、暖炉のゆらめく炎が映ったのか、彼もアメリアと同じように焦がすような思いを抱いているのかわからなかった。

「侍女は外出中ですもの」

彼はふたりのあいだの距離をたった三歩であっという間に詰めると、アメリアから十センチのところで止まった。彼の温かい息を感じられるくらい近い。アメリアのウエストに片手を当てる。しかし、指を曲げてしっかり持っても、ふたりのあいだの十センチは狭めようとしなかった。

「では、ぼくが手伝おうか？」

アメリアは息を吸いこんだ。気を変えるならいまだ。でも、吸いこんだ息の効き目のほうが強かった。部屋が傾いたような感覚を覚えた。彼の匂いが全身を駆けめぐり、血を熱くたぎらせる。

アメリアは身を前に傾け、十センチを指の幅だけに狭めた。

「ええ」ささやき声で答える。

「よかった」彼はアメリアを抱き寄せた。彼が吐いた長く激しい息がアメリアの一番深い部分に火をつける。

彼が片手を彼女の後頭部に当てた。髷に指を差しこむとヘアピンが飛び散った。顔を上に向かせ、唇を重ねる。

ああ、このキス。新調したシルクのドレスと真っ白な舞踏室と王妃への謁見をすべて合わせたような感覚。

それは馴染みある感覚であり、突然のひらめきでもあった。

まさに至福。

「アメリア」彼がつぶやいた。「ああすごい、アメリア」

押し当てられた彼のものが強く脈動を打ち、アメリアのなかの原始のうずきに火をつける。

彼の唇が耳たぶに移動すると、息遣いと吐息の熱に全身が震えた。ドレスの縁にそって、彼がそっとキスを這わしていく。

「ああ」膝ががくがくする。彼のまわした腕が支えてくれなければ床にくずおれていただろう。

「きみは完璧だ」彼がささやく。その言葉に撫でられた肌に鳥肌が立った。彼の手が腰のくびれを撫でおりて尻を包みこみ、そっと握る。

アメリアの指が彼の肩をつかんだ。「でも、役立たずでエリート意識しかない貴族なんでしょう？」

「きみは強い人だ」彼はアメリアの胸から頭をあげずに、背中のボタンをはずし始めた。

「頑固という意味じゃないの？」ドレスの生地がウエストに溜まり、冷気にさらされて一瞬身がすくむ。

「きみはウィットに富んでいる」彼がドレスを腰まで押しおろし、アメリアは気づくと下着以外なにも着ずに彼の前に立っていた。両手で隠しそうになったが、彼が首を振った。

彼が渇望と驚嘆に満ちたまなざしでアメリアの全身を眺める。

「でも、辛辣だと思っていたでしょう？」アメリアはささやいた。

「知性的なんだ」喉を絞められたような声は、アメリアが彼に与えている効果を示していた。

「計算高いのではなくて？」

彼は首を振り、コルセットの紐をほどいて取り去った。

アメリアはおずおずと一歩彼に近寄り、彼の喉元の結び目をほどいた。

「アメリア」彼がうめく。両腕で彼女を抱きあげ、ベッドに横たえた。上着と胴着を取って放りだし、シャツを頭から脱いだ。

彼の上半身を初めて見た時は、ほとんど気にしなかった。

二回目に見た時は関心をそそられ、体が覚醒してうずくのを感じた。

そして今回、日焼けした肌と盛りあがった筋肉、そして濃い金色の毛がふわふわ生えている胸を見たとたん、体の内側が燃えるように熱くなり、もだえるような感覚が全身をめぐって脚のあいだに集まった。彼のほうに近づこうと全身が反る。彼がほしかった。いまここで。いますぐに。

「急ぐな、プリンセス」アメリアの指が彼の太腿をかすめると、彼が言った。ブーツを脱いで部屋の向こうに放る。ブーツが彼の部屋に通じる扉にどさっとぶつかる。彼はウエストの紐をほどき、一度の動きでズボンをおろした。

「まあ」

アメリアはまったく無知というわけではない。ギリシアの像を見たこともある。でもこれは？　これはまったく違うものだ。

それがどう機能するのかはっきりわからず、アメリアはごくりと唾を飲みこんだ。「わたし……その」

確信のなさが顔に出ていたに違いない。彼の態度が変わった。張りつめた切迫感がなくなり、荒々しい感じも消えた。どう猛さが優しさに変化した。

彼はベッドのアメリアの隣にのぼると、彼女の顎を持ちあげて目を合わせた。「ぼくを信じて」

シュミーズの縁に指をかけて上に引きあげ、少しずつアメリアの体をあらわにする。唇を噛んで集中し、胸を越して頭から脱がせる。

彼の熱を帯びた激しい表情が、アメリアの恥じらう気持ちを圧倒した。

彼がアメリアの脇腹から胸郭に沿って手のひらを滑らせた。そのままあげていき、乳房を包んで親指で乳首を丸く撫で、アメリアから鋭いあえぎ声を引きだした。これ以上ないくらい軽く、柔らかい動きだったにもかかわらず、アメリアの全身に震えが走った。

彼が頭をかがめ、口でアメリアの乳首をくわえた。優しく吸われると、脚が勝手に伸びて全身がぴんと張りつめた。

「きみは最高に美しい」

自分の胸に舌を這わせている男性にそう言われた時はなんと答えたらいい？　ありがとう？

それはあまりに堅苦しすぎる。

彼の片手が両脚のあいだの巻き毛に滑りこんだとたん、答えに関する思いはすべて消滅した。快感が全身を走り抜け、思わずあえいで、身を離した。

彼は満足そうに小さく笑うと、アメリアの隣に横になり、片肘をついて頭を乗せ、しゃくに触るほどすてきな笑みを浮かべた。「ぼくを信じて」彼の指がアメリアの股間の巻き毛に戻り、柔らかくて感じやすい芯を見つける。彼はそれを撫でた。何度も何度も。そのたびにどんどん高みに押しあげられる。でも、アメリアには、ふたりでどこに行こうとしているのかわからない。

緊張が高まるにつれ、理性も抑制も飛び去った。彼の手首をつかみ、彼の指を自分にもっと強く押しつけ、腰を前に突きだした。

彼女のなかのほんの一部分はまだ恥じらっていた。残りはすでに恍惚の境地にいた。「ああ、すごい、ああ、ああ」

これだわ。これ。アメリアは息ができなかった。なにも聞こえなかった。視界に星がきらめき、全世界が消滅する。

これこそ、娘たちが自分の評判を危険にさらす理由。既婚女性たちが満足げな謎めいた視線を送る理由。トロイのヘレンがただの王子パリスのために国王メネラウスから去った理由。

撫でられるたびにどんどん高まっていく。

そして次の瞬間、見えていなかった絶壁の縁を乗り越えた。

手の甲を噛んで叫び声をこらえる。あまりの快感に、アメリアの体は独自の命を持ったように硬直し、もだえてベッドから身を起こし、ついには満ち足りた気だるさのなかにくずおれた。

彼が荒れてざらざらしたたこだらけの両手でアメリアの顔をそっと包んだ。皮膚を柔らかくするクリームなど塗られたこともないけれど、さまざまなものを作り、さまざまなものを手なずける手で。アメリアのことも。

「わたし……」いまのことを言い表す言葉が見つからなかった。

なるほど未婚の娘に禁じられているわけだ。さもないと社交界が堕落するだろう。どの集まりでも、暗い隅っこや鍵のかかる部屋が足りなくなるに違いない。

アメリアは彼を見やった。彼の目のなかの炎はまだ灰で覆われていなかった。それどこか、アメリアの――事件――が彼の渇望を増大させたらしい。太腿に感じる彼のものはいまも硬く、顎の筋肉も張りつめている。

アメリアは消耗しきっているけれど、彼はネジがしっかり巻かれた状態。天才技術者でないアメリアでも、まだ先があることはわかる。

アメリアが彼の頬のざらざらしたひげを撫でると、彼はその手に顔をもたせ、手のひらに熱いキスをした。

「次はどうなるの?」アメリアはささやいた。

彼はうなった。その咆吼のようなしゃがれ声が言葉にならずとも多くを語った。そして彼はアメリアに渇望に満ちたキスをした。


眠りと覚醒のあいだのつかのま、彼の内側の夜明けの光以外はなにも見えず、しかも脳の理性的な片隅では、外がまだ暗いと知っていた。

これは新しい一日の始まりを越えた、まったく違う種類の夜明けだ。アメリアの滑らかで柔らかいピンク色の肌も、規則正しい寝息の音も、自分を包むジャスミンの香りも、これまでと違う始まりを告げていた。

腕を彼女にまわして抱きよせ、彼女の息遣いを聞くだけで満足だった。彼女が身を震わせる。腕にさっと鳥肌が広がったが、彼がゆっくり大きく円を描いて撫でるとすぐに消えた。なぜこんなふうに幸運が舞いこんできたのだろう？　自分はかつてひとりの女性を失望させた。宇宙はなぜ別な女性を彼のほうに送りこんできたのか？　しかも、これほど完璧な女性を？

彼女の髪に頬をうずめ、脇腹に親指でそっと模様を描いた。

カーテンを閉めていない窓から光が流れこんできたとたん、アメリアの眠りは浅くなった。せわしない身動きのたび、彼女の体がさらに寄り添い、一物がさらに強くこすられる。彼の頭に官能的な思いがあふれた。

アメリアは彼に触れられて目覚めると、一瞬身をこわばらせたが、すぐに力を抜き、彼の抱擁に身を任せた。「おはよう」寝返って彼のほうを向いて言う。喜びと恥じらいで胸と首筋がかすかに赤く染まっている。

彼は手を伸ばして下に寄っていたシーツをつかみ、ふたりにかけた。「おはよう」彼女にそっとすばやくキスをする。これから一生続ける習慣であるかのように。「昨夜は――」

「教育的？」アメリアは彼と目を合わさずに彼の胸毛を眺め、模様を描くように指を小さくくるくると走らせた。

「完璧だった」

彼女が満足げに小さく鼻を鳴らした。「それで、次はどうなるの？」

ベネディクトは伸びをすると、ベッドの端から脚をおろした。「呼び鈴を鳴らして朝食を頼み、きょうは一日ベッドで過ごす」

アメリアが肘をついて身を起こした。「お母さまのことを話して」

「ぼくの母のことを話したいのか？　いま？」完璧な妻とベッドに寝転がっている完璧な朝を思い描いている時に、母がその絵の一部になることなどあり得ない。

「あなたのことを全部知りたいと思うから。どうしても知りたいの」

彼は体の姿勢を変えてアメリアのほうを向いた。眉がひそめられ、キスをしたくなる唇はきっぱりと結ばれている。この会話から逃れるすべはなかった。

「美しい人だった。きみと同じくらい」

アメリアの頬が染まり、真剣な表情が少し和らいだ。

「ぼくにいつも、ロンドンで暮らしていた時の話をしていた。どれほどたくさん恋人がいたか、どんなふうにヘンリー王子が詩を読んでくれたか。社交シーズンに訪れようとたびたび言っていた。いつか。オレンジの温室や植栽の温室や庭の迷路も行くと約束した。いつか。国王陛下にぼくたちを紹介するわねと。いつか。ぼくの子ども時代は、いつかばかりだった」

母が亡くなってからもうすぐ十三年になる。母が出ていってから二十年。胸のなかのうずきは決してなくならない。

「それではお母さまは――」

「不幸だった」彼はアメリアの言葉を遮った。「ほかの場所にいたいと願っていては、幸せになれない」

「なぜロンドンに戻っていらっしゃらなかったの？」

「ぼくの祖父が許さなかった」なぜなら、侯爵が冷酷なろくでなしだから。

「悪党を雇ってお母さまを家具に縛りつけでもしない限り、戻るのを止めるのは難しいでしょうに」

「戻ったんだ。数週間。だれも母と会おうとしなかった。友人も、祖母でさえも。かき集めた金はあまりに少なく、どこにも受け入れてもらえなかった。つまり追放された。祖父が手をまわしたとぼくは確信している」

「それでフランスに行かれたのね」

「いや、見る影もなく朽ち果てるまでここで暮らしていた。それからフランスに渡った」

アメリアの眉間の皺が深まった。うわのそらで彼の胸を軽く叩いている。爪が彼の肌に軽く刺す。

ベネディクトはその手を取り、そっとどかした。

「わたしは情にもろい人間とはもちろん言えないけれど、そんなわたしでも、子どもを置き去りにするのはあまりに冷たいと感じるわ」

アメリアの手を離したのは、彼女の爪に刺されほうがまだましだと思ったからだ。ベネディクトは部屋の隅の壁の亀裂をじっと見つめた。

「その時は失望した。母は自分に似ている息子を望んでいた。洗練されて品があり、言葉遣いも美しい息子を。ぼくはでかくてひょろひょろしていて、動くたびになにかにぶつかるような息子だった。息子はばかでかいだけのでくのぼうだからと母は言っていた。望んでいた息子じゃないと」

アメリアは片手を彼の頰に当て、そっと彼女のほうに向かせた。「それはどんなに傷ついたでしょう」

「若い頃は自分がこんな無骨者でなければ、母が元気になるかもしれないと思った。母が去ってからは、もしも間に合って財産を築ければ、母が戻ってこられると思った」

「でも、間に合わなかったのね」

「ああ。最初の特許が取れたのは、母が亡くなって一年後だった」

アメリアが彼の目にかかった巻き毛を押しやった。「わたしはあなたのお母さまと違うわ。わたしは好きよ……これが」アメリアは片手を彼の胸に走らせ、頰を赤らめた。「それにここで朽ち果てたりしない」

「わかっている」

「本当かしら？」彼女がささやいた。「疑わしいから、約束するわね。わたしはどこにも行かないと」

17

アメリアに言わせれば、工場は権威主義的な厳密さで運営されるべきだ。それは国王陛下の陸軍や海軍、アメリアが管理する所帯でのみ成し遂げられる種類の厳密さだ。事業に貢献すると独自で判断したことを自由に実施する許可をベネディクトから与えられ、アメリアは二週間のうちに、これまでの経験を生かして巨大な世帯をやりくりし、工場の経営に効率性をもたらした。労働者の勤務時間表を整備し、開発過程の点検や文書保管方法の整備を実施し、ベネディクトが検査結果の資料をすぐに見つけられるようにした。

そしていま、アメリアは中二階の手すりにもたれ、労働者たちが仕事をしているのを眺めていた。

「一時間近くそこから動いていないようだが」ベネディクトが後ろにやってきて声をかけた。両腕をアメリアにまわし、うなじに鼻を擦り寄せる。

「勉強しているところなの」アメリアは言った。「あなたがいると気が散るわ」彼の匂いがアメリアの集中力をもてあそんで、アメリアが心のなかに描いていた労働者の動きの道筋を遮断し、線をぼやかして、進路を変える。

「ひと休みしたらどうかな？　フィオーナとジョンは出かけている。このオフィスにはぼくたちしかいない」そう言いながら、アメリアの髷からほつれでた巻き毛をそっと引っぱる。

それだけで、アメリアの体に震えが走り、膝から力が抜けた。アメリアの反応に彼は両腕の力を強めた。

「いまは仕事をする時間でしょう」アメリアはきつい声でささやいたが、眼下の作業場から目を離さざるを得なかった。仕方なく目を閉じて、背中を押す彼の熱い胸の感触に集中した。

「いつからそんなに仕事に打ちこむようになったんだ?」彼がうなじから襟足にキスを這わせながら訊ねる。「それは平民がすることだ」

「わたしがかなり得意だということを発見してからよ」

それは事実だった。

これまでの人生では、自分の価値は嫁いで得るはずの称号だけだったから、公爵夫人が秀でるべきすべてに秀でる努力をした。刺繡、水彩画、ピアノ、礼儀正しい会話。どれも無意味な活動で、アメリア自身もとくに楽しむことなく、称賛や評判を得る以外になんの目的も見いだせなかった。

しかし、この二週間は、まったく違って、実際に有益なことをしている。

職工長のオリヴァーによれば、生産力を半パーセントあげるために重要なのは、壮大な計画ではなく、アメリアが本気で専念した場合になにが可能かを明確に示すことだ。作業員のなかには、アメリアが勤務時間表に介入したことに眉をひそめる者もいたが、ジョンとフィオーナははっきり賛意を表明していた。アメリアの能力はここで求められて、評価されていた。

でもベネディクトは？　彼はアメリアをお飾りでなくパートナーとして扱った。夕食後、彼の書斎に場所を移すと、彼がグラスふたつにブランデーを注ぎ、ふたりはその日のことを話し合った。

その話し合いのあとは、たいてい情熱的な性行為が続いた。

ベネディクトはアメリアの肋骨を指でなぞり、その指が触れた箇所に純粋な喜びをもたらした。幸せだった。あらゆる予想に反し、アメリアは幸せだった。

「きみは貴族にしては、事業の才能がある」ベネディクトは言った。「この場所がこれほど円滑に管理されているのは初めてだ」

妻が満足そうに小さくふんと鼻を鳴らす。妻は自分がその音を発していると気づいていないのではないかとベネディクトは常々疑っている。この独善的なふんという音に何度怒りを覚えたことだろう。彼女のわたしは正しくてすべてを知っている的なふんは、数週間前には歯を食いしばる原因だったが、いまは彼のなかの自尊心の小さな塊を燃えたたせる。同じチームで働き始め、その小さな音が違うものに感じられるようになった。

「きみがここにこんなに適応しているのに、だれが社交界など必要とする？」そう言いながら、彼女を引き寄せる。彼女の頭のてっぺんに顎を載せ、尻に指を這わせながら、眼下の活発な動きを眺める。彼の生涯をかけた仕事だが、妻が隣にいるいまほど、この仕事を嬉しく眺めたことはなかった。

「えへん」オリヴァーの咳払いが聞こえた。どういうわけか、ベネディクトもアメリアも彼が階段をのぼってくる音に気づかなかった。

アメリアはすぐに脇に動いて、ベネディクトの腕から抜けだした。私生活では温かい面もある氷の女王は、まわりに人がいる時は徹底的に礼儀作法を守る。

「家の建築業者たちを見にいってきます」ベネディクトに向かって言う。「古いオレンジ温室のあとを更地にしているはずだから、進捗状態を確認してきますね」そして、オリヴァーに向かってばつが悪そうに小さくうなずき、立ち去った。

「彼女のおかげで、統制のとれた工場になってきた。彼女がこんな場所で活躍するとは、思いもしなかったが」

オリヴァーの言葉にベネディクトはうなずいた。妻が彼の事業を受け入れただけでなく、その一部となって働き始めたのは衝撃だった。彼の母親ならば心底恐れたであろう場所で、アメリアは毅然と振る舞っている。母ならば泣き崩れ、そのあとは存在しないふりをしたであろう場所を、アメリアはためらい、考え、そして受け入れた。

母が息子に恥であると教えたすべてが、妻のまわりでは普通、あるいは好ましいとさえ感じられる。

妻は彼の巨体に尻ごみすることも、重たい物を持ちあげた彼を嫌悪の表情で見て、顔をそむけることもない。夫に繊細さや上品さを要求しない。彼の巨体を楽しんでいるかのように、胸毛に指を走らせる。

母が望んだような、あるいはアメリアが慣れ親しんでいたような洗練された上品な紳士ではないが、それでかまわない。妻はありのままの彼を好いてくれている。

その思いがけない受容が、ベネディクトが自分でも存在を認めたくなかった傷をすでに癒やし始めていた。

妻がこの地で、彼と一緒に、ロンドン社交界の華やかな衣装や飾り物なしで幸せにしているという事実は、彼にとってこれ以上望めないほどすばらしいことだった。

これで契約が締結し、工場の生産が軌道に乗れば、人生は完璧だ。

18

新しい従僕のひとりの手に助けられて馬車からおりながら、馬車の扉枠の金箔が剝がれておらず、木板がもう少し磨かれていて、車輪がこんなに泥に覆われていなければよかったのにと願わずにはいられなかった。

私設の車道に面した数多い窓のどれかからレディ・カースタークがのぞいていることもないだろうが、可能性はある。そして、アメリアがなににも増して望んでるのは、この一歩で上流階級の世界の土をしっかり踏みしめることだった。

工場での仕事は予想していた以上に楽しく、今後も続けるつもりだ。でも、社交界を捨て去ることについてきのうベネディクトが言った言葉が、彼女に、ふたつの生き方が必要であることを思いださせた。自分にはふたつの異なる部分がある——そして、幸せになる鍵はひとつを忘れ去ることでなく、両方に忠実でいられる方法を見つけること。

レディ・カースタークとの関係は、それについてベネディクトがどう感じているにかかわらず、アメリアの人生の前半の部分を保つために必須のものだ。それこそが、アメリアが社交界で地位を確保するための裏づけとなる。

アメリアはドレスの襞を撫でつけ、子ヤギの皮の手袋の毛皮で縁取りした端を引っぱり、背筋をすっと伸ばした。

気後れする理由はなにもない。アメリアの父の田舎屋敷はカースタークの地所の一・五倍くらいある。自分は目の前のような屋敷の女主人となるべく生まれた。客になるのも同様に得意であることは間違いない。

唾を飲みこみ、アメリアは滑るように前に進んだ。石段の上に達する前に扉が開いた。執事は頭をさげたが、脇にはどかなかった。

「レディ・アメリア・アスタリーです。レディ・カースタークにお目にかかりにまいりました」名刺を手渡した。

執事は表情を変えなかったが、名刺を見つめる時間があまりに長すぎた。

すでにかなり緊張していたから、この使用人のそれとない非難によって、忍耐心も限界に近づきつつあった。「最近結婚したので、新しい名刺を用意する暇がなくて」思わずきつい言い方になる。

なんてばかなんだろう。執事に説明する必要などない。

「レディ・カースタークはご在宅ですか？」

もちろん夫人は在宅のはずだ。ほかに行く場所もないだろう。近くに社交の場がないことは明らかだ。

「確認してまいります」執事はアメリアに入るように示し、応接間の隣の小さな居間に案内した。

アメリアは気力を震い立たせた。レディ・カースタークがアメリアに会わない理由はない。

この地域で社交がないことを考えれば、アメリアに会えて嬉しいはずだ。むしろ、訪問したことで彼女に恩恵を施していると言えるだろう。

気を紛らわせようと、アメリアは周囲を見まわした。デザインは少々時代遅れだが、それは年輩の人々が管理している屋敷の標準的な状況だろう。それを除けば、この屋敷は非の打ち所がなかった。カーテンも色褪せておらず、絨毯も擦り切れていない。扉の真鍮の取っ手はぴかぴかに磨かれ、最近の雨や土埃《つちぼこり》にかかわらず窓ガラスもきれいだ。

ベネディクトの家の新しく開かれた翼の部屋のいくつかには、過去に害虫が発生していた形跡があった。敷物と幅木が虫に食われ、部屋の空気もよどんでいた。この屋敷ではそういうことは起こらないだろう。田舎の屋敷はこうあるべきという模範だ。自分が監督できるいま、自分の家もこのように管理したいものだ。

「コホン」

アメリアは立ちあがり、扉のほうに振り返った。レディ・カースタークは、思い描いていた通りの女性だった。棒のような体型をスミレ色の絹と紋織りの重そうなドレスで装い、髪粉をはたいた高いかつらを頭のてっぺんに載せている。かゆくて重たいかつらについては、社交界のほとんどがすでに決別しているが、若い頃の流行にしがみつく古い人々のよりどころになっているのも事実だ。深い皺と紙のようなぱさぱさの肌から、この女性は百歳くらいに見える。

「レディ・カースターク」アメリアは膝を深く折って完璧なお辞儀をした。国王や王妃に対してするのと同じものだ。

年輩の女性は頭をさげると、一歩ごとに杖をつきながら、ソファの向かいの肘掛け椅子まで歩いた。あまりに待ち過ぎて、レディ・カースタークが腰をおろした時には、アメリアは実際に一歳分年を取ったような気がした。

高齢女性が坐るのを待って、アメリアも腰をおろした。

「これはきわめて異例のことですねえ」レディ・カースタークが言う。「まったく知らない他人を訪問してくるのは。まだ紹介されていなかったと思いますけれど」

アメリアはこの発言にこめられた厳しい非難に顔をわずかに赤らめた。自分はだれよりも適切性を心得ているが、非常時には非常手段が必要だ。それに、この訪問にしても、礼儀作法に多少違反しただけのこと。

「厚かましさをお許しください。この地域に最近移り住みましたので、どうしても表敬訪問をしたかったんです。わたしの祖母のレディ・クロフトンをご存じでしょう。生前、あなたのことを親しみをこめて語っておりました」

大雑把すぎる推測だったが、ふたりの女性は同世代で、祖母は全員と知り合いだった。すなわち、その当時ロンドンに滞在していた人全員だ。

レディ・カースタークの表情は懐疑的だった。「驚きましたね。オーガスティーナが親しみをこめてだれかについて話していたことも、そんな大昔のことをあなたが覚えていることも。亡くなってから十五年は経っているのでは？」

この女性がこの状況をできるだけ難しくしようとしているのは明らかだった。

「あなたはアスタリーの坊やと結婚したのね」

アメリアは夫を描写する時に坊やという言葉は使わないが、おそらくレディ・カースタークは最近の彼に会っていないのだろう。

「ええ、そうです。数週間前に結婚しました」

「ワイルドフォードと結婚するのかと思ってましたよ」夫人が目を細め、アメリアを観察する。アメリアはその凝視にひるむことを断固拒んだ。自分は何年もロンドンの社交界の中心人物だった。評価されるのは慣れている。

「ワイルドフォード公爵さまとは、円満に婚約解消をいたしました」

「彼の友人とあなたがことに及んでいるところを見つけたあと、あなたを焼けたレンガのように投げ捨てたと夫から聞きましたけど」

この侮辱の言葉に、アメリアの体のすべての筋肉が緊張したが、顔に浮かべた感じのよい笑みはいっさい変わらなかった。「それは、その事件の正しい説明ではありませんから、ご主人さまが目のお医者さまにかかる必要があるのか、あるいは噂話をでっちあげるために真実をねじ曲げておられるかどちらかですわ」

アメリアの非難は明らかに夫人をひるませたが、そもそも自分はなにを期待していたのだろう？　自分は社交界の最新流行を作ってきた。この女性は過去の遺物だ。田舎に引きこもれば、ロンドンでの立ち位置は失われる。

それこそが、ロンドンの屋敷についてベネディクトに相談する必要がある理由だった。社交シーズンはすぐにやってくる。いろいろ考えた結果、アメリアは自分たちが社交シーズンに参加するべきだという結論に達していた。

「それで、どんなふうに信じさせるつもり？　恋愛結婚とか？　お姫さまと貧民のおとぎ話？」

「貧民とは言えませんわ。夫は社交界の半分の方々よりも資産がありますから」

レディ・カースタークが杖をどんと突いた。「わたしが覚えているのは、柄ばかり大きい礼儀知らずの愚か者よ」

夫人の言葉に傷つけられたのは、さほど前ではない時点で、自分も同じような意味の言葉を口にした記憶があったからだ。なにもわかっていなかった時に。

「礼儀作法は学べるものですわ」アメリアは言った。冷静に対応し、この気難しい高齢女性の鼻をへし折らないでいるためには、ありとあらゆる努力を必要としたが、アメリアの目は最終目標だけを見据えていた。すなわち、この地域で適切なつながりを築くこと。上流社会の花形のレディという地位を保つこと。「言い争うつもりはありません、レディ・カースターク。表敬訪問にまいりましたのは、友好関係を築きたいと願ったからですわ」

レディ・カースタークがふんと鼻を鳴らした。「田舎の生活は、あなたが過ごしてきた生活に比べて退屈でしょうからね」

アメリアは夫と論戦を戦わせ、自分の才能を工場に費やしてきたこの数週間を思い返した。

退屈という言葉は当てはまらない。

「彼の母親も同じように思ってましたよ」

「ベネディクトのお母さま？」アメリアは耳をそばだてた。彼はあの朝話したこと以上の情報を明かさなかったし、その話をするのはつらいことだとわかっていたから、アメリアもそれ以上無理じいしなかった。だからといって、好奇心を止められるわけではない。「わたしが知っているのは、不幸だったということだけですわ」

「ばかな娘が従僕と駆け落ちしたんですよ。マーカス・アスタリー。彼女は全部かなえられると思ったんでしょうね。不適切な恋愛結婚とかつての社交界の生活の両方を。でも、人々が訪れてこない、手紙は届かない、ロンドンに行った時も、友人たちは全員が不在という事態に、その考えはすぐに霧散したわけ」

「なんてひどい仕打ちでしょう」声は震えなかったが、心のなかでは、自分が書いた手紙の数と発送してからの日数を数え、そのすべてにいまだ返信がないことを考えていた。

レディ・カースタークは、まるでアメリアの募る不安を感じとったかのように意地悪い笑みを浮かべた。

「わたしは心配していませんわ」アメリアはほかのだれでもなく、自分を納得させるために言った。「大きな影響力を持っていますから」

「そうでしょうね」

「夫の母とは違います」意図したよりも強い口調になった。「従僕と結婚したわけではありません。わたしが結婚したのは侯爵の孫です。わたしはロンドンでの生活を維持しつつ、ここでの生活も完全にこなしますわ」

「そうかもねえ。それとも歴史は繰り返すかもねえ。この時期のパリはすてきだと聞きましたよ」

この悪魔。アガサ・カースタークは夫と同じくらい残酷な人だ。地元の村人たちに人気がないのも合点がいく。邪悪を具現するような人たち。「わたしはだれのことも見捨てませんから」

レディ・カースタークが鼻先でせせら笑った。「この田舎に何年か留まったあとにどう感じるかしらねえ。新聞にも忘れられ、ロンドンが懐かしくて、はねつけられた苦い味でさえありがたく思うでしょうよ」

自分は違うと自分に断言したかった。ベネディクトは従僕ではない。ハリントン侯爵の末裔だ。そうよ、彼は商売人だが、お金持ちだ。おそらく、目の前のしなびた女性よりも財産家だろう。そして、この状況を有利に生かせる影響力を持つ者がいるとすれば、それは自分だ。

でも、この世のすべての論理をもってしても、ふいに募った不安は抑えられなかった。

19

「狩猟パーティを主催する？　気でもおかしくなったのか？」アメリアは正気を失ったに違いない。上流階級のめかし屋たちがこの家に大挙して押し寄せてくると考えただけで、ベネディクトの背筋に震えが伝った。

しかし、正気かどうかを問う前に、その問いによる影響を予想しておくべきだった。彼女が背筋を伸ばし、顎をつんと持ちあげたからだ。「ええ、たしかにうろたえたわ。たしかにあの忌まわしい女の前で面目を保つために眉唾物の話をでっちあげました。そして、ええ、そうよ、彼女が間違っていて、わたしたちのところには有力な人々がたくさん来ると言ったのは、たしかに判断ミスだったでしょう。でも、もう後には引けないの」

いったいなにが起こった？　きのうは一日中、家と仕事場という小さな泡に包まれて温かく居心地よく過ごした。ところがいま、妻はロンドンの人々が動物を虐殺しに来ることを望んでいる。「それがこれの説明か？」ベネディクトは片手を広げ、居間を占領している生地見本の山ときちんと積まれたスタイル画を差した。アメリアが彼に目を通すようにと言い張ったものだ。

「あなたの新しい服はすでに発注済みだから、ハウスパーティを開くとしても、仕上がりを急がせればいいだけでしょう」

「それで、泡を吹いて待機している犬の群れにキツネを追わせる時はなにを着るんだ？　黄色か？」彼は妻が手にしていたバター色の生地見本を取った。「こうした色なら、そうした行事にふさわしいか？」

「ベネディクト」

妻が彼の手にある生地見本を奪い返しながら言った。警告をはらんだ声だったが、ベネディクトは気にしなかった。あまりに苛立っていたからだ。生地を握りつぶしても、それ程度では、ほんのわずかも気が晴れない。「午後を過ごす方法としてキツネ狩りが有意義だと思うのは、思いあがった役立たずの貴族だけだ」

彼女が大きく息を吸った。落ち着くように頭のなかで数えている数字が見えるようだった。「気をつけて。あなたが話しているのはわたしの友人たちよ。多少の敬意は示してほしいわ」

敬意？　暇すぎる日々を満たすために野蛮な遊びを選択する貴族に対して敬意を示す？　その言葉を声にする必要もなかった。彼女が残りの生地見本を彼に向かって投げつけたからだ。彼の胸に当たる前に、どれもぱらぱらと床に落ちた。「わたしに対して敬意を払ってください、この頑固者」

右目の後ろがずきずき痛んだ。痛みが残らないようにこめかみを揉みほぐす。妻は非常に知的な女性だ。自分の夫が、彼女のかつての仲間と関係を持てないことを理解するべきだろう。「ぼくは怠惰な浪費家たちの独裁支配に抵抗することに人生を捧げてきた。その人々をもてなすことになんの関心もない」

「あなたがもてなすとは思ってもいないわ、ベネディクト。ほかの人々を非難する時のあなたは偏見に満ちているから。でも、わたしの言うことにちょっとでも耳を貸してくれれば、どんなにいい考えを提案しているかわかるはずよ」

「きみがまだ、ロンドンの人々に人気があるとカースタークに証明するための狩猟がか？　アメリア、きみが計画していたような人生を送りたい気持ちは理解できるが、それは不可能だ」妻がまだその人生に未練があることを悲しく思わずにはいられない。この数週間はすばらしい日々だった。ふたりの結婚を取り巻く恐怖も不安も、根拠がない心配のように思えていた。これまでは。

彼女の思いつきに対する彼の嫌悪感が考慮されないので、理詰めで責めることにする。「まず第一に、この家は大きいパーティを催す用意がない」

彼女の強情な表情が懇願に変わった。両手を彼の胸に当て、シャツに指を絡ませながら彼を見あげる。「用意はわたしができるわ。それこそわたしがやることよ。晩餐会や舞踏会やハウスパーティの開催。わたしはそのために生まれてきたの」

ある時点で、妻を幸せにすることが最優先になった。しかし、このパーティは彼の最もやりたくないことだ。たとえ彼女の願いでも聞き入れられない。

「家は準備できても、ぼくに準備させることはできない。いま持っている服だけで充分なのに黄色や緑色を着るつもりもないし、尊敬していない男たちと無意味な会話を交わす気もない。きみにとってはすばらしい案かもしれないが、きみが思っているようにはいかないだろう。油と水は混ざらない。ぼくと彼らをひと部屋に一緒にすれば、よからぬことが起こる。ぼくにはわかっている。狩猟は実現できない」

「あなたはわたしの言うことを聞いてもいないでしょう？　いいわ、最後まで聞くこともしないのね？」彼女が数歩さがり、前で両腕を組む。一見したところ、怒っている。しかし、よく見ると交差させた両腕で自分を抱き締めていることに気づいた。この女性は子どもの時、慰めてくれる人がだれもおらずに、幾度そうしたのだろう？

彼女と友人たちの交流を否定している自分が、下劣な男のように感じた。「すまない。この状況できみが必要とする人間になれないことは申しわけなく思っている。しかし、きみが結婚したのは実業家だ。公爵じゃない」

「ワイルドフォードはなんの関係もないわ」

「そうなのか？　彼と結婚していれば、きみは好きなだけハウスパーティを開くことができた。彼は嘘つきのまぬけ野郎だが、少なくとも有力な人々と同席はできる」苦々しい口調を差し控えようとしたが、本音を言わないのは難しかった。

「あなたと彼のあいだになにがあったの？」アメリアが聞いた。「ふたりが以前友人だったという印象を以前は受けたけれど、いまの言い方だと軽蔑しているみたい」

ベネディクトは眉間をこすった。「たしかに非常に親しかった。学校ではいつも一緒にいた。のけ者にされている時は、数に頼るからね」

アメリアが理解しようとするかのように首を傾げ、鼻の上に皺を寄せた。「エドワードがのけ者というのは考えにくいわ」ようやく言う。「みんなから尊敬されている人なのに」

「ぼくたちが出会った時——彼の父親が亡くなってすぐのことだが——、イートン校の学生たちは彼の服を剝がして裸にし、トランクに押しこんだ。だから、それは違う。尊敬されてはいなかった。父親のスキャンダルの矢面に立たされていた。彼の悲鳴を聞き、ジョンとぼくが助けに駆けつけた。その時からぼくは体格がよかったから、格闘する必要はなかった。卑劣漢たちは、ぼくがひとりの時しか近づかない。その日から、お互い常にそばにいることが、三人が襲われないでいられる唯一の方法になった」

アメリアは彼の頰を指でそっと撫でた。「絆が生まれるような関係ではなかったということね」

彼は彼女の手をつかんだ。同情はいらない。学生だった数年間は非常につらかったが、そこでラテン語や代数よりも有益なことを学んだ。すなわち、上流階級の人々は自分たち以外の者を犬同然と見なしていること、賢い男はそういう人々にできるだけ近づかないようにするということ。

「ワイルドもほかの貴族たちと変わらない。人々を——女性さえも——利用し、必要なくなれば、なにも考えずに捨てる。あの男はぼくが大事に思う人を傷つけた。許せるとはとても思えない」

彼女が彼の手を離して後ろにさがった。「大事に思う人。女性なのね。たしかに、婚約しているあいだもそれを疑ってはいたわ。子どもの時から婚約者だったから。でも驚いたわ。

礼節を誇りとする男性に、そんなひどい裏切りができるとは」鋼もへこませそうな力でスカートを撫でつける。

「きみは彼を好きだったんだな」ベネディクトは抑揚なく言った。当然だろう。ワイルドフォードを愛したことはないと言っていたが、彼はアメリアが望むすべてだった。彼女が公爵よりもベネディクトを高く評価する可能性をわずかでも期待するほど愚かではない。

「自分の婚約者がほかの女性とつき合っていたと知るのは嬉しいことではないだろう」

「ええ、傷つくことだわ」

彼の表情か口調から変化を感知したのか、アメリアはため息をつくと、両手で彼の顔を包んで自分のほうを向かせた。「自尊心が傷ついたわ。このとんまさん。でもそれだけのこと。それより、あなたがひどい色を選んだら、もっと傷つくかもしれないわよ」

「気をつけて」男たちが蒸気室を成形するための巨大な金床《かなどこ》を持ちあげるのを見ながら、アメリアは言った。金床のとんでもない重量に、重さの大半がかかる位置にいた鍛冶屋のひとりの膝ががくんと折れる。全員がはっと息を呑む。オリヴァーが、ふいに増加した重みに激しくあえぎ、目を見開く。ふたりの男が走り寄り、角を持って支えを強化した。

アメリアは胸をどきどきさせながら、男たちが姿勢を立て直し、それぞれ移動が続けられると確信するまで待った。ほどなく男たち全員がアメリアに向かってうなずいた。「では、わたしの合図で、左に向かって進んでね。一、二の三」

ゆっくりと少しずつ、男たちが金床を台車のほうに移動させ始めた。それに乗せて、部屋の反対側に再設置する。どさっという安堵の音を立てて金床がおろされると、アメリアはフィオーナにもらったズボンで両手の汗を拭った。アメリアが予想していたよりもずっと困難な作業だった。動かしているあいだにだれかの上に金床が落ちたら、ひどい怪我をしただろう。

移動の行程に集中していたせいで、すぐ隣に立つまでベネディクトが近づいてきたことに気づかなかった。「なにをしているんだ？」彼が訊ねる。

「実は」アメリアは自分の考えを早く伝えたかった。「オリヴァーとわたしで作業場の配置を整理しているところ。そうすることで三日ほど生産が遅れるけれど、配置換えによって、今後は一日あたり一時間近く所要時間を短縮できる計算なの。工場の反対側に作業台が並んでいたら、ひとつの作業台から次の作業台に製品を移動させるのに時間がかかりすぎるわ。製造過程に従って作業台をまっすぐに並べれば、生産の速度を速めることができるはず」そう言いながら、アメリアはオリヴァーが承認した予定配置図をベネディクトに見せた。

「なるほど」ベネディクトがアメリアのスケッチを眺めてうなずいた。「いい計画だと思う。この中二階に立ってそれを考えていたのか？」

最初の頃は、ただ全体を眺めたくてそこに立っていた。これまで見てきたものとまったく違ったからだ。しかし、そこに立っているうち、男たちの移動の決まった類型が見えてきた。袋のなかに無造作に放りこんだ刺繡糸のようにからみ合っていたから、きれいにする必要があった。

「たしかに画期的だな」彼が言葉を継いだ。「だが、ぼくが来たのは、今回の石炭貨物の送り状を見かけたか訊ねるためだ。その代金をできるだけ早く支払ってもらう必要があるのでね」

「扉の右手の新しい書類整理棚に入っているわ。二番目の棚のCのところ」

「ありがとう」ベネディクトがアメリアのズボンのウエストバンドに指をかけた。「一緒に二階に来て、見つけるのを手伝ってくれるつもりは？」

「もちろんないわよ」アメリアは彼の手を払いのけた。いまは勤務中で、みんながまわりにいる。夫は時々、とんでもなく不適切に振る舞う時がある。

「わかっているが、そのズボンが……」

彼女が困ったように頰を赤らめた。「この作業場で働く時はどうしても必要なの。きのうなんて、加熱炉に近づきすぎて、スカートに火がついたんですもの」普段なら、バケツの汚れた水をかけられたらぞっとしただろうが、今回は鍛冶工の機転がありがたかった。ドレスは修復不可能なまでに損なわれたが、アメリア自身は火傷を免れた。

ベネディクトが顔をしかめた。「危ないところだったとは聞いていないぞ」

「注意を怠ったわたしが悪いんですもの。とにかく、この問題は解決したわ。フィオーナがこれを貸してくれて、いま、ベッシーがわたしのために一着縫ってくれているところ。あなたがいい子にしていたら、そのズボンができた時に、あなたの前で披露するわ。家でふたりだけの時にね」

ベネディクトがかがんで顔を寄せる。息遣いを感じただけで、アメリアの全身に震えが走った。「いい子にしてるよ」その言葉がアメリアの脚のあいだに火をつけた。ごくんと唾を飲み、いますぐに家に戻ることを提案しそうになったその時、組立工のひとりが頭を掻きながら、ふたりに近づいてきた。

「すみません、奥さん。邪魔して悪いが、荷物が届いたんで。間違いがあったようです。ベッドのシーツやらタオルやらテーブルクロスが荷車にぎっしり詰まってますんで」

あらいけない。「ありがとう、ポール。家に配達してもらうはずだったものだわ。すぐに行きます」幸運に恵まれれば、このズボンのせいで、いまベネディクトが一と一を足して二だと推測するのを防げるかもしれない。もちろん、彼には、ハウスパーティの開催に向けて準備を進めていることを告げるつもりだった。まだ言っていなかっただけだ。ふたりの関係がとてもよかったため、それを言い争いで損ねたくなくて、先延ばしにしていた。

アメリアは仕事らしい雰囲気を醸しながら、彼のほうを向いた。「さっき言ったように、二番目の棚にあるわ。ではまたあとで家でね」きびすを返し、このまま立ち去れると思った最後の一秒で彼に肘をつかまれた。

「リネン類が詰まっている?」彼が訊ねる。「なぜこれ以上のリネンが必要なんだ?」

「それは……」なにも考えつけずにためらったその一瞬に、彼の表情がさっと曇った。

「ちょっと事務所に行こうか?」身振りで階段を示す。

断ることもできた。リネン類を運んできた者のほうに行かねばならないと主張することもできた。しかし、遅かれ早かれ話し合わねばならないことであり、配送のほうは、ミセス・グリーンヒルが対処できる。

階段をのぼりながら、この一週間、毎晩やってきたように、頭のなかで説明の段取りを整理した。彼の事務所に入ると、彼が会話の主導権を握って、自分が攻撃でなく防御に追いこまれる前に、急いで説明を開始した。

「すでに招待状を出しました。上流社会の影響力を持つ人々のなかから、とくにわたしが会いたいと思っている友人たちと、アメリカ人との提携に関心を持つであろう男性たちを選んで、きのう発送したんです。もちろん、アメリカ人たちも」

「ぼくの許可を得ないでか？」彼は、これまで見たことがないほど怒っていた。アメリアをにらみつけ、両腕を組んだ姿は、まさにそびえる巨大な雷雲のようだ。冷静に彼をなだめ、怒りを静めるのが分別あるやり方だっただろうが、アメリア自身も、自分が思っているよりも怒っていた。

「この件となると、あなたは道理に耳を傾けないでしょう」

「アメリア、それについては話し合ったはずだ」彼がこめかみをさすった。いいきみよ。頭痛になって当然だわ。

「わたしたちは話し合っていません。あなたが、一方的に大声で長々と話し続け、わたしが言う言葉を聞くのを拒絶したんです。あなたが理性的に対応しない時に、なぜわたしだけそうしなければならないの？」ほかの人々は恐れるかもしれないが、自分はまったく動じていないことを示すために、腰に両手を当てて、さらに一歩彼に近づいた。

彼が小さい声で悪態をついた。「いいだろう。ぼくが納得できるように説明してみろ。だが、それができなければ、きみは全員に手紙を書いて、招待を取り消さなければならない」

よかった。自分の考えを説明する時間さえあればなんとかなる。「アメリカ人たちが心配しているのは、英国人投資家たちがあなたに敵意を抱いていることだと言っていたでしょう？」

「そうだ、しかし――」

「しかも、アメリカ人たちが近いうちにここに訪問すると」

「そうだ。しかしながら――」

「あなたが英国人たちといかにうまくやっているかをアメリカ人に見せる一番いい方法は、楽しいハウスパーティで、みんなが一堂に会することじゃないかしら？」

「それでは充分ではない」彼がテーブルのそばの椅子に坐り、膝の上で両手を組んだ。刑事裁判で、判事の位置についたかのようだ。いいでしょう。弁護士の役くらい演じられる。

「あなたは、事業の評判が損なわれたと言ったけれど、それはわたしたち家族だけでなく、あなたの工場で働くすべての人たちの将来にも悪い影響を及ぼすでしょう」

ベネディクトはうなったがなにも言わない。

それに勢いを得て、アメリアはまるで部屋いっぱいの批判者たちに告げるかのように、両腕を大きく広げた。「あなたが自分であなた自身の評判を救うことはできないわ。その任務は、わたしが招待した人たちも含めて、影響力のある人々によってのみできること。一緒に力を合わせれば、その人たちに、あなたが紳士であり、あなたに対する申し立てが嘘であると示すことができるわ」

「ふーむ」

ここからが、アメリアの力の発揮どころだ。さらに彼に近寄り、しゃがんで同じ高さで目を合わせ、教会の尖塔のように両手を合わせた。「アメリカ人のことはいろいろ読んで調べたわ。ミスター・グラントがお嬢さまふたりを英国に連れてこられているの。わたしたちがうまく紹介して、貴族と婚約する可能性を広げれば、アメリカ人たちはあなたの望むものを喜んで提供するでしょう。そのお返しに、あなたは彼らが必要としているすべてを供給できる」

最高の論証だったはずだ。この狩猟パーティによって、彼は必要な契約を得ることができる。彼が首の後ろをこすったのを見れば、間違いなく効き目があったに違いない。

「だが、それは無理だ。村人たちが嫌がるだろう。人々の貴族嫌いの感情は根深いんだ」

「でも、余分の仕事と、それによる賃金は喜ぶはずよ」

彼がため息をついた。「ただ食事をするだけではだめなのか？　きみならば、ワイルドフォードに来るよう頼めるだろう。彼はぼくたちに借りがあるし、それで感じよくできることをアメリカ人たちに示せば充分じゃないか？」彼の顔には、アメリアがしぶしぶでもうなずくことを期待する表情が浮かんでいたが、それだけでは、彼にとっても、アメリアにとっても充分ではない。だから、アメリアは黙っていた。

「いいだろう」ついに彼が言った。「だが、カースターク家は歓迎できない。彼ら以外ならば、好きなように招待していい」

妥当な折衷案だった。レディ・カースタークと交友関係を結ぶことによる利益は、彼女と過ごさねばならない時間ほどの価値はないだろう。「それで決まりね」

「だが、アメリア、もしもうまくいかなかったら、それはきみの責任だ」

20

その日の朝も、その前の二週間と同じように始まった。ベッドで目覚めた。愛し合った。服を着た。一緒に朝食をとった。彼は仕事に行き、アメリアは午後に数時間、彼に合流する予定だった。

すべてが文明的で洗練されていた。家庭的で居心地がよかった。自分が望んでいるとも気づいていなかった完璧さに限りなく近かった。

アメリアは長椅子にゆったりと坐った。この居間は、閉じてあった翼のなかで、まず最初に開け、空気を入れ換え、修復を施した部屋だった。ベネディクトの母親がここを愛した理由はアメリアにも理解できた。広い窓からは、みごとに植栽され、ウィンタージャスミンの上品な淡い黄色のアーチがあしらわれた美しい庭が眺められる。しかも、朝も日が高くなった頃から午後半ばまでは燦々と陽光が流れこむ。ソファにくつろいで小説を読むには最適な場所だ。

部屋の向こう側ではカサンドラが寝椅子に脚まで載せて、やはり本に没頭している。この三時間、ふたりは完全な静寂のなかで過ごしていたが、その静寂は物語のなかの声や音や映像で満ちていた。何日でもぶっ続けで読んでいられそうだ。これまでの人生で読書をしてこなかった時間を取り戻すために、アメリアはかなり多くの時間を費やすつもりだった。

グリーンヒルが入ってきた。本物の執事に必要な無表情はまだ習得できておらず、いまも彼の顔に浮かんだ心配そうな表情にアメリアは急いで身を起こした。

「グリーンヒル、どうしたの？」

「レディ・カースタークが会いに来られました、奥さま」

アメリアの心臓がどきんと打った。ロンドンを離れて以来、だれかの訪問を受けるのは初めてのことだ。進歩と言っていいだろう。ベネディクトが喜ぶ進歩ではないし、自分自身もとくに楽しみなわけではないが、進歩は進歩だ。

アメリアは本をクッションの下に押しこみ、まっすぐに坐りながら髪を直した。

「カサンドラ、本をしまいなさい。わたしの隣に座ってちょうだい」

少女は抗議するように顔をしかめたが、読んでいたところに注意深くしおりを挟むと、本を置いて、こちらにやってきた。

アメリアはカサンドラのドレスの縁を引っ張った。なぜ読書しているだけでこんなに皺が寄るのかまったく分からない。

この二週間まったく触れられずにソファの横に放置されていた刺繍をつかみ、カサンドラの膝に投げる。皺を直せないなら、隠せばいい。

「こちらにご案内して、グリーンヒル」アメリアは言った。「それから、ミセス・グリーンヒルに、お茶を運ぶように頼んでくださいな」

「かしこまりました。奥さま」彼は明らかに不満げだったが、立ち入ったことを言わないだけの分別はあった。

彼が出ていくのを見ながら、アメリアは小さくほほえんだ。社交的立場を得ることについては、たしかに一歩後退したかもしれないが、ワーテルローの戦いのウェリントン公爵と同じで、やられたままで、おとなしくはしていられない。

「ベネディクトはレディ・カースタークが好きじゃないわ」カサンドラがささやいた。

「そうね。でも、彼が夫人とどのくらい話したことがあるかはわからないわ。あなたは、自分で判断することを学ぶのよ、おちびちゃん」

当の女性が戸口に現れたので、それ以上は言えなかった。アメリアは立ちあがり、半秒遅れてカサンドラもあとに続いた。

「レディ・カースターク、なんて嬉しい驚きでしょう」

返ってきたのは冷たい笑みだった。「なにしろご近所ですからね」アガサが言う。

「ありがたいことに」

堅苦しい会話を三十分ほど続けていると、ベネディクトが入ってきた。彼の表情からして、馬丁が工場まで馬を駆り、ベネディクトが折り返しその馬で戻ってきたに違いない。

「レディ・カースターク」彼の声は短く冷たかった。ソファまで歩いてきて、アメリアの肩に片手を置いた時の顔は完全に無表情だった。彼は坐らなかった。長くいるつもりもないが、当面アガサを彼の家から蹴り出すつもりもないようだ。だが彼に最近言われた「あの女は歓迎しない。絶対に」という指示を考えれば、そういうことも起こりうる。

老婦人の表情もほとんど変わらなかった。唇はこの三十分の後味が悪かったかのように固く結んだままだったが、その目が意地悪そうに光った。「ベネディクト、あなたは大きくなり続けているのね。まったく見苦しい」

彼は答えなかったが、カサンドラがたじろいだ。「なんてひどいことを。そんな意地悪いことを言うべきじゃないわ」

アガサの顔に浮かんだショックの表情が非難されたためなのか、それともただ子どもがしゃべったことに驚いたせいか、アメリアにはわからなかった。

「いいんだ、おちびちゃん。おまえはキッチンに行っていたらどうだ？　ペストリーのいい匂いがしたぞ」ベネディクトが妹を優しく追い払った。

「ここでなにをしているんだ？」カサンドラが声の届かないところに行ったとたん、ベネディクトがぶっきらぼうに訊ねた。

アメリアはため息をつき、この家の主人を連れてくると決断した人物を叱ることと心のメモに書きこんだ。「レディ・カースタークが訪問をしてくださったのよ」

感じよくして。アメリアはそう叫びたかった。

「あなたの家はまあまあだわね。まあ、彼女がやったことだと思うけど」たったいま部屋に入ってきたかのように、アガサが目を細めて家具を眺める。

「ここでなにをしているんだ？」彼が繰り返した。

アガサがお茶をひと口すすった。「同情の意を表したくて来たんですよ。狩猟パーティにだれもこないと聞いて気の毒に思ってね。しかるべき社交をとても楽しみにしていたんですけどねえ」

レディ・カースタークの言葉の意味がわかった瞬間、アメリアは胃とふくらはぎと太腿と顎のほか、縮めることができる体じゅうすべての箇所をぎゅっと引き締めることにより、困惑のあまり両手をこぶしに握り締め、それを見せて目の前の女性に満足感を与えてやることだけはかろうじて避けた。

「おっしゃる意味がわかりませんけれど」感情を抑えて淡々と言う。「すでに嬉しいお返事も一通来ていますし。そもそもたくさんお招きしすぎて、どのように泊まっていただけるか検討中ですの」

それは嘘だった。嘘だとアガサも知っている。

だから、ティーカップの縁越しに、わかっていますよという意地悪い笑みを浮かべた。

「それはよかったこと。結婚して初めての会を主催して、だれも参加しなかったらどんなに恥ずかしいことか。妹に、彼女の情報が間違っていたと伝えなければならないわねえ」

アガサの妹のレディ・マーウィックはロンドン史上最強の噂好きで、彼女の噂はつねに憎たらしいほど正確だ。

アメリアは返事を一通――カムデン公爵からの丁重な断り状――しか、まだ受けとっていなかった。彼は律儀に返信することで有名だ。上流階級のほとんどの人は、招待状の返信にもっと時間をかける。

ほかの人たちからまだ一通も返事が来ていないのはそのせいだろう。友人たちはあらゆることに遅れることが当世風だと思っている。でも、当世風の域を越えて遅れたとしたら？　コルセットの紐がひとりでに締まって、体じゅうの息も希望も全部押しだされるような気がした。

自分は一生懸命働いた。これまでのなによりもがんばった。

使用人全員を一から訓練しただけでも大した功績だろう。屋敷全体を、絨毯から天井のフレスコ画まで全部装飾し直したのは、これまでに挑戦したなによりも大きな計画だった。しかも、工場でベネディクトを手伝いながら、そのすべてをやりおおせた。この一カ月間、過去五年間をすべて合わせたよりもたくさん働いた。

それがすべて水の泡。そう考えただけで泣きそうだ。

アガサは黙ったまま、アメリアの反応を待っていた。期待に固唾を呑んでいるに違いない。なんて不快な女。

少しのあいだ、アメリアにできたのは、苦悩を表に出さないことだけだった。でもその時、ベネディクトが彼女の肩を握るのを感じた。軽い握り方だったが、それは、きみはひとりじゃないよと伝える仕草だった。

それはまさにアメリアが必要としていたことだった。

アメリアは顎をすっと持ちあげ、皺だらけの醜い老婦人と目を合わせた。「どうか、招待客のリストに含めることができなくて申しわけなかったと、レディ・マーウィックにお伝えくださいな。プリニーが狩猟に参加されるので、ほかの名だたる紳士の方々もずいぶん参加されます。もうお招きする余地がなくて」

アガサのカップの受け皿を持った指がほんの少しこわばった。

この老婦人の驚きを目の当たりにして、アメリアのみぞおちあたりに満足感がおりた。ジョージ皇太子をどのように説き伏せるかはあとで考えればいい。いまではなく。

「教えてもらえるだろうか」ベネディクトがゆったりとした口調で言う。「我らが愛する摂政殿下にはやはりコニャック・ドリューズをお出しするべきかな？　ぼくはスコッチウイスキーのほうがずっと好きなのだが」

アメリアは驚いて彼を見あげた。彼はこの狩猟をこれっぽっちも是認していない。進んで擁護してくれるとは、まったく期待していなかった。

アガサが咳払いをした。「まあ、うまくいけばいいけど。いずれにせよ、来年、あたくしたちがピーチツリー川の南側の土地を立ち退かせて立派な猟場を作った暁には、社交界の皆さんが訪れる機会はたくさんあるでしょう」

いまの話を理解するのに一分ほどかかったのは、聞いたと思った内容が、聞くはずのない内容だったからだ。ベネディクトがふいに片腕をアメリアの横の椅子に突いた動作が、アメリアの耳がちゃんと働いていることを示唆していた。

信じられない。

その瞬間、自分の狩猟パーティを救うことは、取るに足りない問題に転じた。

「川の南側の土地を立ち退かせると言ったんですか？　どのくらいの土地を？」アメリアは追及した。

「くそばばあ」ベネディクトが口のなかでつぶやいたが、それでも聞こえたらしく、アガサの顔がさっと青ざめた。

それでも、ラバのように強情な表情は変わらない。「詳しくは知りませんよ。夫の領地ですからね。でも、来年の秋までには、森ができて踏み分け道も整備されますよ。ようやくアビンデイルにもちゃんとした猟場ができるということ」

胃のなかで激しい不安が渦巻き、アメリアは吐きそうになった。川の南側にはたくさんの農家がある。たくさんの家族が住んでいる。村の広場で走りまわっていた子どもたち。バンディ競技場で一緒にプレーした母親たち。工場でがんばって働いている男たち。

「でも、農場があります。ジョーンズ家やパティンソン家やマクタヴィッシュ家。彼らはどこに行くんですか？」懸念を押し隠すこともできなかったが、アメリアは気にしなかった。

「植民地に行けるんじゃないかしらね」

「アメリカ大陸に？」アメリアは歯を食いしばった。

「どこでもいいでしょう。それはうちには関係ないこと」レディ・カースタークがふんと鼻であしらう。

ベネディクトの怒りは手で触れられそうだった。立ちあがって両手をこぶしに握り締めた姿は、いつもの二倍くらいの大きさに見え、まさに怒れる巨海獣《レビヤタン》だった。

彼がレディ・カースタークの前に立ちはだかった。その顔は、アメリアがこれまで見たこともないほど暴力的だった。「彼らは何世代もそこで働いてきた」

アメリアは慌てて立ちあがり、夫と、そして、明らかに彼を傷つけるためにわざわざやってきた女性とのあいだに割りこんだ。

十分前に訊ねられたら、夫は女性を――かよわい老婦人は言うまでもなく――決して殴らないと断言しただろう。しかし、いまはその確信に賭けるわけにはいかない。

しかも、この魔女にかよわいところなどみじんもない。

アメリアはベネディクトを押して椅子に坐らせてから、客のほうに振り向いた。「あなたがたは、彼らに対して誠意を尽くす義務があるはず。彼らのつらい労働から利益を得ているのですから」

わずかな反応も見せないレディ・カースタークの態度は、まさに唾棄すべきものだった。この女性は人々の生活を、まるで食卓の装飾にパイナップルとシャクヤクのどちらがいいか決めるかのように話す。

「彼らに対する義務？」女が訊ねる。「まさか、あのフランスの破壊活動分子たちの仲間になったと言わないでしょうね。レディ・アメリア・アスタリー、クロフトン卿の令嬢で、ワイルドフォード公爵の婚約者だった方が、私有地が公共のものとでも言うのかしら？」

「もちろん違います」アメリアは食いしばった歯のあいだから言葉を押しだした。

「土地がわたくしたちのものなのに、わたくしたちがよいと思うように使うべきでないとでも？」

「もちろんだ！」ベネディクトが怒鳴った。「あんたたちには義務がある」

「若造のくせになにを言うの。わたくしの義務は国王陛下とこの国に対するものです」レディ・カースタークが杖をどんと突いた。それは彼女が初めて見せた感情の発露だった。

「小作人たちは国民じゃないんですか？」アメリアは冷静な声で訊ねた。「あなたがたは多大な特権を持つ代わりに、地所の管理を任されていて、その地所とは屋敷やバラの庭や銀行に預けたお金だけじゃないはずです」

「あなたが理解することは期待しませんよ。そんな必要もない。これは実際に地所を所有する者たちの問題であって、二軒の借家と荒れ果てた屋敷しか持たない者の話ではありませんからね。あなたがどんなにがんばって磨いたところで、それは同じこと」夫人は立ちあがり、皺ひとつないスカートを両手で撫でつけた。「お会いできて楽しかったわ」

レディ・カースタークは明らかに入ってきた時よりも杖に頼らず、はるかに速い歩調で部屋を出ていった。

ベネディクトが椅子に深く坐りこみ、両手で頭を抱えた。「どうしたらいいだろう？」その少ない言葉には、彼が長年、自分たちの領主に頼れないので、代わりに彼を頼っている人々に対して責任を果たしてきた重みが詰まっていた。

アメリアは片腕を彼の肩にまわして身を寄せた。「一緒に考えましょう、あなた」

21

翌日は陰気な朝食になった。レディ・カースタークが帰ったあと、アメリアはさまざまなアイデアを提案したが、そのひとつは、ベネディクトが祖父に連絡を取って助けてもらうという案だった。

それが間違いだった。

ハリントン侯爵という言葉に対する彼の反応は、カースタークの立ち退きのニュースに対する反応に匹敵した。

彼は口を極めて悪態をついたあげく、すごい勢いで部屋から出ていった。その月になって初めて、夜にアメリアの部屋に来なかった。アメリアがあいだの扉をノックしても返事は返ってこなかった。

けさになって、食堂に入ってきた彼の目の下は青くくまになり、顎は赤みがかった金色の無精ひげで覆われていた。いつも以上にぼさぼさな髪はまるでひと晩じゅう両手で掻きむしっていたように見えた。

「おはようございます」アメリアは用心しながら声をかけた。

「おはよう」それは挨拶というよりうーっというううなりに近かった。サイドボードに行きながらも、アメリアのほうは見ようとしない。

アメリアはおそるおそる言葉を継いだ。「会合を開くべきだと思ったのだけど。言うなれば作戦会議で、カースタークの計画に対する対策を考えるために」この厄災について、ひと晩中考えていたのは彼だけじゃない。

彼が答えずに、料理をどさっと皿に盛った。ソースがあちこちに飛び散る。

アメリアはもう一度試してみた。「仕事と家を見つける必要があるわ。それが最優先。残りは後まわしにできるけれど」

また返事はない。

「農場から出ていくように頼まれた多くのスコットランド人が、アメリカで新生活を始めた話は聞いたことがあるわ」

彼は食卓の一番端に叩きつけるように皿を置いた。朝食を持って部屋から出ていかない限り、これ以上アメリアとのあいだの距離を離すことはできない。「出ていくように頼まれた？　きみはハイランドの放逐（牧羊のためにスコットランド高地で行われた強制退去）をそう言い表すのか？　ずいぶん上品な言いまわしだ」

アメリアはため息をつき、痛烈な反駁を呑みこんだ。「お願いだから、わたしに当たらないで。わたしはただ助けたいと思っているだけよ」

「彼らにここを去って新しい国で生活するよう勧めることによってか？」彼がフォークをアメリアのほうに向けて言う。先に刺さったソーセージが彼の怒りに合わせて大きく揺れた。

十、九、八、七、六、五、四、三、二、一。

アメリアは膝の上のナプキンを平らにしてから、彼と目を合わせた。「ひとつの選択肢として考えたんだけど、あなたの持つ仕事関係を役立てることができるかも」そうすれば彼は都会だけでなく、新しい地域社会が作られつつある開拓地帯でもさまざまな機会を切り開くことができるだろう。悪い考えではないはずだ。

「役立つのは、プリンセス、この行為を阻止できる法律だ。あるいは、人々が実質的な奴隷としてではなく、自立して自分たちのやり方で働ける制度を確立することだ」

アメリアは深く息を吸いこんだ。「もちろんよ。でも、そうした制度や法律はまだ整っていないのだから、わたしたちは目の前の問題に対処することを考えなければならないわ」

「ぼくがひと晩じゅうなにをしていたと思っているんだ？」激しい苛立ちと軽蔑がこめられたその批判は、アメリアの父と言い争った時以来の強い口調だった。

「わたしができることを教えてほしいの」アメリアは静かに言った。

「なにもない。家具を新調したり、きれいに見えるようにしたりすることで解決できることとは違う」

なんという言い方。

「わたしの役割を明確にしてくれてありがとう。仕事のパートナーから日々のつまらない飾り係とは、なんと激しい変わりようでしょう」

その時、ありがたいことにカサンドラが入ってきて、事態が深刻になる前にあっさりとふたりの議論を終わらせてくれた。この情報を可能な限りカサンドラには知らせないことで、ふたりは同意していたからだ。

「おはようございます、おちびちゃん」アメリアは言った。カサンドラが皿に料理を取っているあいだ、重苦しい沈黙が続いた。ベネディクトはアメリアのほうを決して見ようとせず、それはありがたかった。アメリアも彼を見たくなかった。

カサンドラは、ふたりの坐る位置が変わったことに気づいたとしても、それについては何も言わず、期待の面持ちでアメリアのほうを向いた。「けさの新聞にはどんなニュースがあったの？」

毎朝、新聞の社交欄を読んで噂話をするのは、カサンドラとアメリアの楽しい日課になっていた。舞踏会の翌日に朝の訪問を受けるのとはだいぶ違うが、外の世界に出ていっているような気分になれる。

いまも、それで夫の不機嫌を考えないでいられるならば、その気晴らしはありがたい。

アメリアは新聞を開いて社交欄の一ページ目に目を通した。「ジャートン卿が新しい妻を探しているらしいわ。オールマックスで二度目撃されたそうよ。貴族の男性は新しいレディを探すか、妻か母親か娘にいびられて家にいられない時以外は、あそこには行かないものよ。彼は妻も母も娘もいないから、つまり、新しいレディ・ジャートンを探しているということね」

「前の奥さまはどうなったの？」カサンドラがフォークで卵をすくいながら訊ねる。

「それが不可解な謎なのよ」アメリアは声をひそめた。

「そうなの？」少女が目を見開いた。小説に没頭する子ども時代を過ごせば、おのずと陰謀好きになる。「なによりもまず、卿が奥さまをうんざりさせて死に追いやるまで四年もかかったこと自体が謎なのよ。二年くらいで亡くなると思っていたから」そこで言葉を切り、ベネディクトから、いつもの独善的な皮肉か、噂話をすること自体いかに不適切かに関する意見が来るのを待ったが、戻ってきたのは沈黙だけだった。

「うんざりすると死ねるものなの？」カサンドラが訊ねる。

アメリアは肩をすくめた。「正確に言えば、夫人はマラリア熱で亡くなったのだけど、わざとその病気に感染したことは間違いないわ。最悪な結婚を逃れるための最悪な方法と言えるわね」自分の言葉にこめられた皮肉を実感する。傲慢で意地悪い過去の自分に戻りつつあるのがはっきりわかった。ずるずると滑り落ちていく音が聞こえるのに止められない。高慢でいるのは心地よかった。それが慣れ親しんできた自分だからだ。

「ほかにもなにか書いてある？」カサンドラが訊ねる。

「ミス・マーガレット・ファーンズワースが、ベルフォード家の夜会で多色使いのドレスを着ていたらしいわ。彼女には、自分でドレスを選ぶとクジャクのように見えると何度も言ったんだけど。わたしがいないせいで、物笑いの種になってしまうかもしれないわね」

「きみがいないと、社交界の人々の生活は続かないというわけか」ベネディクトがものうげに言う。

アメリアは心のなかで彼に向けて短剣を投げ、どこかに刺さって痛いと感じることを願った。「ロンドンの生活は続くでしょう。すてきな着こなしの女性が減るだけ」

破壊的な伏流の存在には気づかない様子で、カサンドラが胸を張って言った。「ロンドンに行けば、わたしたちが一番すてきな着こなしのレディになるわ」

「もちろんそうですとも」

「そして、レディ・ベルフォードとお茶を飲んだり、馬車でハイドパークを通り抜けたり、オールマックスでダンスをしたり、上流社会のすてきなレディになるのよ」

カサンドラがひとつひとつあげるたびに、ベネディクトはたじろぎ、アメリアはその様子を見ていい気味だと思った。「まさにその通りよ」

それは明らかにベネディクトにとって、我慢の限界だった。

「カサンドラ、おまえはレディになるように育てられていない。おまえはとても賢い。その賢さを、水彩画を描いたり花を飾ったりすることで無駄にしてほしくない」

これ以上にアメリアを傷つける言葉は見つけられなかっただろう。アメリアはサイドボードを見やり、前の晩に自分が生けた美しい花のアレンジを眺めずにはいられなかった。スノードロップを使ったのは、ベネディクトがいつもその花の話をしていたからだ。たとえひどい一日であっても、美しいものを見ることで始めてほしかった。

怒りは屈辱になり、屈辱はあっという間に悲しみに溶けこんだ。アメリアは目に浮かんだ涙を隠そうと新聞を取った。

これまでずっと、完璧なレディになるために努力し続けてきた。それこそが朝起きる理由であり、日々の中心だった。会話でも、ピアノやダンスでも、あるいは生け花でも、すべてにおいて最高を目指した。

新しい人生では明らかになんの価値もない技術に何万時間も浪費した。それを考えただけ心が痛んだから、新聞に意識を集中しようとした。

まあ、ひどい。

そこにアメリアが載っていた。しかし、それはタイムズ紙によく載っていた過去の姿、完璧な装いをした未来の公爵夫人のスケッチではなかった。髪はばらばら、服はぼろぼろの状態で地面に大の字に横たわった姿だった。スカートが膝上まで持ちあがり、バンディの棒が脇に転がっている。

アメリアは、あのばかげた試合をするようアメリアを説得したベネディクトを呪った。ロンドンの噂好きにこのニュースを知らせただれかを呪い、いまいましい挿絵画家を呪った。首をねじりとってやりたかった。

「なんて書いてあるの？」カサンドラが訊ねる。

「関係ないことよ」アメリアは新聞を閉じた。半分にたたんで、それからもう一度たたみ、平らになるようこぶしで叩いた。

ベネディクトが片眉を持ちあげ、妹のほうを向いた。「カサンドラ、朝食を持って自分の寝室に行きなさい」

「でも、ベッドで朝食をとれるのは結婚した女性だけよ。アメリアがそう言ったもの」

「レディ・アメリアはこの家の長ではない。さあ、行きなさい」

カサンドラはスキップしながら自分の皿を持ってサイドボードまで行き、料理を高く盛り始めた。ばかばかしいほど高く、朝食三回分に足りるくらいの量だ。

「そんなに食べたら気持ちが悪くなるぞ」ベネディクトが言う。

「本を読むのよ。ベッドに朝食に本。二度と離れないつもり」カサンドラは満面の笑みを浮かべると、踊るような足どりで部屋から出ていった。

アメリアはカサンドラが輝くような笑みを浮かべて、幸せそうに足どり軽く部屋を出ていくのが待ち切れなかった。ひどい朝にこれ以上ひどくなりようがない記事を見た自分に、希望や無邪気さを発揮する余地はない。

ベネディクトがアメリアをにらみつけた。「ぼくたちの意見がいかに不一致を見ようとも、子どもに八つ当たりはするな」

「あなたこそ、もう少し冷静になってほしいわ。世の中すべてがあなたを中心にまわっているわけじゃないんだから」

彼がうんざりだという表情を浮かべた。「きみと議論する元気はない」

本気で言ってるの？

人生が根底から覆されたのは彼ではない。持っていたすべてを失ったのは彼ではない。英国じゅうの人々が読む新聞で面目をつぶされたのは彼ではない。

「でも、これは全部あなたのせいでしょう。人間的な面がどうとか言って、あのばかげたバンディの試合に出るよう説得したのはあなたでしょう、この田舎者！」

「プリンセス、きみがなんの話をしているのかわからないし、ぼくは友人たちの半分が家を失うというささやかな問題に対処しなければならないんだ」

「わたしが話しているのはこれよ」アメリアは彼に向かって新聞を投げつけた。「あなたのせいでわたしは笑いものよ」

こみあげた涙を抑えられなかった。息遣いが激しくなった。社交界の人々に、アメリアが平民の生活に首まで浸っていると思われるのはつらい。でも、彼らにアメリアは平民になったと思われるのはまったく別なことだ。

ベネディクトが新聞を開いた。「これか？　本当に？　なんてことだ、ただのくだらない漫画じゃないか。愚か者が描いて、ほかの愚か者たちが読むだけだ」

「しかも、これはあなたが思っているわたしでもある。そうでしょう？　頭がからっぽの貴族」

「違う、ぼくはそんなことは言っていない」

「新聞にはそう書いてあるわ。わたしは愚か者？　花を生けたり水彩画を描いたりしかできない？」

彼が大きく息を吐いた。「ぼくに、きみの優先順位が理解できない時があるというだけのことだ」

アメリアは立ちあがり、テーブルの上にナプキンを放った。「世界にもっとひどいことが起こっているのは知っているわ。ここでもひどいことが起きている。でも、だからといって、自分が笑いものにされて平気なわけではないわ。これまでの人生を一緒に送ってきた人々よ。尊重されることが普通だった。いまは明らかに違うけれど」

父親には、結婚したあとの称号にしか、おまえの価値はないと言われ続けた。この二週間は、父が間違っていたかもしれないと思えた。でも間違っていなかった。工場に貢献した事実さえも、たったひと晩で脇に追いやられた。

「こんなのはばかげた風刺画に過ぎない。きみの本質を表すものじゃない」

「でも、実際に表しているのよ。レディ・カースタークは正しかった。招待状の返事が郵送中に紛失したわけじゃない。わたしは見棄てられたんだわ」涙があふれて顔を伝う。彼に見られたくなくて、アメリアは戸口に向かって歩きだした。

部屋を出る前に彼に手をつかまれた。

「なにもできない役立たずばかりだ。彼らのほとんどは」彼がアメリアの耳につぶやいた。ウエストに手を添えてテーブルに連れ戻すと、彼はアメリアを引き寄せて膝に坐らせ、彼女の肩に顎を乗せた。「白髪の老人になってひとりも友人がいないと気づいた時に、彼らは後悔するだろう」

「メイフェアの百室ある屋敷で、使用人たちに囲まれ、美しいドレスを楽しんでいるのに？」アメリアは頬を拭った。

「大きい屋敷は寂しいものだ。それに、賃金をもらって仕える人々よりも、きみを望む人々に囲まれているほうがずっといい」

アメリアは彼のほうを向き、首に顔を当ててすすり泣いた。彼の両腕がアメリアの体にそっとまわる。それだけが、悲しみの嵐のなかで彼女をつなぎとめる唯一の錨であるかのように。優しく髪を撫でる指でさえも、アメリアのすすり泣きをさらに激しくしただけだった。

「きみにとって、ドレスや、一緒にお茶を飲む人々よりも大事なものがある。ぼくはきみにそれをわかってほしい。この家の人々は、きみが大好きで、心から尊敬している。それで充分じゃないのか？」

その言葉がアメリアの心に突き刺さった。この家の人々のなかには彼自身も含まれる。しかも彼はあっという間にアメリアの大切な人になった。でも、自分はここで幸せ？　二度とよその舞踏会で踊ることもないし、ロンドンの煤の匂いもない。オペラのざわめきを感じることもない。自分はそういう人生を生きるために生まれ、育ち、それを愛してきた。この田舎に引きこもって、自分は幸せになれる？

「いいえ」アメリアはささやいた。「それでは充分じゃないの」

22

まだ正午にもなっていないのに、その日はすでに最悪の一日だった。ベネディクトは、前夜一睡もしなかったせいでぼんやりしている頭のなかの霧を払おうと、何度か首を振った。ろうそくの光で何時間も試算していたせいで目が疲れて痛む。しかも、どんなにやっても、数字は合わなかった。

そしていま、村の半分の生活をどうやって救うかに集中すべきなのに、頭のなかの短い言葉を追い払うことができなかった。

いいえ、それでは充分じゃないの。

彼は両手で頭を抱えた。妻を幸せにできると考えた自分がばかだった。自然の摂理によって彼を愛するはずの母親にとってでさえ、自分は充分でなかったのだから、もともと彼を嫌っていた女性にどうすれば充分な存在になれるのか？

気にしないためにあらゆる努力を払っても、まるで灰分が高い石炭のように彼の心はぼろぼろだった。

「ひどい様子だな」オリヴァーが戸口から声をかける。

ベネディクトは顔をあげた。「遅かったな」

オリヴァーは肩をすくめ、戸枠にもたれた。「ほかの者たちよりは早い」

それは本当だ。ベネディクトは三十分以上前にフィオーナとジョンに使いを出した。彼の言いなりになるつもりなどまったくないふたりだが、使いを出したからには、重要な件と思うはずだ。

「瀕死の将軍のように使いを出すとは、いったいどんな奇妙な考えに取りつかれたんだ?」

ベネディクトは頭を振った。「ほかの者たちが来るまで待とう」

そう言って立ちあがり、飾り戸棚に歩み寄った。事務所の残りの部分と同様、新しく埃が払われて掃除され、きちんと整頓されたものだ。ブランデーはコニャックの隣で、コニャックはジンの隣。まだ早朝だが、そんなことはかまうものか。飾り戸棚の扉を開けてグラスをふたつつかみ、ひとつをオリヴァーに差しだすと、オリヴァーは元鍛冶工らしき巨大な腕を樽のような胸の前で組んだ。

「勤務時間に仕事場で酒はなしだ、若いの。片づけな」

ベネディクトは片方の眉を持ちあげた。「ぼくはきみの雇い主だぞ」

「そして、いまいましい安全規則を作った本人だろう。一番にそれを守るべきだ」

悪魔よ、有能すぎる職工長から我を救いたまえ。「きみは首だ」

「きょうはだめだ、若いの。あした考えよう」オリヴァーがベネディクトの手から酒瓶を取り、彼を中央のテーブルまで連れていった。「さあ、なにがまずいか言ってくれ。なんであれ、解決策はあるはずだ」

なにがまずいか。

もちろん、もうすぐ行われる立ち退きについて話すべきだ。それが重要問題だ。しかし、口から出かかったのはアメリアのことだった。彼女が彼のなかに、まるで入り組んだ結び目みたいに居座っていて、そのせいで胸が鉛のように重たいということ。

ベネディクトは、真に自分のものには決してならず、心がつねにほかにある女性と結婚していることがどれほど苦しいかについて、危うくオリヴァーに語りそうになった。しかし、言葉を発する前に、女性のそっけない声が戸口から聞こえてきた。

「ちょっと、ベン。せっかくの休みに家からわたしを引きずりだした理由を教えてもらいたいわ」

フィオーナは両手を腰に当て、苛立ちをあらわにした顔で立っていた。ジョンは彼女のすぐ隣にいて、同じように当惑の表情を浮かべている。ベネディクトのやつれ切った様子を見て眉をわずかに持ちあげたが、なにも言わなかった。

「カースタークが川の南側のすべての農場の立ち退きを計画している」

「なに？」別々の三人からまったく同じひと言が返ってきた。ぎょっとした表情も鏡に映るように同じだった。

「ど、ど、どこからそれを知ったんだ？」

「きのう、レディ・カースタークがアメリアを訪ねてきた」

「確定なの？」戸枠を握ったフィオーナのこぶしに力が入り、手の甲が真っ白になった。この情報に一番衝撃を受けたのは彼女だ。彼女の父親の農場はカースタークの土地にある。川の南側に。

「すぐにカースターク卿に手紙を書き、本当かどうか確かめた。けさ、その返事が戻ってきた」ベネディクトはくしゃくしゃに丸めた紙をテーブルの真ん中に放った。オリヴァーがそれを開き、殴り書きされた文を読みあげた。

「本件に関わり無用、答えは諾《イエス》」オリヴァーは紙をひっくり返し、またひっくり返した。

「いまいましい野郎だ」そして、飾り戸棚に向かい、ベネディクトから没収したブランデーの瓶を取ってひと口大きく飲んだ。その瓶を、ちょうど作業台のそばにやってきたジョンに渡し、彼もひと口飲んだ。

フィオーナがつかつかとふたりに近づき、紙を奪いとった。

「それだけ？　返事はそれだけなの？」

「レ、レ、レディ・カースタークは、い、いつだと言っていたんだ？」不安にかられると、ジョンの吃音はひどくなる。

「夫人は、来年の秋には、その地域でシカ狩りができるだろうとしか言わなかった」

「なんてこと」フィオーナが言い、丸椅子に坐りこんだ。「そのためには、すぐにわたしたちを立ち退かせなければならないじゃないの」ジョンから瓶を取る。

「ぼくの計算によれば」ベネディクトは言った。「ぼくたちに残されたのは三カ月。もしくは四カ月。そのあとは、アビンデイルの半分が家を失う」

この厄災の重大さを理解すると、三人ともただぼう然と前方を凝視した。ベネディクトはしばらく待った。これを聞いた時は、自分も時間が必要だった。

「わたしたちはどうすべきかしら？」フィオーナが訊ねる。

「ざっと数字を出した」ベネディクトは台の上に何枚かの紙を広げた。「影響を受ける農場の三分の一の家庭は、すでにだれかがここの従業員だ。それ以外の二割弱は、来週からでもここで働ける息子がいる。残りのほとんども、立ち退きになったら、なんらかの形で働いてもらう」

「それには訓練が必要だ。農場労働者だからな。田畑を耕し、植えつけをして、ヒツジを育てている。鋼の成形は含まれない」オリヴァーが言う。

「では、く、訓練しよう。い、以前も、き、き、きみが訓練したじゃないか」

雇った人々を訓練し、工場が円滑に動くようになるまでにかなりの時間がかかった。それも少しずつだった。工場が大きくなったのに伴い、人を雇った。新米を突然入れれば、これまで直面しなかった難問が発生する。この工場のような環境に潜在する危険だ。

「では、あの人たちの九割に仕事を与えることができるわけね？」フィオーナが訊ねる。

ベネディクトの胸が、ぐるりと巻いた鎖の端が機関車で反対方向に引っ張られたかのように、きつく締めつけられた。「与える仕事があればの話だ」

心意気としては、村全体を支援して、この状況でもみんなに屋根と収入を提供したいと願う一方で、頭ではそれを持続はできないとわかっていた。長期にわたり働いてもらうためには、出ていく金を支える金が入ってくる必要がある。

「あのアメリカ人たちが必要ね」フィオーナが口に手を当てる。「ほかの契約を交渉する時間はないもの」

ベネディクトは顔をしかめた。「しかも、計画より数カ月早く資金を受けとるために、時間枠を前倒しするよう説得しなければならない。そのためには、今後二週間で試作品を完璧に動くようにする必要がある。そして、一年以内にさらに三台出荷することになるだろう」

「不可能だ」オリヴァーが首を振った。「なにをしたらいいかわかっていない新米労働者ばかりではな。補うためには、現在働いている工員たちが倍の時間を働かねばならないだろう」

「それでは、そうしてもらうしかない」意図したよりも厳しい口調になったが、ひと晩中起きていたせいもあり、この状況でそれ以外の方法は考えられなかった。

「嫌がると思うが」

「友人たちが住む家を失うのはもっと嫌でしょう」フィオーナが言った。石のように硬い表情だったが、その目には涙がきらめいていた。

「し、し、仕事は与えられるとして、い、家はどうする?」

ベネディクトは鋭く息を吐いた。それこそ、昨夜ついに台帳を片づけたあとも、眠れなかった理由だった。世界中の金を掻き集めても、多くの家族が恒久的に夜は温かく、雨の日は乾いた状態で生活するのは難しい。問題は雇用だけではないからだ。

「家を建てることができるのは、この工場の拡張のために取っておいた土地だけだが、工場は急いで拡張する必要がある。ほかの土地は森だから、更地にするには何カ月もかかるだろう」

オリヴァーがブランデーの最後のひと口を飲み干した。ジョンは指で自分の額を叩いている。仕事が彼の期待通りにならず、その理由がわからない時にだけやる動作だ。「ワイルドだ」彼がついに口を開いた。

「彼がなんだ？」ベネディクトは胸のなかをぐっとつかまれるような感覚を覚えた。

「か、彼は、こ、こ、穀倉地帯の北の土地を持っている」

「だめだ」フィオーナとベネディクトが同時に言った。妻の元婚約者に頼るのは、ベネディクトの選択肢に入っていない。

しかし、オリヴァーはうなずいた。「そうだ《アイ》、国で一番おもしろみのない男でも、魂は持っているだろう。村を見捨てはしないはずだ」

「聞いてみる価値はある」ジョンが言う。

「ワイルドフォードに助けを請いたくない」思っただけで胃がむかむかする。「それに、ぼくは彼の婚約者を盗んだ。ぼくに会いたがるとは思えない」

「フィにはノーと言わないはずだ」オリヴァーが言う。「彼が救えるのが彼女ならば」

フィオーナが青ざめた。「だめ《ネイ》。わたしにはできない」父親譲りのスコットランドなまりが出ていることで、どれほど混乱しているかが推測できる。「そんなこと頼めない。いろいろあったあとでは無理。助けを求めるなんてできない」

ジョンが彼女の手を取りそっと握った。「川の南側の小作人全員を救うために、やってみる価値はある」

フィオーナは目を涙でいっぱいにしながらも、そっけなくうなずいた。「では、ロンドンに行かなければならないでしょうね」オリヴァーの前に置かれた空の瓶を見やり、酒が入っている飾り棚まで歩いていって、ジンの瓶をつかんだ。

ベネディクトはフィオーナが飲んだあとの瓶をありがたく受けとった。ワイルドフォードが救出にやってくる。ワイルドフォードなら間違いなく充分だろう。そして自分は充分でない。これ以上ないほど悪い事態と言えよう。

「ほかにも考えねばならないことがある」オリヴァーがさらに暗い声で言う。「村のことだ。すでに炎上している。一日おきに、タッカーが革命を説いている。大勢に話していない時は、ひとりひとりの耳元でささやいている。このニュースで事態はさらに悪化するだろう」

ベネディクトは長い息を吐いた。活動家のタッカーが町に居座るのを阻止しなかったのは間違いだった。彼はとくにいま、ベネディクトたちがもっとも必要としない変数だ。

「タッカーと話してみる。論調を少し和らげてもらうよう頼もう。彼ならば、道理を分からせることができるかもしれない。暴力はだれも望んでいない」

「でも、もしも彼が納得しなかったら？」フィオーナが静かに言う。

「そうなれば、カースターク家の思うがままだ」

自分が完全に見放されたという事実をすぐには受け入れられなかった。けさはベネディクトの膝の上で泣いた。だれかに抱き締められながら泣くのは生まれて初めてだった。そのあと熱い風呂に入り、そこでまた泣いた。自分の転落が、こんな挿絵――短い説明文がついたただの白黒の絵――に描かれているのを見るのはつらかった。蒸気と涙と風呂の湯によって、新聞紙はしわくちゃになり、インクも滲んでいた。

部屋で夕食をとり、泣きながら眠りに落ちた時も、ベネディクトはまだ帰宅していなかった。

翌日には、元気になって目が覚め、二ダースもの怒りの手紙を書きまくった。印刷業者、新聞社、挿絵画家、オールマックスを後援している尊大な夫人たち、そして、アメリアに忠誠を尽くすべき、泣き虫で未熟なデビュタントたち。摂政皇太子に出版の基準を審理するように要求する手紙まで書いた。

その翌日は丸一日ベッドから出なかった。

その翌日も。

二日とも、ベネディクトが朝食と花を運んできた。そして、優しく穏やかに励ましてくれた。二晩とも、アメリアを抱き寄せ、カースタークの状況を解決すべく動いている進捗状況を話してくれた。

その次の朝、彼はアメリアが掛けていたキルトを剝がし、彼女を文字通り床に落とした。起きて服を着て、なにかやってくれ。彼はそう言った。なにかやることを見つけろ。別な女性がこの部屋で朽ち果てるのをふたたび見守るつもりはない。

そして、勢いよく扉を叩きつけて、つかつかと出ていった。

そこでアメリアは起きて服を来て、やることを見つけた。

それが三日前のことで、それ以来ずっと、朝食室がゴミ置き場になっている。父親が送ってきた何十ものトランクは、配達されてからずっと物置部屋に置かれていた。準備するべきハウスパーティがなくなり、アメリアは一日に少なくとも一個のトランクを片づけるという目標を定めた。夏まではそれでしのげるだろう。

「きのうのトランクの片づけを終えてしまうほうがよくないかしら?」カサンドラが手を動かし、部屋じゅうに散らばっている帽子や手袋や靴の山を示した。

「いいえ。一日にトランクひとつ。そういう約束よ」

「でも、これとかをどうするのか、まだ決めていないでしょう?」カサンドラがロシア産のビーバーの毛皮の帽子を手に取り、そっと頬ずりした。「柔らかいわ」頭にかぶり、くるりとまわってみせた。

かわいく見えたが、ここで譲るわけにはいけない。「尻尾があるでしょう? それをかぶったら、村の男の子たちに二秒に一度引っ張られるわ」

「尻尾は切っちゃったら?」その表情は愛らしく、希望に満ちていた。この計画を開始して以来、十五分ごとに浮かべる表情だ。

「カサンドラ、これを全部より分けているのは、わたしが昔の人生を切り捨てるためよ。あなたに譲渡するためじゃないわ」

「これも、使うかもしれない山に入れておくわね」カサンドラの〝使うかもしれないから取っておく山〟は長椅子の上から始まって、いまや部屋の半分を占領している。カサンドラが白い手袋を床から拾いあげた。「まあ、かわいい！」

「実用的じゃないわ。それに、手首のところが裂けているし」

「裂け目は直せるわ」

「もう片方はなくなっているかも」

「でも、なくなっていないかも」手袋はビーバーの帽子の上に放られた。

アメリアは首を振ると、きょうのトランクのほうを向いた。埃の薄い層で覆われている。すべてが始まってから、もうそんなに経ったのだろうか？　女中たちには、人手が余ってるわけでなくても、定期的に物置部屋も掃除するように言う必要があるだろう。

アメリアはトランクの革紐をほどいた。カサンドラが跳ねるような足どりで近寄り、アメリアの肩越しに身を乗りだした。アメリアにとっては地獄だが、カサンドラにとってはクリスマスのようなものだ。

革の端がくっついていたが、引っ張るとすぐに剝がれた。

「うわっ」

「たしかに、うわっね」アメリアは刺繡した布が何十枚も重なった一番上の一枚をつまみあげた。カワセミの刺繡だ。客観的に言って、非常に繊細な美しいものだ。卓越した作品。アメリアが一週間かけて作ったのだから当然だろう。

「なぜこんなにたくさん取ってあるの？」

「そもそもなぜこんなにたくさん作ったのかのほうがいい質問だわ」

「取っておく山ね」カサンドラが言う。

「燃やす山よ」

カサンドラの顔がぱっと明るく輝くのを見て、内なる放火癖を刺激したかもしれないと心配になったが、それは現れたのと同じくらいすぐに消えた。「暖炉じゃ小さすぎるわね」

「寄付できるかもしれないわ」きわめて美しい刺繡だ。画廊の壁に飾るのがふさわしいと、ずっと言われてきた。

カサンドラがはっと息を吸いこみ、アメリアの肩をつかんで揺さぶった。「工場だわ！」

アメリアは首がよじれる前に少女の手首をつかんだ。「男性でいっぱいの建物の壁にシャクヤクやポピーの花を飾ってほしいとは思えないけれど」

「違うわよ」カサンドラがあきれた顔をした。「工場に大きな暖炉があるわ」

一瞬、胃が締まり息が止まるような高揚感にとらわれた。しかし、礼節を守ってきた人生がすぐにそれを消した。「カサンドラ・アスタリー、人生の何年も費やして作成したトランクいっぱいの刺繡を、工場まで引きずっていって、燃えるのを見る気はありませんからね」

でも、それってすばらしいかもしれない。この実用的でないばかげたクッションカバーや壁掛けを刺繡する一瞬一瞬を嫌っていた。それでもやっていたのは、自分が上流階級のレディで、それがレディのやることだったからだ。

過去一週間のできごととハウスパーティの返事が来ないことで、自分がもはや上流階級のレディでないことが確定した。あの人生はもう終わった。別な人生を築かなければならない。そのために、無駄にした夢が詰まったトランクを燃やすほどいいやり方があるだろうか？

カサンドラがまるでアメリアの考えを読んだかのように、いたずらっぽい笑みを向けた。

「はいはい。コートを着ましょう」

アメリアが立ちあがる前に、カサンドラはすでに部屋を出ていた。アメリアは両手についた灰色の埃を払った。「グリーンヒル？」玄関広間に出ていきながら声をかける。「チャーリーに頼んで、荷車をまわしてもらえるかしら？」

執事が見知らぬ男性と話しているのを見て、アメリアは立ちどまった。体には合っているが冴えない感じの服を着た長身の痩せた男で、胸に山高帽を当てている。

「ミスター・アスタリーは不在です」グリーンヒルの苛立った口調は、これが初めて言ったわけでないことを示していた。

見知らぬ男は動かなかった。「では、待たせてもらいます」服装と同じくらい冴えない口調で男が言う。「重要なことなんです」

まあ。これは興味深いこと。

「グリーンヒル、わたしになにかできるかしら？」アメリアは訊ねながら、ふたりのほうに歩み寄った。

執事が振り返った。「ロンドンからいらした方です、奥さま。ミスター・アスタリーに会いたいと」

アメリアは男性のほうを向いた。うつむいて自分の靴を見つめている。「わたしは妻のレディ・アメリア・アスタリーです」

男性が短い形だけのお辞儀をした。顔をあげると、今度はアメリアの肩越しに目を向けた。

「ミスター・アンドリュー・コヴェントリーです、奥さま。コヴェントリー事務所の。事務弁護士です。緊急の用件でまいりました」

アメリアが思いつく緊急の用件はただひとつ、アメリカ人と、書名してもらう必要がある契約だ。不安の汗が一滴、背筋を伝いおりた。よい知らせ——契約に署名する——かもしれないし、悪い知らせかもしれない。先に工場を訪ねてテッシーが動くのを見ていないことを考えれば、悪い知らせの確率が高い。

アメリアは顔に笑みを貼りつけた。「グリーンヒル、チャーリーを工場に行かせて、ミスター・アスタリーに来てもらってくださいな。ミスター・コヴェントリー、お待ちのあいだ、お茶を召しあがりませんか？」

アメリアが彼を居間に案内しようとした時、カサンドラがコート二着を持って、一千頭のゾウを合わせたほどの優雅さで、大きな足音を立てながら階段を駆けおりてきた。

ミスター・コヴェントリーが青ざめる。

アメリアは内心縮みあがった。この数日、カサンドラの訓練を怠っていたせいで、手綱が少々ゆるみ、レディらしくない振る舞いに戻ってしまったらしい。

「カサンドラ。残念だけど、予定が変わったわ。あなたは勉強をしてちょうだい。あとで散歩に行きましょう」

「ずいぶん……お元気な……方で」カサンドラが立ち去るのを待って、ミスター・コヴェントリーが言う。

「若さは特権ですわね」アメリアは答えながら、居間に入った。「自由を享受しているとも言えますわ。時代は変わりつつありますから」

あまりに不用意な言葉だった。彼はなにも言わなかったが、アメリアの背筋の汗はすでに洪水になり、服の下を湿らせ、上靴を満たし、アメリアを骨の髄まで震えあがらせた。先ほどの言葉はたぶん小説を読み始めたせいだろう。でも、アメリアは人生で初めて、破滅が差し迫っているという感覚に襲われた。

これはとてもまずい状況だ。

23

ベネディクトはつかつかと足音をさせて朝食室に入っていった。響き渡るその音が、仕事を離れなければならない彼の苛立ちを顕著に示していた。契約書が締結すれば、即刻、当初予定していた二倍の生産計画に突入する必要がある。それなのに、いま現在、テッシーにはひとつの問題が生じていた。一刻も早く解決しなければならず、居間にいてはその解決になんら貢献できない。

とはいえ、もしもチャーリーが知らせを持ってきたその弁護士がアメリカから来たのだとすれば……まさか、ほかのところと契約すると言いに来たのか？　そうなったら、どうすればいいんだ？

居間に入っていくと、妻はティーカップを持ち、一方、弁護士――見たこともないほどひょろひょろした男――は声を立てて笑っていた。

アメリアに感謝だ。ベネディクトは、立ち居振る舞いが荒っぽく、話し方も率直すぎるため、ロンドンの人々と感じよく交渉することができない。アメリアはクリームのように滑らかな物言いで、だれのこともくつろがせる。彼女はすでに、彼の事業において、ベネディクト自身は必要とも思っていなかった交渉役を完璧に務めている。

棒のような男は、ベネディクトが入ってくるのを見て立ちあがった。深々と頭をさげる。

アメリカ人たちの一員でないことは明らかだ。

ベネディクトは手を差しだした。「ミスター・コヴェントリー、でしたかな」

弁護士は一瞬ためらってからベネディクトの手を握った。その握手は濡れた魚のようにぬるぬるして柔らかかった。

「ご用の向きは？」単刀直入すぎるのはわかっているが、無駄にできる時間はない。

男がさっとアメリアを見やり、またベネディクトのほうを向いた。「ふたりだけでお話するのが最善かと？」

アメリアの顎の筋肉がかすかにこわばった。唇がわからないほどわずかに薄くなる。彼女にとって、噂話から除外されるほど嫌なものはない。

「深刻な話のようだ。書斎に場所を移したほうがいいでしょう」

アメリアがちらっと彼を見やった。その怒りのまなざしを見て、ベネディクトは、彼女にベッドに戻ってきてほしいならば、この話に同席させる以外に選択肢はないとすぐに確信した。

「ダーリン、きみも一緒に来てもらえるかな？」彼は腕を差しだした。

弁護士がむせるような、まるで息をしようとしたのに、代わりに自尊心を吸いこんでしまったかのような声を出した。「それは適切とは思えませんが」

「ぼくの妻は……」実を言えば、彼女がどんな人物かをはっきり言い表せない。ただ、妻がそこにいるだけで、物事がよりよく機能することは間違いない。「……事業の顧問のひとりで、アスタリー&バーンズワースの役員ですから」

アメリアの目がはっきりわかるほど見開いたのは、まったく彼女らしくない振る舞いだった。だが、彼女が同席してなぜいけない？　これまで彼にしてくれた助言はすべて優れたものだったし、事業に関心を持っていることも明らかだ。正式な役割を与えることで、先日の朝ひどい仕打ちをしたことで損なった関係をいくらかでも修復できるかもしれない。

「事業のことでまいったわけではありません。仕事とは関係ない件なので」男の顔に浮かんだ嫌悪感は露骨すぎた。くそっ。弁護士はなぜみんなこうもったいぶっているんだ？

「それでは、いったいなんなんです？」ベネディクトは言った。そもそもほとんど持っていない忍耐心が底をつきかけている。

「あなたの書斎に行けばすぐにお話しますが」男の口調にあせりが見え始めた。このバッタ男が意図したような会話の展開になっていないことは明らかだ。

「話してくれ」

ミスター・コヴェントリーが額の汗を拭った。「これはきわめて異例です。ご夫人の部屋でこの話をするのは……」

ベネディクトは片手で髪を掻きあげた。なんであろうと、いいことではない。そして、ちょっとした話をするために部屋を移動する五分を無駄にしたくない。

彼の忍耐心が爆発しかけているのを感じとったように、アメリアが彼の腕に手を置き、彼の前に立った。おそらく、この耐えがたい弁護士を安心させようとしたのだろう。

「夫がせっかちで申しわけありません。ただ、とても忙しいので、形式的なことは気にしないんです。どなたの依頼で、なんのためにいらしたかおっしゃっていただければ、すべてを整えることができて、彼は工場に戻れますわ」

ベネディクトは妻が彼と同じくらいこのバッタの首をねじ切りたいはずだと確信していたが、それでも彼女の口調は優しく理性的で、しかもきわめて礼儀正しかった。彼には到底会得できない高度な振る舞いだ。

ミスター・コヴェントリーがごくりと唾を飲みこんだ。「わたしはあなたのご祖父さまの依頼でまいりました。事故があったんです。従兄弟さまがお亡くなりになり、あなたがハリントン侯爵の新しい後継ぎになられました」

24

アメリアがくそ弁護士を促して部屋を出ていったのはぼんやり感じていた。玄関まで見送るのだろう。こんな時でさえ、彼女は完璧な女主人役を務める。

ベネディクトは、彼の体重でずっと昔に壊れていておかしくない華奢な花柄の椅子の縁にいまだ坐っていた。花模様の壁紙と役に立たない小振りのクッションが大量に散らばった女性的なこの部屋は、まさしく弁護士が言った通りの部屋だった。こういう知らせにはふさわしくない。

その最たる理由は、あるべき場所にブランデーがないことだ。

ベネディクトは両手で抱えた頭をぎゅっと押した。それにより、この一時間に聞いた言葉を押しだせるかのように。従兄弟。馬車の事故。祖父。後継ぎ。祖父。義務。祖父。手紙。祖父。新しい後継ぎ。祖父。目の前のテーブルに置かれた革装の包みを凝視する。ヘムシャーの新しい地所に関する書類一式だった。弁護士によれば、彼の祖父はすでにそこを彼に贈与しているという。最終的には半ダースにのぼるほかの地所の相続に備えるための練習用だ。その書類の上に祖父からの手紙が載っていた。

ベネディクトは望んでいない。

そんなものはなにひとつ望んでいない。

アメリアが部屋に入ってきた。ハンカチをしまいこみ、彼と目を合わせようとしない。

「ぼくには理解できない」弁護士には十回以上そう言ったが、戻ってきたのは、彼の疲れ切った脳では到底理解できない法律用語の羅列だった。

「なぜぼくがヘムシャー伯爵になる？　母は女性だ。言うまでもないが。つまり言いたいのは、それなのになぜぼくが後継者かということだ。そういうことにならない法律があるはずだ」

アメリアは答えたが、その声は聞き取れないほど小さかった。その小ささこそ、彼がいかに無力かを示すものだった。「貴族の爵位によっては、直系の継承者がいない場合に女系に継承される場合もあるわ。多くはないけれど、ヘムシャーはそのひとつ。あなたのお祖父さまの爵位のほとんどは男系男子の継承しか認めていないから、跡を継ぐ男子がいなければハリントン侯爵位も含めてすべての爵位は国王に返還される。でも、ヘムシャー伯爵位は違う。あなたのお母さまも、ご兄弟や甥御さんより長生きすれば、女伯爵になる権利を持っていたはず」

彼の母親。女伯爵になる権利を持っていた？　母は幸福になっただろう。その将来が待っているとなれば、ここに留まったかもしれない。

だが、母は出ていき、彼がこの地位を受け入れなければならない理由も一緒に持ち去った。ベネディクトは頭を振った。「ぼくは望まない。祖父はほかのだれかにあげればいい。ぼくは関心がない」

アメリアは彼を脇に抱き寄せて彼の髪を撫でた。「あなたが決められることではないのよ」

ベネディクトがふいに椅子から立ちあがった勢いに押されて、アメリアが一、二歩後ろにさがり、サイドテーブルにつまずいて転んだ。

助け起こすべきだったが、彼女の青ざめた顔を見てベネディクトはためらった。

「どちらにしろ、あなたはまだ伯爵ではないわ」彼女が吐きだすように言う。「いまはまだ。それに、最後にお会いした時、あなたのお祖父さまは健康そのものだったわ。少なくとも十年……彼がなにかばかなことをしなければだけど、それはあり得ないと思うし、あなたがこの役割にまったく不適切であることを考えれば、お祖父さまは人間的見地から見て可能な限り長くあなたが関与しないことを願うでしょう。千歳まで長生きしそうだわ」

アメリアは脚の巻きついたスカートをほどき、床を押して立ちあがった。

「あまりに不当だ」ベネディクトが壁に手を叩きつけると、その衝撃でしっくいがぱらぱら落ちた。手の痛みはむしろ、胃のむかつきを忘れさせてくれてありがたい。

アメリアの顔に浮かんだのは軽蔑の表情だった。「ずいぶん極端な感情表現だこと。たとえあなたであっても」

「ぼくはただ――」自分はどれほど怒っているかを、ベネディクトは言葉にできなかった。代わりに血が滲んだこぶしを手のひらに何度も何度も叩きつけた。

「従兄弟に一度も会ったことがないわりに、あなたの悲しみ方は少々極端ではないかしら」彼女の声はとげとげしく、冷たい声だった。彼に対して怒っているのか？

いったい全体、なんで彼女が怒るんだ？　破滅に追いこまれつつあるのは彼の人生だ。だがもちろん、彼が未来のヘムシャー伯爵ならば、彼女は未来の伯爵夫人だ。このチャンスに、彼が爵位を辞退するかもしれないとなればうろたえるだろう。

「これはまさしくきみが望んでいたことだ」彼は言った。「有頂天になっていないふりなどしないでくれ」

その瞬間彼女の顔が、まるでみぞおちに殴打をくらったかのようにゆがんだ。そのあと、何週間も見ていなかった冷淡な仮面に変化した。「そうよね、公爵と結婚する予定だったのですもの」静かな声で言い、窓辺に移動して彼に背を向けた。「でも、伯爵でもいいと思うわ」

ついに口にされた真実が彼に直撃した。この何週間か妻はなにを言おうが、なにをやろうが、完全に幸せだったことはない。彼女の根底の部分はいまも、彼では不足と思っている。それもいまに至るまでのことだった。

彼は望んでもいない爵位を、こうして押しつけられるまでは。

彼が望んでもおらず、どうすれば果たせるかもわからない責任が彼のものになるまでは。まるで彼がすでに充分過ぎるほどの重荷を背負っていないかのように。

彼女はそんなことは気にしない。未来の伯爵夫人である限り。「きみは冷たい人だ。だから、自分が得ることになる称号にとらわれ、それをぼくがどれほど望んでいないか理解できない」

アメリアがくるりと振り向いた。「わたしが冷たいですって？　人々が夢にまで見るものが自分のものになった恐怖にとらわれ、なにも見えていないのはあなたでしょう。哀れな人。ダッキーの死はあなたにとって恐ろしいものだったわけよね」彼女がまだ倒れていなかったサイドテーブルの上の花瓶をつかみ、彼の頭に投げつけた。

突然、肺に息を吸いこめなくなったのは、彼女が自制心を失ったせいではなかった。彼女の顔に刻まれた深い悲しみが見えたからだった。唇を強く嚙み、涙が頰を伝い落ちている。目のまわりの皺のせいで、実際の年よりふけて見えた。

自分はとんでもないまぬけだ。もちろん、アメリアは彼の従兄弟と知り合いだった。社交界の誰とも知り合いだったのだから。

「スイートハート、すまなかった」

彼の言葉が聞こえたとしても、アメリアはそんなそぶりは見せなかった。「彼を知っていて、彼を大好きだったわたしたちのことなど忘れてちょうだい。未来の爵位と地所と貴族院での議決権と政治的影響力を与えられたミスター・ベネディクト・アスタリーの悲しみに比べれば、わたしたちの悲しみなんて大したものではないものね。なんて不幸な人。心から気の毒に思うわ」

「そういうわけでは……そんなつもりで言ったわけではない。もちろん、彼の死は悲しい」

言った本人にさえ、その言葉は偽善にしか聞こえなかった。

「なぜ？　一度も会ったことがないのに？　あなたにとって彼はただのすねかじり《パラサイト》。もしくは、不公正と圧制のよい例よね」

ベネディクトはふたりのあいだの距離を縮め、両腕で妻を抱き寄せようとした。しかし、彼女はその抱擁から身を引き、両手で彼の胸を押しやった。

「いくつか年上なだけだったのよ。亡くなったヘムシャー伯爵はわたしにとって優しくて親切な若者で、ひどい冗談を言い、いつもわたしにカドリールの番を取っておいてくれた。彼の地所の人々のことも大切にしていた。政治にも関心を持っていたし、あなたのお祖父さまに禁じられても、彼の土地の人々のために戦っていた」

そう言いながら、長椅子を挟んで立った。

「アメリア」

彼女は袖からハンカチを取りだし、顔を拭いた。「彼は、わたしたちの結婚のあと、わたしに手紙をくれたただひとりの人だったことを知っていたかしら？　あなたの家族の不和を癒やす兆しになることを願っていたわ。友人が亡くなったおかげで称号を得ることができてわたしが幸せだと、もしも本気であなたが思っているなら、それはあなたがわたしをまったく理解していないってことよ」

アメリアは散歩用のブーツを履き、外套をつかんだ。いつもならば、家を出る前に散歩用のドレスに着替えるが、いまはただ外に出たかった。大ばかな夫から逃れ、この家と自分が失ったものを思いださせるすべてから逃れたかった。少しだけ悲しむ時間が必要だった。

ダッキー。

世の中にはたくさん卑劣な人がいるのに、あんなに優しくて親切な人が先に亡くなってしまうとは、あまりに不公平だ。ダッキーはアメリアが心から好きな数少ない人のひとりだった。彼とベネディクトは、両親たちが作りだした確執を脇にのけることができれば、きっと仲良くなれただろう。どちらも似たようなユーモアのセンスの持ち主で、どちらもヴォルテールの著作を読んでいた。もちろんダッキーのほうがはるかに穏やかだし、ほかの人々の考えも進んで受け入れるが。

最後に彼の噂を聞いた時には、ジョゼフィーヌ・リヴィングストンに求愛中だった。お悔やみの花を送るべきだろう。

足元の小石を蹴る。石は跳び散り、ひとつが道に転がった。それをまた蹴る。頭のなかでも、さまざまな思いがころころ転がっている。

ベネディクトの非難には傷ついた。冷酷ですって？　人よりも称号を大事に思っているって？　あまりに残酷だ。そんな非難を受けるいわれはない。花瓶の狙いがもう少し正確だったらよかったのにと思うほどだ。

でも、傷ついたと同時に、彼がアメリアを激しく非難した理由も理解できた。彼は人生が計画通りでないと――むしろ真反対だと――知ったばかりだった。人生が突然ひっくり返れば、だれでも心中を怒りや悲しみや恐れが万華鏡のように駆けめぐる。まさに自分がそうだった。

小石が転がり、また跳ねて硬い土から顔を出した新芽の脇で止まる。

冬は支配力を失いつつあった。アメリアは庭仕事に熱心でなく、その芽がなにかもよくわからない。チューリップ？　キズイセン？　ラッパズイセン？　あと数カ月したら、この小道も色とりどりの花で縁取られるだろう。

皮肉だと思わずにはいられない。自分は新しい生命に囲まれているのに、それがなにかもわからない。

祖父が亡くなった時にベネディクトが爵位を継ぐことを拒否したら、そこで暮らす人々はどうなるのだろう。ヘムシャー伯爵領の人々が充分な保護を受けられるかどうかはなんの保証もない。

だからこそ、ベネディクトは個人的な意見がなんであろうと、この責任を引き受ける必要がある。その時期ができるだけ遅いことを願うかもしれないが、それも不可能だろう。地所を適切に管理するのは非常に困難な任務であり、その地域をしっかり支えるためには、必要な情報に精通しなければならない。しかも、彼が貴族の生活に関してなんの知識もないことを考えれば、ありとあらゆる助けと時間を活用する必要があるだろう。

スリップローラーのハンドルに全体重をかけると、ベネディクトの首を汗が伝った。機械のローラーのあいだに挟んだ鋼板が曲がりながら排出される。ハンドルが下まで来ると、彼は握りをつかみ直し、ハンドルを引きあげた。筋肉が張りつめる。

「それをやる工員は何人もいるはずだが」ジョンが人けのない作業場に入ってきて言った。

「みんなに午後休をやった」ベネディクトはまたクランクを押した。事務弁護士が出ていった瞬間から、彼の頭のなかはさまざまな思いが混ざり合い、まさに混沌状態だった。いまの彼にとって、その思いすべてを重労働に向けることが、自分を制御する唯一の手段だった。

「話したいなら聞くが？」

とくに話したくもなかったが、自分だけでは考えを整理できないし、頼れる人々のなかでは、ジョンがもっとも上流社会の謀略を理解できる。

もちろん、アメリアは別だ。しかし、ついさっき、あんなにひどいことを言ったばかりで、彼女が彼を助けたがるとは思えない。

「アレクサンダー・ダグラスが先週競馬の事故で亡くなった」ベネディクトはうなるように言いながら、取っ手を握り直し、またハンドルを押しさげた。

「ダッキーが？」ジョンが顔をしかめた。彼の頭のなかで思考の回路がどんどん延長し、ついにばかげた結論に至るまでの過程が見えるようだった。「きみが新しい伯爵だ」

ベネディクトは苛立ちをこめて大きく息を吐いた。「なぜ、ほかのみんなは驚かないんだ？」

ジョンが肩をすくめた。

「しかもぼくは妻に怒鳴りつけて、事態を悪化させた。許してもらえるかどうかもわからない」

またハンドルを持ちあげると、筋肉が燃えるように熱くなった。

「どこかもわからない州の、自分で望んでもいない地所に縛られる」

彼は機械に向かって息を吐いた。

「しかも、祖父が手紙を寄こした」

侯爵について言及されたとたん、ジョンは目を見開いた。ベネディクトがハリントン卿から、金に困った病気の母親に助けを送ることを拒絶した手紙を受けとった時、ジョンはそこにいた。侯爵が彼女の葬儀に出席することを拒絶した時も。

「なんと書いてあった？」

「知らない。読んでいない。なあ、これを手伝ってくれ」

ジョンは鋼板の端をつかみ、機械からはずすのを手伝った。ふたりで部屋の隅まで運んでいき、壁に立てかける。

「ぼくたちが必要としているものかもしれないぞ」

ベネディクトはけんか腰で彼のほうを向いた。

ジョンが身を守るように両手をあげる。「必要というのは相続のことだ。手紙でなく」

しかも、それはベネディクトの抱える問題の半分に過ぎない。アメリカ人たちはいまなお、彼が英国人とうまくやれるかどうか確かめたいと言い張っている。

契約書に署名する前に、ほかの事業を危うくすることがないという確証を得る必要がある。ばかげた狩猟パーティにだれも来なくても、いつか貴族になるという言葉が契約を救うかもしれない。

ベネディクトは作業台からぼろ布を取り、顔の汗を拭いた。「あの男からのものは、いっさいほしくない。爵位も、訓練用の地所も、いまいましい手紙も」

あの弁護士に、消え失せろと言うべきだった。あの手紙を受けとらずに、あのバッタ野郎を追いだすべきだった。

だが、そうしなかった。いまやあの手紙を返すために祖父と会うか、新しい重荷を受け入れるかのどちらかだ。

だが、その前に、まずは妻と仲直りをする必要がある。

25

翌日から、手紙がどんどん届き始めた。アメリアのハウスパーティへの遅れた理由つきの参加の返事だった。うちの犬が招待状を食べてしまって、とか、ごめんなさい、招待状が化粧台の裏に落ちてしまっていて等々。女中に返事を出すように言ったのに、彼女が忘れちゃったの。首にしたわ、というのもあった。

沈黙に対する言いわけは、どれも哀れを催すほど涙ぐましかったから、これほど腹立たしくなければ、おもしろいと思ったかもしれない。腹立たしいのは、上流社会が返信した相手がアメリアでなかったからだ。

たしかに、どの手紙もアメリアの名前を一番上に書いていたが、ベネディクトの地位が格上げされるまで、ロンドンの人々は彼女になんの関心も払わなかった。彼らに関する限り、父の言う通りだった。アメリア自身には、結婚した相手に伴う価値しかない。

それは生まれてからずっとわかっていたが、不快に感じ始めたのはこの数カ月で、その責任はベネディクトにある。アメリアに、自分はそれ以上の価値があると思わせたせいだ。

とはいえ、パーティが開催もできずに終了したことを何週間も憂えていたのだから、参加を表明した人々に消え失せろとは言えない。それに、いま必要なことは契約書に署名をもらうことであり、そのためには、ベネディクトが爵位を受ければ当然つきあうはずの人々を、いまここで取りこむのが最優先事項だろう。

そこで、ネコの手も借りたい状況に突入した。この家をまあまあの状態にもっていくために、働ける村人たち全員が雇われた。

一日中、アメリアは壁紙の見本と格闘し、適切に食卓を整えられるように使用人たちを教育し、カサンドラがおしゃべりの極意を習得する手助けをした。

やるべき仕事は膨大だった。家のどこもかしこも、汚れを落として磨きあげる必要があった。漆喰のひび割れを埋め、古い窓ガラスを交換し、しかも、室内を塗り直しに来た職人たちが泥や埃を持ちこんだせいで、床はアメリアが想像し得るなかでもっとも悲惨な状態だった。新しい絨毯を注文してあって幸いだった。

期限内にこの屋敷を英国の上流階級の大軍団を迎えうる水準までもっていくには、アビンデイルの小さい村が供給できる以上の人的労働力が必要だ。

だから、アメリアは顔をしかめつつ袖を――正確に言えば、デイジーの服の袖を――まくりあげ、古い布きれと研磨ブラシと蜜蠟の缶で働いた。

艶出し作業は死ぬほどつまらない。順位付けをしたら、刺繡の下位に来るかもしれない。刺繡には少なくとも美しいものを創造する喜びがある。でも、フェアブライト家と一緒に一時間過ごすよりは上位かもしれない。お金はあるが常識がない家族で、あまりにつまらない世間話をする。

最初はハミングして、美しい調べが退屈を紛らわせてくれることを期待した。それから、数字を逆に数えた。ゼロに達するまでには終わるはずだ。四百六十、フォーハンドレッドシクスティ。四百五十九、キャトルサンサンカントヌフ。四百五十八、フィエホンダトアクトンフンフジヒ。いろいろな国の言葉で数を数えるたびに腕を動かして一拭きする。

四百まで来た時には、腕が痛むあまり、動かす域が最初の半分になっていた。三百で膝がひどく痛みだし、あざになることが確定した。二百の時点で、ブラシを握った両手の筋肉がこわばって、二度とブラシの柄から指を剝がせないのではないかと思うほどだった。ブラシを持ったままベッドに入ることになりそうだ。百で背中全体が痙攣していた。
五、四、三、二、一。
アメリアは腰を落として坐りこんだ。床は目を見張るようにきれいになった。少なくとも自分が磨いた二割の部分はすばらしく見える。

歯を食いしばり、額の汗を拭った。べたべたのひどい格好で、風呂に入りたくて仕方なかった。友人たちに手紙を書いて、一年後に訪ねてきてほしいと言うほうがはるかに好ましい。いまいましい契約などなければよかったのに。

「すごいな。一生忘れらない光景だ」ベネディクトの声は笑いを帯びていた。

そんなことを言うのは技術者として優秀でない証拠だろう。優秀ならば、アメリアがあと二往復ブラシをかけた瞬間に殺人を起こしかねないとわかるはずだ。

アメリアは彼のほうを向いた。「もしそうだとしたら、あなたのおもしろがる敷居はずいぶん低いのね」立ちあがり、体を左右前後に傾けて、痛む筋を伸ばそうとする。

「名高いレディ・アメリア・クロフトンがたわしを持ってひざまずいているとは。上流社会の全員がおもしろがる情報だ」

「誓って言うけれど、ベネディクト、いま見たことをだれかに言ったら、カサンドラにこの世でもっともうるさくてつまらない曲を教えて、あなたのために演奏させるから、毎晩」

突きつけたその手をつかみ、ベネディクトが彼女を抱き寄せた。彼の体を感じたとたんアメリアの体がとろけた。言い争いから一週間、ふたりは前進しようと試みた。しかし、いくら努力しても、ふたりの交流はよそよそしく、会話はぎこちなく、キスは形だけで、夜は別々の寝室で過ごしてきた。

ふたりのあいだの壁を破るために必要だったのは、よれよれになった状態で見つかることだったらしい。

「きみの恥ずべき秘密は絶対に守る。きみがどれほどがんばって働いたかを知る者はだれもいない」彼女の首筋にキスを這わせた。

「待って。こんなひどい格好で。汚れているし」もともと体に合っていない服は灰色の染みだらけ、両腕に何本もついている埃の筋は、おそらくほかのところにもついているに違いない。

「では、風呂に入る必要があるだろう。だれかが手伝わないといけないな」彼が手のひらでアメリアの背中を撫でおろし、お尻をつかむと、アメリアの体に熱いものがさざ波のように伝わった。

「いま？」アメリアは言った。

「きみが恋しくてしかたなかった」彼がアメリアの喉のくぼみに向かってつぶやく。

アメリアは思わず手を伸ばし、キスをしてほしくて彼の頭を引き寄せた。

彼が願いを聞き入れ、舌で彼女の舌をもてあそぶ。彼の一物がズボンを押しあげるのを感じることができた。それに体をこすりつける。

「やめなければ」彼が身を離した。

「なぜ？」アメリアはやめたくなかった。二階に連れていって愛してほしかった。

「手伝いの女性とつき合うのは紳士らしくないかと」

「いじわる」アメリアは彼の肩を叩いた。

彼が笑った。「まあ、たとえ適切性に欠けるとしても……」彼は両腕でアメリアを抱きあげると、彼女の寝室に向けて、一段飛ばしで階段を駆けあがった。

26

「私道に馬車が入ってきたわ！」カサンドラが言った。ベネディクトが聞いたことがないほど興奮した声だ。

カサンドラはこの一時間ずっと居間の窓に貼りついて、最初の客が到着するのを待っていた。彼女が興奮して騒いでいるあいだ、彼は肘掛け椅子に坐り、フィオーナの最新の報告書を読んでいるふりをしていた。実際には、最後のページまで読んでも、ただのひとつの内容も頭に入らず、思いは迫り来る大勢の人々に戻ってばかりだった。そして妹と違い、目前に迫った客の到着をまったく楽しんでいなかった。

アメリアが刺繡を置いて立ちあがり、ほんのわずか寄ったドレスの皺を手でならすと、ほほえんだ。心から幸せそうに見える。まるでこの人々の訪問を本気で楽しみにしていたかのようだ。

これから来る人々は彼女の友人たちだと、ベネディクトは自分に言い聞かせた。たとえ、彼らの言動が我慢できないものだとしても。

彼は神経質になっていた——客たちの存在によって、妻が過去の生活を恋しく思うのではないかという不安と、この催しが妻の望むように行かないかもしれないという不安の両方に苛まれている。

妻が打ちのめされる姿だけは見たくない。

「わたしが言ったことを覚えている?」アメリアがカサンドラに訊ねる。

「皆さんに、アメリカ人の方々にも膝を折ってお辞儀をする。話しかけられた場合以外は話さない。両手を自分の前で握っておく」

アメリアがにっこりする。「すばらしい。では行きましょう」ふたりは手をつないで、居間から出たが、そこでアメリアがベネディクトがついてこないことに気づき、肩越しに鋭い視線を投げた。彼はため息をつき、書類をたたむと、妻のあとから出ていった。

三人が玄関広間に入っていったとたん、家のなかの張りつめた空気が動きだした。トムがベネディクトに外套を渡し、デイジーもアメリアが毛皮の裏地がついたコートを着るのを手伝う。表に向いた窓越しに、ほかの使用人たちが玄関の石段脇にまっすぐ一列に並んでいるのが見えた。ひとりふたり不安げに目を交わしている者以外ほぼ全員が、ロンドンの人々が大挙して到着する事態に動じていないように見えるのは称賛に値する。ほぼ全員が雇われて初めての来客であることを考えればなおさらだ。

「ベネディクト?」アメリアの心配そうな声が、彼の思いをさえぎった。妻が差しだした手を取り、曲げた腕に引きこんだ。表向きは妻を支えるためだが、それが真実でないことはどちらも知っている。

トムに小さくうなずいて扉を開けるように指示を出すと、三人は春の淡い陽光のなかに歩み出た。

彼の隣でアメリアがあたかも避難港のように落ち着いた様子で、微動だにせず立っている。反対側ではカサンドラがつま先で跳びはね、その動きで巻き毛もひょいひょいはねている。デイジーが朝のほとんどを費やして、妹の髪をふさわしく整えた。アメリアの髪よりも時間をかけていた。

これがカサンドラの記念すべき社交界初体験であることはベネディクトも理解できたが、同時にそれは、彼がなんとしても避けたいと願っていたことだった。アメリアがカサンドラに、まだ若すぎるから夕食や催しには参加できないと言ってくれたのは幸いだった。カサンドラはしょげかえったが、文句を言わずにそれを受け入れた。彼女の参加を禁じたのが彼だったら、まったく別な会話が繰り広げられただろう。

「皆さんがわたしを好きになってくれたらいいんだけど」妹が彼を見あげてささやいた。その姿はあまりに傷つきやすく、ベネディクトはいまここで妹を抱いて部屋に閉じこめ、彼女を傷つけるすべてから遠ざけておきたいと心から願った。

こんなふうに妹の心を危険にさらすとは、いったいどんな兄なんだ？

しかし、その本能的な衝動もよりよい判断もすべて抑えこみ、ベネディクトは妹の顎を優しく持ちあげた。「みんな、おまえを好きにならないはずがないだろう、おちびちゃん？」

妹がにっこりするのを見て、ベネディクトの心はうち沈んだ。警告すべきだ。人々が彼女を拒絶した時に備え、自分が子ども時代に味わったあの痛烈な痛みを感じなくて済むように、妹の心の周囲に壁を築く手伝いをすべきだ。

だが、興奮がさざ波のように妹の全身を震わせているいまとなっては、もう手遅れだった。私道は長く、馬たちの動きはゆっくりだった。長くかかればかかるほど、ますます服がきつく感じられた。クラヴァットは首にかけられた縄のようだし、不必要な刺繍と貴石ボタンで装飾された胴着と上着は体にぴったりすぎて、締めつけられると命まで絞りだされそうだ。落ち着くために深呼吸を試みたが、うまくいかなかった。

「そわそわするのはやめて」アメリアがつぶやく。「わたしに色のあるものを買わせてくれればよかったと思うわ」

彼のほうは、自分のチャコール色と灰色だけの服を見おろし、息をさせてくれる服を着ていればよかったと思った。詰め物をした七面鳥のような装いをした幼なじみたちがずらりと並んで立っている脇の石段に立って、馬車が着くのを待っていると、自分が悪名高き詐欺師であるような気がした。

「まったく、面倒きわまりない」

アメリアが冗談言わないでという表情で彼を見やった。「その面倒きわ、ま、り、な、い、ことのおかげで、成りあがりのアメリカ人たちに、ロンドンの社交界の人々と知り合う機会を提供できる。あなたがいま必要としていることよ」

それはよくわかっている。

ベネディクトはうなり声を漏らすと、近づいてくる馬車を眺めた。「あれはだれだ？」馬車の扉には複雑な紋章が描かれているが、その印を学ぶ時間は——意欲も——なかった。

「ブレイデンストック卿夫妻と息子のナサニエル。あなたは彼を気に入ると思うわ、ブレイデンストック卿のほう。息子のことは軽蔑するでしょうね」

「卿のなにを気に入るんだ？」この人々が、称賛できるような役に立つ素養を持ち合わせているなど、想像もできない。

「ブレイデンストック卿はとても進歩的な方なのよ。最近は鋳鉄製のすきを購入したとか」

それは大したものだ。鋳鉄製のすきは工学の分野における画期的な製品だが、多くの地主が取り入れているわけではない。大半が土壌を汚染するのではないかと恐れている。なにをするにも伝統的なやり方に縛られている様子は、ほんのわずかでも変化を受け入れたとたんにドミノ倒しが起こり、いまの生活が崩壊すると信じているかのようだ。

「彼がそのすきを購入したとなぜ知っている？」

アメリアが彼にほほえみかけた。「気づいていないかもしれないけれど、すべてを知ることがわたしの仕事なの。情報は力よ、少なくとも……」言葉をにごらせ、迫ってくる客のほうに注意を戻す。

「少なくともなんだ？」

彼女は視線を真正面に向けたまま、彼のほうは見ようとしなかった。「ロンドンでは。ロンドンでは情報は力なの。アビンデイルでは手に入れるのも難しいし、ほとんど役立たないけれど」

ちょっとした論評に過ぎないが、アビンデイルが妻の第一の選択でなかったことをベネディクトに思いださせるには充分だった。熱意にあふれ、幸せそうだったが、別な機会が生じた時に、ここに留まるだろうかと考えずにはいられなかった。

馬車が止まった。五十センチ以上の高さがあるばかげたかつらをかぶり、滑稽なほど派手派手しい制服を身につけた騎馬従者が扉を開ける。

レディ・ブレイデンストックは、取り立てて特徴のない女性だったが、ベネディクトでも最高品質とわかるドレスを着ていた。アメリアの曲線を目立たせる青いドレスほどではないが、充分に美しいドレスだ。隣の男性は同様にぱっとしなかったが、ふたりの後ろをぶらぶら歩いてきた若者は、どぎついほど色とりどりの服に身を包み、まるできどったクジャクのように見える。

ベネディクトはアメリアに脇腹を小突かれ、ここは自分の役割だと気づいた。女性の手を取って腰をかがめる。「お会いできて光栄です、レディ・ブレイデンストック」

夫人がベネディクトの完璧に磨かれたヘシアンブーツのつま先から、アメリアがこれは必須と言い張った形に後ろで結んだ髪まで、あからさまな目つきでじろじろと観察した。

「聞きましたよ、おめでとうございます、ですわね」夫人が言う。「従僕の息子がヘムシャー卿とは。なんという出世でしょう」

人が亡くなった時に祝いを述べるのは、あんたたち貴族だけだ。ベネディクトがそう言おうとした時、アメリアがこっそり彼の足を踏んだ。

くそっ。

感じよく、振る舞わねばならない。少なくとも、礼儀正しく振る舞う必要がある。「この継承は驚きでした。亡くなる前の従兄弟をまったく知らなかったのが心残りですが。若すぎる死はあまりに悲しい命の浪費だ」

レディ・ブレイデンストックがさすがに彼の批判に気づいたらしく、目を狭める。

アメリアがふたりの会話に割りこんだ。「妹をご紹介させてくださいな。こちらがミス・カサンドラ・アスタリーです」

カサンドラが視線を落とし、膝を折って深くお辞儀をした。ほんのわずかもぐらつかない。一カ月前には倒れる前のこまのようにぐらぐらしていたのに。

「お目にかかれて光栄です、奥さま」カサンドラの声は普段より低く落ち着いていて、少女っぽい熱意に欠けていた。それがベネディクトを不安にさせた。さらに目の前の過度に着飾り、過度におしろいをはたいた夫人が妹に向けた好意的な表情が、その不安を激しい狼狽へと変えた。

ベネディクトは両手を握り締め、この場でカサンドラを引き寄せて、夫人の手が届かない自分の後ろに隠したいという衝動を必死にこらえた。

「すてきなお嬢さんね」レディ・ブレイデンストックがカサンドラに言う。「帰る前にもう一度お会いしたいですよ」

兄の予想に反し、妹は笑いもせず、跳びはねもしなかった。ただ優雅に頭をさげた姿は、まさにアメリアの小さい複製のようだった。

妹ともう一度会ってもらわなくて結構とレディ・ブレイデンストックに言いたかったが、それを言う前に、ブレイデンストック卿に手を握られ、勢いよく上下に振られた。

「あなたは技師だと聞いてますよ」年輩の男が言う。「興味深い。実に興味深い。若い時にそれが紳士の職業と認められていたなら、自分も同じ道を歩んでいたかもしれない」自分が侮辱的な言葉を述べたことには、まったく気づいていない。

ベネディクトは歯を食いしばった。「橋や道や汽車や家をぼくたちにもたらしているのは科学者なのに、それが許容される仕事でないとは滑稽ですね」

ブレイデンストック卿は妻とは違って、ベネディクトの言葉に隠れた批判に気づかなかった。彼はただ笑みを浮かべて言った。「おそらく、技師伯爵がそれを変えるのではないかな？」

卿の背後から、軽蔑に満ちたふんという声が聞こえてきた。「それはどうかな。踊れるサルがいても、舞踏会場では踊らせないでしょう」

ナサニエル・ブレイデンストックの落ち着きはらった青白い顔にこぶしを叩きこまないために、ベネディクトは自制心のすべてを動員する必要があった。

そして、このめかし屋が大げさなそぶりでアメリアの手の上にかがんだ時には、激しい嫌悪感に呑みこまれそうになった。

侮辱されたためでなく、彼の唇がアメリアの指にぐずぐずと留まっていたせいで、これは二度と見たくない光景だった。そしてまた、ナサニエルが華奢で優美な体つきで、みごとにカールした長いまつげと、青白い肌と、長くて上品な指の持ち主だったせいだ。しかも色とりどりの服を着ている。何種類の色があるか数えきれないほどで、その生地は、妻が着ている場合は引きはがす喜びを与えてくれるが、自分が着た時には快適とは決して言えない代物だ。

つまり、ナサニエルはベネディクトの母が息子に望んだすべてを体現していた。

子どもの時からベネディクトは自分の長身と、流行りの長い巻き毛に伸ばそうとしても、肩にだらりと貼りつくだけのぼさぼさ髪が嫌いだった。ほんのわずかの陽光で肌は真っ黒に日焼けするし、たしかに数カ月にわたって訓練をいっさい拒否したこともあるが、それにしても、いまだ立ち居振る舞いはぎこちない。

ナサニエルになろうと必死に努力したが、一度も成功しなかった。

地獄に落ちろ。

「我が家へようこそ」ベネディクトはうなるように言い、めかし屋の指を砕けそうなくらい握りしめた。

ナサニエルの高慢な表情が懸念に変わった。この若造は見かけほどばかではないらしい。

アメリアがかすかに顔をしかめ、美しい若造の腕を取った。「旅のお疲れをさっぱりさせたいことでしょう。お部屋にご案内させてくださいな」アメリアはわずかに振り向いて、ベネディクトに鋭い視線を投げると、若造と一緒に立ち去った。

くそっ、非常に困難な一週間になりそうだ。

アメリアがロンドンを離れたことなど、まったくなかったような雰囲気だった。男たちがビリヤードに興じ、ビリヤードルームでタバコを吸っているあいだ、アメリアは同世代の女性たちと過ごし、上流社会の動向を取りこんだ。社交シーズンが始まったばかりのロンドンに、いまだれがいるのか、だれがだれに求愛しているか。だれがなにを、いつ着て、それに対し、社交界の人々はどう反応したか。

アメリアがロンドンの社交の場から去って残念だったとだれもが言った。自分の不在を嘆いてくれていた。社交界も変化する。そこに戻るのはどんなに楽しいだろう。すばらしい一週間になりそうだ。

アメリアの結婚をめぐる状況は話題にされなかった。ゴシップ欄の風刺画も、アメリアの出した手紙に返事がなかったことも、訪問の招待状が無視されたことも。実際、過去三カ月が完全に消し去られたような感じだった。

多少苛立つことがあっても、それは脇に押しやり、望んでいたこと、すなわち社交界への完全復帰を達成できた事実に気持ちを向ける。

いまは最後の訪問客たちを歓迎しなければならない。なぜなら、これから数日間、その人々とのあいだで乗り越えなければならない山がいくつもあるのだから。

近づいてきて停止した馬車は、金の葉の彫刻が細かく施された派手な外観だった。扉の紋章は見たことがない。アメリアは主だった紋章をすべて知っているから、明らかに最近考案されたものだろう。

この馬車が招待客の最後でなかったとしても、乗っている人々がアメリカ人であることはすぐにわかっただろう。王室の人々以外、こんな大量の金箔で馬車を覆う英国人はいない。

ふたりの男性がおりてきた。最新流行のよく似た服を着ているが、それ以外はすべてが違った。グラントだとベネディクトが言った背の高いほうは、過度に横幅があり、顎ひげがアメリアの日傘のように広がっている。

対照的に、ハーコムは痩せてひょろっとして、強風が吹けば飛ばされそうだ。だが、見かけは当てにならない。ベネディクトによれば、圧倒的に容赦ないのはハーコムだという。

ふたりとも、あとからおりる同乗者にそれぞれ腕を差しだした。

「あらまあ」現れたグラントの娘たちを見て、アメリアは思わず言った。きわめて不適切だったが、そんな驚きの声が出てしまうほど、昼間には見たことがないような光景だった。

娘たちはこれから舞踏会に行くかのように最上級のドレスで着飾っていた。黒髪に真珠まで散りばめられている。旅行の時はほとんどの女性が控えめな装飾品しかつけないが、この姉妹は何連もの真珠を飾っていた。白いドレスはどっしりしたシルクで、馬車で何時間も坐っているよりはダンスをするのにふさわしい。

「寒くないのかしら？」カサンドラがささやいた。「なぜ外套を着ていないの？」

ベネディクトがくすくす笑った。「外套がせっかくの印象を台なしにしてしまうからさ」

アメリアはできるだけ控えめに彼の肋骨を小突いた。主賓の気分を害することだけは避けねばならない。

「皆さま」ベネディクトが男たちと握手をした。「妻をご紹介します。こちらがレディ・アメリア・アスタリーです」

アメリアは膝を折ってお辞儀し、彼女のなかでもっとも魅力的な笑顔でほほえみかけた。アメリアの今週の最終目標はふたつ。ベネディクトが上流社会の承認を得ることと、工場が必要な契約を得るのを確実にすること。

「お目にかかれて光栄ですわ」アメリアは言った。「我が家にようこそお越しくださいました」


ベネディクトが夕食前に客間に集う客人たちに合流する勇気をなんとか奮い起こした時までに、ワイルドフォードと彼の母親を除く全員が到着していた。

遠くからでさえ、アメリアが夫の遅刻に苛立っているとわかった。すぐにおりていくと言ったが、それは三十分以上前のことだ。

ベネディクトは不快感を顔に出さないように心し、妻のほうに向かって、自信に満ちた大きい足どりで進んだ。すれ違う人々には小さくうなずいて挨拶する。

人々は彼を見つめた。扇や飲み物のグラスに隠したり、壁に沿った長い鏡をのぞきこむふりをしたりしても、その視線が上着を焦がすかのように熱く感じられた。

まるで動物園の動物だ。掛けられた看板が脳裏に浮かんだ。『分類：混血種。系統：貴族になる予定の実業家。生息地：呪われた客間以外』。

彼の遅刻をどれほど怒っていたとしても、アメリアはそばに来た彼にそのことはなにも言わず、ただ心配そうに眉をひそめた。そして彼の手を取り、手の甲にすばやくキスをした。客たちの目の前でかなり大胆なしぐさだったが、それはまさに彼が必要としていたもので、胸を締めつけていた緊張がかなりゆるんだ。

「ミスター・アスタリー」グラントの令嬢たちが膝を折って完璧なお辞儀をした。深く頭をさげると、ダイヤモンドのネックレスが小さく跳びはねた。ほかのすべての面でもふたりの慎み深さは完璧だったが、その姿を見ただれにとっても、娘たちがなにを提示しているかは明らかで、その見返りになにを狙っているかも一目瞭然だった。

ベネディクトがすばやく一礼して顔をあげた時点で、アメリアはすでにグラントとハーコムに対し、魅力で征服作戦を展開しており、ベネディクトは自力でふたりのデビュタントに対応しなければならなかった。

長女のほうは申し分なかった。黒髪が白い肌に映えて、この世のものとは思えない美しさを醸していた。顔の造りは完全な左右対称で、唇はバラ色だが、おそらく口紅の助けを借りているに違いない。金色の瞳は人目を引く。しかも鋭い。周囲のすべてをしっかり見ている。

妹のミス・エライザ・グラントはすべてにおいてそこまでではなかった。きれいだが、はっとするほどではない。参加はしているが、狙いを定める気はない。

娘たちに期待するようにほほえまれ、ベネディクトは若い娘たちとどう話せばいいのか、自分がまったくわかっていないことに気づいた。二十歳？　大丈夫だ。妻は？　もちろん大丈夫だ。女性技術者？　もちろん大丈夫。だが、デビュタントは？

「くつろいでもらえていればいいのだが」周囲を見まわして、助けてくれる人がいないか探した。こうなれば、アメリアが招待したきどり屋たちのひとりでもかまわない。

部屋の反対側に、お仕着せを着たピーターがにやにやしているのが見えた。明らかに自分の雇い主が困り果てているのを見て楽しんでいる。今夜のベネディクトは、主人役でなく従僕になれるならば何でも差しだしただろう。

「ロンドンを楽しんでいますか？」娘たちに訊ねる。

「すばらしい経験をしています」ミス・グラントが答えた。「でも、こちらの田舎を訪問して、こんなにお偉い方々とご一緒できたのはこの上ない喜びですわ」彼女の笑みはさりげなくて優しかったが、首にかけたダイヤモンドが本物であるのと同じくらい偽物だった。

「息ができる場所に来られて嬉しいです」妹のミス・エライザがつぶやいた。それを聞いてベネディクトは、夕食でこのふたりのどちらかの隣に坐らねばならないなら、妹のほうがいいと決めた。その娘に励ますようにほほえみかけたが、つまらなそうな顔が返ってきただけだった。

やれやれ。いまならば、この会話から救いだしてくれた者に百ポンドやっただろう。

ベネディクトはほほえんだり、声を立てて笑ったりしている妻を見やった。彼女が戯れでハーコムの肩を扇子で叩き、ハーコムが顔を真っ赤にしている。

そちらの方角からの助けは期待できない。

デビュタントの姉妹に視線を戻し、ミス・グラントが目を輝かせて、彼の肩の向こうのどこか一点を凝視しているのに気づいた。

彼の後ろでグリーンヒルが咳払いをした。「ワイルドフォード公爵閣下とワイルドフォード公爵夫人、そしてカースターク伯爵閣下ご夫妻がお見えでございます」

室内の雰囲気が一変したが、客たちにはわからなかっただろう。だが使用人たちには明らかに緊張が走った。ピーターは怒りを隠そうともせず、唇を固く結び、顎をこわばらせている。

ベネディクトはうなじの毛が逆立つのを感じた。室内のしゃべり声がふいに遠ざかる。呼吸をすることを思いだすのに優に一秒はかかった。

カースタークたちがここでなにをしているんだ？

アメリアのほうを向くと、彼女はわからないくらいわずかに、わたしに聞かないでというように肩をすくめてから、新たに到着した客たちを迎えに出ていった。

アガサ・カースタークは一カ月前よりもさらに古風な出で立ちだった。髪粉をはたいた一メートルはあろうかという高さのかつらをかぶり——それで頭から突きでた角を隠しているに違いない——、いまの時代のドレスというより仮装の衣装のようなスカートが大きく膨らんだ真っ赤なドレスを着ている。すべての皺に入りこんで固まったおしろいのせいで、悪霊のように見える。

カースターク卿は、ベネディクトを陥れてこの結婚に追いこんだあの晩とほとんど同じ格好だった。小柄で弱々しい様子だが、それは見せかけだ。カースタークはほかの者たちを利用するのに、身体的強さを必要としない。権力と金の力は、彼のところで働かねばならない不幸な若い娘たちを脅すには充分だ。ひとりとして、カースターク家に雇われて長続きした者はいない。

ベネディクトはピーターを見やった。カースタークの動きを目で追っている。ピーターの妹はカースターク家で数カ月働いたが、それがよくない結果をもたらした。いまでもひとりになるのを怖がり、男性が近づくだけでびくびくする。

今夜はピーターに目を配っておくべきだろう。

ベネディクトはこわばった顎をゆるめようとした。「ちょっと失礼」グラント姉妹に向かって言う。深く息を吸うと、大股で入り口の四人のほうに歩いていった。

カースターク夫妻に帰るように言うつもりだった。運がよければ、彼らは断わるだろう。そうなれば、カースタークのズボンをつかんで、扉から投げだすことができる。

だが、それはできなかった。アメリアが彼より先に入り口に着き、彼らを投げだす代わりに、膝を曲げてお辞儀をしたからだ。

「閣下、奥方さま」ワイルドフォードと彼の母親に言う。

元婚約者に敬意を払う時の彼女の唇が、ほんの少しこわばったのに気づいたのは自分だけだろうかとベネディクトはいぶかった。

それからカースターク夫妻のほうを向いてアメリアは言った。「またお会いできて嬉しいですわ」

そのあと、四人の目が彼のほうを向いた。

自分は頭をさげない。自分の家では絶対に。この人たちに向かっては絶対に。

それは当然見過ごされなかった。カースターク卿が、あたかも彼が正しいことを、たったいまベネディクトが証明したかのようにせせら笑った。

レディ・ワイルドフォードがつっつっと舌打ちをした。「ベネディクト、相変わらず頑固な坊やだこと。また背が高くなったのかしら？　顔を見あげただけで、首の筋を違えてしまいそうだわ」

それは、若い頃、彼女に出会うたびに受けたのと同じ挨拶だった。必ず非難を伴う観察がついてくる。昔から夫人は、ベネディクトが自分の息子の友人になってほしい人物でないことを繰り返し明確にした。

自分はこの人々を心底嫌っている。

「アガサ、われわれはなぜここに来たんだったかな？」カースタークが大声で妻に訊ねる。

「他人のことに首を突っこまずにはいられない妻の欲求を満たすためだと思いますがね」ベネディクトがそう言ったとたん、ざわめきがさざ波のように部屋じゅうに広がった。

唾棄すべき者たち。彼らが礼節を守ろうとしないならば、自分も守る必要はない。招待されていない会食に現れる者がどこにいる？

「あなた……」アメリアの口調は甘く優しかったが、そのまなざしは非情だった。カースターク家に関する見解は同じでも、彼らに対応する方法はまったく違う。彼女のひとにらみは明らかに警告だった。

「おいでくださるとは驚きました」妻が夫妻に言う。「すぐにお席をご用意しますね。少しきつくなりますが」

レディ・カースタークがふんと鼻を鳴らした。「驚くのは早いですよ、お若いの。わたくしたちは毎晩来ますからね」

彼の家なのに、まるで自分たちの家にいるかのように食べたり話したり笑ったりしているカースターク夫妻を見ながらの晩餐をなんとかやり過ごす方法はただひとつ、計画に集中することだ。このばかげた狩猟パーティの開催に同意したそもそもの理由に。

朝、アメリカ人たちを工場へ案内する。そのあとに、契約に署名してもらう。

細かく計画を立てていた。田舎時間で起床し、玄関でハーコムとグラントと待ち合わせ、三人で工場に行き、そこで、ヴァージニア西部の炭田とアレクサンドリアの港のあいだに列車を走らせるにあたり、なぜ彼のチームと機関車製造の契約を結ぶべきなのかを、彼らの目でじかに見てもらう。

ほかの客が起きる時間までには取引が完了し、自分は今週の残りの日々を書斎にこもって過ごす。

最初の障害は、まだその日にもならない前日のうちに生じた。前夜にベネディクトがアメリカ人たちと計画について話しているのをナサニエル・ブレイデンストックが小耳に挟み、人生の逆側を実際に見るのは、一週間の始まりとしてなかなかおもしろいと考えた。

そしてそのアイデアを、ベネディクトの客間に集っていた尊大できどったクジャクたちに披露した。役に立たない同行者がひとりからふたりに、それにナサニエルの父のブレイデンストック卿が加わって三人になり、その客たちのあいだで、朝の八時は恐ろしく早いと判断された。みんなで正午に出発することにしようじゃないか。

その変更のせいで、ベネディクトは午前中かけて、アメリカ人たちに説明する予定だった内容に関し、すでに綿密に準備していたにもかかわらず、細部をいちいち検討し直すはめに陥った。そしてついに三台の馬車で工場の外に到着した時点で、ベネディクトの両手はひどく汗ばみ、心臓はどきどきと高鳴る状態だった。

胴着のポケットに入れたリボンを指でいじる。その朝、自信に満ちたキスとともにアメリアがくれたものだ。だが、妻の彼に対する絶対的な信頼は、むしろ彼女の意図と反対の効果を及ぼした。彼が失望させるかもしれない人数が増やしただけと思ったからだ。

工場の外にはオリヴァーが立っていた。ベネディクトは朝のうちにチャーリーを工場に行かせて、時間の変更と追加の訪問客について知らせておいた。

オリヴァーも細心の注意を払って準備したらしい。白いシャツに茶色のズボンと上着を着用し、これまで見たこともないほど清潔に見えた。職工長はつねに油と煤にまみれている。

最初が何色だったかに関係なく、着ているものはすべて灰色になる。真っ白なシャツは、彼がこの訪問をいかに重大に考えているかを顕著に示していた。

「オリヴァー」ベネディクトは馬車をおりるとオリヴァーと握手し、それからほかの客たちに紹介した。

ブレイデンストック卿はきのう到着した時と同じように、きょうも好奇心と熱意にあふれていた。いくらか準備もしてきたらしい。重労働がどういうものかを知る人らしく、質素な外套を着て、古いブーツを履いていた。アメリアの話では、伯爵は自分の地所のために力を尽くしているらしい。擦り切れて継ぎ当てしたブーツを見て、ベネディクトのこの人物に対する評価は一気に高まった。

ついてきただけのふたりはまったく異なる事例だった。派手な色合いのシルクの燕尾服は作業現場の訪問にふさわしくない。髪をポマードで塗り固め、念入りに結んだクラヴァットからは香水の甘い香りがぷんぷんと漂っている。

ふたりはオリヴァーが近寄ると縮みあがってあとずさりした。彼らを責めるわけにはいかないだろう。多くの男たちがベネディクトのそばに来ると尻ごみするが、そのベネディクトがオリヴァーの前に行くと自分を小さく感じるからだ。

「皆さまがた」職工長がこわばったよそ行きの口調で言った。「どうぞこちらへお進みください」

派手な装いの若者ふたりはハンカチで鼻を押さえながら、期待していたおふざけとは違うなというように視線を交わしている。ベネディクトは彼らの白い長ズボンを見やり、内心にやりとせずにはいられなかった。

グラントとハーコムは工場にも職工長にも動じなかった。これまで働いて生きてきた人々だから、家よりもここのほうが落ち着くに違いない。

工場のなかは、彼のチームが二番目になるはずの機関車の建造に取り組む活動の拠点だった。

ナサニエルと彼の友人は入り口のそばから離れようとせず、金属を打つハンマーの音が響くたびにたじろいだ。わざわざまわり道をして、ふたりのそばを歩き過ぎる時にぶつかり、美しい上着に泥や汗の汚れをこすりつけた労働者はひとりだけではなかった。カースターク家が立ち退きを告知して以来、工場にはこれまでと異なる力が働いていて、きょうはそれが触れそうなほど強かった。

彼の反抗的な見習い機関員、ジェレミーが若者たちの足元に一輪車いっぱいの石炭をふり落とした。「すんません、旦那さま」ふたりがぎょっとして跳び退るのを見て、ジェレミーはせせら笑った。

「仕事に戻れ、ジェレミー」オリヴァーがめかし屋たちと、あからさまな軽蔑をこめて訪問者たちを見ている労働者たちのあいだに入った。若者ふたりに関する意見はほかの者たちと同じでも、オリヴァーはきょうの訪問にすべてがかかっていることを知り、部下たちを制する立場だった。

　グラントがひとりでさっさと建物の視察を終えて戻ってきた。「非常に円滑に稼働しているようだ。作業場が最大限の効率を出すように配置されている。すばらしい」

「妻のおかげです」ベネディクトは言った。「優しそうに見えながら、配置に関しては、将軍のように容赦なく采配を奮った。どんなことでも、効率的に管理するのがうまいので」

「それでは、きみは幸運な男だな」グラントが言う。

　ジェレミーがふんと鼻を鳴らした。「出しゃばりなんだ」特定のだれかに言ったわけではなかったが、機械の騒音のなかでも充分聞こえるほど大声だった。

「仕事に戻れと言ったはずだ」オリヴァーが怒鳴った。「さもないと、二台目が完成するまでずっと床磨きさせるぞ」

　ベネディクトは、よりにもよって訪問客の前で暴言を吐いたジェレミーを殴ることもできた。以前から、この少年が歩みつつある道の行き着く先について話し合うつもりだったが、この何カ月かその余裕がなかった。

「それで、機関車はどこにあるんだ？」ナサニエルが訊ねる。

「こちらです」ベネディクトは腕を広げ、建物の中央から始まり、南側の壁沿いに広く開いた巨大な木の戸口を抜けて外に延びている軌道を示した。五キロの長さの試験運転用の軌道は、ベネディクトの地所の境界に沿って一周している。

　六メートルほど向こうに、訪問客たちがここにいる理由であるテッシーが陽光に照らされて輝いていた。洗われ、磨かれて、視察を受ける準備万端整っている。真鍮の縁飾りがきらめく姿を見て、ベネディクトはこれ以上ないほど誇らしく感じた。

「十トンテッシーと呼んでいます」そちらに向けて案内しながらベネディクトは言った。

「客車をつけない本体だけの重量は五トン弱ですが」

「それで、なにがそんなに特別なんだね？」ブレイデンストック卿が訊ねる。「無礼なことを言うつもりはないが」

「この機関車は復水機能のついたボイラーを備え、シリンダーのエネルギーが二本でなく一本の駆動軸に濃縮されます。またシリンダーを垂直に設置して、火夫が安全に作業できるようにしました。ピストン棒を避けずに、石炭をシャベルですくって火室に入れられます」

英国人の客たちがぽかんとした顔で彼を眺めた。

「より強い動力を得て、かつ火夫が首をはねられる機会が減る」

若者たちがくすくす笑った。「火夫の血は赤いのかなあ、黒いのかなあ？」

「ぼくは石炭をシャベルですくって一生を送るより、むしろ首を切り落とされるほうがいいなあ」

ベネディクトの目の隅のほうに、周囲の労働者たちが身をこわばらせる姿が映った。数人が頭を振り、ひとりは殴るように両手をこぶしに握り締めている。

ここで働くことを望んでいる男たちの目の前で、このめかし屋たちと全面対決するのはさすがに避けたい。オリヴァーが部下のひとりひとりをにらみつけ、小さいそぶりで立ち去るようにうながした。

「笑いごとではありません」ベネディクトは愚かな客たちに言った。「愛する者を失った家族にとってはね。ただつましい賃金を得ようと働いていただけなのに命を落とすのは」

めかし屋たちは答えもせず、ただあきれたように目を剝いてみせた。

「継ぎ手はフランジですか？」グラントが訊ね、かがんで鋳鉄製の車輪に指を走らせた。

「ラックアンドピニオン式にする計画なのだが、そちらに変更することは可能かな？」

「そうですね。可能ですが推奨はしません。理論的には歯車によって軌道と車輪を制御できるわけですが、実際やってみると、濡れている時でさえも、滑らかな車輪と機軸だけで充分な粘着力が得られます。製造コストははるかに安く、摩耗も少ない。軌道に関するそちらの計画を見直したほうがいいかもしれません」

アメリカ人たちがちらっと目を見交わしたのがなにを意味するか、ベネディクトにはわからなかった。彼らの計画を批判することで、せっかくの機会を逸したのだろうか？

「もっとなにか……おもしろいものを見られると思っていたのになあ」ナサニエルが言う。

ベネディクトは彼を無視し、ハーカムに出された歯車列と軸重とボギー台車の骨組みに関する質問に集中しようとした。熟知していることばかりだが、当てこすりしか言わない貴族たちの前で、明確に述べようと努力すればするほどうまくいかない。「推定される十年間の維持管理経費は？」グラントがピストンを調べながら聞く。

「トレヴィシックの列車の一年当たりの経費がおおよそ百――いや、五百ポンドというのを前提にして、歯車列の摩耗が減少することを考慮すると、駆動軸も一本なので――」

「どのくらいの速度が出ますか？」ハーコムがメモ帳を取りだし、手早く数字をメモする。

「これは最初の機関車ですからね。ボストンとニューヨーク間を走るとして——」

「一時間当たりは？　数字がほしい。物語ではなく」

ベネディクトは自分の考えを整理しようとした。この宣伝のために、一週間をかけてあらゆる長所と短所、財政面、社会的利益と経済的利益、将来への展望を考え抜いた。それなのに、彼らは予想外の質問ばかりする。

「煙道はこれまで見たなかで一番小さい」

「重量ポンド毎平方インチはより高くなります。追加の圧力が追加の動力を生みだす」

グラントはうなずくとまた調査を続行した。機関車のあるゆる部分に近づき、上に乗ったり下に入りこむことまでした。そのあいだも矢継ぎ早に質問をし続け、こちらが答える時も、動きを止めなかった。

ハーコムも同じように徹底していたが、そこまで話し好きではなかった。

ふたりがベネディクトの前に立ち、両手の埃を払った時には、優に半時間は経っていた。

「さてさて、では動くのを見せてもらおうか」

ベネディクトはジェレミーにうなずいた。彼は訪問者たちをにらむと、火室の前のデッキにのぼった。くすぶっている石炭の赤い輝きがジェレミーの革のチュニックに映る。シャベル一杯分の黒い塊を炭水車からボイラーに移した。

熱が吹きだした。ジェレミーが鉄の棒で炎を掻きたてて酸素を加えると、炎が音を立てながら拡大した。

ベネディクトは息を止め、ピストンが動きだし、車輪がまわり始めるのを待った。

そして、また待った。

そろそろ動いていいはずだ。なにかは。心臓がばくばくし始めた。この一年間のすべてがこの一瞬にかかっている。アメリカ人たちに。彼らとの契約に。

ジェレミーが指示を求めるようにベネディクトのほうを見る。ベネディクトは咳払いし、身振りで石炭のほうを示した。

もう一回、シャベル一杯の石炭が火にくべられた。また熱が一気に湧きおこる。煙突から蒸気が吹きあがったが、車輪は動かない。

くそっ。

全員がまるまる三分間、気まずい雰囲気のなかで待った。ほぼ全員が無言だったが、ナサニエルと友人がなにかささやき、それがくすくす笑いになり、笑い声になった。ふたりでゆっくりと拍手をし始める。

ベネディクトは彼らをボイラーに放りこみたかった。

グラントとハーコムが顔を見合わせ、それからベネディクトのほうを向いた。「いやいや、時間を取ってくれてありがとう」ハーコムがベネディクトの腕をぽんと叩き、背を向けた。

肺からすべての息が出ていき、激しい耳鳴りに工場の騒音が掻き消された。ベネディクトはグラントの腕をつかんだ。「いや、待ってください」喉が詰まる。

グラントの憐れみの表情は優しかった。「わたしは何年もこの業界で仕事をしてきた。きみもいつかは成功するだろう。進歩とは、失敗の連続だ。失敗しなくなるまでの」

これで終わらせるわけにはいかない。すべてがきょうの、ここでの決定にかかっている。失敗した時に起こるであろうすべてが脳裏に浮かぶ。食べ物のない子どもたち、ほかで仕事を探すために夫が妻を置いていき、ばらばらになる家族。彼が育った村が空き家ばかりのゴーストタウンになる。

「あなたはわかっていない。きのうはちゃんと動いたんです」

グラントが首を振った。「きのうもきょうもあしたもちゃんと動くものがほしい。まあ数年後だな、ぜひ改良してください」彼はきっぱりうなずいてこの会話の終了を示すと、ハーコムのあとを追った。

ばか者たちもへらへら笑いながら、待っている馬車のほうに歩きだした。ブレイデンストック卿が立ちどまった。「家までの送りは心配しなくていいから、ここにいなさい。あとで迎えの馬車を寄こそう」

ベネディクトはオリヴァーのほうを向いた。彼は手押し車ほどの巨大な足で車輪を蹴飛ばしていた。

「なにが起こったのか見つけだしてくれ。彼らはあと二日滞在する」

27

ベネディクトはアメリアの部屋とのあいだの戸口に立ち、妻が香水を手首と耳の後ろにつけるのを眺めていた。その場所に鼻を押し当てて息を吸いこみたかった。アメリアの化粧台の鏡に映るろうそくの光が温かな輝きで彼女を包んでいる。

彼女が鏡のなかで彼と目を合わせた。「すてきだわ」彼の新しい夜会服を示して言う。そして手袋を引っ張り、肘の上まではめた。「見学会はどうでした？　皆さん、テッシーと恋に落ちたかしら？」

ほんの一瞬、妻には言わないでおこうかと思った。待ち受ける夜会に暗い影を落とすのは残酷だ。しかし、ナサニエルが口を閉じておけるとは思わないから、妻にはいま伝えておく必要がある。

噂がすでに広まっているのは確実だ。

ベネディクトはベッドに腰をおろし、両手に頭を落とした。「これ以上ないほどひどかった」

アメリアが振り向き、シルクの小さなくるみボタンから彼に注意を移した。

「なにが起こったの？」

「なにも」彼は失望の吐息を長々と吐いた。「なにも起こらなかったのが問題だ。機関車が動かなかった」

アメリアが身を乗りだした。信じられないというように眉間に皺を寄せる。「そんな」そして心臓が一回打ったあとに聞いた。「なぜ？」

ベネディクトはいまだ信じられない思いで頭を振った。「車両を連結している鎖が縮められ、車輪の前側にペニー硬貨が押しこまれていた」

偶然そうなるはずはない。

自分の部下のひとりがやったとは信じられなかったが、それ以外には、真夜中にだれかが忍びこんで破壊工作を行ったという可能性しかない。しかもテッシーをこれだけ効果的に停止させるには、列車がどう動くかについてある程度の知識が必要だ。

思い切りがいいアメリアの思考はすぐに解決に向けて動きだした。なぜ動かなかったかの理由はとりあえず重要ではない。

「すぐに直るものなの？　あした、もう一度アメリカ人を連れていけるかしら？」

「彼らを説得できればだな」ベネディクトは片手で髪を梳いた。「売りこみもうまくいかなかった。説明もひどいものだった。半分は忘れてしまい、あとの半分も質問の集中砲火で支離滅裂だった」

アメリアはベッドに坐った彼の隣に腰かけて、彼の額にかかった巻き毛をそっと払い、優しくキスをした。

「今夜があるわ。ふたりで両側からあの人たちを挟みこみ、朝にはあそこに行かせましょう。

わたしは説得が上手なの」

「それは知っている。きみの数ある才能のひとつだ」

妻が見せた笑みは不道徳とも言えそうな笑みだった。彼女は計画して実行する。そのどちらも非常に得意だ。最初の出会いを思えば奇妙なことだが、ベネディクトは彼女のそういう性質を称賛するようになった。

「グラントのお嬢さまがたとどんな一日を過ごしたか、聞かないのね？」彼女が言いながら、彼の脚を軽くぽんと叩くと、すぐに化粧台に戻り、ネックレスを取りあげた。「これをつけてくださいな」

彼は留め金を開き、背後から妻の首に鎖をまわした。「正直言うと、彼の娘たちのことはまったく忘れていた」

鏡のなかで、彼女が彼が見ていると思わずに、あきれ顔をするのが見えた。「もてなしという考えが、あなたに馴染まないことはわかっているけれど、少なくとも、お客さまたちがいることは覚えていてほしいわ」

「わかった。それで、グラント姉妹について、話すべきこととはなんだ？　恐るべきアメリカ人の典型で、カウボーイやインディアンの話できみをぞっとさせたとか？　それとも、慎み深すぎて、天気と刺繍の話しかしなかったとか？」

アメリアが肩をすくめた。「どちらでもないわ。むしろ、お父さまと同じように事業のことばかり考えていたわね」

「本当か？　新しい鉄道のことを話していたのか？　なんと言っていた？」グラントとハーコムは自分たちの計画について率直に話していたが、さらに情報があれば役立つかもしれない。

「事業と言っても結婚よ。鉄道でなく。グラント姉妹はこの週末に自分たちの調査を実行するつもりのようね」

ベネディクトは思わずにやりとした。「哀れなワイルドフォード」

「本当に、お気の毒なワイルドフォード」

客全員が階下におりてきて、食堂に入っていった時点で、アメリアはロンドン社交界の名士たちと、ベネディクトの事業の協力者候補を同じ空間に案内するというみずからの決断が正しかったかどうか、ふたたび自分に問いかけていた。

これを計画した時には、きわめて単純なことに思えた——アメリカ人たちは大事なつながりを獲得し、その感謝の気持ちとして、ベネディクトが望む契約書に署名するだろう。

ロンドン社交界は、アメリアの洗練された夫と磨き抜かれたこの家を見て、アメリアがもはや上流社会の一員でないと考えたのが間違いだったと気づくだろう。

そしてベネディクトは、アメリアのもてなしの能力が彼の事業にいかに有益かを認識するだろう。

だが、アメリカ人たちがどれほど粗野に振る舞うかについて、事前の予測が不充分だったことは否めない。あるいは、爵位を持つ紳士を見たとたんに、アメリカ人たちがどれほどずうずうしく近づこうとするかも、そしてまた、英国社交界の女性たちが、アメリカ人大金持ちの美しい令嬢ふたりを自分たちの男性に紹介したアメリカの責任に関してどう感じるかも、もっと考慮すべきだった。

二番目のコース料理が供された頃には、食卓の雰囲気はまるで、サメが獲物のまわりをぐるぐる泳いでいるかのようだった。まさに血が流れる寸前だ。

そしてまず最初に嚙みつき、深々と歯を食いこませたのは、なんとロンドンでアメリアが一番目をかけていた秘蔵っ子で、その成功事例でもあるレディ・ルエラだった。

「ワイルドフォード公爵さま、ここであなたにお目にかかれるとは、なんという驚きでしょう、あんな……すべてのことが……あったあとで」そして言葉を挟まないために歯を食いしばって耐えているアメリアを辛辣な表情でちらりと見やった。「お心があまり傷ついていないことを願いますわ」

食卓がしんと静まった。

ベネディクトとアメリアの結婚にまつわるできごとに関しては、この二日間、暗黙の了解でほとんど語られていない。だが、もはや、それもこれまでらしい。ルエラの顔を爪で引っかかないために、アメリアは持ちうる自制心のすべてを動員した。

息を止める。台本通りにやること。

エドワードは、彼の名誉のために言っておくと、まったく動じなかった。「この美味しいブランデーのおかげで、ぼくの心は癒されつつありますよ。真実の愛を目の当たりにして、どうして怒っていられましょうか？」彼はアメリアのほうにグラスを掲げてにっこりほほえみ、食卓のほとんど全員がそのほほえみに騙された。

「真実の愛に」食卓の両側に坐る全員がアメリアに向かってグラスをあげたが、その言葉の根底には憶測が渦巻いている。

アメリアは仕方なくこわばった笑みを浮かべ、ええ、その話は語られている通りなのよ、というふりをした。

友好的な顔を見たくて、アメリアはフィオーナの視線を探した。だが、その友は膝に視線を落とし、アメリアと目を合わせようとしなかった。彼女の乾杯は、グラスを軽く合わせただけのやる気のないものだった。おとなしくて、惨めそうな様子に見える。アメリアが隔日の午後にいつも抜けだして、一緒にお茶を楽しんだあの自立した炎のような先駆者とは正反対だ。

なにかがおかしい。アメリアはあとで問題の真相を突きとめるつもりだった。

レディ・ルエラが笑い声を立てた。非常に感じが悪く、鬱陶しい笑い方だ。エドワードに話しかけ、必要以上に身を寄せて、彼が襟元を見おろせるようにしている。

なんて哀れな姿。

その甲高い笑い声がフィオーナの注意を引いた。彼女は一瞬、自分の膝からエドワードに視線を移し、そのあとアメリアを見て、また自分の膝に目を落とした。耳が真っ赤に染まり、顎がこわばっている。光による錯覚かもしれないが、彼女の目が涙できらめいているように見えた。

夕食後だ。客のことは忘れて、今夜フィオーナと話す時間を作ろう。

もっとも新米の従者が食卓の上座からスープ皿をさげようとした時、その皿が揺らいだ。スプーンが落ち、銀器が陶磁器に当たったかちゃっという音が、部屋全体の注意を引いた。

軽蔑の笑いを漏らしたのはひとりだけではなかった。従僕は耳を真っ赤にしたが、ただスプーンを拾って立ち去るのではなく、スプーンを拾うのと奇妙なお辞儀を一度にやろうとし、持っていた皿で危うくレディ・カースタークの耳をちぎりそうになった。

その瞬間、アメリアの全身の細胞がこの場を去って引きこもりたいと願った。ロンドンのちゃんとした屋敷では、このようなことは決して起こらない。

「この愚か者が」レディ・カースタークが嫌悪もあらわに言い捨てる。

従僕はごくりと唾を飲みこんだ。顔から血の気が引く。「申しわけありません、奥さま」

彼が指示を求め、怯えきった目でアメリアのほうを見た。

アメリアは頭を傾げて戸口のほうを示した。銀器と陶磁器が当たる音がするたびに、アメリアの上流階級への復帰はさらに難しくなる。

ピーターが前に出て、食卓に残った皿を片づけた。彼の顔は石のように無表情で、唇は固く結ばれ、目も冷ややかだった。

彼の正確で完璧な動きは、どこから見ても経験を積んだ従僕だった。しかし、全身から発散する怒りが経験のなさを暴露していた。

アメリアは、当たり障りない理由をつけて、彼を今夜だけでも食堂から遠ざけておきたい気持ちにかられた。だが、そうすれば次のコースの給仕は不器用な新米だけになり、それがどういう結果になるかは考えるだに恐ろしい。ワイルドフォード公爵夫人の膝にスープをぶちまけるとか？

アメリアは客のほうを向いた。「中断してすみません。なんの話をしていましたかしら？」

「この地方でよい使用人を見つけるのは難しいと言おうとしていたんですよ」レディ・カースタークが言った。「あなたの従僕が先に、それを証明しましたがね」

「たしかにある程度の訓練は必要でしょう」アメリアはどちらの側にも立たない発言をしようと心がけた。

「世界中のあらゆる訓練をさせても、どうにもなりませんよ。まったく、うちの女中たちなんて、みんな一カ月も保たずにやめますからね」

カースターク卿が薄ら笑いを浮かべた。食卓の逆の端で、ベネディクトが喉を絞められたような声を漏らしたが、アメリアはそれを掻き消すようにすばやく言った。「次に雇った女中は続くといいですね」

そして今宵全体が台なしになる前にこの会話を終わらせようとレディ・ルエラのほうを向いた。「最近のロンドンのお話をなにか話してくださいな」

これは間違いだった。質問する客を誤った。三カ月前ならば、こんな間違いは決してしなかった。

「わたしよりあなたのほうがたくさん話がおありでしょ？　ミスター・アスタリーとどうやって出会ったのかしら？　わたしは、ロンドンの上流階級の客間で彼にお会いしたことはないし、あなたはロンドンから出たこともないのにねえ、アメリア。まさか、元婚約者を訪ねているあいだにいまのご主人に会ったわけじゃないでしょうねえ。それはいくらなんでも……スキャンダラスですもの」

ふたたび室内全体がしんと静まりかえった。隣のテーブルの客たちがさりげなくこちらに身を乗りだすのが見えた。

胸の鼓動が一気に高まり、アメリアはベネディクトを見やった。事前の打ち合わせでは、まさしく前回アメリアがアビンデイルを訪れた時に出会ったと言う計画だった。なぜもっとちゃんと考えておかなかったのだろう？

ベネディクトが話に割りこんだ。「会ったのは一年前です。ロンドンの書店で。それから文通をしていた」

レディ・ルエラが片眉を持ちあげた。「まあ、書店ですって？　レディ・アメリアが本を読むとは知らなかったわ。わたしたちの仲間内ではあり得ないことですもの」

まるで、馬にブラシをかけている厩務員に色目を使っているところを見つけたかのような言い方だった。もはやこの場を切り抜けるには白を切るしかない。

「二年前にはあり得ないことだったかもしれないけれど、テレサ・カミングスワースの最初の作品が出版されてから、よい小説を読むのがいまの流行りになっているわ。あなたも遅れないようにしないと、ルル。ここを発つ前に一冊貸してあげましょう」

レディ・ルエラは悔しそうに歯を食いしばったが、反論しようとはしなかった。アメリアはなにごとでも最初に知る。実際、この数年の流行の半分はアメリアによって創られたものだった。そして、アメリアのお気に入りだった娘の目に浮かんだ表情を見れば、アメリアがはったりを言っているかどうか確信できず、その危険に賭ける気がないことは明らかだった。

カースターク卿が咳払いをした。「小説を読むのは、軽薄な女たちの軽薄な娯楽に過ぎない。女はもっと役に立つことに集中すべきだ」

アメリアとカースターク卿のあいだには、食器や花瓶がたくさん並んだ優に三メートルはある食卓があった。卿にとっては幸運だ。

アメリアはワインをひと口すすり、卿に甘ったるい表情を向けた。「たとえばどんな？ぜひ聞かせてくださいな」

「ひとつは家政をしっかり管理することを習うことだ。使用人に適切な指示を出すよりも本を開くことを選んだ時に覚えておくべきことだろうが」

ふたりの突きとかわしに合わせて、部屋の全員が左右に首をまわしていたが、いまやすべての目がアメリアを向いていた。

穏やかに。平静を保つこと。できるだけ冷静に。

「わたしは――」

「レディ・アメリアは軽薄じゃありません」ピーターがワインの瓶を持って待機していた部屋の反対側から叫んだ。

客たちが先ほどの会話に衝撃を受けていたとしても、従僕が会話に口を出すのを聞いた衝撃とは比較にならないだろう。

「ありがとう、ピーター」アメリアは言った。「もういいわ」

しかし、少年は黙らなかった。「一生懸命働いています、ほんとです。だれよりも。舞踏会室の床だって自分で磨いたんです」

アメリアの心臓が止まった。二度と息を吹き返さないと思えた。床が突然抜けて自分を呑みこんでくれたらとアメリアは願った。

あらゆる方角からアメリアに向かって、ふんという軽蔑の笑いやくすくす笑いが飛んできて、それが熱したアイロンを当てたように肌を焦がした。

アメリアは全身の肌がばりばりにひび割れたように感じながらも、膝の上のナプキンを握り締め、にっこりほほえんでみせた。「さがりなさい、ピーター」

「でも――」

「出ていきなさい、わたしがあなたを雇うことを考え直す前に」

ピーターが身をこわばらせた。

アメリアは一瞬、彼が反論し、客の前で、彼女をさらに笑いものにするようなことをなにか言うかと思った。しかし、彼はぱんとかかとを合わせて気をつけをすると、部屋の反対側にある使用人の出入り口に向かって大股で歩きだした。

「もう少し質のいい従僕が必要だわね」ルエラが言う。

「使用人に知性を求めることはできないわ」

その言葉が口から出た瞬間に、アメリアは後悔した。ばたんと閉められた扉が、ピーターも彼女の言葉を聞いたことを示唆していただけでなく、フィオーナが失望した表情でアメリアを見たからだった。

いいえ、後悔したのは、それが数カ月前ならば平気で言っていた残酷な言葉であり、いまはそれが事実でないと知っていたからだ。そして、彼女自身も、もっといい人間になっていたから。

羞恥心に呑みこまれそうになった。瞬きして、あふれる前に涙を押し戻し、助けを求めてベネディクトを見やった。

見つめ返した彼の顔には、紛れもない嫌悪の表情が浮かんでいた。

28

使用人に知性を求めることはできないわ。

ベネディクトが愚かにも人生を築いていると考えていたのは砂の土台だった。幸せで満足しているように見えた妻が、友人たちの元に戻り、土台が粉々に崩れるのにたった二日しかかからなかった。

いまのアメリアは、何カ月も昼夜一緒に過ごしてきた女性ではない。勤労者と人生をともにすることに屈辱を感じる特権階級の貴族だ。ベネディクトの心のまわりに鉄の壁ができ始めた。

グラスのクラレット酒をひと息で飲み干し、手を振っておかわりをつぐように指示をする。今夜をできるだけ楽に過ごすための手段だ。

ベネディクトの最大関心事であるグラントは、脚蹴り自転車のことをしゃべっていた。

「……カール・ドライス型よりもずっと魅力的なんですよ。もともとあの揺り木馬《ホビーホース》は好きじゃなくてね。あれよりも、タイヤが大きくて効果的な動きをするんです」

アメリアがワイルドフォードのほうを振り返り、いつもの熟練の笑みを浮かべてうなずいた。魅力的だが、心で考えていることをすべて隠した笑みだ。ベネディクトはその笑みが嫌いだった。笑ったり怒ったり、退屈したり、彼が恋に落ちた妻がそのまま現れる表情のほうがずっといい。

「……そう思いませんか？」

ベネディクトはグラントに視線を戻した。「たしかにそうですね」自分がいまなにに同意したのか、まったくわからなかったが、翌日にアメリカ人たちを工場にもう一度連れていくためなら、なんでも同意する。

自分が必要としている方向に話題を変えようと、ベネディクトはグラントに意識を集中した。「ジョンソンの自転車とぼくたちが次に造る蒸気機関車はよく似ています。わずかな改良で、効率性が画期的に向上するという点で」

グラントはフォークで料理をいじり、ベネディクトと目を合わせようとしない。「もちろん、そうでしょうな」気まずそうな声で言い、その晩何度目かわからないが、また話題を変えた。「ワイルドフォード公爵のことを教えてくださいよ。彼は良識ある人のようだ。いくらか堅苦しいが、英国人はみんなそうだ」

機関車に関する話題にグラントを引きこめないせいで、ベネディクトは追い詰められ、重圧に屈しそうだった。刻々と過ぎる時とともに、契約も工場も、そして彼の保護下にいる人々の安全も失われていく。

「ワイルドフォードは信頼できる人物ですよ」

「いまの状況は？　あんたの奥さんのことは吹っ切れたんですかね？」グラントが昼間に仕事の交渉をしていた時と同じ計算高い表情で訊ねる。

「さあ、知りません。それについては話をしていないので」ベネディクトはグラスの酒を飲み干すと、また手振りでお代わりを頼んだ。グラントもひと晩じゅう工場の話題を避け続けることはできないだろう。

「公爵が妻に求めるものを知りたいんですよ。うちの娘たちはぴったりだと思うでしょう？」

「それはアメリアです。彼はアメリアのような女性を探している」

彼女は完璧な公爵夫人だった。生まれてからずっと、ワイルドフォードの妻になる準備をしてきた。それを数カ月で変えられると思った自分がばかだった。

「ふーむ」グラントは顎ひげを指でしごいた。本来ここに来た目的よりも、ワイルドフォードの配偶者の有無に関心があるらしい。

「問題はもう解決しました。テッシーはこれまでと同じようによく走る。誤解があったんです――チームのなかで間違った伝達があった」

グラントがため息をつき、坐り直してベネディクトのほうを向いた。「お若いの、あんたの粘り強さはすごいと思いますよ。人生の旅路では、評価を高める武器になるでしょう。事業は無情な勝負だ。時には頑固さが必要なこともある。しかし、本物の実業家は引き際を心得ている。数年後にもう一度連絡してください」

そう言うと、グラントは反対を向いて、アメリアの友人たちと話し始めた。

ベネディクトはグラスを持った手をぎゅっと握り締めた。夕食の時にこれ以上ごり押しすればは騒ぎになりかねないし、騒いだからといって、アメリカ人との状況改善には役立たない。ベネディクトはアメリアを見やった。ブレイデンストックの若いめかし屋と話しこんでいる。本領を発揮している妻を見るだけでベネディクトは胸が苦しくなった。

自分はまた失敗した。母で失敗し、事業で失敗し、村人たちを救えず、今度は妻だ。

使用人の階段の下に立ち、アメリアは深呼吸をした。ここに入っていかないためなら、何でも差しだしただろう。いま階上でなにか起これば、この扉を通ってなかに入らない言いわけになる。

しかし、緊急事態は起こらないし、言いわけも通用しない。

もう一回深呼吸する。脚が鉛のように重たい。

アメリアが入っていき、使用人たちが立ちあがった時の椅子のきしみ音と、食器にフォークを置いた音は、すぐにぎこちない沈黙に入れ替わった。

アメリアのほうを見ようとしないのは、ひとりだけではなかった。それ以外の残りの者たちも、軽蔑と失望と疑念の表情を浮かべていた。当然だろう。

階上で退屈な会話をしながら、頭のなかで幾度となく練習した。だが、どんな言い方をしても充分とは思えなかった。

「謝りに来たの――とくにあなたに、ピーター――」

彼はアメリアの視線を受けとめた。あきらかに傷ついているが、ありがたいことに、アメリアの言うことに耳を貸すつもりのようだ。

「——そして、ほかのみんなにも」

何人かの顔は多少和らいだが、それは、アメリアにこの先を言う自信を与えてくれるほど充分ではなかった。

「とても心ない失礼なことを言いました。ひどい言葉を口にしたことを心から恥じているし、申しわけなく思っています。あなたはわたしをかばってくれたのに、その忠誠心と親切に、残酷な言葉で報いた。その償いをする機会をあなたが与えてくれることを願っています」

さあ、なんとか全部言い終えた。

のしかかっていた重みが幾分減ったように感じた。もちろん全部ではない。この恥ずかしい思いは、これから長いあいだ消えないだろう。でも、少なくとも与えた傷を修復する出発点には立てた。

「謝ってくれてありがとうございます、奥さま」ピーターが言った。「でも、あなたの友人がいい人たちとは思えません」

「わたしも同じように思い始めているわ」アメリアは言った。その友人たちみんなの訪問をあれほど願っていたのに、現実は思い描いていたものとかけ離れていた。

あしたはもっと楽だろう。計画では、一日室内でゲームをして過ごすことになっている。それならば、悪くなりようがないでしょう？　狩猟はその次の日の予定だ。客たちが互いを撃ち合わなければ、ふさわしい理由でタイムズ紙に掲載されるような結果でこの滞在を締めくくることができるだろう。

かちゃん。陶磁器が割れる高い音が聞こえ、アメリアは慌てて振り向いた。ベネディクトが床に坐りこみ、片腕でほとんど空の瓶を抱き、もう一方の手をズボンで拭っている。「ちくしょう」彼がつぶやいた。

「ここでなにをしているの？」アメリアは思わず訊ねた。

「ウイスキーが切れた」手に持った瓶を振った。「取りにきた」

夕食後に彼がどこに姿を消したのかがこれでわかった。アメリアはきっと唇を結び、一回深呼吸をした。いま使用人全員の前で議論をするか、彼の皮を剝ぐかのどちらかだ。

「通常、夕食のあとはお客さまと一緒に歓談することが期待されているわ。それぞれ勝手にするように放っておくのではなく」背後で、使用人たちが忍び笑いをする。

アメリアは腕組みして彼をにらんだ。「喜んでくれると思うけれど、あなたが礼儀を欠いた態度にもかかわらず、ミスター・グラントとミスター・ハーコムに、あしたもう一度工場を訪問していただくよう説得できましたから」

それを聞いたとたんに彼は身を起こしたが、そのせいでバランスを崩してよろめいた。

「ですから、ふたたび機会を台なしにしたくなければ、お酒をここに残して、すぐに寝室に引きとったほうがよろしいわ」

29

酒浸りの一夜による二日酔いで、喜びあふれる一日になるはずの日は苦痛の一日となった。シュッシュッと音を立てながら工場に戻ってきたテッシーの甲高い汽笛の音に、ベネディクトは頭がふたつに割れるかと思った。興奮したオリヴァーに背中を叩かれ、胃の中身をあやうく全部戻しそうになった。

しかし、彼のそんな状態と関係なく、テッシーはやるべきことをやった。ふたりのアメリカ人は実演を終えたテッシーの隅々まで観察し、トレヴィシックの既存の型と異なる設計特性について矢継ぎ早に質問した。そのあと、二階の事務所に移動し、すべての実験や検査、原価計算、設計の背景となる考察の記録を熟読した。特許権に関する書簡の閲覧を求め、充実した四時間を過ごしたのち、彼らはベネディクトに向かい、契約を提示した。

ひとつ、アメリカに持ち帰る。

ひとつ、三台の機関車を建造するライセンスを購入するが、部品はアメリカで生産し、ベネディクトはそれを監督する。

今晩じゅうに決定するという確約をベネディクトに取りつけると、グラントとハーコムは馬車に乗って帰っていった。ベネディクトは、工場でまだやることがあると言いわけをしてあとに残ったが、実際は、彼らの提案を考えるために歩いて帰る必要があった。

夜の大気のなかでため息をつくと、霧の雲で視界がぼやけた。ライセンスの料金は予想よりよかった。それがあれば、フィオーナの発明の試作品製作に工場の総力を向けられる。予期していた仕事ではないが、村人たちは仕事を続けられるだろう。それに、投資の多様化は戦略として正しい。

彼自身も、やろうとしていたことを実現できる。すなわち、アビンデイルに充分な産業をもたらし、人々が望めば、貴族の善意に頼らずに生きられるようになる。

だが、それには相当な犠牲が必要だ。

自分はアメリカ人の提案を真剣に検討している。そう気づいた瞬間、ベネディクトの胃の真ん中で恐怖と罪悪感と悲痛な思いが渦巻き、激しい吐き気がした。

もしかしたら、アメリアはアメリカ大陸への移住を歓迎するかもしれない。自分たちが必要としている再出発になるかもしれない。ベネディクトは、伝統を持たない国で暮らす完璧なレディ・アメリアの姿を思い描こうとした。あの国では、富は血統の良さを示さないし、アイルランド人の労働者でも、家柄のよい貴族と同じように影響力を持てる。

そんなことを妻に頼めるだろうか。

ベネディクトは使用人の出入り口の横の壁にブーツを蹴りつけ、底にこびりついた泥をできるだけ取った。台所は温かくて忙しそうだった。ミセス・ダガンが、まわりの助手たちへの指示を矢継ぎ早に出しながら、通り過ぎる彼に向かってうなずいた。

家の後ろ側の階段をのぼった。彼女に会う必要がある。いますぐに妻をこの目で見て、この手で触れたかった。客が到着して以来、頬にすばやくキスする以上の触れ合いはまったくなかった。

妻を見つけた時、彼女はピアノの前に坐り、友人たちに囲まれて歌を歌っていた。とても美しかった。ほほえんでいた。そして幸せそうだった。

彼女をアメリカに連れていくことなど、どうして考えられようか。妻はようやく社交界に戻る方法を見つけた。

ナサニエルが加わって一緒に歌っている。彼の声は滑らかで美しかった。その華奢な体のすべての動きが上品だった。彼の見かけは完璧だ。

ベネディクトは泥がこびりついたブーツと、伸びた草のなかを歩いたせいでびしょ濡れになった上着の裾を見おろした。アメリアはいま、いるべきところにいるかもしれないが、彼自身は絶対にそこに適応できない。

音楽が終わりそうなことに気づき、ベネディクトは急いで戸口から離れた。無感覚になった体の重みに押しつぶされそうだった。彼女の歌声が消え、同時にベネディクトの希望の火花も死に絶えた。

自分がなにをするべきか、彼はわかっていた。

「やあ、おちびちゃん」ベネディクトはカサンドラの部屋の扉を開けて声をかけた。カサンドラはベッドに坐ってヘッドボードにもたれ、抱えこんだ膝の上に、いつものように本を載せていた。

寝支度で編んだ太い三つ編みが肩にかかっている。デイジーが完璧に巻いたわざとらしい巻き毛よりも、いまのほうが、ベネディクトは好きだった。あっさりした三つ編みは、この娘がいまだに自分が育ててきた少女であることを思いださせてくれる。

「ベン！」カサンドラが本を脇に置き、自分のそばの毛布を叩いた。「来てくれて嬉しい」

ベネディクトは部屋を横切り、ベッドの端に腰をおろして妹を抱き寄せた。「きょうは会いに来なくて悪かった、おちびちゃん。忙しかったんだ」

カサンドラが彼に擦り寄った。無条件でなんのためらいもなく彼を愛してくれる唯一の存在だ。

「ええ」カサンドラがうなずいた。「アメリカ人たちと仕事をしているとアメリアから聞いたわ」声がいつもより鼻にかかり、とくにアメリカ人たちと言う時にかすかに震えたのに気づき、ベネディクトは非常に魅力的《デザイラブル》な妻の、あまり望ましい《デザイラブル》と言えない面が妹に受け継がれたのかと心配になった。

「うまくいったと思う。きょうのテッシーはすばらしかった」

だれがなんのために連結の鎖を縮めたのかはわからなかったが、アメリカ人たちは、新米労働者が指示を勘違いしたというベネディクトの話を信じた。

ベネディクトがその気になれば、契約書はすぐにでも署名される。

永久に行ってしまうわけではない。せいぜい二年だろう。アメリアが、完璧な紳士になれない夫から解放されて、ロンドンで地位を確立するには充分だ。

願わくは、その二年が、すでに感じている苦しい思いを和らげるに充分でありますように。なぜなら、妻が早晩《そうばん》去っていくことは確実だからだ。この数日がそれを証明している。

この家は、アメリアが来る前のようには二度とならないだろう。妻が去ったあとに自分がここで暮らせるとは思えない。彼女の思い出があまりに多すぎる。

だから、アメリカに行く。

「冒険に出かけるというのはどうかな？」カサンドラに訊ねた。

「まあ、ロンドンへ？　ロクスバロ卿が街屋敷を売却する予定だから、それを購入したいとアメリアが言っていたわ」

その言葉を聞くのはつらかった。ここを去ってロンドンに移る話を、アメリアがすでにしているのなら、なおさら自分の決断は正しいと言える。「ぼくが考えているのは、もう少し遠くだ。たぶんボストン」

カサンドラが鼻の上と眉間に皺を寄せた。「アメリアが嫌がると思うわ。アメリカはお金はあるけれど、洗練されていない人たちがたくさんいるところだと言っていたもの」

まさに彼女らしい指摘だ。

「アメリアのことは考えないほうがいい、おちびちゃん。ここにずっといることはないと思う。彼女のいるべき場所に戻してやることが必要なんだ」

カサンドラが身を離した。「でも、アメリアはわたしたちの家族よ。ここがいるべき場所だわ」

ベネディクトは妹の頭に顎を乗せて強く抱き締めた。

カサンドラの言葉が真実であってほしかったが、この数日を考えれば、アビンデイルがアメリアの幸せになれる場所だと自分を納得させることはできない。

「そうとは思えない、カサンドラ。アメリアがいなくても、ぼくたちはアメリカでなんとかやっていけるだろう」

強打をくらったような衝撃だった。カサンドラの部屋の外の廊下で壁にぐったりもたれ、アメリアは息をしようともがいた。

やっと場所を見つけたと思っていた。そして、その人を。真に愛してくれる人がひとりもいない人生を送ってきて、ようやく家族を見つけた。

でも、その家族は同じように感じていなかった。だから、アメリアをここに残し、去ってしまう計画を立てている。

しばらくは動けず、息もできなかった。ようやく動けるようになると、アメリアはカサンドラのデザートを載せた盆を静かにそこに置き、そして立ち去った。

袖からハンカチを出して涙のあとを拭う。十分後には下におりていかねばならない。その十分で顔に笑みを貼りつけ、ふたたび完璧な女主人役になる。自分が立っていた世界は粉々に砕けてしまったけれど。

30

食事とデザートが供されているあいだ、アメリアは顔から笑みを絶やさなかった。カースターク夫妻が招待されていないのにふたたび現れた時でさえも。ピーターが給仕をした時に、レディ・ワイルドフォード公爵夫人が陰険な言葉を投げた時も。ミスター・グラントがボストンについて熱心に説明し、アメリアが好きになるだろうと断言した時も。

でも、心のなかは張り裂けそうだった。

きょうは完璧な日だった。レディ・ルエラはずっと自分の部屋にいたし、ナサニエル・ブレイデンストックはずっとビリヤード室にいた。そのふたりの皮肉たっぷりの言動が影響しなければ、なにも起こらなかったかのように友人たちと旧交を温められる。

そこで話される内容はフィオーナとの会話に比べればたしかに無意味だけれど、女性のだれもが科学者になれるわけではない。

自分はやろうと思っていたすべてをなんとか成し遂げた。ハウスパーティは成功した。友人たちには、仲間内への帰還を歓迎され、ベネディクトの仕事を救う一助にもなれた。

それにもかかわらず、自分は充分ではなかった。彼が一緒に連れていく存在にはなれなかった。

それが死ぬほどつらかったのは、理屈ではなく、彼がアメリアにとって充分だったからだ。

彼を愛している。なぜ、そう伝えなかったのだろう？

いまベネディクトはピアノのそばに立ち、ピアノを弾いているミス・アップルビーのために譜面をめくっていた。もてなすのは苦手でも、彼が毎晩、部屋の隅に張りついているデビュタントたちにちゃんと気を遣っているのをアメリアは見のがさなかった。

彼は優しい人だ。率直に言って、アメリアにはもったいないほど優しい。

真っ黒と白の夜会服を着て、髪も完璧な形に整えた彼の姿はまさに後継者にふさわしかった。その時が来れば、彼はすばらしい伯爵になるだろう。小作人たちを大事にして、彼らの健康と安全を第一に考え、彼らの権利を守るために貴族院で議論をする。

最新流行の派手な服を着て、優雅に振る舞う高位の貴族でいっぱいの部屋にいても、ベネディクトはその全員を超越した存在だ。

自分が彼をいかに見くだしていたかを思いだし、アメリアは心から恥ずかしくなった。

演奏が終わると、彼はピアノから顔をあげた。ふたりの視線がぶつかる。そのまなざしで、アメリアは自尊心に邪魔されて直接言えなかったすべてを伝えようとした。

愛しているわ。行かないで、お願い。

彼の表情もまったく同じことを言っているとアメリアは信じた。彼がなにか言うかのように口を開き、一歩こちらに踏みだすのを見て、アメリアの鼓動は一気に高まった。でも、そこで彼はなにかに気を取られたらしい。ちらりと横を見た瞬間にふたりのつながりは消滅した。

それとともに、アメリアの希望も消えた。

彼がなにに気を取られたのか見ようとアメリアは戸口に目をやった。グリーンヒルが入ってきている。ベネディクトを目ざして歩いていく動きから緊急性がうかがわれた。目だたないように部屋の端をまわらず、客のあいだを抜けてまっすぐピアノまで歩いていき、ベネディクトの耳になにかささやいた。

ベネディクトが青ざめた。なにかまずいことが起きたらしい。

アメリアがふたりを追って玄関広間に出ると、そこにフィオーナが立ち、せっかちにスカートを指で叩いていた。髪が風で乱れている様子は、ここまで全速力で馬を駆ってきたようだ。顔がこわばり、まるで、きつく巻いたバネがいまにもはじける寸前のように見える。

「なにがあったの？」アメリアは訊ねた。

フィオーナがごくりと唾を飲んだ。両手でスカートをよじる。「村で騒ぎがあったの。チャールズ・タッカーがみんなを怒らせて」

「くそっ、くそっ、くそっ」ベネディクトが顎をこすった。

「よくわからないわ」アメリアは言った。「騒ぎがあったってどういうこと？」

フィオーナが唇を噛んだ。「あなたたちがカースターク夫妻をまた招待したと、タッカーがみんなに言ったのよ。みんなが抗議のためにここまで押しかけるようとしているわ」

アメリアはうなじの毛が逆立つのを感じた。ベネディクトの手を取り、手の甲が白くなるほど握り締める。

「この家に？　わたしたちの家に？」声がうわずるのを抑えられなかった。

「たいまつに火をともし、熊手を持ってやってくるところよ」その言葉の重大さのせいか、フィオーナの声も震えている。「ここの人たち全員を逃がす必要があると思うわ」

ベネディクトはクラヴァットを引っぱった。「全員を待避させることはできないだろう。村人たちの怒りがこちらに向いているならば、途中で出くわすほうがもっと危険だ。ぼくが行く。言い聞かせて道理を分からせる」

アメリアは胃が苦しくなった。アメリアの客たちが道で出くわして危険ならば、ベネディクトがその騒ぎのなかにまっすぐ入っていくのは、もっと危険だろう。

アメリアは彼の襟をつかんだ。「そんなことだめよ」首を絞められたような声になったが、そんなの気にしていられない。これは家族の問題だ。自分は家族の意味をようやく理解した。成り行きに任せてその家族を失うことなどできない。

ベネディクトが両手でアメリアの顔をそっと包んだ。たこだらけのごつごつした手を感じると、全身に切望の震えが走った。満たされた末永い人生への切望。怒った男たちのせいで、それを断ち切られてはならない。

「行くしかない」彼はささやき、アメリアを抱き寄せて額に優しくキスをした。

「では、わたしも一緒に行きます」アメリアは袖をまくりあげた。わたしはレディ・アメリア・アスタリー。どんな状況でもなんとか対処できる。

彼が両手でアメリアの両手を取って軽く叩いた。「絶対にだめだ。ここにいてくれ。カサンドラを守ってほしい」その口調は切羽詰まり、目には恐怖が浮かんでいたが、彼はアメリアを押しのけたりしなかった。むしろ、彼にとって一番大切な人の安全をアメリアに託した。

アメリアはうなずいた。直感はいまだ反発していたが、理性で考えれば彼は正しい。なによりもカサンドラを一番に考えるべきだ。

アメリアはつま先で立ち、彼の唇にそっと唇を触れた。「彼女のことは任せて。気をつけてね」最後の言葉がまた変な声になったが、自制心はまだ失っていない。

ベネディクトが、そばに立って指示を待っていたグリーンヒルのほうを向いた。会話を聞いて、すでに事態は把握している。皺だらけの顔は厳しい表情を浮かべていたが、気をつけの姿勢が必要なことはなんでもやる覚悟を示していた。

「ワイルドフォードを探してくれ」ベネディクトは言った。「ほかの人たちには聞かれないように、彼だけになにが起きたかを伝えるんだ。厩舎で彼と会う」

「かしこまりました、旦那さま」

ベネディクトはフィオーナのほうを向き、両手を彼女の両肩に置いた。「きみもここに残ってほしい」

フィオーナが首を振った。「扇動者のなかに父がいるわ。あなたには説得できなくても、わたしならできるかもしれない」

彼はためらった。女性を危険に晒すのは、彼の人となりすべてにもとる行為だ。しかし同時に彼が現実主義者でもあることをアメリアは知っていた。彼がうなずいた。「では行こう」

ベネディクトがアメリアをじっと見つめた。互いに言えていないことが詰まった重たいまなざしだった。それから、大股で戸口から出ていった。

ベネディクトが村の広場に着いた時、アビンデイルのほぼ全部の男たちと何人かの少年はすでに酔っ払っていた。たき火が炊かれ、男たちは周囲に置いた丸太や木箱や、間に合わせのベンチに腰をおろしていた。

炎がごうごうとうなり、ぱちぱちはじける音に消されないように、だれもが大声で怒鳴ったり、罵ったりしている。男たちはすでにふらついていた。冗談で喧嘩をしている者もいる。ほかの男たちは大鎌や熊手や、武器になりそうな日々の仕事道具にもたれている。

タッカー――あのろくでなし野郎――が即席の演台を作り、目の前の聴衆に向かって叫んでいる。アラステア・マクタヴィッシュが群衆のあいだを縫ってやってきて、男たちに革命家の話を聞くように声をかけている。

「まあ、大変」フィオーナがあえいだ。「さっき見た時はこの半分もひどくなかったのに」

「なんということだ」ワイルドフォードが言った。そしてフィオーナのほうを向き、両腕で乱暴に彼女をつかんだ。「きみは家に帰れ。鍵をかけて外に出るな」

「でも、父が――」フィオーナはワイルドフォードの向こう側を見ようともがいたが、彼はつかんだ手をゆるめなかった。知り合って何年にもなるが、これほど恐怖にかられたワイルドフォードの表情をベネディクトは見たことがなかった。

ワイルドフォードがフィオーナを揺さぶる。その激しさは、彼に注意を向けさせるには充分だった。「きみの父上は子どもじゃない。しかも、このいまいましい騒ぎを起こした張本人だ。自分の家に戻るんだ。さもないと、肩にかついで連れていくぞ」

フィオーナは拒否しようとしていた。彼女はアメリアと同じくらい頑固だ。だからこそ、ふたりは親友になった。

ベネディクトはふたりのあいだに割って入り、フィオーナを引き戻した。「彼が正しい」冷静に言う。「肩にかつぐ部分はともかく。この場所は安全ではない。酔っ払いがきみを危険に陥れないかどうか心配しながらこの騒動に介入するのは、ぼくたちにとっても安全ではない」

フィオーナは唇をきっと結んだが、言い返しはしなかった。ワイルドフォードは彼女を馬まで連れていき、なにか真剣な口調で話していた。そして彼女の両手を取って唇まで持っていき、キスをしてから馬に乗るのを手伝った。

なんてこった。何年も彼女を傷つけてきて、まだ充分じゃないのか？

オリヴァーがベネディクトに近寄り、低い声で言った。ウイスキーの匂いはするが、足どりはしっかりして、目も濁っていない。

「年かさの者たちと話して、何人かは家に戻るように説得した。若者も、まだ母親をひどく恐がっているやつらは帰った」

それはいい知らせだ。オリヴァーは常に頼りになる。

「きみはどう思う？」ベネディクトは押し合いへし合いしている群衆を見守りながら言った。

「おれたちが鎮められなければ、みんな屋敷に向かって行進するだろう。道中で三十人くらいは道理を説いて引き離せるだろうが、それでもまだ騒ぎを起こすには充分な数が残る」

ベネディクトは悪態をついた。「騎兵隊はすでに呼びに行かせたが」ワイルドフォードも加わったところで言う。「だが、到着は早くて二時間後だろう」

オリヴァーが顔をしかめ、頭を振った。「言っておくが、それだけの時間の余裕はない」

くそっ。これは大惨事になる。不安が全身を駆けめぐり、知覚が研ぎ澄まされた。鳥肌が立ち、動悸が激しくなる。

ワイルドフォードが背筋を伸ばした。ふたりでボクシングのリングにあがり、軽く打ち合いをしていた時のように、脚と腕を振る。「では、ぼくたちだけでやるしかないな」

三人並んで、集まった男たちに向かって歩きだした。その力強い姿が人目を引いたことは間違いない。三人ともたいていの男たちより背が高く、体格も堂々としていて、しかも力を行使することに慣れている。この背格好を生かして優位に立てるはずだ。

多くの男たちがしゃべるのをやめて、三人が近づくのを見やり、用心するように顔を見合わせた。三人が一歩近づくごとに、深刻な事態になりかねないと気づいた少数の男たちが少しずつ暴徒から離れる。

「タッカー！」ベネディクトは怒鳴った。「これはどういうことだ？」演壇のすぐ前で、群衆からはやりとりが見られない位置に立つ。

タッカーが振り返り、せせら笑いながらベネディクトとワイルドフォードを身振りで示して、群衆に呼びかけた。「見てくれ、迫害者たちが、あんたたちから権利を剝奪しにやってきた」群衆におもねる卑劣な言い方だ。彼がベネディクトのほうを向いた。「同じ考えの者たちが集まるのを禁じる法律はない」

「集まるのを禁じる法律はない。それがただ集まるだけならば」ベネディクトはこのろくでなしをばらばらに引き裂かないため、胸の前で腕組みをした。なぜここまでひどいことになった？　一緒に育ってきた者たちが、彼に対して抗議運動をするのか？

ベネディクトは顎のこわばりをゆるめた。みんなの前でタッカーを打ちのめしても事態改善の役には立たない。冷静な働きかけが必要だ。息を吸って気持ちを集中させた。「なにが問題かを言ってくれ。解決できると思う」アメリアとカサンドラに、彼らの家に、この群衆を近づけないためならばなんでもする。

アラステアが演壇にあがってきて、タッカーと並んだ。彼のよく通る声が群衆に響き渡った。「あの貴族たちとつき合わずに、おれたちと働き、おれたちと酒を飲んでいるなら、あんたも仲間だがな」

ベネディクトは唾を飲みこみ、落ち着いた声を保とうとした。「ぼくは仕事をしている、アラステア。それだけだ。この村が必要としている仕事だ、それはきみもわかっているはずだ」

「仕事をする……カースタークたちとか？　あいつらはおれたちの家族、あんたの友人たちから家を取りあげ、路上生活をさせる。それなのに、そいつと仕事をするのか？」

「違う」ベネディクトの口調は意図したよりも強くなった。「彼らとではない。カースタークとは決して仕事などしない」

「だが、あいつらはあんたの家にいるんだろう？」タッカーが訊ねる。「あんたの食事を食べて、あんたのワインを飲み、あんたの使用人たちにかしずかれている。仕事じゃないなら、なぜあいつらがそこにいる？」

ベネディクトは片手で顔をさすった。「複雑なんだ」

タッカーが群衆のほうを向いた。「複雑だそうだ。複雑すぎて、おれたちのような単純な庶民には理解できないと」

群衆が悪態をつき、怒りに満ちた目をベネディクトに向ける。これこそ、タッカーが多くの暴動を扇動できる理由だった。この男には言葉を巧みに操る才能がある。聴衆を動揺させ、男たちの怒りを掻きたてる才能だ。

「こいつを見ろ」革命家が言う。「しゃれた服を着ているじゃないか。ボタンは月長石でできているんじゃないか？　それとも、友人だったはずの男たちの希望と夢でできているのか？　おれたちの一員でない男をどうして信じられようか？」

みぞおちに強打をくらったような感覚だった。自分はここにいる人々と一緒に育った。彼らと仕事をしてきた。彼らと酒を飲んできた。祝い事も、弔事も。すべて彼らと。

彼は彼らの一部であり、彼らは自分の一部だ。

とは言うものの、見おろせば、自分が着ているのはアメリアが選んだ衣装だ。一カ月前には決して着なかった服。今夜はなにも考えずに着用した服装。

愚かな自分。

ワイルドフォードが我慢できなくなったらしく、演壇にあがり、彼の存在によって男たちを静かにできるかのように両手を広げた。少なくとも、彼は分別を働かせて上着と胴着を脱いでいる。クラヴァットもほどけて首のまわりに垂れさがり、もともとは純白のシャツも泥で汚れている。近づきやすい雰囲気にしようと努力したらしい。

だが、群衆はその姿を信じていなかった。だれかわからない手が投げた瓶が飛んできて、彼の耳をちょんぎりそうになった。ほかの瓶もすぐに続いた。

ワイルドは見るからにショックを受けたようだった。彼は後継ぎとして育てられ、そして公爵になった。彼に異を唱える者はほとんどいない。彼にゴミを投げつける者はひとりもいない。

くそっ。群衆はいまにも彼をばらばらにしそうだ。ベネディクトも急いで演壇にあがって彼の横に立ち、頭に向かって飛んできた瓶を払いのけた。

「ブランドン・スチュワート、まだいっぱい入っているじゃないか。上等なエールを無駄にするな。まず空にしろ」ちょっとしたユーモアによって和解できないかと期待する。ふたりの男が笑ったが、敵意に満ちた雰囲気に影響を与えるほどではなかった。

ベネディクトは群衆の端に立っている農夫のひとりを指さした。にやにやしているが、しっかり立ち、群衆のほかの男たちほど酔っていないように見える。「クレイトン、教えてくれ。これはなんのためだ？」

農夫はポケットに両手を突っこみ、ぐっと胸を張った。「大きい屋敷に住んで、うまいめしを食べながら、土地を耕して金を作ってやってる者たちのことはまったく考えないやつらに抗議するためだ」

群衆から同意のつぶやきが湧き起こる。拍手をする者もいた。

農夫が言葉を継いだ。「三カ月後に仕事も家もなくなることについてだ。金持ちは金の山の上に坐って、なにも気にしちゃいない」

クレイトンの言葉がさらなる怒りの波をあおり、群衆のつぶやきは怒声になった。

「きみたちは家を持てる」ワイルドフォードが聞こえるように声を張りあげてみんなに呼びかける。「カースタークと話し合い、彼が同意した。村に代わりの家を建てるまで、彼の……改革……を待つことに」

地元の養豚家が叫んだ。その目はうつろで、声をあげながらも体がふらついている。「小さなレンガのしょうもない小屋のために、土地を諦めろってか？　地獄に落ちろ」

その言葉は群衆が地面を踏み、手を叩く音に迎えられた。全員がいっせいに叩くリズミカルな音が、ベネディクトたちの立っている間に合わせの演壇を揺るがした。

雰囲気が悪化するのを感じ、ベネディクトの胸が万力につかまれたように締めつけられた。

みるみる手に負えない状況になりつつある。カサンドラとアメリアに危険が迫る前に、なんとか人々を鎮める必要がある。

「どうするつもりなんだ？」ベネディクトは喧噪に向かって叫んだ。「力で土地を奪い返すのか？　すぐに軍隊がやってくるぞ」

すぐにやってこないことをベネディクトは知っていた。軍は何時間もかかる場所にいる。しかも、このような敵意むき出しの群衆のもとにやってくれば、結果は血にまみれたものになる。

「軍なんかくそ食らえ！」それが答えだった。

「おれたちは一歩も引かないぞ」

「一歩も引かない？」ワイルドフォードが叫ぶ。「マンチェスターでなにが起こったか、みんな聞いているはずだ。四カ月前、セント・ピーターズ・フィールドが血で真っ赤に染まった。十五人が亡くなり、七百人が負傷した。なんのためにだ？　一歩も引かなかったからだ」

ピータールーの虐殺は新聞の見出しを何週間も独占していたが、労働者たちと議会のあいだの緊張緩和にはなんの役にも立たなかった。その大虐殺で、なんの意味もなく、大勢の女性や子どもまで命を落とした。

アビンデイルが次のピータールーになってはならない。

タッカーがみんなの前に歩み出た。「おれたちは労働者階級の解放の話をしているんだ。

圧制のくびきをはずすんだ。これはきょうだけのことじゃない。ここに集まった者たちだけのことじゃない。国じゅうの人々の話だ。世の中を変えるために、時には犠牲も必要だ。そうだろう？」

タッカーがこぶしを突きあげる動作に合わせて人々がたいまつを掲げると、最悪な事態を暗示するような炎の海が広がった。

ベネディクトはこれ以上我慢できなかった。

タッカーのシャツの前をつかみ、このアイルランド人を、つま先が地面のすれすれになるまで持ちあげる。「あんたは犠牲のことを言ったな、この役立たずのろくでなし。団結の話をした。だが、ペントルッチ蜂起やスパフィールズ暴動や、リトルフィールド街の時はどこにいた？　美辞麗句でみんなをあおったあげく、騎兵隊がやってきて、逮捕が始まれば、姿を消すんだろう」

ベネディクトはこの男を憎んだ。この男がベネディクトの村にやったことを憎んだ。そもそもこの男の滞在を許すほど愚かだった自分を憎んだ。

宙にぶらさげられているにもかかわらず、タッカーは今宵を勝利するトランプの切り札を持っているかのように、にやにや笑った。

その時点で、群衆はふたりのやりとりを聞こうと、不気味なほど静まりかえっていた。聞こえるのは、たき火がぱちぱちはぜる音だけだ。

タッカーは唾を吐き、その唾がベネディクトの横顔を伝った。「そっちこそ、自分の信念に背を向けて、レディを妻にし、爵位も得て、彼の味方をした全員を裏切った男の美辞麗句じゃないか」

その言葉はナイフのように胸に突き刺さったが、突き刺さった刃をねじったのは、群衆――一緒に育った人々――の同意のつぶやきだった。

「ばかばかしい。ぼくは必要なことをしただけだ。だれのことも裏切っていない」ベネディクトはそう言いながら、男を地面に落とした。タッカーは倒れたが、すばやく立ちあがり、膝についた埃を払った。

「じゃあ、あんたはどこにいたんだ、閣下?」見習い機関員のジェレミーが群衆を掻き分けて前に出てくるとベネディクトをにらみつけた。その顔があまりに激しい憎悪を浮かべていたせいで、彼だと認識できないほどだった。

なんてことだ。自分は間違いを犯した。

徴候は何週間も前からあった。それなのに、それに従わず、ジェレミーの行動は不機嫌さ――言葉にできない若者特有の苛立ち――だと思って見過ごした。その結果、この少年は人を操るのに長けた悪意ある年長者ふたりの言いなりになり、彼らの武器となった。

「工場にはいなかったからな」ジェレミーがさらに言う。「いまいましいめかし屋たちを連れてうろつき、まるでおれらを見世物のブタみたいに見せびらかしていた時以外」

自分の怠慢が招いたダメージを目の当たりにし、ベネディクトの魂はずきずき痛んだ。彼が知っている少年の一部がまだ残っているはずだ。理を説けば理解できる部分があるはずだ。

「ジェレミー、ぼくが仕事をしていたのは、工場でみんなが働けるようにするためだ」

「だが、もっといい取引があれば、そっちを取るんだろう？」ジェレミーがあざ笑う。「おれたちの仕事より、ポケットに入れる金のほうが大事だからな、そうだろう？」

胃のなかを掻きまわされたように、激しい不安が湧き起こり、喉までこみあげた。「学校を出たか出ないかの小僧にしては、ずいぶん立派な非難じゃないか」

「でも、本当だろ？　あんたは大きい契約をした。それで金を稼いだ。だが、仕事はアメリカの幸運なやつらに行ってしまうんだろう、おれたちじゃなく」

群衆から、同時にはっと息を呑む声が聞こえてきた。オリヴァーが人々を掻き分けながらくねくねと進み、こちらでちょっと話し、あちらではちょっと押しやりながら、すべてがだめになる前に、家に帰るように説得している。そうやりながら群衆の前まで出てくると、今度は大きな手をジェレミーの肩に置いた。「それは本当じゃないぞ。わかっているはずだ」

ベネディクトは百年がんばっても、彼の工場の職工長の揺るがぬ忠誠心に値する男にはなれそうにない。

タッカーが笑いだした。「あんたがそれほど確かならば、なぜアスタリーは吐きそうな顔をしているんだ？」

オリヴァーがベネディクトを見やった。「本当ではないと言ってくれ」

ベネディクトは本気で吐きたかった。オリヴァーの目を見ることができず、足から足へ重心を移動させる。「いろいろ大変だったんだ」ベネディクトは友にそれしか言うことができず、口から出てきたその言葉は、自分の耳にさえ、当たり障りのない見え透いた言葉にしか聞こえなかった。

オリヴァーがぽかんと口を開けた。衝撃で彼は何歩かさがり、人々は彼のすぐ後ろに押しかけた。「そんなことはできない……はず……」

「計画があるんだ」だが、その嘆願も、オリヴァーの顔に浮かんだ恐怖の表情を減少させはしなかった。完全に裏切られたという表情と言うべきか。

今回男たちが投げたのは瓶ではなく泥だった。片手いっぱいの泥がベネディクトの頭の横に当たり、顔に飛び散った。

ベネディクトは一緒に育ってきた男たちの顔を凝視した。全力を尽くして守ろうとした男たち。そして結果的に失望させた男たち。

群衆が血に飢えたように前に押し寄せ、その圧力で借りごしらえの演壇が揺らいだ。

「きみは行ったほうがいい」ワイルドフォードがベネディクトの肩を叩き、演壇の脇に押しやった。「きみがいても事態はよくならない」

ベネディクトはよろめくようにその場を離れた。飛んできたブーツの片方が背中に激突し、思わずたじろぐ。

彼の背後でときの声があがった。

31

ベネディクトは私道を全力で走りながら、表玄関から入って、彼の家を占領している三十数人の客のだれにも見られずに書斎に行けることを祈った。

ワイルドフォードとオリヴァーが群衆を説得できなかった場合に備え、家の警備を増強しておく必要がある。

酒を飲む必要もある。ひとりになる必要もある。そもそもこの問題の原因となったためかし屋たちでいっぱいの部屋に入り、感じよく振る舞う必要は断じてない。

そして、妻に会う必要もない。

彼女が現れるまで、彼の人生はうまくいっていた。それがいまや、自分がだれかもわからない。自分の行動が非難に値すると自分でもわかっている時に、どうして村の男たちの怒りを責められようか。

彼の足が石段の一番上に触れたその瞬間に、グリーンヒルが扉を開けた。

「やめてくれ。自分の家の扉は自分で開けられる」

グリーンヒルはお辞儀をしただけだった。「もちろんです、旦那さま。村の状況をお伺いしてもいいでしょうか？」口調は落ち着いていても、その緊急さははっきり伝わってきた。

もちろんそうだろう。彼も村に家族がいる。友人たちも。

ベネディクトは手で髪を掻きあげた。「女性と子どもは家のなかにいる。暴動は村の広場のなかだけだ。ワイルドフォードとオリヴァーが留まって、説得しようとしてくれている」それでも、グリーンヒルの顎のあたりの緊張と、目に浮かんだ不安は消えなかった。ベネディクト自身も鏡に映せば同じ表情を浮かべているはずだ。

安心させようと、片手で年輩の男の腕を軽く叩いた。「大丈夫だと思う。だが、少し警戒態勢を取っておきたい。デイジーをカサンドラの部屋に行かせてくれ。カサンドラにはなにが起こったか言わずに、なにか理由をつけて洋服を着させてくれ。避難が必要な場合は、カサンドラが一番に出なければならないからね」

客のことは気にしていなかったが、たいまつを持った酔っ払いの男たちが家のまわりを囲んだ時に、妹がそのなかにいると考えただけで、ガラスの破片が突き刺さったように胸が苦しかった。妹は兄を信頼している。それなのに、彼の選択が妹を危険に追いやった。弁解の余地はない。

「そうなりそうですか、旦那さま？　避難することに？」

ベネディクトはこの年輩者を励ます笑みを浮かべようとした。

「そうならないことを祈っている。従僕を全員集めてくれ。厩舎の男たちも。ドレスを着ていない者は全員だ。武器にできるものをなんでも持って、使用人の広間に集まってくれ。ぼくがそこに行く」

「お客さまもでしょうか？　警告するべきなのでは？」

ベネディクトは考えた。このいまいましいパーティはずっと何カ月もアメリアの夢だった。考えたくもないが、それが事実だ。「いや、不必要に騒ぎを起こす意味はないだろう」夢は最後までかなえてやりたい。自分がアメリカに発ち、アメリアがロンドンに戻る前に。二度と会わなくなる前に。その思いに打ちのめされそうになり、急いで押しのけた。

「奥さまをお呼びしましょうか？　旦那さまが出かけた時、とても心配しておられました」

「いや」絶望のなか、それはせめてもの思いやりの言葉だった。

グリーンヒルが眉をひそめた。

「彼女のことは心配しなくていい。知ることが少なければ少ないほど、彼女にとってはよりよいはずだ」

背後から、こわばった咳払いが聞こえた。それがアメリアだと知るのに、グリーンヒルの顔を見るまでもなかった。もちろん彼女だ。

ベネディクトは妻と向き合った。

部外者から見れば、片手をさりげなく手すりに置いた彼女はくつろいでいるように見えただろう。しかし、その表情に優しさはなかった。唇をぎゅっと結び、首を傾げる。「保証するけれど、知らされない状態によって、よりよいと女性に感じさせることはできません。とくにこういう状況下では」

そして、彼を頭の上から足先まで眺めた。襟に泥がつき、額は擦りむけ、髪が乱れた姿を把握すると、怒りの表情が恐怖から不快感、そして共感に変化した。

「大変だったのね」彼女が言う。質問ではなく、ただ事実の確認だった。

ベネディクトはため息をついた。妻に隠しても無駄だろう。遅かれ早かれ真実を知ることになる。「いいとは言えない」その声はうち沈んでいた。本人の耳にさえ絶望的に聞こえた。

妻の顔が和らいだ。部屋を横切ってきて、両腕で彼を抱き寄せる。彼は抱擁を返すことができなかった。妻を慰めたくなかったし、そんな気持ちの余裕もなかった。それに気づいたとしても、妻はわずかなそぶりも見せなかった。

「あなたの話ならば、彼らも耳を貸すだろうと思っていたのだけど」彼の胸に向かって言ったので、その言葉は外套でくぐもって聞こえた。「あなたは指導者ですもの」

ベネディクトは暗い声で笑った。人々があの演壇から彼を追い払う様子を見れば、そしてその時の彼らの嫌悪と憎悪を知れば、妻もそうは言わないだろう。「彼らの指導者だったことはないが、彼らの一員ではあった。いまはもう違う」

彼はウエストにまわされた腕を引き剝がし、妻を少し離した。いまこの瞬間、慰めることをせずに彼にできるのはそれだけだった。

こうなったのは自分のせいだ。この状況すべてが自分の責任だ。妻は彼と結婚したくなかったのに、彼が強制した。なぜなら、自分がよい人間でありたかったから、紳士でいたかったからだ。ハウスパーティという哀れな見世物をやらないこともできたのに、そうしなかった。自分が面倒を見るべき人々の必要よりも、妻の望みを優先したからだ。

みんなのためにやったつもりが、この結果を招いた。

「パーティに戻りなさい、プリンセス。邪魔をしないでくれ」

ショックの表情が彼女の顔をよぎった。信じられないという表情も。一瞬、目をきらめかせ、唇をぎゅっと結んで反論するような様子を見せた。だがベネディクトは後ろにさがって彼女の腕を離すことで、彼女とのつながりを断ち切った。妻が、夫は自分を望んでいないと悟ったその瞬間が、彼にははっきりわかった。彼女の表情が、感情を示さない石のような無表情に変わった。そして頭をさげると、落ち着きはらった様子で客間に戻っていった。

自分はなんと下劣な男だろう。全身全霊のすべてが彼女を追いかけることを望んでいたが、ベネディクトはその弱さを無理やり無視して、グリーンヒルのほうを向いた。「十分後に使用人の広間に全員集めてくれ。目立たないようにやってくれ」

図書室を抜けた。自分の家のなかで行われている退廃的な活動にほとほと嫌気が差している。シルクのドレスと真珠で着飾り、くすくす笑っているデビュタントたちと、オードブルの皿を持った従僕たち。何キロかしか離れていない場所で、生活の糧を失い、着る服と食卓に載せる食べ物を得られなくなることを恐れた男たちが、暴力に駆りたてられている。

頭の隅から声がした。妻の声かと疑いたくなるような声が、彼の立場の人間だからこそできる良いこともあると言っている。それをやればいいと。たしかに、たまたま瓶を投げられたものの、ワイルドフォードはあの集団の標的ではなかった。実際、参加者のなかにワイルドフォードの小作人はいなかった。

ベネディクトはこの思いに反論する証拠を並べて、その声を払いのけようとした。貴族はみんな悪いやつばかりだ。金と権力によって堕落した者たち。

自分もまた然り。

書斎の扉はすでに少し開いていた。ベネディクトはそれを押し開けた。室内の男たちは彼が来たのが聞こえなかったらしい。そうでなければ、いま話しているようなことは言わなかったはずだ。

「粗野な男だ。しかし、ばかではない。このブランデーが買えるほど稼いでいるわけだからな」カースターク卿のそっけないしゃがれ声だった。あのろくでなし。

「クロイソスほど金持ちだが、その富を得るために働かなければならないとはとんでもない話だ、うえっ」そう言った細い声の男は見えなかったが、姿を思い浮かべることはできた。細身でかよわくて繊細で、ベネディクトのように戸外で時間を過ごすことを示す日焼けはしておらず、重いものを持ちあげる筋肉も、両手を使う労働でできるたこやまめもない。

「ボーンズマス、おいおい」カースタークが言う。「あんたは、新しい馬を買う金を得るために祖母でも売るんじゃないか」

「たしかに。だが、ばあさんを売ることも、使用人にやらせるだろうな。そうした取引は、わたしの品位にふさわしくない」

カースタークが忍び笑いをした。「今週はわれわれにはふさわしくない毎日だった。見てみたまえ、諸君。ここに来たのは、不幸な女性が、われわれの社交の場に戻る道を得ようと必死に踊る見世物を楽しむためだ。愚かなことよ。あの胸を見たか。世界に見てくれと言わんばかりに深く開けていた。乳首は美味しいジャムのようだ。前に楽しんだ女中のひとりを思いだしたぞ」

ベネディクトの視界の縁が赤く染まり、耳のなかで轟音が鳴り響いた。扉と肘掛け椅子のあいだの距離を広い歩幅の三歩で横切ると、カースタークの襟の襞飾りをつかみ、椅子の背越しに引きずりおろした。

ほかのふたりが驚いて跳びあがり、叫び声をあげた。ベネディクトは彼らを無視し、カースタークの顔にこぶしを打ちこんで、大いなる満足感を覚えた。

ほかの紳士たちが叫んでいるのはぼんやり感じていた。そのうちのひとりが彼の後頭部を本で殴った時は、思わず笑った。

本？　冗談だろう？

手を放すと、カースタークは床にくずおれた。ベネディクトは本を振りあげている男の胴着をつかみ、彼を持ちあげて壁に叩きつけた。

男が小さい子どものようにすすり泣く。男の息はブランデー――彼のブランデー――の匂いがした。この男たちは彼の家にやってきて、使用人たちを虐待し、彼の妻を辱め、まるで全能であるかのような尊大な態度であざ笑った。よくもそんなことができたものだ。ベネディクトはかがんで、男の額の汗の一粒一粒が見えるほど近くに顔を近づけた。男とベネディクトの息が混じり合う。

「ベネディクト！」アメリアの恐怖にかられた声が、ベネディクトを包んでいた赤い霧を破った。男を落とすと、彼は足元に這いつくばった。

アメリアは戸口に立ち、恐怖に目を見開いて胸に手を当てていた。一瞬、彼女の目に映る自分が見えた。手を血だらけにし、怒りに身を震わせている獣、巨海獣《レビヤタン》。動物も同然の男。頬がかっと熱くなり、激しい吐き気がこみあげる。ベネディクトは妻を見ることができずに顔をそらした。

「パーティに戻れ」彼は言うと、彼女を押しのけて、ほかの客全員が集まっている玄関広間に出ていった。カースターク卿が鼻を押さえ、シャツを血で染めて這いつくばっていた。

彼がベネディクトに指を突きつけた。「あんたはここにいる資格がない。わしのような年寄りに乱暴を働くとは」

集まっている人々から同意のつぶやきがあがった。カースタークはかつらが取れ、服がやぶれた弱々しい様子で、たしかに他人を利用する冷酷な捕食者ではなく、気の毒な被害者に見える。ブレイデンストック卿でさえ、ベネディクトを見る顔には軽蔑の表情が浮かんでいた。

ベネディクトは自己弁護をしたかった。カースタークが女の尻を追いかけ、使用人を虐待する卑劣なろくでなしであることを暴露したかったが、それでも部屋の空気は感じていた。彼に同情している者はただのひとりもいない。

「あんたは部屋に戻ったほうがいい。もう終わりだ」アメリカ人のゆったりした言葉に、ベネディクトの背筋が凍りついた。自分を別な人間に変えて、もっとも軽蔑する人々で自分の家を満たし、できる限りの努力をしたが、失敗に終わった。もはやグラントとハーコムは契約書に署名しない。彼を頼っているすべての人々は、彼の実際の姿を見ることになる。失敗者という姿を。

答えを考えつく前に、グリーンヒルが戸口に現れた。必死に手招きし、大げさにうなずいて家の外を示している。

くそっ。災難は一度にひとつずつというわけにいかないのだろうか？

ベネディクトは彼を見てつっつっと舌打ちしている客たちを押しのけ、外に出た。肺いっぱいに冷気を吸いこみ、それで気持ちを引き締める。さほど遠くないところにたいまつの火が連なり、この家を目ざして動いているのが見える。

「客をそれぞれの部屋に入れろ。建物のこちら側のすべての窓にふたりずつ男を待機させてくれ。扉と窓すべての鍵がかかっているかどうかピーターに確認させろ」

「は、はい、旦那さま」グリーンヒルは主人が先に家に入るのを待っていたが、ベネディクトは戻らなかった。あんなことをやってしまったあとでは戻れない。自分のなかの獣の部分をあらわにしたあとでは。アメリアが努力して作りあげたすべてを破壊したあとでは。彼女との関係は終わらせる。それ以外、自分になにができる？　ふたりはあまりに異なっていた。生活も生き方もすべてが違いすぎた。なんとかなると思った自分が愚かだった。

「ぼくはここにいる。もう一度説得をしてみるよ。待機している者たちには、ぼくの合図を待てと言ってくれ。ここを目ざしている人々はわれわれの友人たちだ。どうしても必要でない限り、撃ってはならない」

外に出てきたアメリアの顔は真っ青だったが、声はしっかりしていた。「友人たちの行動とはとても言えないわね」

「それはぼくが友人じゃないからだ。彼らを搾取する貴族のひとりと思われている。さあ、なかに戻れ」

彼はアメリアをうながしてなかに入れると扉を閉めた。これはひとりで対処すべきことだ。深く息を吸い、近づいてくる暴徒たちのほうを向いて立つ。まだひとりひとりの顔がわかるほど近くには来ていない。ここまで来るのに、まだ少なくとも十分はかかるだろう。自分が出ていって彼らと会い、大惨事を免れるだけの時間はまだ残っている。

その時、突然爆発が起こった。最初に火の玉があがり、それから爆音が聞こえ、すぐに衝撃波が襲ってきた。ベネディクトが足を取られて倒れ、家じゅうの扉ががたがたと激しい音を立てるほど強かった。

激しい耳鳴りをこらえて起きあがると、遠くに赤い炎が大きく燃えあがるのが見えた。よろめく脚で立ちあがる。たいまつの列がちりぢりになり、小さい火の玉があらゆる方向に、つまり、それぞれの家に向かって走り去るのが見えた。

工場だ。

32

アメリアが、引き止めようとするグリーンヒルやほかの従僕全員を押しのけて駆けつけた時、工場は巨大な瓦礫と炎の塊と化していた。

十トンテッシーはもはや存在していなかった。残ったのは金属のねじれた破片だけで、その多くは爆風で飛んで石に突き刺さっていた。中央の作業場は一方向に崩れ、屋根が落ちていた。

建物から充分離れた場所に積んであった石炭や薪の山が燃え、息を詰まらせる危険な噴煙を空に向けて立ちのぼらせている。アメリアが見たこともないほど大きなかがり火だった。十五メートルほど離れて立っていても、燃えさかる炎の熱が吹きつけてくる。アメリアは片手をあげて顔を覆いながら、ベネディクトを探した。

周囲に目を走らせる。視界のなかで明るいオレンジの点がたくさん跳びはねている。そしてついに、小さいほうの作業場の壁に向かってうずくまっている彼を見つけた。

「ベネディクト！」炎の音のなかで、自分の声さえもよく聞こえない。アメリアはスカートをつかみ、彼のほうに走った。落下した岩屑につまづいてねじれた金属で両手を切ったが、痛くても彼に近づく脚を止めなかった。

「ベネディクト！」

近づくと、彼の肩が上下するのが見えて、激しく泣きじゃくっているのがわかった。両手を眼窩に押し当て、頭を振っている。

「だめだ」アメリアがこれまでの人生で見聞きしたすべてを合わせたより多くの悲しみと苦しみが詰まった悲痛な声だった。

「ベネディクト」駆け寄りながらまた声をかける。彼には聞こえないくらいのささやきだったが、それでも彼は顔をあげた。

「まだ子どもだった」

アメリアはたじろいた。ベネディクトの足元の真っ赤な塊は、炎の反射でも金属の破片でもなく遺体だった。思わず片手を口に当てる。遺体の様子はだれかわからないほどだが、なにか残っていたものによって、それがだれかベネディクトにはわかったに違いない。なぜなら、泣きながら、何度も名前を繰り返していたからだ。ジェレミー、ジェレミー、ジェレミー。

夫が激しい苦悶にもがいている姿を見て、アメリアは打ちのめされた。膝ががくがくし、残骸の上に残骸が積みあがった山にへたりこみたかった。でも、それはできない。なぜなら、彼はいまアメリアを必要としているから。

「ああ、あなた」アメリアは遺体をまわって彼のそばに膝をつき、指でそっと彼の髪を撫でた。「あなた」彼の頭のてっぺんにキスをしようとしたが、彼が動いて遠ざかった。アメリアを押しのけ、彼女が触れるのを拒んだ。

「ベネディクト」喉が締めつけられる。なんとか涙をこらえようとした。唇の内側を噛み、身体的な痛みによって、悲しみにえぐられる鋭い痛みを食い止めようとした。もう一度ためらいながら、そっと手を伸ばして彼の手に触れる。

彼はそれも払いのけた。「これはぼくがやったことだ」彼が言う。言葉が喉につかえる。「ぼくのせいだ。そばにいてやるべきだった。彼に目を配るべきだった。タッカーが彼を操っていることはわかっていた。それなのに、ぼくはなにもしなかった」

「違うわ、あなた――」

「ここの労働者たちと、友人たちと、ぼくの人々と一緒に過ごすべきだった。きみの殿方やレディたちのために着飾るのではなく」

彼の悪意に満ちた言葉に、アメリアはひるんだ。なんという残酷な言葉。これは彼ではない。これはアメリアが知っている男性ではない。「彼の死はあなたの責任ではないわ」落ち着いて冷静になろうといくら望んでも、声が震えるのを止められなかった。彼はすべての責任を肩に背負って苦悶している。だが、アメリアを怯えさせたのは、彼の言葉のほかの部分だった。彼はアメリアから離れようとしている。ふたりの関係から。

「では、だれの責任なんだ？」

アメリアはしばしためらい、慎重に言葉を選んだ。「彼が火をつけたのなら、彼の責任だわ」向こう見ずな少年の愚かな、あまりに愚かな決断だ。そしてその決断が、彼ら全員を破滅させるところだった。

ベネディクトはアメリアから顔をそむけ、壁にもたれた。アメリアの言葉を遮断できるかのように、両腕で頭を覆う。

アメリアは彼に近寄った。ゆっくりと。そして、片手で彼の背中を丸く撫で、そうさせてくれたことにほっとした。理屈では説明できないが、この事態を切り抜ける唯一の方法は、彼を行かせないことだとアメリアは確信していた。いまは彼をしっかりつかんでいる必要がある。さもないとこのまま終わってしまう。

「愚かな行為の報いとしても、死はあまりに高すぎる代償だわ」アメリアは言った。「でも、認めたくないけれど、これは実際はよく起こることだわ。あなたの責任ではない。あなたはいい人よ」

彼がふんと鼻を鳴らし、首をまわしてアメリアを見た。その打ちひしがれた表情を見て、アメリアの顔から血の気が引いた。体が震え、脚が鉛のように重くなる。彼が身を離した。その瞬間、これを切り抜けるすべはないとわかった。裂け目はすでに修復できないほど開いている。

彼が喉を絞められているような声で言う。「ぼくも以前は自分をいい人間だと思っていた。だが、ぼくは一緒に育った友人たちに給仕をさせた。他人の人生を平気で破滅させる人々に対する嫌悪を脇にのけて、そいつらを家に招待した。大金は稼げても、村人たちに約束した仕事は取りあげることになる商取引を受け入れた。そのすべてが、みんなの生活を変えるひとつの方法だと自分に言い聞かせたが、結局は自分自身に背を向けていただけだった。なんのためだ？　きみのためにか？　ぼくという人間を恥じている女性のために？」

その言葉ひとつひとつがアメリアの心に鋭く突き刺さった。

「わたしはあなたを恥じていないわ」アメリアはささやいた。

「そうか？」あざけりの口調だった。残酷な言い方だった。彼の顔は憎しみに満ちた表情でゆがんでいた。アメリアが愛した男性とは似ても似つかなかった。

「きみは友人たちに、工場で仕事などしたことがないふりをしなかったか？　仕事は汚い秘密であるかのように？」

「自分がやっているとは思われたくなかっただけよ。でも、あなたがやっていること、あなたが達成したことはすばらしいと思っている。あなたを誇らしく思っているわ」彼のシャツをつかんだのは、なんとかして、自分が言っている真実を聞いてほしかったからだ。

「ぼくを誇らしく思っている？　それでも、ありのままのぼくでは足りないから、シルクとベルベットの衣装で飾りたてたのか？」

アメリアの心の隅々に罪悪感が激突して炎上する。たしかに、彼が着ていた服を、彼が住んでいるこの家を、彼の話し方や立ち居振る舞いを恥じていた。たしかに、彼を違う紳士に変えようとした。二回も。

「あなたにとって、もっと簡単にできることと思っていたからよ」アメリアは言った。彼が好むと好まざるとにかかわらず、彼は伯爵になる。この社会に入っていかねばならない。その道を平坦にしようとしただけだ。

「ぼくにとって簡単なのか、きみにとって簡単なのか？」

アメリアは答えられなかった。どちらが真実かわからなかったからだ。すべてがごちゃ混ぜになっている。あらゆることが変わった。アメリアもベネディクトも。人生は転がり続け、何度も宙返りした。もはや、自分がなにを望んでいるかもわからない。

そして答えられないことが答えだった。

彼はもう一歩さがり、首を振った。答えのないこの一瞬が、もともと彼が信じていなかったことを裏づけたかのようだった。「ロンドンに戻れ。どちらにしろ、そのうちここを離れる計画だったはずだ。いまそれを実行すればいい」

「そんな計画はしていなかったわ」どうしてそんなことを考えたのだろう？　一緒にいろいろなことを成し遂げたあとで、アメリアが荷物をまとめて出ていくとでも思ったのか？

「ロクスバロ卿に、街屋敷の売却に関心がないか訊ねなかったか？」

「社交シーズンのためにね。シーズンのためだけよ。あなたも一緒に来てくれると思っていたわ」

彼が立ちあがり、また何歩か離れる。一歩ごとに何キロも離れるように感じた。「そうか。だが、ぼくは行きたくない。だが、きみは行くべきだ。きみがここにいないほうが、ぼくは――ぼくたちは、ずっと楽だ。きみはすべてを混乱させる以外、なんの役にも立たない」

結局はこれだ。これまでの全人生で闘ってきた真実。自分はだれの役にも立たない。娘としても、婚約者としても、妻としても、仕事仲間としても、アメリアはなんの役にも立たない。

努力をした。自分の価値を証明しようとあらゆる努力を重ねたことを神はご存じのはず。工場でも、休むことなく働き、より大きくよりよいものを作りあげる助けとなった。誇りに思える家にするために、夜も寝ずに家政を導いた。カサンドラを妹のように愛し、自分ができるすべての支援と導きを与えた。

そして、夜も昼も全力で彼を愛した。

それでもまだ充分ではなかった。わたしにそばにいてほしくないと彼は思っている。アメリアを連れずにアメリカに行く計画を立て、それについて彼女に話すことさえしなかった。

「わかったわ。それがあなたの望んでいることならば、それでいい。わたしは出ていきます。でもそれは、わたしがここの生活を嫌いだからではないし、舞踏会や観劇や上流社会の人々が恋しいからでもない。あなたがそう言ったからよ。あなたに常に批判される筋合いはないわ、この偽善者。わたしだって無条件に愛してくれる人がいてくれてもいいはずよ。わたしをありのまま受け入れてくれる人が」

ついにこの言葉を言えて気持ちがずっと楽になった。これまでずっと、ほかの人々の期待に応えようとしてきた。友人たちの期待。いまは夫の期待。そんなこと、もうまっぴら。

この数カ月でなにか学んだとすれば、それは自分が完璧でないこと――むしろ完璧とはほど遠いことだ。でも、これがわたし。だれかの期待に沿う人物になるために、これ以上自分を無理に変えるつもりはない。

このままの自分が彼にとって充分でないならば、それは仕方がないことだ。

彼が答える時間を少し待った。でも彼は、アメリアがなにも言わなかったかのように、瓦礫に目をやった。

アメリアはごくりと唾を飲みこんだ。「さようなら」声はかすれたが、背筋を伸ばして家に戻るほうへ顔を向けた。泣かないように必死にこらえながら、瓦礫のあいだを通り抜けた。

工場の残骸の端に、ジョンが恐怖にかられた様子で立っていた。涙が顔を伝って煤の川を作っている。「き、きみは、ど、どこへ?」

「ロンドンに戻るわ。あなたと知り合えて嬉しかった」

ジョンがアメリアの手をつかんだ。「彼を置いていってはだめだ。か、彼には、き、きみが必要だ」

アメリアは優しく手を引っこめた。「必要じゃないと、彼にはっきり言われたわ。そう言われて、ここで暮らすことはできないわ」

33

筋肉の痛みに耐えながら、中央の建物の廃墟から石の瓦礫をどかして骨組みを立てるまで、爆発から二カ月かかった。

汗だくになる汚い仕事だった。両手は水ぶくれで覆われ、腕は痛み、背骨はつねに抗議の声をあげ、動かすのもつらかった。それでも続けたのは、激しい肉体労働で体力を消耗することだけが、夜に多少なりとも眠る唯一の方法だったからだ。

アメリアが去って最初の数週間は、ブランデーやウイスキーやエールで悲しみを洗い流そうとした。どんな酒でもよかった。しかし、妻が隣にいないいま、いくらたくさん飲んでも眠れなかった。

だから、仕事に戻り、体が機能しなくなるまで働いた。

彼の横で、オリヴァーが運んできた石を所定の位置に据え、壁のこちら側をやり終えた。

「雨が降りそうだ」彼が言った。「防水布をかけなければならない」

「あともう十分」

「十分後には、雨のなかで作業することになる。家に戻れ、ベン。風呂に入れ。少しは妹と一緒に過ごしたほうがいい」

オリヴァーがアメリカ人たちとの契約について怒っていたとしても、その怒りは、彼が工場に着いて、ベネディクトがジェレミーの遺体を抱いているのを見た瞬間に消滅した。それ以来、職工長は彼の堅固な支えとなっている。

ベネディクトがジェレミーの家族に少年の死を告げた時も、隣にいてくれたのはオリヴァーだった。工場に労働者たちを連れ戻してくれたのもオリヴァーだった。夜な夜な飲みすぎて立ちあがれない彼を、酒場から家まで引きずっていってくれたのもオリヴァーだった。

「本気で言っているんだ。家に帰れ。朝、天気がよくなったら再開しよう」

ベネディクトはキャンバス地の布を広げて基礎部分を覆っている男たちや若者たちに向かってうなずいた。彼らもうなずき返したが、慎重な様子だった。失った信頼はなかなか取り戻せない。だが、くそっ、ベネディクトはどんなに時間をかけても、ふたたび信頼を取り戻すと固く決意していた。

思い足どりで家に向かって歩いていると、突然天が裂けたかのように土砂降りの雨が落ちてきた。雨脚は激しかった。それでも、彼は襟を立てることも、脚を早めることもしなかった。首の後ろに雨が滴り落ちる。ブーツは濡れそぼり、外套の縁が泥で重たくなっている。

ベネディクトは妻が恋しかった。日々刻々、つねに恋しかった。自分は大ばかだった。大ばかよりも悪い。救いようのないろくでなしだ。すべてが悪い方向に進んだ時、それを受け入れて前に進む代わりに、彼をもっとも支えてくれたその人を非難した。

真実を言えば、彼女が去ってしまうことを恐れていた。彼女が望む男に自分がなれないことを恐れていた。妻が振り返りもせずにそそくさとロンドンに帰ってしまうことを恐れていた。だから、あとに残される者にならないために、彼女を押しのけた。

しかし、彼女を失ったことを後悔しながらも、それが間違いだったとは言えなかった。彼女にとって最善のことだ。彼にはどうしても理解できなかった彼女の美しい色合いに対する執着を理解し、軽やかにダンスを踊って上品な態度で話ができる人々とロンドンで一緒にいられる。

彼女の階級の人々と会話ができず、すぐに議論をふっかける不器用な巨人とは、一緒にいないほうがいい。

彼女は彼がいないほうが幸せだ。彼自身は彼女がいなくて不幸だとしても。

いつものように、石段の最上段に着く前に扉が開いた。水が滴る外套を脱ぎ、グリーンヒルに渡す。執事とのあいだで、かつてのやり方を取り戻そうとするのは無駄だった。アメリアの影響が弱まる気配はまったくなかった。

「お客さまです、旦那さま。図書室にお通ししました」

彼を訪ねてくるとは、いったい全体何者だ？　嫌な予感がした。祖父からの手紙は、開けないまま、机の一番下の引き出しに入っているが、最近はますます頻繁に届くようになっている。あのろくでなしの老人は待つのにうんざりしてきたに違いない。

「そのくそったれは何者だ？」

グリーンヒルが眉をひそめる。アメリアが去ってから、彼はますます保守的になった。立場と関係なく、この家で悪態はもはや受け入れられない。

「ワイルドフォード公爵閣下さまです、旦那さま」

名前を聞いて感じた安堵はすぐに不安に変わった。ワイルドフォード？　彼がいったいなんの用事だ？

ワイルドは暴動の翌日、だれにもなにも言わずにロンドンに戻った。当然だろう。殴り合い。暴動。爆発。こんな噂話の材料は、とても公爵が許容できるものではない。少なくとも、ほとんどの人がそう思うだろう。あの晩、彼がフィと一緒にいるところを見たのはほんの少数だ。ワイルドがロンドンに戻った本当の理由を知るのもその少数だけだろう。

「なぜ来たんだ？」ベネディクトは戸口で訊ねた。

ワイルドは窓辺に立って工場の方角を眺めていたか、ベネディクトが部屋に入ると、こちらを見て片眉を持ちあげた。「きみは、自分が野獣という評判に反論するつもりがないようだな？　まるでごみのようじゃないか。最後にひげを剃ったのはいつだ？」

「なぜ来たんだ？」

ワイルドフォードはため息をつき、そばの肘掛け椅子まで行ってどっかりと坐った。「わかった。挨拶のおしゃべりもしないというならば、それもいいだろう。ここに来たのは仕事のためだ。カムデン公爵に紹介を頼まれた。きみに提案があるそうだ」

カムデン公爵。自分はずっと前に、爵位を持つ英国人とは仕事をしないと誓った。グラントとハーコムに売りこんだのもそのためだ。だが、いまはこの村全体が仕事を必要としている。フィオーナの最新の企画は有望だが、生産できるようになるまでに、まだ一年以上かかる。しかも、アメリカ人から来るはずだった金もない。

「きみの階級は仕事をしないものと思っていたが」彼はそう言いながらも、戸口のそばから動こうとはしなかった。村人たちのためには、この機会をとらえるべきだろうが、進んでそうするわけではない。

「仕事はしないが、金は動かす。つまり、商談はするということだ。カムデンが、遠方の地所のひとつで石炭層を発見した。輸送の手段が必要というので、彼のなんでも最新のものをほしがる性格を鑑《かんが》みて、きみのテッシーを推薦した。ただし、もう少しまともな名前をつけてもらいたいがね」

「テッシーをほしいと？　五トンのねじれた屑鉄になっている事実にもかかわらず？」あの晩の記憶が蘇り、ベネディクトの心臓が早鐘を打った。熱。煙。指のあいだを流れる血。去っていくアメリアを見送った時の心臓が止まりそうなほどの苦しみ。ベネディクトは机まで行き、ふたつのグラスにブランデーを注いだ。あの時の光景を追い払うためには酒が必要だ。

「機関車に不具合があったわけではないと伝えたからね」ワイルドフォードがさりげなく言う。

つまり彼は知っていた。あの晩の真実を。もちろん知っているはずだ。彼にとって、自分の地所の周辺でなにが起こっているかを知るのが仕事だし、ジェレミーの死は秘密ではない。

グラスを持った手を思わず握り締める。手の甲が白くなった。「違うんだ」声がしゃがれた。「不具合を引き起こしたのはぼくだ」

認めるのは難しいことだったが、自分の過ちを隠す贅沢は許されない。あれは彼の過ちであり、人々が彼を批判するのは当然だ。彼の怠慢があの少年を殺し、少年を愛していた人々を傷つけた。

悲痛な告白でも、ワイルドは充分と思わなかったらしい。ベネディクトがさらに詳しく述べるのを公爵は待っていた。

「ジェレミーが機関車に破壊工作をした。ぼくのことを怒っていたからだ。そばにいなくて、気づけなかった」

それこそ、いまこれほど長時間、工場で仕事をしている理由だった。あるいは、毎晩酒場で酒を飲む理由。みんなのそばにいなかったせいで気づけないことが、二度とあってはならない。

「あれはきみの過失ではない。わかっているだろう？」ワイルドフォードが言う。「責任を感じるのと、実際に責任があるのとは、まったく違うことだ」

「アメリアも同じようなことを言った」ベネディクトはワイルドにグラスを渡すと、空いていた椅子に坐りこんだ。

「彼女は頭がいいからな」

「だからこそ、ここを出ていった」

ワイルドフォードは反論しなかった。ベネディクトと同じくらいアメリアを知っている。

ワイルドは最初から、ベネディクトがアメリアにふさわしくないとわかっていた。ふたりの結婚が失敗に終わることを。伯爵令嬢と従僕の息子がうまくいくはずがない。望むことがこれほど違っていれば無理な話だ。

「それで、ロンドンではぼくのことをなんと言っている？」グラスをまわし、ブランデーがクリスタルガラスの内側を撫でる様子を見つめながら訊ねた。

「いつものたわ言だ。暴力的な獣が巨大な手で男の頭蓋骨をつぶしたとか。無教養だとか、怒りっぽいとか。まったく嘘とも言い切れないな。むしろ、きみがその噂を気にしているほうが驚きだ」ワイルドフォードが体を伸ばし、ふたりのあいだのテーブルに両脚を乗せて、昔のような格好でくつろぐ。まるでこの五年間が存在せず、彼らの友情が途絶えたこともなかったかのようだ。

ほろ苦い感情だった。過去に生じたダメージを見過ごすことはできないが、ワイルドはいまここにいる。これまでも、ベネディクトが傷ついた時はいつも必ず現れた。だから今回も来たわけだ。

「アメリアは気にするはずだからな」だから、ベネディクトも気にしていた。彼の癇癪のせいでアメリアが幸せになるチャンスを逃したと聞けば、いても立ってもいられない。

「それが本当で、実際に気にしているならば、なぜきみはここにいるんだ、ロンドンではなく？」

「なぜなら、きみも言ったように、ぼくは無教養で、怒りっぽい野獣だからだ。彼女にとって、ぼくはいないほうがいい」ベネディクトはグラスを飲み干し、ワイルドフォードが差しだしたグラスを受け取った。

「彼女は幸せじゃない。もちろん、以前のアメリアがやっただろうことを全部やっている。パーティもダンスも、ばかげたいちゃつきも……」ワイルドが言う。

クリスタルのグラスがベネディクトの指の下で砕けた。

「だが、彼女は幸せじゃない」

彼女は幸せじゃない。その言葉は傷に塩を擦りこまれるようなものだった。自分は彼女が満足することを願ったのではないのか？　彼には与えられなかった喜びを見つけてくれることを願った。だからこそ、彼女を押しのけた。そのせいで、自分はこんなに苦しい思いをしている。

だが実際は塩にはならず、代わりに希望の種を蒔いた。踏みしめるべき種だ。「ぼくは彼女を幸せにできない。従僕の息子だ。ぼくは労働者だ」

「だが、侯爵の孫でもある。未来の伯爵だ。しかも、上流階級の半数よりも金持ちで、間違いなく立派な男だ。よい友であり、よい指導者だ。しかしまあ、彼女を行かせたことできみが幸せになったならば、このままここにいて、彼女が購入したそのクリスタルグラスを壊していればいいさ」

くそっ。彼女を行かせたことで、幸せになどなっていない。日々が拷問のように苦しい。だが決断した。ワイルドはその決断を尊重していない。しかも、これは自分のためではない決断だ。「彼女はきみたちの世界が好きなんだ。豊かな色彩と音楽と生地と、あんな人々でさえも。一生かかっても、ぼくには理解できないだろう。そっちにいたほうが、彼女にとっていいはずだ」

「きみは彼女を愛しているか？」

「もちろん、死ぬほど愛しているさ。率直に言って、きみが十五年も婚約していながら、なぜ彼女に惚れなかったのか信じられない。知的で親切で、しかもものすごくしゃくに触る女性だ。正直で、時には残酷なほどだが、それは、物事をよくしようと思うからだ。ぼくは彼女に一生そばにいてほしい」

彼女に一生そばにいてほしい。その言葉を声に出して言うのは、魂に刻みつけるようなものだった。一生そばにいてほしいと。

ワイルドフォードがくすくす笑った。「実業家として成功し、技術者でもあるのに、時々、救いようのない大ばか者になるな、きみは。彼女を望んでいて、彼女が社交界でも過ごしたがっているとわかっているならば、もう決断できているはずだ。ロンドンへ行け。彼女のために努力するんだ」

ロンドンへ行く。そう思っただけで胃がむかむかした。あのばかげたハウスパーティをする前でも、ロンドンに行くのは難しかっただろう。いろいろやったあげく、損害と屈辱を引き起こしたあげく、いまロンドンに行くのか。自分にできるだろうか？　もう一度妻と向き合えるのか？

彼女にもう一度向き合うことなく、これからの一生を生きていけるのか？　ベネディクトは指で掻きあげた髪をぎゅっと握り締めた。「だが、どうやって説得すればいい？　どうやて本気であることをわからせる？　本当にひどいことを言った。ぼくは最低最悪のばか者だった。きみにはわからない」

「愛情を示す大げさな意思表示が必要だな。きみになにができるかな？」

34

ダンスカードはもはやアメリアに、以前のような喜びを与えてくれなかった。もちろん、以前と同じくすぐ満杯になるし、同じ男性たちが一番手を狙って策を講じるのも同様だが、いまはもうダンスそのものを楽しめなかった。

ライオネル卿の不適切な抱擁に、アメリアは身を引き締め、ふたりのあいだに受容できるだけの距離を保つよう心がけた。しかし、ウエストより下にゆっくりおりていく彼の手に関して、彼女にできることはほとんどない。

「レディ・ライオネルはお元気ですか？　いまも子ども病院で奉仕活動をしていらっしゃるのかしら？」

「まったく知らない」ライオネル卿が答える。「彼女には彼女の用事があり、わたしにはわたしの用事があるからね」彼の用事が慈善活動を含まないことは、品のないにやにや笑いから明らかだ。

「すばらしい方ですわね、奥さまは。ロンドンに戻ってきたので、今度訪問させていただかなければ」

卿がにやりとした。「木曜日に訪問してくれたまえ。妻は読書会だったか、刺繍会だったかで外出している」

アメリアはぞっとした。この数時間で誘いをかけてきたのはこれで三人目だ。「わたくしの夫にお会いになったことありましたかしら？」

「ないと思うが」その声は、かすかに肩をすくめたしぐさと同様、軽蔑に満ちていた。

「そうでしょうね。会われていたら、覚えているはずですもの。二メートル近い背の丈ですし、こぶしはクリスマスのハムほどの大きさですから。それに、庶民の出の人たちがどんなかご存じでしょう？　短気なんですよね。一度夫が、すぐに開かないからという理由で扉を壊したのを見たことがありますわ。なんでもふたつに割ってしまう癖がありますから、わたしは永遠に家具を交換し続けなければ。ところで、あなたが会いたいとおっしゃっていたことを伝えますね」

ライオネル卿の顔からさっと血の気が引いた。まるでアメリアが彼の手袋に焼け焦げを作ったかのように、急いで手を引っこめる。「そんな……必要はない。つまり、誤解しないでほしいんだが……わたしは……」

「ダンスをありがとうございました」アメリアは笑みを隠すために、膝を折って深々とお辞儀をした。頻繁に誘いの対象になるならば、彼らをうろたえさせて楽しむのも一興だろう。

会場の入り口から軽食が用意されたテーブルに向かうちょうど中間あたりに、アメリアの友人たちが集まっていた。外来種の植物に囲まれ、頭上にシャンデリアが輝いているその場所は、すべてを見ることができて、だれからも見られる完璧な位置だ。彼女たちの周囲を取り囲むように、ダンスの機会を狙う男たちがうろうろしている。そこからさらに十メートルほど離れたところにはデビュタントたちが集い、少しでも注目を得たいと願っている。

アメリアの場所は一番真ん中に用意されているが、アメリアは軽食のテーブルのそばに少し留まり、戻るのを遅らせた。話題がつまらない噂話ばかりとなれば、ひと晩に聞いていられる量は限られる。

部屋の反対側を見やった。目立たせる照明もなく、壁に沿って家具が置かれた居心地よさそうな空間に、アメリアがかつて、なにも考えずに無視していた女性たちが坐っている。本好きで、慣例にとらわれず、社交界の期待をまったく気に掛けない女性たちだ。

彼女たちの会話はきっとおもしろいだろう。

でも、アメリアのことなどどうでもいいと思っている女性たちに、どうやって近づけばいいかわからない。

フィオーナならできるはず。きっと、ただ歩いていって、なにか特別におもしろくて、思考を刺激するようなことを言うだろう。あの女性たちは諸手を挙げて歓迎するはずだ。

あの友人がいま一緒にいてくれるためなら、いまのアメリアはどんなことでもしただろう。あるいは、自分の家族がそばにいてくれるためならば。

カサンドラとはほとんど毎日手紙のやりとりをしているが、ベネディクトからはなにも届かなかった。アメリアが歩き去って以来一度もない。

それはいいことだ。彼がアメリアの決断を尊重している証拠なのだから。

でも、悪いことでもあった。なぜかと言えば、アメリア自身が正しい決断をしたかどうか確信を持てず、彼の非難がすべて見当違いとも言えなかったからだ。

アメリアは唾を飲みこんだ。混み合った舞踏会場は感情を出す場所ではない。彼女の中身を見てくれたただひとりの人を自分は傷つけた。だから、その人を失ったことも、甘んじて受け入れるべきだ。ほかの人々にどう思われるかを気にしすぎた自分の贖罪とも言える。

とくに目的もなくぶらぶらしている男たちのひとりが、アメリアが前を塞いでいたパンチに接近しようと咳払いをした。きっとおもしろい話をしているであろう女性陣のほうを最後にもう一度見やってから、アメリアは自分の友人たちのほうに戻った。

「ライオネル卿はダンスを楽しんでいらしたみたいね」アメリアが近づくと、レディ・ルエラが忍び笑いをした。「彼は愛人たちにとても気前がいいと聞いたわ」

まあ。

明らかにベネディクトの短気が移ったらしい。アメリアはこの娘を平手打ちしないよう、内心自分を抑えなければならなかった。もちろん表には出さずににっこりほほえんでみせる。

「あなたも早く夫を見つけたらいいわ、ルル。そうすればライオネル卿との情事を楽しめるでしょう？」

ルエラが目を細めた。「だれもが、好きなようにさせてくれる夫に恵まれるわけではないですものね。ほんとに羨ましいわ、アメリア。あなたのご主人がここまで干渉しないのは」

完璧な一撃で、ルエラはアメリアが失ったものを指摘した。甘い言葉に包んでいても、見過ごされるはずがない。仲間全員が笑みをこらえるのを見てアメリアは怒りと困惑に震えた。

口を開いたら、怒りが燃えさかる炎のようにあふれだすとわかっていたから、口を閉じたまま片眉をあげ、見くだすまなざしを向けた。

　この無言のにらみ合いをだれが破って優位に立つか、デビュタントたちも遠巻きに固唾を呑んで見守っている。

　屈したのはルエラで、耳を真っ赤にして目をそらした。「あら、ミス・ペネロピーだわ。マダム・ジュヌヴィエーヴが彼女のドレスを仕立てるのを断ったと聞いたわ。ありがたいこと。わたしたちに生地が残らなくなってしまうものねえ」

「それで、彼女はどうしたのかしら？」デビュタントのひとりが言う。「カーテンで夜会服を作ったとか？」

　アメリアは壁に貼りついている娘を見やった。いまの流行りの傾向から見れば多少ふっくらしているが、充分に美しい。ただし、ドレスはひどいものだった。淑女とは思えないほどしみだらけで、通りかかる全員に向けるおずおずした笑みも真剣すぎて上流階級にはふさわしくない。

　昨シーズンのアメリアならば、人を見くだした無作法な批評をなんとも思わなかっただろう。恥ずかしさにうなじがかっと熱くなる。昨シーズンの自分はたしかに親切な人間ではなかった。それが、ベネディクトがアメリアを押しやった理由？　アメリアに、いまだ意地悪な面が残っていると思ったから？

　もっといいことがしたい。もっといい人間になりたい。彼のために。

「ミス・ペネロピー・エインズリーのこと？」アメリアは訊ねた。「わたしの記憶が正しければ、彼女はお母さまもお姉さまもおばさまもいないわ」

「そして、着こなしのセンスもない。ロンドンで最初のシーズンに、あんな格好で家を出てくるなんて」

あの気の毒な娘が服装で悩むのは当然だろう。片田舎で、しかも男の手だけで育てられたのだから。アメリアの喉に塊がつかえた。ペネロピーは途方に暮れているに違いない。その感覚は、馬車の車輪が壊れて人生がひっくり返るまで、アメリアが一度も理解したことがないものだった。そして皮肉なことに、自分の居場所に戻ってきたアメリアがいま感じているのも、同様の感覚だった。

高慢の鼻をへし折られるべき意地悪な若いレディたちの標的になって、途方にくれている。

「あなたの着こなしのセンスも、最初のデビューの時にはいくらか欠けていたかと思うけれど、ルル。羽根飾りがあふれかえったあのおもしろいできごとはよく覚えているわ」

ルエラの頬が真っ赤に染まった。

「見苦しくない格好で人前に出るまでに、二週間のレッスンと、目抜き通りへの外出が三回ほど必要だったのではなかったかしら？　わたしがあなたを見当違いな状況から救いだしたことを、きっと感謝してくださっているはずよね」

まわりの娘たちから一斉に息を呑む声が聞こえ、そのあとはしんと静まりかえって、だれもがルエラの返事に耳をそばだてた。

だが、前回は降参したかもしれないが、今回の降伏はなかった。「わたしたちみんなが一度はあなたを尊敬していたかもしれないわね、アメリア。でも、それはあなたがみずから品位を落とすまでのこと。こうなっては、別な女王さまが必要でしょう」

全員の頭が今度はアメリアのほうを向き、社交界におけるクーデターの企てにどう対応するか、固唾を呑んで待ち構える。

なんと哀れを誘う情景だろう。ここにいる娘たちのだれひとりとして、人生で本当に重要なことを理解していない。ベネディクトはそれを示してくれた。しかも彼はアメリアのなかの親切さを見いだし、それをどう生かすかを教えてくれた。彼の励ましを得てアメリアは工場の仕事に打ちこみ、そこに真の意味を見いだした。

自分の大事な事業で、妻に協力関係を求める夫がほかにいるだろうか？　ベネディクトの支えによって、アメリアは前よりもずっといい人間になった。

いったい全体、わたしはここに戻ってきて、なにをしているの？

ロンドンに戻ったのは間違いだった。ベネディクトがアメリアとの関わりをこれ以上望んでいなくても、もっと生産的で価値ある人生を見つけることはできるはずだ。過去の生き方に戻れば満足を得られると考えるとはあまりに安易だった。

アメリアはルエラの手を取り、親しみをこめて握り締めた。なんといっても、ある時点では友人だった人だ。「どうぞすばらしい女王さまになってね、ルル。そして、それがあなたに喜びをもたらしますように」

ルエラが目を見開き、それからすぐに疑わしそうに細めた。「それだけ?」

彼女たちが夢中になっていることが、いかに表面的で中身のないものかを説明したい気持ちはあった。でも、心の底では、だれかを納得させるには言葉以上のものが必要だとわかっていた。だからアメリアはただほほえんだ。それは、その晩初めて見せた心からの笑みだった。「わたしは違うところに行くわ」

女性たちみんなに向けて膝を折ってお辞儀し、かつて彼女たちが示してくれた尊敬に感謝の気持ちを表した。その尊敬がなによりも大事だった時もあった。そしてアメリアはその場を立ち去った。肩にのしかかっていた重みがふっと消える感覚は、心から喜ばしいものだった。

ロンドンを去る頃合いだ。このすべてから離れよう。

アビンデイルから馬車で数時間のどこかに小さな家を買うくらいの資金はある。カサンドラがもう少しおとなになったら訪ねてこられるし、フィオーナも気晴らしが必要な時は泊まりがけで来るだろう。

もしかしたら、そのうちいつか、ベネディクトがアメリアのことを、彼が結婚したわがまま娘でないと気づくかもしれない。時間をかければいつか、ふたりの関係を修復して、新たなスタートを切れるかもしれない。

その時ふいに室内の雰囲気が変わり、ささやき声の合唱がオーケストラの音を掻き消した。人々がアメリアを見つめている。ルエラと決着をつけたニュースがあっという間に広まったに違いない。それでも、アメリアは頭を高くあげて歩いた。気にしない。自分にとって正しい決断をしたのだから。それこそ、ベネディクトとの人生へわずかな望みをつないでくれる唯一の選択だ。

アメリアは階段のほうを向き、そして、その場で凍りついた。

アメリアが注目の的になっていたのは、ルエラとの言い争いのせいではなかった。

彼が来ていたからだ。

しかも、彼はひとりで来たのではなかった。

ベネディクトが予想していたよりもさらに悪かった。ロンドンの全員の目が彼を――オウムのように着飾った暴力的な巨獣を――凝視していた。裸で立っていたとしても、ここまでの注目は引かなかっただろう。

「ハリントン侯爵およびミスター・ベネディクト・アスタリー」

ベネディクトはごくりと唾を飲み、金糸の刺繍が施されたクラヴァットを引っ張りそうになるのを必死にこらえながら、祖父が舞踏会場までの短い階段をおりていくのを待った。だが侯爵は人々の注目を大いに楽しみ、そのなかに入っていく様子をなかなか見せない。

顔、顔、顔。部屋全体が、苛立ちや推測や興味やひやかしが渦巻く万華鏡のようだ。上流階級の人々はいま、侯爵とともに彼が登場した意味を考えている。だが、真実を知ればきっと彼をばかにするだろう。なぜなら、この登場が意味するのは、彼が妻と一緒にいられるためならなんでもするという事実だけだからだ。たとえそれが祖父と和解することであっても。ハリントンがベネディクトの背中に片手を当てる。その親密なしぐさは明確な告知を兼ねていた。アスタリーは家族だ。

それとも、ベネディクトに対し、規則に従えという警告か？　むしろ、侯爵は彼を守っているのか？　どちらなのか、ベネディクトにはわからなかった。祖父と一緒に過ごしたひときは冷ややかで堅苦しく、会話は途切れがちだった。すべての言葉に、何十年か分の嫌悪と不信感が詰まっていた。最終的にふたりはひとつの合意――ベネディクトが、伯爵領の管理に関して祖父の忠告に耳を貸す――に達したが、それ以外はなにひとつ見通せず、ふたりの関係はいまだ明確に定まっていなかった。

母親を壊した男の隣に立つのは容易ではないが、やらねばならないことだった。その一部は、いつの日か自分が奉仕する人々に対しての責任だが、主だった理由はアメリアだった。自分が聞く耳を持っていること、変われること、そして彼女の意見を尊重していることを示すために、こうしてここにいる。アメリアこそが、机の引き出しに投げこんでいた手紙の束をついに開封した理由だった。

ベネディクトは室内を見渡した。ようやく彼女を見つけると、この何カ月かで初めて、胸いっぱいに息を吸いこんだ。彼女の姿に思わず見とれた。いつものように頭を高くあげて自信に満ちたその姿は、優美で気品があり、優しく、同時に鋼のように強い。その美しさは身体的な完璧さ以上に知性と機知から来るものだ。

もう一度胸いっぱいに息を吸いこむと、ずっと抱えていた緊張が溶け去り、平静心が戻ってきた。自分はこれで完全だ。同じ部屋に彼女がいるだけで、自分は完結する。

アメリアの片手が口に押し当てられ、瞳がきらめくのが見えた。祖父も、この着飾った衣装もどうでもいい。早く妻を抱き締めたい。もう一秒も、一瞬も待てない。しかし、彼が一歩前に出ると、彼女はあとずさりをした。

彼女に向かってもう一度動くと、彼女はまたさがった。彼女の顔に浮かんだ驚きが恐怖に変わる。そして苦悩の表情を浮かべてくるりと後ろを向くと、アメリアは人々のあいだを通って逃げだした。そしてしまいには混み合う人を押し分けるようにバルコニーに出る扉まで行き、夜のなかに姿を消した。

「アメリア！」ベネディクトが舞踏室の真ん中を突っ切ると、彼の前で群衆がみるみるふたつに分かれたが、それでも、戸口に着いて庭を眺めた時には、点々とさげられたランタンが照らす小道にはだれもいなかった。小道はふたまたに分岐し、片方は植栽で作られた迷路の縁を通り、もう一方はその中心に入っていく。彼女がどちらを選んだか、ベネディクトは直感でわかった。

「アメリア！」迷路の角を曲がるたびに、その次の角に妻がいることを期待した。曲がるたびに彼の心の空洞が広がった。彼女は怒って当然だ。自分は妻をひどく傷つける残酷なことを言った。それでも、祖父と和解し、絶対に足を踏み入れないと誓ったパーティの場に来たことで、彼女に申し立てをする時間を稼げることを願っていた。

頭を引っこめてアーチの下を抜け、光が照らしている場所に向かう。彼女はランタンがともった木立を目ざしているはずだ。茂みが高すぎてその向こうは見えないうえ、暗いなかでランタンの光に目がくらんだ。必死の思いで呼びかける。「アメリア、お願いだ」

そしてついに角を曲がると、彼女はそこにいた。ランタンの下のベンチに坐り、両手に顔を埋めていた。「アメリア」

彼女が顔をあげた。光の下で涙の筋がきらめくのを見て、彼の心はまた張り裂けそうになった。ここに来ることで、自分はまた過ちを犯したのだろうか。また傷つけてしまったのか。妻をそっとしておくべきだったかもしれない。だが、もう傷つけてしまったからには、いま自分にできるのは、許しを請うことだけだ。

彼女の前にひざまずき、両手を手で包んだ。「すまなかった。ぼくは救いがたいばか者だった。いや、それより悪い。わざと目先しか見なかった。自分の欠点に向き合えず、自分が犯した過ちを認めたくなかった。だから、きみを責めた。間違っていたし意地の悪い振る舞いだった。心から申しわけなく思っている。きみはぼくの身に起きたことのなかで、もっともすばらしいことだった。これからもずっとそうだ」

アメリアが彼を見おろした。正しく結ぶのに優に一時間はかかったニンジン色のクラヴァットと、対照的な青と緑のキルトの胴着、そして足元の宝石がついた靴に視線をおろす。なにもかも身の毛がよだつような代物だが、雄弁な男でない彼にとっては、妻に向けたラブレターだった。

アメリアが首を振り、彼の手から手を引っこめた。「これはわたしが望んだことではないわ」そっとささやく。

全人生で、この瞬間ほど傷ついたことはなかった。母が去っていった日でさえ、ここまではつらくなかった。喉の奥に鋭い痛みが走る。両手を握り締め、手のひらの治りかけた水ぶくれに指を食いこませることで、ベネディクトは悲しみを痛みに変えようとした。

それでも、妻を取り戻す努力はやめられない。「ぼくにはきみが必要だ。ぼくたちみんなに必要だ。そうじゃないと言ったのは間違っていた。きみがいないとなにも動かない。工場も、家も、ぼく自身もだ。あらゆる瞬間に、きみが家にいればどうだっただろうと思う連続だ。きみが必要なことは、すべてかなえる。きみが必要とする人物になるつもりだ」

彼の懇願は、期待していたような結果にならなかった。彼女は立ちあがり、小さな空き地の反対側まで歩き、ふたりのあいだに距離を取った。そのあいだもずっと両手で涙を拭っている。

彼は立ちあがった。体をこわばらせて、駆け寄りたい欲求を抑えこんだ。

「あなたにここにいてほしくないわ、こんなふうに」彼女が言い、身振りで彼の服装を示した。「わたしを幸せにするために、あなたが本来の自分をなくしてしまうなんて耐えられない。それでなくても、わたしのせいで、すべてがだめになったのに」気力を保とうとするかのように、両腕を体にまわして自分を抱き締める。

彼が妻に向かって言い放った恥ずべき言葉を、妻がどれほど重く受け止めたかをようやく理解した瞬間、ベネディクトは大いなる深みに呑みこまれた。それに比べれば、この数週間感じていた激しい後悔の念など、ただの浅くぬるい水たまりだった。

ベネディクトは一瞬でふたりのあいだの距離を縮めると、両腕で妻を抱き寄せた。そして、抱き合うこの感触が、自分にとってと同様に妻にも安心感をもたらしてくれることを願った。

「それは違う、スイートハート」彼はつぶやいた。「きみのせいじゃなかった。ただのひとつもだ。思いも寄らないことが立て続けに起こっただけだ」まわした両腕にさらに力をこめ、巻き毛の髪のてっぺんにキスをしてよく知っている彼女の香りを吸いこんだ。

「わたしはみんなに嫌われているわ」声がくぐもったのは、彼女が彼の胸に顔を押しつけすすり泣いていたからだ。

ベネディクトは妻をさらに抱き寄せ、彼女の全身全霊を支えようとした。「だれもきみを嫌ってなどいない」耳元でささやく。「みんながきみに戻ってほしいと願っている。プリンセス、頼む、家に帰ってきてくれ」

アメリアが何回か息を吸いこむと、体の震えが少し弱まった。頭をそらして彼を見あげる。その目はまだ涙でいっぱいだったが、瞳にかすかな希望の光が揺らめいている。「本当？　あなたは昔の生活を取り戻したいんじゃないの？　すべてをひっくり返す妻がいなかった時の生活を？」最後の言葉が喉にからまり、しゃっくりのような小さな音が彼の心を包んだ。

「本当だ。もともとぼくの生活はひっくり返すべきだったんだ。きみがやってくる前は活気がなく退屈で、あまりに気楽すぎた」そう言いながら、上着の内ポケットからハンカチを引っぱりだし、アメリアの頬を拭う。

アメリアが唾を飲みこみ、彼の手からハンカチを取ると、涙を拭い、鼻も拭いた。「そのひどい服を捨てると約束してくれるなら」

安堵が全身に広がった。暗い陰に光が差しこんできた。きっとすべてうまくいく。ベネディクトは後ろにさがり、クジャクさながら、きどってまわってみせた。「これを捨てるのか？　きみが気に入ると思ったが」

アメリアがにっこりほほえんだ。その姿を形容するのに、息を呑むほど美しいという言葉はあまりに控えめな表現だ。目が涙でうるみ、髪がめちゃくちゃになっていても、彼女は彼がこれまで見たすべてのもののなかでもっとも美しかった。どんな力が働いて、彼女が彼の人生にやってきたのかわからないが、今後二度と妻を失う危険は冒さない。

アメリアが彼の上着についた皺を撫でて平らにする。そして、金糸の刺繍で手を止めた。「この刺繍だけ好き。これだけ別にして、ダイヤモンドの飾りピンをつけたらすてきだわ」

これでこそ彼のアメリアだ。そして自分は妻を取り戻せたことが心底嬉しい。

からかい口調だったが、彼の手を取って彼女の心臓の上に押し当てた時のアメリアの表情は真剣だった。「普段通りの格好でいてほしい。あなたが色のついた服を嫌っていることは知っているもの。それに、侯爵の機嫌を取る必要もないわ。わたしはロンドンがなくても生きていける」

ベネディクトは妻の顎を持ちあげて、唇に軽くキスをした。「いや、それは無理だろう。

きみはロンドンを愛している。この活気を愛している。こういうぞっとするようなパーティに来るのも好きだ。それを諦めてほしくない」

「でも、最近は好きじゃなかったの。わたしの友人たちは本当に不愉快な人たちですもの」

彼はくすくす笑った。「これだけ大きい都市なんだから、そんなに不愉快でない友人も見つけられるだろう。ぼく自身も、なにかを共有できる友人を見つけるつもりだ」

アメリアが彼を強く抱き締め、彼の胸に向かってため息をついた。「それで決まりね」

その瞬間はすばらしかったが、まだ不充分だ。ベネディクトは心の内をすべて打ち明ける決意でロンドンにやってきた。だが、まだ明らかにしていないことがひとつ残っている。ある言葉が喉に引っかかっている。心が感じていることを声に出せば、今宵は完璧なものになるか、気まずいものになるか、ふたつにひとつだ。いまのままでも、ふたりは幸せだ。それを台なしにしたくない。それでも妻に知ってもらう必要があった。

「きみを愛している、プリンセス」その言葉は、自分でも思っている以上に押しつけがましく聞こえた。そのあとに続いた沈黙で、彼の鼓動は一気に速まった。

果てしなく続くかと思うほど長い沈黙だった。

たぶん、聞こえなかったのだろう。あるいは、聞こえたけれど、答えを思いつけないのかもしれない。もう一度、もっと大きい声で言うべきだろうか？　それとも、いまの言葉を言わなかったふりをすべきか。血が全身を駆けめぐり、頭のなかで機関車にも匹敵する轟音が鳴り響いた。

そしてついにベネディクトが謝ろうとした瞬間、すべて取り消し、すべてを忘れるようにと言おうとしたその瞬間、妻が彼を見あげ、つま先立ちをして彼にキスをした。「わたしも愛しているわ」そっとささやく。「さあ、わたしを家に連れ帰ってちょうだい」

エピローグ

アメリアはハミングしながら、真下の喧噪を見守っていた。工場の生産が完全に戻るまでに一年かかったが、いまはカムデン公爵の機関車製造が順調に進んでいる。

オリヴァーが彼女のために中二階まで運んでくれた肘掛け椅子にもたれ、アメリアはお腹を優しく撫でた。

「いったいどうやってここまでのぼったんだ?」ベネディクトが階段をのぼってきて訊ねた。

アメリアは思わず顔を赤らめた。「オリヴァーがちょっと助けてくれたかもしれないわ」実を言えば、四段目でしばらく休み、八段目で完全に足を止めたところで、優しい職工長はため息をつき、クジラの赤ちゃんほどの重さもないかのように、軽々とアメリアを抱きあげたのだった。

「コンファインメントという言葉に出産と監禁の両方の意味があるのは、それなりの理由があってのことと知っているか?」ベネディクトがアメリアの額にすばやくキスをした。「大丈夫なのか? 本来ベッドにいるべきだろう?」

「でも、彼女が始動するのをどうしても見たかったんですもの」彼らはあらゆるエネルギーを注ぎこんで、新しいシステムと手順を完成させた。そのおかげで、オールドテッシーの建造に必要だった六割の生産期間で、ベビーテスを納品できるようになり、きょう、ついに試験走行の日を迎えた。この大事な日に、なにをもってしても、アメリアをベビーテスから遠ざけておくことなどできない。

「ジョンは無事に出発したの？」ベネディクトはジョンを見送って戻ってきたところだった。

「ふたりでここを出る前、彼はとてもそわそわしていたわ。一刻も早く行きたいかのように。でも、彼ひとりでアメリカに行って本当に大丈夫なのかしら。心配だわ」

ベネディクトがアメリアの腕の下に手を入れて、坐り直すのを手伝った。「ひとりになる時はほとんどないだろう。工場はボストンの近くだ。西部の荒野というわけではない。それに、一緒に働くチームの人たちがいるからね」

「でも……全体を監督するのに、ほかの人を派遣できればよかったと思うわ。彼が世界の反対側まで船で渡る必要があったのかしら」

「しーっ、プリンセス。見損なってしまうぞ」彼がそう言って、アメリアの頭を新しい機関車のほうにまわした。火夫がシャベルで火室に石炭を放りこみ、機関士がブレーキをはずすと、ベビーテスがゆっくり動きだし、鋳鉄製の車輪がまわり始めた。

集まった人々が拍手喝采した。工場で働く男たちのほかに、その家族も集まっている。彼らはやり遂げた。しかも、今回、アメリアは最初から現場に参加していた。

「さあ」ベネディクトが言う。「もう見ただろう。そろそろ家に連れて帰っていいかな？きみの体調が心配で卒中を起こしそうだ」

「足のマッサージをしてくれると約束したら」

彼がアメリアのうなじに鼻を擦りつけた。息を吹きかけられただけで、背筋に震えが走る。

「ああ、もちろんだ。それ以上のことをすると約束する。さあ、熱い風呂にきみを入れるぞ」

訳者あとがき

ひどい雪嵐の夜、立ち往生した馬車のなかで死にかけていたレディ・アメリアを救ったベネディクト。温めるために抱いていた姿を目撃され、彼女と結婚せざるを得なくなってしまいます。自分のような従僕の息子になど目もくれない、氷のような伯爵令嬢と。心底嫌っている上流社会の女性と。

そうです。氷のような伯爵令嬢、上流階級のダイヤモンド、流行の最先端と自他ともに認める高慢なレディ、それが本書のヒロインです。田舎者の平民は教養がないと決めつけ、使用人に私生活があるなど思いもしません。でも、完璧で冷たい貴婦人の仮面の下には、熱い気持ちと優しい心が隠れていました。伯爵令嬢で国王の縁戚であるアメリア。五歳の時に公爵の後継ぎと婚約し、おまえの価値は公爵夫人になることだけだと言われ続け、遊ぶことも禁じられて、ひたすら公爵夫人となるための教育だけを受けてきました。公爵夫人になることだけが人生の目標だったのに、ある日突然天地がひっくり返り、平民と結婚することになってしまいます。でも、そこからのヒロインがすごいのです。もちろん最初は婚約破棄の痛手から立ち直れず、田舎の生活も受け入れられずに悶々としますが、いったん覚悟を決めてからは、さまざまな葛藤を経ながらも、これまで訓練してきた能力に加え、本人も自覚していなかった才能を発揮し、ヒーローの支えとなるべく奮闘します。彼女のこの転身と成長ぶりが本書の特徴と言えましょう。次々に困難が見舞われながらも毅然と頑張るヒロインをきっと応援したくなるはずです。

一方のヒーローは侯爵の孫ながら、母を見捨てた祖父を許せず、上流社会に嫌悪感を抱き、平民として蒸気機関の開発製造の工場を経営しています。仕方なくアメリアと結婚しましたが、母の苦しみを見て育ったため、アメリアにはその不幸を繰り返してほしくない、なんとか新生活に慣れてほしいと願っています。労働で鍛えられた筋骨たくましい大男ですが、同時に教養もあり、アメリアの高慢さを受けとめて潜在能力を引きだす懐の深い男性です。また悪徳地主に搾取されている村人たちを助けるべく尽力するリーダー的存在でもありますが、貴族令嬢と結婚したことから、村人たちとのあいだに溝が……。村人たちのためにと思ってしたことが誤解され、抗議運動の矢面に立たされるヒーロー。平民と貴族階級のはざまで苦悩する姿がみごとに描かれます。

どちらも意に沿わなかった結婚。育ちも考え方もまったく違うなかで、次第に相手の良さを見いだし、少しずつ気持ちが近づいていくふたり。しかし、これでもかと続く難事に対し、それぞれ解決方法も異なり、当然ながら、互いに許容できないことも起こります。そして、相手のためにと思ってそれぞれがつらい決断をした結果、ついにふたりは離れてしまうことに……。

本書の舞台は、のちのジョージ四世が摂政皇太子として統治していた摂政時代。皇太子は美術や建築、文学のパトロンとなり、ファッションを牽引して、上流社会に優雅で華やかな文化をもたらしました。本作品でその皇太子の縁戚であるアメリアが気位高く社交界で君臨していたのも当然のことでしょう。

しかし、その栄華の一方で階級化が著しく進み、当時の民衆はすさまじい貧困に苦しんでいました。ナポレオン戦争の終結や産業革命による技術革新のせいで失業率が高まり、社会不安が募るなか、地主を守るために制定された穀物法の廃止と選挙法改正を訴える労働者たちの活動が活発化、一八一九年には、政府の武力弾圧で百名以上の死者を出すピータールー事件が起こります。本作品でも、当時の抗議集会で演説した有名な急進的活動家ヘンリー・ハントを彷彿とさせる活動家チャールズ・タッカーが登場します。こうした活動の高まりが社会改革を促し、遅々たる歩みながら、近代社会につながっていきました。

本書はオーストラリア出身のロマンス作家サマラ・パリッシュの長編処女作です。二十年前に読んだジュリア・クインの作品、*The Viscount Who Loves Me*（邦題『ブリジャートン家２　不機嫌な子爵のみる夢は』ラズベリーブックス）で人生が変わったというサマラ。ロマンス小説に夢中になり、教職をやめてコピーライターをしながら作家を目指したとのこと。

ロマンスの短編 *The Soldier's Duchess* がメルボルン・ロマンス作家組合の記念アンソロジーに収録され、その後、全豪ロマンス作家協会主催のコンテストで認められて、本書で本格デビューを果たしました。

今後の活躍が期待される新進ロマンス作家サマラ・パリッシュ。欠点だらけだけど憎めない登場人物が人間的に成長し、互いに助け合ってよりよい人間になる姿を描きたいとのこと。まさにそれを体現した本作品を心ゆくまでお楽しみいただければ幸いです。

なお、読者にとって嬉しいことに、次回作もまもなく、二〇二二年一月に刊行される予定です。題名は *How To Deceive A Duke*。本作品でも重要な役割を担うふたり、すなわちベネディクトの同僚の科学者フィオーナと、アメリアの元婚約者ワイルドフォード公爵エドワードのロマンスを描いた作品です。そしてまた、同年後半には、第三作 *How To Win A Wallflower* の刊行も控えています。詳しい内容はわかりませんが、どうやら、本作品にも登場したベネディクトの同僚であり親友の科学者ジョン（ハロー男爵の次男）がヒーローのようです。楽しみですね。続々と刊行する予定の作品をまた皆さんにご紹介できることを願いつつ。

二〇二一年十二月　旦 紀子

氷の伯爵令嬢の結婚

2021年12月17日　初版第一刷発行

著 ………………………… サマラ・パリッシュ
訳 ………………………………… 旦 紀子
カバーデザイン ………………… 小関加奈子
編集協力 …………………… アトリエ・ロマンス

発行人 ………………………… 後藤明信
発行所 …………………… 株式会社竹書房
〒102-0075 東京都千代田区三番町8-1
三番町東急ビル6F
email：info@takeshobo.co.jp
http://www.takeshobo.co.jp
印刷・製本 ……………… 凸版印刷株式会社
